Le Collectionneur de Vœux

Titre original : *The Wish Collector*

Collection New Romance® créée par Hugues de Saint Vincent, dirigée par Arthur de Saint Vincent

Ouvrage dirigé par Sylvie Gand
Photo de couverture : shutterstock
Couverture : Jef Cortes

Pour la présente édition,

34-36 rue La Pérouse
75116 PARIS
www.hugoetcie.fr

ISBN : 9782755687934
Dépôt légal : mai 2021
N° d'impimeur : 21030501

Mia Sheridan

NEW ROMANCE®

Le Collectionneur de Vœux

Roman

Traduit de l'anglais (américain)
par Charline McGregor

Hugo Roman

Ce livre est dédié à Fred,
toujours pourvoyeur des meilleurs
conseils au monde.

Prologue

Le sifflement de Jonah résonnait contre les murs de marbre alors qu'il avançait d'un pas résolu dans le hall vide du palais de justice. L'œil fixé sur le dôme au-dessus de lui, il inspira profondément, appréciant l'odeur immémoriale de l'ordre public. *Mon Dieu, j'adore cet endroit*, se dit-il, la poitrine gonflée de satisfaction. Il venait au tribunal pénal du comté de La Nouvelle-Orléans depuis qu'il était gosse, sur les talons de son père, en espérant être un jour regardé de la même façon que lui : avec respect, mais aussi avec un soupçon de peur.

Si les autres ne te craignent pas un peu, fiston, c'est que tu t'y prends mal.

Bien sûr, son père appliquait cette même théorie à son rôle de parent. Si quelqu'un dirigeait sa maison d'une main de fer, c'était bien Edward Chamberlain.

— Bonne journée, monsieur Chamberlain, lança l'avocate blonde en jupe crayon qui passait sous le détecteur de métaux.

Une fois de l'autre côté, elle lui jeta un regard par-dessus son épaule, balayant son corps du regard, et se mordit la lèvre inférieure, très sensuelle. Elle lui envoyait des signaux clairs depuis des semaines, et si jusqu'à présent il avait été trop occupé pour se livrer à des activités extra-professionnelles, dès que cette affaire serait close, il allait accepter sa « proposition ». L'idée de débarrasser ce corps bien galbé de sa tenue stricte et de découvrir ce qu'elle portait en dessous lui provoqua une agréable palpitation entre les jambes.

Il descendit les marches de pierre en courant, sa serviette en cuir se balançant contre sa jambe.

Le monde m'appartient, putain, pensa-t-il avec un sourire.

Les bureaux d'Applegate, Knowles et Fennimore étant à peu près à un kilomètre du palais de justice, il décida d'y aller à pied et se remit à siffloter – cette fichue chanson qui ne quittait pas sa tête depuis le pot de départ à la retraite de Palmer Applegate, deux jours plus tôt.

Palmer, le plus âgé de tous les associés principaux de la boîte, n'était pas du tout « un joyeux camarade », comme le voulait la chanson traditionnelle. Non, le vieux était plutôt du genre ennuyeux à mourir, mais Jonah comprenait bien que lui chanter ces mots-là serait sans doute mal passé lors d'un événement en son honneur. Quoi qu'il en soit, le nouveau retraité en serait désormais réduit à barber sa très jolie et décorative femme à plein temps, plutôt que le reste des employés de l'entreprise où Jonah avait été embauché six mois plus tôt.

Le prestigieux cabinet d'avocats occupait la totalité des deux derniers étages du bâtiment de brique où venait d'entrer Jonah, qui sifflait pour la énième fois les mêmes cinq notes alors que la porte se refermait derrière lui.

Buvons à sa santé !

L'ascenseur monta en douceur et tinta avant que les portes ne coulissent.

— Bonjour, Monsieur, l'accueillit Iris, sa secrétaire.

— Iris. Des...

Il s'interrompit brusquement en voyant se lever l'homme qui occupait une chaise dans la petite salle d'attente sur sa gauche. *Justin.*

— Monsieur, j'ai indiqué à ce monsieur que votre planning était plein, mais...

Jonah lui répondit par un hochement de tête, dissimulant une grimace.

— C'est bon, Iris. Il s'agit de mon frère, Justin.

— Oh, je ne savais pas... s'excusa la secrétaire.

Le fait qu'on ignore que Justin Chamberlain était son frère en disait long sur le peu que les gens savaient à son sujet dans cette entreprise, alors même qu'il y passait la majeure partie de son temps. Justin était avocat aussi, même si la firme où lui travaillait se trouvait dans un tout autre quartier et, d'après ce qu'en voyait Jonah, acceptait plus d'affaires *pro bono* que de clients payants. Au point que c'en était un miracle qu'ils aient les moyens de se payer des bureaux.

Jonah agrippa la main de son frère et sourit en la serrant.

— Comment va, frangin ? Ça fait longtemps.

Justin lui adressa un sourire pincé.

— Tu as une minute ?

— Pas vraiment...

— C'est important.

Justin passa une main dans ses cheveux bruns, révélant l'implantation en pointe caractéristique des Chamberlain, avant de laisser retomber une mèche sur son front.

Sur un coup d'œil assez peu discret à sa Rolex, Jonah l'entendit poursuivre :

— Ça fait des semaines que j'essaie de te joindre au téléphone. Je suis même passé une fois ou deux à ton appartement.

Jonah lâcha un soupir. Oui, il avait reçu ses messages. Mais non, il n'avait pas eu le temps de rappeler son frère. Et puis, de toute façon, qu'est-ce qui pouvait bien être aussi important ?

Il lui fit signe de le suivre jusqu'à son bureau au bout du couloir.

— J'étais débordé. Tu sais, je suis en plein dans une grosse affaire. Je prépare le contre-interrogatoire de la victime demain. Ça pourrait être...

— C'est justement ce dont je veux te parler.

Justin referma la porte du bureau de Jonah et ce dernier éprouva un instant de fierté en voyant son frère découvrir l'espace, modeste en taille mais luxueux, avec vue sur les gratte-ciel de La Nouvelle-Orléans. Pourtant, quand il reporta son attention sur Jonah, Justin arborait une mine sombre.

— Abandonne, Jonah.

— De quoi tu parles exactement ?

— De cette affaire. (Justin secoua la tête et son cœur généreux fit briller ses prunelles d'une manière qui donna envie à Jonah de lever les yeux au ciel.) Murray Ridgley est coupable de ce crime et tu le sais.

Jonah s'adossa contre le mur, les bras croisés.

— Mes chefs ont pris cette affaire en charge parce qu'ils croient en son innocence, Justin. Certes, ça ne se présente pas très bien. Les preuves directes sont... nombreuses. Mais il mérite un procès équitable et une bonne représentation, comme tout citoyen.

— Je ne discute pas ce point. Je te demande juste de laisser quelqu'un d'autre parler aux caméras des chaînes info à partir de maintenant. Charge un collègue de contre-interroger la victime. Je te connais, Jonah. Tu es un putain de bon avocat. Tu vas l'écraser, si tel est ton objectif. Alors je t'en supplie, ne fais pas ça. Ne te lie pas à cette affaire. Qu'elle ne devienne pas celle pour laquelle on se souviendra de toi. Ce n'est pas le genre de cas dont tu veux faire dépendre ton héritage.

— Bon Dieu, écoute-toi. Tu es en train de me demander de ne pas gagner ?

Au cours des dernières semaines, il était devenu le visage de cette affaire : les patrons l'avaient organisée ainsi et il n'avait pas eu besoin de demander pourquoi. Il était bel homme et doté d'un sourire de *golden boy*. Les femmes aimaient le regarder, les hommes le respectaient. Les jurés lui faisaient confiance.

— Je suis en train de te demander de ne pas être comme papa.

Cette dernière remarque interrompit Jonah avec l'efficacité d'un coup de poing dans le ventre. En tant qu'aîné, c'était Justin qui avait le plus souffert de la discipline à la maison. La part du lion de la pression qu'Edward Chamberlain exerçait sur ses fils était retombée sur les épaules de Justin. Petit garçon, Jonah avait assisté au spectacle et il avait appris. Il savait ce qui déclenchait la colère paternelle et ce qui suscitait son approbation, si bien qu'il avait toujours recherché cette dernière.

— Papa n'était pas que mauvais.

— Comme tout le monde, non ?

Bonne question.

Peut-être pas Murray Ridgley, s'il avait bel et bien commis ce crime. Jonah nourrissait lui-même un certain nombre de doutes. Et l'impression que les associés principaux du cabinet ne lui disaient pas tout. Toutefois, il n'en avait pas la preuve, juste quelques chuchotements derrière des portes closes lorsqu'il était passé devant.

Et cette affaire... cette affaire était celle qui pouvait le catapulter au niveau supérieur. S'il impressionnait les chefs, ce cas pouvait littéralement faire sa carrière.

L'un des associés juniors reprenait le poste laissé vacant par Applegate, mais l'un des deux associés d'origine restants, Knowles, était un cadavre ambulant. D'ici un an ou deux, il prendrait sa retraite et, si Jonah jouait finement ses cartes, il pouvait passer associé junior, puis associé tout court. Associé ! Même son père n'avait pas atteint le niveau d'associé junior avant l'âge de trente ans.

Jonah avait travaillé comme un chien pour finir la fac en deux ans et demi : il avait suivi un cursus de droit en accéléré, réussi le barreau du premier coup et, dans la foulée, avait reçu une offre de poste dans l'un des cabinets les plus prestigieux de La Nouvelle-Orléans. Il était sur la voie rapide. Et il ne pouvait pas se permettre de trébucher.

Il plongea dans les yeux de son frère.

— Papa était respecté.

Justin plissa les paupières.

— Papa était un fils de pute qui se souciait du pouvoir beaucoup plus que des gens. Il détruisait des vies aussi facilement qu'il beurrait ses tartines. Ce n'est pas toi, Jonah. Je suis ton frère, je te conn...

— OK, écoute-moi : j'apprécie ton discours de bon samaritain, mais je t'assure que ma conscience est parfaitement sereine en ce qui concerne cette affaire. Il se peut fort bien que Murray Ridgley ait commis ce crime. (*Il se peut fort bien que Murray Ridgley soit un monstre.*) Quoi qu'il en soit, il n'est pas question que je demande qu'on me retire ce dossier. Ça ruinerait ma carrière.

Justin étudia longuement son frère avant de détourner les yeux pour les porter vers la vue spectaculaire.

— J'ai le pressentiment... que tu choisis une voie, sur ce coup, Jonah. (Il se retourna vers lui et, cette fois, Jonah perçut de la tristesse dans les yeux de son frère, avant qu'il lui adresse un sourire.) Renoncer à cette affaire... tu as raison, ça signifierait probablement la fin de ta carrière dans ce cabinet, mais tu auras toujours un poste avec moi.

Jonah ricana.

— Pour se battre contre l'injustice en échange d'à peine plus que de l'argent de poche ? C'est ton choix à toi, ça.

Justin lâcha un rire qui était plus un soupir qu'un signe de joie.

— J'aurais bien besoin d'un peu d'aide. Il y a beaucoup d'injustices dans ce monde, frérot.

— D'aucuns te rétorqueront qu'il est inutile d'essayer de les combattre.

— Certains le diront peut-être, oui.

Alors qu'il regardait la personne qu'il aimait le plus au monde, quelque chose de lourd lui compressa la poitrine, un poids qu'il n'était pas sûr de savoir expliquer. Le sentiment que... Son téléphone, en sonnant, brisa la transe étrange qui s'était emparée de Jonah.

— Faut vraiment que je m'y remette. On se reparle plus tard ?

Justin hocha la tête, son sourire triste réapparut au moment où il passa près de Jonah. Il lui posa une main sur l'épaule avant de répondre :

— Bien sûr, Jonah. Reparlons-nous plus tard.

Sur ces mots, il tourna les talons et sortit du bureau, refermant la porte derrière lui.

Le téléphone continuait de sonner, mais Jonah ne décrocha pas. À la place, il s'approcha de la fenêtre et s'abîma dans la contemplation de l'étouffante journée d'été, tandis que la même sensation revenait lui peser sur la poitrine. *Mon frère me manque*, réalisa-t-il. Car oui, il l'avait évité. Mais une fois que cette affaire serait terminée, il se ferait un devoir de voir Justin plus souvent.

Machinalement, il porta la main à l'endroit de son cœur et exerça un léger massage.

« Tu choisis une voie, sur ce coup, Jonah. »

C'était vrai. Maintenant, il ne pouvait plus revenir en arrière.

Deux semaines plus tard, alors qu'il était étendu dans une mare de sang, l'odeur brûlée, lourde et rance de sa chair mutilée dans les narines, les paroles de son frère lui revinrent en mémoire. Elles voletaient paresseusement dans son esprit comme les volutes brumeuses d'un rêve oublié.

« Tu choisis une voie. » « Reparlons-nous plus tard. »

Mais il ne pourrait pas reparler à son frère.

Son frère était mort.

Les hurlements s'estompèrent juste assez pour que Jonah perçoive le bruit aigu que produisait l'air en quittant ses poumons irrités par la fumée.

Il sifflait à nouveau. Sauf que cette fois, il n'y avait pas de mélodie.

1

Aujourd'hui

— Tends le bras. Clara, tu es censée ressembler à un cygne, et là, on dirait plutôt un canard. Recommence.

La musique s'interrompit soudain et un grognement collectif, quoique silencieux, s'éleva parmi les autres danseuses. Le rouge monta aux joues de Clara lorsqu'elle croisa les regards dédaigneux qui lui étaient adressés. Être la petite nouvelle dans le corps de ballet de La Nouvelle-Orléans se révélait aussi infernal qu'elle l'avait redouté. Voire plus.

— Oui, madame Fournier.

Clara retourna à sa place et positionna son corps tandis que la musique reprenait. *Je suis un cygne. Je suis un cygne,* psalmodiait-elle dans sa tête.

Le problème, c'était que, malgré la concentration qu'elle mettait à tendre gracieusement son bras, Clara se sentait comme un canard. Un canard complètement hors de son élément naturel.

L'entraînement terminé, les autres danseurs entreprirent de ramasser leurs affaires et Clara se dirigea vers son sac de sport. Un pied sur le banc, elle dénoua les rubans de soie de ses pointes.

— Une fille qui est allée à la Goddard School avec elle, chuchota Belinda Baker derrière Clara, faisant, de toute évidence, allusion... à elle. C'est qu'elle a reçu la bourse Danse pour la Vie, autrement elle n'aurait jamais été prise.

Clara balança son sac sur son épaule et jeta un regard en arrière vers Belinda qui manifestement ne l'avait pas vue avant. De fait, ses yeux s'écarquillèrent sous l'effet de la surprise en croisant ceux de Clara, laquelle tourna les talons et se dépêcha de sortir du théâtre.

C'était vrai, ce que Belinda avait dit : le père de Clara s'était sacrifié de toutes les manières possibles pour qu'elle puisse réaliser son rêve de devenir ballerine professionnelle. Cependant, jamais il n'aurait eu les moyens de lui payer cette école sans aide. Clara en était fière de cette bourse, et pas question de laisser une paire de commères l'amener à penser différemment.

En revanche, le souvenir de son père réveilla la douleur familière au centre de sa poitrine et elle dut se retenir pour ne pas craquer. Son emménagement récent à La Nouvelle-Orléans avait été dur et l'accueil pour le moins tiède qu'elle avait reçu au sein du corps de ballet n'avait fait qu'accentuer cette difficulté. Depuis, ce sentiment de mélancolie semblait devenu son compagnon perpétuel.

Elle repéra le bus qui arrivait au coin de la rue et accéléra le pas pour atteindre l'arrêt à un pâté d'immeubles de là, tout en farfouillant pour trouver son téléphone.

— Merci, dit-elle, essoufflée, en scannant l'e-ticket affiché sur son portable.

À quoi le chauffeur lui répondit par un large sourire accueillant. Elle le lui rendit volontiers, reconnaissante de ce petit rayon de soleil dans une journée chargée de nuages.

Trente minutes plus tard, quand elle descendit du bus climatisé, la chaleur lui tomba dessus, au point de lui causer un véritable choc physique. Si elle vivait dans un livre, l'été de La Nouvelle-Orléans serait un personnage à part entière. Un grand gars corpulent aux yeux ensommeillés et à l'haleine brûlante. Intense et dévorant.

Une boucle blonde s'échappa de son chignon et Clara la coinça derrière son oreille. Au même moment, l'odeur délicieuse d'un mets savoureux lui chatouilla les narines, un fumet qui s'échappait de la maison du coin de la rue et la détourna de la moiteur ambiante. *De la nourriture qui fait du bien.* Quel ingrédient contenait donc à peu près toute la cuisine de Louisiane qu'elle avait goûtée pour donner cette impression de nourrir non seulement le palais mais l'âme, aussi ?

Le son doux et plaintif d'un saxophone, émanant d'une fenêtre ouverte non loin de là, s'enroula autour des branches des arbres et sembla pénétrer sous la peau de Clara.

Y a-t-il quoi que ce soit de plus solitaire que le son distant d'un unique instrument flottant dans le vent ? se prit-elle à réfléchir.

Puis un autre son se joignit à la mélodie solitaire : celle d'une voix douce et riche accompagnant les notes, de plus en plus ample, plus forte, plus claire. La musique, à la fois lointaine et proche, mais qui parvenait toutefois à former un duo fluide, remplit Clara. Gonfla sa peau et allégea son cœur. Elle reconnaissait cette voix, comme le produit du mélange de fumée et de miel qui chantait des airs dans l'artère où elle vivait.

La voix se tut.

— Bonjour, mon petit.

Clara sourit avant même de lever les yeux vers madame Guillot, qui se balançait dans son rocking-chair dans la maison du coin de la rue où Clara louait un petit appartement en rez-de-jardin.

— Vous aviez l'air tellement perdue dans vos pensées que je n'osais pas vous en tirer, ajouta la vieille femme avec un sourire.

Clara ouvrit le portail de fer forgé noir de chez madame Guillot et se glissa à l'intérieur pour grimper les marches de brique jusqu'au deuxième fauteuil à bascule, généralement vide.

— Je repassais juste dans ma tête les mouvements de la répétition d'aujourd'hui, répondit-elle.

— Ah. Et comment ça se passe avec les autres cygnes ?

— Ça va. Même si j'aimerais bien...

Qu'est-ce qu'elle aimerait bien ? Qu'elles ne se montrent pas aussi mesquines ? Se faire un ou une amie ? Se sentir plus acceptée et non pas jugée ni méprisée ?

Clara secoua la tête.

— J'aimerais bien connaître au moins une personne ici. C'est plus difficile que je ne l'avais imaginé, de prendre un nouveau départ.

Madame Guillot lui adressa un sourire bienveillant.

— Eh bien, vous connaissez au moins une personne. Vous me connaissez moi.

— Oh, madame Guillot, je ne voulais pas...

— Mais non, mais non, mon enfant, s'esclaffa-t-elle. Je sais ce que vous vouliez dire. Je vous taquinais. Une jeune femme comme vous a besoin de fréquenter des jeunes de son âge. Vous les trouverez. Ne vous tracassez donc pas, ma jolie.

Clara lâcha un soupir.

— Je sais. Et ce sera sympa. Mais je suis contente de vous avoir aussi.

C'était vrai. Madame Guillot avait été très gentille envers Clara depuis qu'elle s'était installée à La Nouvelle-Orléans, deux mois plus tôt, lui offrant ses connaissances de la ville, lui donnant des instructions en cas de besoin ou bien prenant juste le temps de discuter quand Clara avait quelques minutes ici et là.

— Je le sais bien, mon petit. (Elle marqua une pause.) Comment va votre père ? Vous lui avez parlé ?

Une pointe de douleur s'enfonça dans le ventre de Clara, qui secoua la tête.

— Malheureusement non. Ses moments de lucidité sont très rares, désormais.

Madame Guillot observa Clara un instant, d'un regard empli de la compassion sincère d'une femme qui savait ce qu'était la perte d'un être cher. Bien sûr. Combien de fois madame Guillot avait-elle pleuré les siens au cours de sa vie ?

— Alors, ma douce, ça nous fait deux souhaits. Allez donc en donner un à Angelina.

— Angelina ?

— Hum. Voilà deux mois que vous êtes à La Nouvelle-Orléans et vous n'avez pas entendu parler du mur des pleurs ?

Le mur des pleurs. Un étrange frisson descendit le long de l'échine de Clara.

— Non. C'est où ?

— Eh bien, à la plantation Windisle, évidemment.

La plantation Windisle. Clara prit le sac de sport sur ses genoux et le posa par terre, près de son siège, pour se pencher légèrement en avant.

— Vous voulez bien m'en parler, madame Guillot ?

Le regard de la vieille dame se détourna de Clara, pour se poser sur le vénérable magnolia qui poussait dans le jardin voisin. Ses fleurs blanches géantes et ses feuilles d'un vert luxuriant scintillaient dans la lueur des derniers rayons du soleil estival.

Elle se cala de nouveau contre le dossier de son rocking-chair, ce qui fit craquer le vieux bois, et ses yeux rencontrèrent ceux de Clara.

— C'est une plantation de cannes à sucre qui a été construite il y a plus de cent ans. (Clara se rendit compte qu'elle retenait son souffle. Elle le relâcha lentement afin de ne pas distraire madame Guillot de son récit.) Oh, certains la disent sacrée et d'autres la prétendent maudite. En revanche, tout le monde est d'accord sur un point : elle est hantée.

Les mains brunes et noueuses de madame Guillot agrippaient les accoudoirs du fauteuil à bascule, l'alliance qu'elle portait encore attrapa les derniers vestiges du jour.

— Vous voyez, mon petit, une jeune femme du nom d'Angelina Loreaux, le cœur brisé par la trahison de son amant, s'est donné la mort dans la roseraie et son esprit tourmenté continue d'y errer, avec le fantôme de l'homme qui l'a rejetée, le privant de la paix éternelle à cause des conséquences tragiques de ses actes sur terre. (Madame

Guillot esquissa un sourire mélancolique.) Cela dit, pour ma part, j'ai toujours pensé que si c'était vrai, si les gens étaient destinés à hanter la terre à cause de leurs choix égoïstes d'humains, eh bien, il n'y aurait plus aucune âme au paradis.

Les lèvres de madame Guillot se relevèrent et, en son for intérieur, Clara ne put qu'admettre la justesse du propos. Ou plutôt, elle pensait qu'en tout état de cause le paradis était vide.

— Quelle histoire terriblement triste !

Madame Guillot hocha la tête, solennelle.

— Oh que oui !

— Qui était-elle ? Angelina, je veux dire. La fille du propriétaire de la plantation ?

— Oui, c'est ça. Il s'appelait Robert Chamberlain. Mais elle était aussi la fille de Mama Loreaux, une esclave qui travaillait à la cuisine et qui qui avait porté son enfant illégitime. Mama Loreaux était une beauté aux yeux sombres et perçants, dit-on, connue parmi ses compagnons d'infortune pour sa pratique d'une forme de vaudou d'Afrique de l'Ouest, transmise par sa mère et sa grand-mère avant elle. Grâce à des herbes et à des sorts, elle leur offrait un soulagement à toutes les afflictions possibles et imaginables. Leur fille, Angelina Loreaux, était une belle enfant pleine d'esprit, adorée par sa mère *et* son père. On dit que Robert Chamberlain était sous le charme de sa fillette, qu'il la faisait sauter sur ses genoux, sur la terrasse devant la maison de la plantation... au grand dam de son épouse et de ses enfants légitimes, qui toléraient Angelina mais guère plus.

Intriguée, Clara buvait chaque parole de l'histoire, la tête inclinée sur le côté. *Quelle tragédie !* Le récit lui coupait le souffle.

— Angelina a grandi dans la cuisine des Chamberlain, sous le regard attentif de sa mère, charmant à la fois sa propre famille d'esclaves et les visiteurs de la plantation. Prompte à rire, d'une gentillesse aussi généreuse que le soleil, d'un esprit aussi délicat que les ailes d'un colibri et de la beauté rare d'une fleur exotique, elle était très facile à aimer. Du moins, c'est ce qu'on raconte.

— D'où proviennent toutes ces informations, madame Guillot ?

— Oh, des autres esclaves qui vivaient à Windisle, j'imagine. Elle s'est transmise de génération en génération. Moi, c'est ma grand-mère qui m'a raconté l'histoire d'Angelina Loreaux et de John Whitfield, quand je n'étais pas plus grande qu'un moustique.

Elle éclata d'un rire mélodieux et doux.

— Bref, la légende veut qu'à l'âge de dix-sept ans Angelina rencontra John Whitfield, un jeune soldat du Sud, issu d'une famille extrêmement riche, qui faisait halte à la plantation. Ils ne passèrent que peu de temps ensemble, mais John fut immédiatement charmé par la belle Angelina. (Madame Guillot fronça les sourcils.) On dit qu'ils tombèrent tous les deux amoureux, mais j'ai du mal à le croire, vu ce qui s'est passé ensuite.

— Il l'a trahie, chuchota Clara. Et elle s'est donné la mort.

— Oui, acquiesça madame Guillot. Toutefois, auparavant, ils étaient devenus amants en secret.

En secret. Évidemment. Ils vivaient dans un monde complètement différent. Ses propres problèmes, sa tristesse lui paraissaient soudain... eh bien, pas tout à fait mineurs, mais quel malheur ce devait être que de tomber amoureuse de quelqu'un et de devoir le cacher comme un secret honteux. Insupportable, non ?

— Comment l'a-t-il trahie ? demanda-t-elle, presque effrayée de l'apprendre.

— Oh, je pense que ce devait être en 1860 ou 1861, John entra dans l'Armée des États confédérés pendant la guerre de Sécession. Il quitta Angelina en promettant de lui revenir. Angelina l'attendit, son amour inaltérable. Son cœur pur et tendre croyait fermement qu'ils bâtiraient un avenir ensemble d'une manière ou d'une autre. Ce devait être une rêveuse, celle-là. (Madame Guillot eut l'air pensive.) Peut-être lui semblait-il avoir enfin trouvé un endroit où elle se sentirait à sa place, dans un monde où elle n'en avait aucune. (La vieille femme sourit.) Mais ce ne sont que mes suppositions.

— Elles sont logiques, murmura Clara.

Madame Guillot fronça les sourcils.

— Quoi qu'il en soit, le cœur de John ne fut pas fidèle et il lui fit bientôt remettre un message par sa famille pour annoncer à Angelina qu'il ne l'aimait plus et qu'elle devait l'oublier, comme il avait déjà commencé à l'oublier de son côté.

Elle se remit à se balancer et les grincements du fauteuil brisèrent le silence qui était descendu sur la rue. Le joueur de saxophone avait rangé son instrument à un moment donné et Clara ne s'en était même pas rendu compte.

— Angelina, désespérée, s'enfuit dans la roseraie. Et ce fut là, à l'endroit où elle avait rencontré son bien-aimé, qu'elle enfonça la lame d'un rasoir de son père dans son poignet.

Clara hoqueta, le cœur submergé de chagrin, même si elle connaissait déjà l'issue de l'histoire. Madame Guillot hocha la tête, à croire qu'elle comprenait parfaitement la réaction de Clara.

— Oui, je sais. Mama Loreaux a découvert sa fille et on dit que son cri d'horreur a pénétré le vent, lequel l'a porté dans tous les recoins de la plantation Windisle et bien au-delà. La tête d'Angelina entre ses bras, elle a maudit l'amour qui avait emporté son trésor, sa fille, faisant appel aux esprits pour que John ne trouve jamais l'amour vrai, dans cette vie ou la suivante. (Elle soupira.) John rentra de la guerre et vécut seul jusqu'à sa mort, sans jamais trouver l'amour en effet. On le voyait rarement en public et on raconte qu'il souffrait de fréquentes hallucinations dues à la guerre. Il contracta la tuberculose vers la fin de la trentaine et mourut peu après.

Bien fait ! fut tentée de commenter Clara. Mais elle se tut. Ce n'était pas bien de maudire quelqu'un qui était déjà mort. Et déjà maudit, d'ailleurs.

Les deux femmes restèrent silencieuses un long moment tandis que Clara laissait l'histoire s'infiltrer dans son esprit. Bizarrement, elle se sentait emplie de ce triste récit, comme si non seulement il avait piqué son intérêt mais aussi qu'il s'était enveloppé autour de ses os, de tout son être.

— Comment le mur des pleurs est-il lié à cette histoire ? Et pourquoi les gens y vont-ils faire des vœux ?

Le front creusé de rides profondes de madame Guillot se plissa plus encore sous l'effet de la réflexion.

— D'après ce que je me rappelle, il se dit que les esprits de John et d'Angelina errent dans la roseraie encore aujourd'hui, incapables de trouver le repos, incapables de trouver la paix, toujours en quête de ce qui les libérera du fardeau de leurs péchés terrestres. Les habitants du coin pensent qu'Angelina, liée à la malédiction pour une raison que nul ne connaît vraiment, accordera un vœu à ceux qui se faufileront à travers les fissures dans le mur qui entoure Windisle. (Madame Guillot sourit.) Angelina exauce des vœux, dit-on, pour encourager d'autres personnes à venir, dans l'espoir que l'une d'elles, différente des autres, parviendra à résoudre l'énigme et à briser la malédiction.

— Quelle énigme ?

Madame Guillot fronça encore les sourcils.

— Je ne crois pas me rappeler exactement ce qu'elle dit, mais il me semble qu'elle a été prononcée par une prêtresse vaudoue à un moment donné. Vous pourriez interroger Dory Dupre, à la bibliothèque du quartier. Elle s'en souviendra sans doute ou bien elle pourra faire des recherches pour vous.

Clara sourit, ravie d'avoir une piste pour en apprendre plus sur ce mystère.

— J'irai la trouver. Vous savez pourquoi on l'a appelé le mur des pleurs ?

— On dit qu'il pleure de vraies larmes, à cause du chagrin et de la tragédie qu'il a abrités, car les esprits sont encore enfermés dans ses pierres. Pour ma part, je ne l'affirmerais pas, puisque les quelques fois où je m'y suis rendue, je n'ai jamais été témoin de ce prodige, mais on raconte qu'il ne s'arrêtera de pleurer qu'au moment où les esprits d'Angelina et de John seront libérés.

— Et qui vit là-bas désormais, madame Guillot ?

— Personne, je crois. L'endroit est vide depuis des années.

Les pensées de Clara furent interrompues par le grincement du portail que l'on ouvrait. Un vieil homme avec une canne le franchit, puis il ôta son chapeau et adressa un sourire gêné à madame Guillot.

— Bonsoir, Bernice. Belle soirée, n'est-ce pas ?

Clara reporta son attention sur madame Guillot et, malgré sa belle peau d'ébène, elle aurait juré avoir vu ses joues ridées rougir.

— Harry.

Le vieux monsieur tourna les yeux vers Clara et inclina la tête.

— J'ignorais que vous aviez de la compagnie. Je faisais ma promenade du soir et je me suis dit que j'allais passer vous saluer.

Clara se leva et attrapa son sac.

— J'allais justement filer, annonça-t-elle. Je dois me lever de bonne heure. (Elle se pencha et embrassa la joue de madame Guillot, dont la peau parcheminée était aussi douce que le velours.) Merci mille fois de m'avoir raconté cette histoire.

— Il ne me reste pas grand-chose, en revanche, je suis pleine à ras bord d'histoires à raconter, lui assura la vieille dame en riant. Allez donc glisser un vœu ou deux dans les fissures de ce mur. Et dites bonjour à Angelina de ma part.

Clara opina du chef et lui adressa un grand sourire par-dessus son épaule, tout en dévalant l'escalier.

— Je n'y manquerai pas.

— Oh, et puis Clara, mon petit ! la rappela madame Guillot. J'aurai encore de la pommade pour vous, la prochaine fois que vous passerez.

Clara réprima une grimace et conserva sa mine souriante à l'attention de la gentille vieille dame.

— Merci, madame Guillot.

Elle salua Harry en le croisant, remarqua au passage qu'il était tout pimpant, dans sa chemise impeccablement repassée et son chapeau mou, pour une simple balade du soir.

— Bonne soirée, tous les deux.

*
* *

Ce dimanche-là, Clara se réveilla de bon matin et parcourut à pied les dix pâtés d'immeubles qui la séparaient de la bibliothèque.

Le récit de Windisle lui tournicotait dans la tête depuis que madame Guillot le lui avait raconté, il y avait déjà plusieurs jours. Clara se trouvait captivée, peut-être même un peu obsédée, par cette histoire de cœur brisé et de chagrin, survenue plus de cent cinquante ans plus tôt. Elle y pensait dans le bus, sur ses trajets aller et retour du studio de danse, elle y pensait en s'endormant le soir et elle y pensait même en dansant, si bien que les chuchotements des autres ballerines n'étaient plus qu'un simple bruit de fond.

Les mauvaises langues avaient cessé de la déranger, maintenant que son cerveau était tourné vers l'intérieur, concentré sur une belle jeune fille au sourire étincelant comme le soleil et à l'esprit aussi délicat que les ailes d'un colibri. À quoi avait ressemblé sa vie ? Était-elle remplie de souffrances avant même la trahison qui l'avait poussée à mettre fin à ses jours ? Et quels sombres secrets gisaient au pied de ce mur ?

Peut-être l'intensité de l'obsession de Clara pour cette légende était-elle autant liée à sa propre solitude qu'au mystère de cette énigme. Quoi qu'il en soit, elle ressentait comme une étrange attirance chaque fois qu'elle songeait à Windisle. Aussi, qu'importe la raison, elle voulait en savoir davantage.

La petite bibliothèque était faiblement éclairée et silencieuse. Sitôt entrée, Clara marqua un temps d'arrêt pour inhaler profondément l'odeur reconnaissable entre toutes des vieux livres, du papier marqué par les ans et de l'encre imprégnée d'âme.

Quelques personnes flânaient sans bruit parmi les étagères mais, même pour un dimanche, l'endroit était quasi vide. Clara repéra non loin d'elle une dame d'un certain âge avec un chariot, qui replaçait des livres sur les rayons, et se dirigea vers elle.

— Excusez-moi.

La minuscule vieille dame se retourna, tout sourire. Elle devait avoir au moins quatre-vingt-dix ans, lunettes accrochées au bout d'une chaînette autour de son cou, nuage de cheveux blancs en contraste frappant avec sa peau d'un marron profond.

— Je peux vous aider ?

— Vous êtes Dory Dupre ?

— Oui, c'est bien moi.

— Ah, parfait. (Clara lui sourit en tendant sa main.) Je m'appelle Clara Campbell. Madame Guillot m'a suggéré de venir vous parler.

— Ah, et comment va Bernice ?

Le sourire de Clara s'étira encore.

— Très bien.

— Je suis bien contente de l'entendre. Dites-moi donc de quel sujet vous souhaitiez m'entretenir.

— La plantation Windisle.

Une ombre passa sur le visage de madame Dupre, ses rides parurent se crisper une fraction de seconde. Elle secoua la tête.

— Tragique histoire.

— Oui, souffla Clara. Madame Guillot m'a raconté ce qu'elle savait, mais elle n'a pas été en mesure de répondre à toutes mes questions.

— Je comprends. Suivez-moi. Je vais voir si je peux combler certains blancs.

Clara suivit la vieille bibliothécaire jusqu'à une table ronde près de la caisse et toutes les deux s'y assirent.

— Puis-je vous demander pourquoi vous vous intéressez à Windisle, mon petit ?

Clara détourna les yeux en réfléchissant à la question.

— Pour vous dire la vérité, madame Dupre, je ne le sais pas trop. Madame Guillot m'a raconté cette histoire et je n'arrive plus à me la sortir de la tête.

— Je ne vous en blâme pas. Elle est pour le moins intrigante. Et si mystérieuse. (Elle sourit.) Et puis, qui sait, vous serez peut-être celle qui résoudra l'énigme et libérera Angelina. Croyez-vous aux malédictions, mon petit ?

Clara rit doucement.

— Je ne sais pas si je crois aux malédictions, en tout cas j'adorerais entendre cette énigme, si vous vous la rappelez.

— Oh, je me la rappelle parfaitement. Je l'ai entendue de la bouche même de la prêtresse vaudoue.

Clara écarquilla les yeux.

— Ah bon ?

— Oh oui. La première fois, elle a été dite lors d'une fête organisée à Windisle Manor, en 1944. C'était à l'époque où la famille Chamberlain l'habitait encore et y organisait des soirées fastueuses. Je n'avais que quatorze ans, mais ma sœur m'avait dégoté un petit travail pour le traiteur qui servait à cette soirée. Prentiss Chamberlain et son épouse, Dixie, avaient invité une vieille prêtresse aveugle. (Elle marqua une pause.) D'après ce que j'en sais, la famille Chamberlain ne croyait guère aux histoires selon lesquelles des fantômes hantaient leur propriété... même si les rumeurs couraient chaque fois que des invités chez eux rapportaient avoir vu des apparitions fantomatiques, en particulier près de la roseraie. Quoi qu'il en soit, Prentiss et Dixie Chamberlain utilisaient volontiers cette légende en guise de divertissement, d'où l'invitation de la prêtresse.

Madame Dupre fixait un point quelque part derrière Clara et son regard se fit distant alors qu'elle replongeait dans le passé.

— La prêtresse était assise dans un fauteuil en velours rouge et la foule des invités s'est rassemblée autour, le silence s'est fait. Moi, j'observais la scène depuis le seuil d'une porte à l'écart, et je peux vous dire que je retenais mon souffle. Il y avait une... sensation dans la pièce. Je m'en souviens très bien, même si j'aurais du mal à vous l'expliquer. Un... poids, quelque chose d'oppressant. La prêtresse... je la revois qui ferme ses yeux laiteux en parlant... a confirmé que l'esprit d'Angelina et de John hantait bel et bien la propriété, plus particulièrement le jardin, où ils erraient tous les deux, indifférents à la présence de l'autre.

— Comme c'est triste, chuchota Clara.

Même si, supposait-elle, il valait mieux pour Angelina qu'elle n'ait pas à errer pour l'éternité avec un homme qui lui avait brisé le cœur.

Madame Dupre hocha la tête.

— L'un des invités de la fête l'a interrogée sur la malédiction de Mama Loreaux, à quoi la prêtresse a répondu que c'était vrai et qu'une malédiction de cette sorte ne pouvait être brisée que par une seule et unique chose. (Le silence qui suivit était dense et pesant tandis que madame Dupre croisait le regard de Clara.) Une goutte du sang d'Angelina révélée à la lumière.

Une goutte du sang d'Angelina révélée à la lumière. Clara se laissa envelopper par les mots.

— Quelqu'un a une idée de ce que ça signifie ?

Madame Dupre secoua la tête.

— Personne, pas même la prêtresse elle-même, qui a affirmé que les esprits ne révélaient pas toujours leurs secrets, y compris à elle.

Clara tourna et retourna l'information dans son esprit, la stocka dans sa mémoire.

Elles discutèrent encore quelques minutes, Clara fit à madame Dupre un résumé de ce que madame Guillot lui avait révélé de la légende. Madame Dupre n'avait rien de plus à lui apprendre sur le sujet, mais elle lui montra les ordinateurs où, dit-elle, la jeune femme trouverait peut-être des éléments sur la maison elle-même et la famille qui l'avait jadis occupée.

Clara la remercia chaleureusement, puis une femme s'approcha du guichet pour faire enregistrer une pile de livres.

Assise devant un ordinateur, Clara lança une recherche à la fois sur la plantation et sur la famille, puis elle fit défiler les articles ainsi trouvés, tout en prenant quelques notes sur de petits morceaux de papier fournis à chacun des trois bureaux.

Windisle Manor, bâtisse de style néo-grec, fut bâti au début des années 1800 sur une plantation de cannes à sucre de cinq cents hectares, propriété de la famille Chamberlain. Avant la guerre de Sécession, la plantation Windisle possédait plus d'une centaine d'esclaves, dont la plupart travaillaient dans les champs de cannes à sucre, mais certains étaient employés au manoir.

— Mama Loreaux, murmura Clara.

Elle se figurait la beauté de cette femme au regard intelligent que madame Guillot lui avait décrite. Elle la voyait, maintenant, en train de regarder par une fenêtre Robert Chamberlain qui faisait sauter sa fillette sur ses genoux et le reste de sa famille qui contemplait la scène avec dédain. Qu'éprouvait-elle à ce spectacle ? Quels étaient ses sentiments ?

Issue d'un foyer monoparental de la classe ouvrière, Clara avait vécu sa part de jugements blessants de la part des filles hautaines de familles riches dans les écoles de danse classique qu'elle fréquentait, elle en avait souffert. Mais ce n'était pas vingt-quatre heures par jour. Et pas de la part de tout le monde. Elle n'arrivait pas à imaginer les méchantes piques au vitriol qu'elle subirait s'il n'était pas mal vu de critiquer les personnes considérées comme moins bien nées que soi, du moins la plupart du temps.

Elle reporta son attention sur les informations à l'écran. Contrairement à nombre d'autres plantations de l'État, qui étaient désormais passées sous protection de la Société pour la Préservation du patrimoine et ouvertes au public, la famille Chamberlain était toujours propriétaire de Windisle et l'endroit restait une résidence privée. Pressée de mettre le grappin sur ce beau morceau d'histoire américaine, la Société pour la Préservation du patrimoine avait fait plusieurs offres à la famille, chaque fois rejetées. *Intrigant*, pensa Clara. Pourquoi la famille n'était-elle pas intéressée par la préservation de sa propriété ?

Elle se perdit dans ses recherches, dans l'histoire affichée à l'écran et, avant qu'elle n'en prenne conscience, la grande pendule au mur lui apprit que plusieurs heures s'étaient écoulées. En même temps que son estomac lui indiquait, bruyamment, qu'elle avait sauté le déjeuner.

Madame Dupre s'entretenait avec une visiteuse de la bibliothèque de l'autre côté de la salle. Clara lui adressa un petit signe de la main, avant de retrouver le soleil féroce dans un doux ciel bleu.

Sur le chemin du retour, Clara admira, le long de la rue, les vieilles maisons pittoresques peintes de couleurs vives et embellies par des ornements architecturaux : défilés d'encorbellements, colonnes sculptées à la main, moulures élégantes et larges fenêtres à imposte. Nombre de ces demeures souffraient d'un manque d'entretien, les rampes étaient branlantes, les vignes-vierges fleuries et les bosquets se mêlaient aux herbes folles qui envahissaient les minuscules cours, les portes de bois jadis grandioses étaient craquelées et leurs couleurs fanées. Pourtant, même ces maisons-là gardaient une certaine beauté et Clara ressentit une pique au cœur pour toutes les choses dans le vaste monde qui avaient été aimées par le passé et attendaient patiemment d'être aimées à nouveau.

En tournant dans sa rue, elle repensa à Windisle Manor, à la façon dont la bâtisse apparaissait sur les photos qu'elle avait vues : imposante, saisissante... et entourée à perte de vue par les champs de cannes à sucre.

Elle était tombée sur plusieurs articles dans les pages Société des décennies écoulées, faisant référence à des fêtes et autres événements organisés au manoir. Les invités de ces rassemblements louaient l'état et la beauté de la maison et de la propriété en général, et les photos offraient les preuves de sa splendeur. Toutefois, au cours des dernières années, plus un mot n'était paru au sujet de la plantation.

Clara en déduisit que plus personne n'y vivait… du moins personne dont le cœur battait encore.

2

— Allô, madame Lovett ? C'est Clara.

— Oh, bonjour, ma chère Clara. Comment ça va à La Nouvelle-Orléans ? Vous vous adaptez bien ?

— Ça va. Je m'habitue très bien, répondit Clara avec un sourire dans la voix, déterminée qu'elle était à paraître positive, même si, dans les faits, elle n'était pas vraiment dans son élément, pas encore.

— Je suis très contente de l'entendre.

— Comment va-t-il aujourd'hui, madame Lovett ?

S'ensuivit une brève hésitation avant la réponse de madame Lovett, d'une voix plus basse qu'au début de la conversation.

— Oh, rien de grave. Il s'est un peu fâché et il a jeté son plateau de déjeuner. Nous lui avons donné un sédatif pour le calmer, donc il dort encore.

Le cœur de Clara se serra. Elle avait espéré parler à son père, ne serait-ce qu'un instant, rien que pour entendre sa voix. Des larmes lui picotèrent les yeux.

— Il a eu des moments de lucidité hier, au moins ?

— Non, pas hier, mon petit.

Clara perçut le regret dans la voix de la vieille infirmière. Gentille comme elle l'était, madame Lovett aurait aimé lui annoncer de bonnes nouvelles. Clara avait appris à la connaître, à force de rendre visite à son père dans cette institution, avant de partir pour La Nouvelle-Orléans.

— Vous voulez bien m'appeler ce soir, si son état évolue ?

— Bien sûr, bien sûr.

Elles conversèrent une minute de plus, avant de se saluer. Clara remit lentement son téléphone dans son sac à main. Elle essuya la larme qui roulait sur sa joue et prit une longue inspiration saccadée. La maison lui manquait, elle se sentait seule et son père lui aurait manqué aussi, même en de meilleures circonstances. Mais savoir qu'il s'éteignait un peu plus chaque jour et qu'elle était si loin, c'était comme avoir un couteau planté dans le cœur.

Bientôt il partirait et elle aurait raté les derniers précieux instants avec lui, pendant qu'il avait encore l'esprit clair, qu'il savait qu'elle était là. Quand le brouillard se levait, de temps à autre, se demandait-il où elle était ? Se demandait-il pourquoi elle l'avait abandonné, au moment où il avait le plus besoin d'elle ? Ou se souvenait-il qu'il l'avait lui-même incitée à partir ?

— Papa ! chuchota-t-elle dans la solitude de son appartement.

Elle se leva de la chaise de sa minuscule cuisine et attrapa son sac. Besoin d'air. Besoin d'échapper aux quatre murs qui se refermaient sur elle. La danse l'aidait à ne pas oublier pourquoi elle était ici, à se souvenir des sacrifices volontairement consentis par son père. Mais aujourd'hui, c'était sa journée de repos, et puis, de toute façon, son corps avait besoin d'une pause. Si seulement...

Ses réflexions furent brusquement interrompues quand elle sortit dans la chaleur étouffante de La Nouvelle-Orléans, son vœu concernant son père lui en rappelant un autre. Elle reprit son téléphone et chercha sur Internet « Plantation Windisle », dont elle trouva aisément l'adresse. Quelques minutes plus tard, un Uber se garait le long du trottoir et elle était en route pour le mur des pleurs.

Après vingt minutes de trajet, elle descendit du véhicule. La journée était désormais balayée par une légère brise merveilleusement agréable sur sa peau échauffée. Clara poussa un soupir de plaisir, puis elle inhala les fragrances sucrées et riches de l'été, appréciant ce sursis dans la météo torride des derniers jours.

Au-dessus d'elle, le ciel s'était paré de plusieurs teintes de gris, les nuages bordés d'une lueur argentée. À croire qu'un orage d'été se préparait. Une nuée d'oiseaux traversa la brume scintillante. L'un d'eux se détacha du reste de la formation pour s'attarder seul une fraction de seconde, avant que le reste du groupe ne fasse demi-tour pour récupérer le membre égaré et compléter à nouveau le motif initial.

L'espace d'un instant, Clara resta là, au bord de la rue étroite, sans aucune voiture en vue. Elle était surprise de trouver la route déserte, alors qu'elle s'était figuré au moins quelques personnes devant le mur, leurs vœux en main. Elle s'avança vers la structure de pierre, heureuse d'avoir choisi un jour où elle avait les lieux pour elle seule.

Alors qu'elle approchait de ce qui devait être le mur des pleurs, elle enroula les bras autour de sa taille. C'était une structure de pierre d'environ deux mètres cinquante, qui se terminait d'un côté au milieu d'un bois dense et des hauts roseaux qui bordaient le fleuve Mississippi et, de l'autre côté, au début de ce qui avait jadis été des champs de cannes à sucre et qui n'était plus désormais qu'un méli-mélo de végétation.

Une arche s'ouvrait au milieu du mur, barricadée par un portail de fer forgé. Des rosiers sauvages s'entortillaient autour des barreaux, créant un épais enchevêtrement de feuilles, de tiges très épineuses et de fleurs d'un écarlate vibrant. Il y avait quelque chose d'à la fois luxuriant et sauvage dans ce spectacle, si bien qu'un drôle de frisson, mi-peur, mi-excitation, lui hérissa l'échine.

Elle se contenta de le fixer des yeux un moment, bouche bée devant sa taille et impressionnée de se trouver enfin devant LA chose qui occupait son esprit depuis des semaines. S'il était vrai que le mur pleurait, ce n'était pas le cas aujourd'hui. La pierre était sèche, sa couleur lui rappelait le ciel et ses différentes nuances d'étain et d'argent. De minces rubans de lumière platine filtraient à travers les fissures où le mortier s'était craquelé, des failles par lesquelles on pouvait glisser son vœu.

J'aimerais...

Je souhaiterais...

C'était comme si les chuchotements, les espoirs... les prières, étaient toujours accrochés dans le vent, suspendus en quelque sorte, comme si eux aussi étaient des esprits fantomatiques prisonniers à jamais de l'air qui entourait ce lieu hanté.

— Ressaisis-toi, Clara, s'enjoignit-elle à mi-voix.

Elle avait toujours été attirée par les histoires. Elle adorait écouter les intrigues des spectacles de danse dont elle faisait partie. La romance, les chagrins d'amour ne cessaient jamais d'attiser sa créativité et l'aidaient à devenir le personnage. Sans doute une autre raison, du moins le supposait-elle, qui l'avait tant attirée dans la légende de Windisle, vers Angelina Loreaux et son histoire tragique.

Mais les fantômes ? Les malédictions ? Ça, elle n'y croyait pas forcément, même si elle ne les rejetait pas complètement non plus. Quoi qu'il en soit, c'était l'histoire au cœur de tout ça qui l'intriguait le plus. Et c'était par elle que tout avait commencé.

Elle s'approcha timidement, l'émerveillement le disputant à une tristesse poignante. Elle plaqua ses mains tremblantes sur le mur et se pencha vers l'avant pour aller poser la joue contre la structure massive. Et son esprit s'emplit d'images floues de ce qui s'était passé là derrière.

Le mur protégeait la maison et les terres d'éventuelles forces nuisibles, venues de l'extérieur, mais qui protégeait ceux qui vivaient à l'intérieur ? Soudain, Clara fut submergée par la conscience de l'angoisse déchirante, pas seulement celle d'Angelina, mais aussi celle des esclaves qui avaient vécu leur vie là, que des êtres avaient éprouvée si près de l'endroit précis où elle se tenait maintenant.

Leur sang et leur sueur étaient-ils toujours mêlés à la terre des champs de cannes couverts de mauvaises herbes ? Un tel chagrin l'emplit qu'elle crut ne pas pouvoir retenir ses larmes. Le souvenir lui revint d'elle petite fille, qui avait pleuré en entendant une histoire affligeante aux informations. Son père, qui avait essuyé ses larmes, l'avait prévenue qu'elle ne pourrait pas pleurer pour tout le monde, sinon elle serait tout le temps en larmes.

« Mais papa, avait-elle répondu, si je ne les laisse pas sortir, je vais me noyer à l'intérieur, non ? »

Voilà ce que ressentait Clara, maintenant, plantée devant ce mur : son cœur se noyait lentement.

Elle sortit son vœu de sa poche, celui qu'elle avait rédigé dans le taxi qui l'amenait ici, et marqua un temps en percevant un léger mouvement de l'autre côté, un petit animal, peut-être, ou bien juste les plantes qui ondoyaient sous la brise. À moins qu'il ne s'agisse d'Angelina, son esprit fantomatique plein d'espoir derrière ce mur, qui attendait celui ou celle qui réussirait à la libérer.

Par une goutte de son sang révélée à la lumière.

Les yeux rivés sur son vœu, elle se sentait tout à coup ridicule, pas parce qu'elle faisait un vœu, mais parce que sa tristesse, à elle, lui paraissait... petite. Pas sans importance ; Clara croyait que toutes les peines comptaient, mais sa tristesse personnelle faisait partie de l'ordre naturel des choses, non ?

Elle poussa un soupir bruyant.

— Tu dois nous trouver bien idiots et égoïstes, marmonna-t-elle en froissant le papier dans son poing, les yeux fermés, de venir ici faire nos propres vœux, quand toi, tu attends depuis des décennies que le tien soit exaucé. Quand la vie que tu as vécue contenait plus de chagrin que nous n'en connaîtrons jamais.

Clara hésita un instant, réfléchit, puis elle défroissa la feuille et sortit un stylo du sac accroché à son épaule. Elle déchira le vœu qu'elle avait écrit, fourra le petit morceau de papier dans sa poche et rédigea un autre vœu.

Différent. Ayant replié le papier, elle le glissa par l'une des étroites fissures.

Elle faisait demi-tour quand, obéissant à une impulsion, elle se retourna et approcha son œil de la fente dans la pierre. Un mouvement la fit ciller et elle sursauta un peu, recula avec un petit hoquet.

Avec précaution, elle se rapprocha et regarda à nouveau. Cette fois, elle ne vit rien. Pas même la silhouette d'une maison au loin, l'espace dans le mur étant trop petit, trop étroit. Elle ne discernait qu'une touche de vert. Bien sûr, il lui suffit de lever les yeux pour comprendre que les énormes chênes, derrière le mur, lui masqueraient de toute façon la maison.

Qu'ai-je vu ? Elle attendit, quoi, elle n'en savait rien, et soudain elle aurait juré entendre le son du papier que l'on froissait. De nouveau, elle s'approcha pour placer le bout des doigts contre le mur.

— Bonjour ?

Sans savoir pourquoi, elle eut vaguement l'impression que l'être qui se trouvait de l'autre côté de ce mur s'était immobilisé, tout comme elle.

Ne recevant pas de réponse, elle se détourna, ne sachant qu'elle conduite adopter, et s'appuya contre le mur, le dos plaqué contre la pierre, la tête en arrière, à l'écoute. Elle sentait une présence de l'autre côté, qui attendait, qui écoutait aussi.

Fermant les yeux, elle entendit à nouveau un froissement discret, au bout de plusieurs minutes. Si elle n'avait pas été collée contre le mur, elle aurait cru qu'il s'agissait d'un oiseau dans quelque arbre au loin, qui battait des ailes pour s'envoler parmi les branches. Elle pressa la joue contre le mur, l'oreille pile au-dessus du vieux ciment craquelé et poreux, et elle entendit... une respiration. Ses yeux s'arrondirent et son cœur s'emballa. Ce n'était pas un fantôme qui se tenait de l'autre côté, mais un être humain de chair et de sang.

— Je vous entends respirer. (Le souffle se tut aussitôt et Clara attendit une seconde, deux.) Je ne voulais pas vous dire d'arrêter. (Après quelques secondes, un fort soupir retentit ; Clara cilla.) Qui êtes-vous ?

Attendait-elle une réaction ? Elle n'en savait rien.

Pendant un long moment, aucune réponse ne lui parvint et elle s'apprêtait à retenter sa chance quand une voix masculine finit par lâcher :

— Mon nom est Jonah. Quel est le vôtre ?

La surprise saisit Clara. Il y avait un homme assis de l'autre côté du mur, le dos plaqué au même endroit que le sien. Seule l'épaisseur de pierre les séparait. L'espace d'une seconde, son propre nom lui échappa.

— Euh… Clara.

— Clara, répéta-t-il.

Une caresse murmurée. Elle n'avait pas la moindre idée de qui il s'agissait, mais elle aimait le son de son prénom dans sa voix, la façon dont sa langue roulait sur le « r ».

— Qui êtes-vous ?

Il poussa un soupir las. Une longue pause s'ensuivit.

— Je ne suis pas sûr de le savoir.

Clara fronça les sourcils : que voulait-il dire par là ?

— Est-ce que vous… vivez ici ?

— Oui.

Le mot avait l'air plus lointain, comme s'il avait tourné la tête, alors elle pressa encore l'oreille contre la pierre, se figurant un homme sans visage, le regard perdu dans le lointain.

— Je… On m'avait dit que personne ne vivait ici.

— On vous l'a dit ?

La voix était plus proche, à croire qu'il avait retourné la tête vers le mur.

Clara rougit, puis elle secoua la tête. Quelle idiote ! Cet homme ne la voyait même pas.

— Les gens du coin aiment bien parler de Windisle. J'ai… je me suis renseignée dessus.

— Et vous êtes venue faire un vœu.

— Oui, je… Attendez, vous avez lu mon vœu ?

Était-ce le son de son papier froissé qu'elle avait entendu ?

Il lâcha un petit rire, un son rouillé suggérant qu'il ne l'utilisait guère.

— Vous l'avez jeté sur ma propriété.

— Oui, vous avez sans doute raison. (Elle réfléchit.) Donc c'est vous... qui lisez tous les vœux.

— Je ne les lis pas tous. Je me contente de les collectionner.

— Vous les collectionnez, répéta-t-elle lentement. Du coup, vous êtes le collectionneur de vœux ?

Il hésita, puis :

— Le collectionneur de vœux. Sans doute, oui.

— Et qu'en faites-vous ?

— Je suis sûr que vous préférez ne pas le savoir.

Elle lâcha un soupir en souriant.

— Vous les exaucez, bien entendu, pas vrai ?

— Je les jette.

Clara prit une brusque inspiration.

— C'est affreux.

— Que suis-je censé faire ? Les laisser sur l'herbe, se déliter sous la pluie ? Voltiger partout sur la propriété ?

— Je n'en sais rien. Les jeter, tout de même, ça semble... ça semble... eh bien, sacrilège. Un péché.

— Un sacrilège. Voilà qui est bien sérieux. Le problème, Clara, c'est que j'ignore si ce péché-là est plus grave que tous ceux que j'ai commis.

Ne sachant trop que répondre, elle garda le silence.

— Que devrais-je en faire, selon vous ? Les encadrer chacun séparément et les accrocher à mon mur ? « La Galerie des faux espoirs », j'appellerais ça.

— Vous êtes sarcastique, dit-elle d'une voix où elle-même percevait l'indignation. À propos des souhaits les plus intimes des gens, de leurs espoirs et de leurs rêves. Leurs chagrins.

— Pourtant, vous n'avez pas fait de vœu pour vous...

Clara entendit le froissement du papier, comme s'il dépliait son vœu à nouveau. Qu'il le relisait.

— C'était personnel.

— Il m'a été donné. Il a atterri à mes pieds.

Cette fois, ce fut une touche d'amusement qu'elle perçut dans le ton. Clara se raidit et lâcha un petit « pff » énervé.

De nouveau, il pouffa et, malgré elle, Clara se surprit à aimer le son de son rire. Il était rouillé, certes, mais aussi profond et riche.

— Bon, fit-elle en se relevant et en s'essuyant les mains. Il faut que j'y aille. Je comprends que formuler des vœux devant ce mur prétendument spécial ne sert à rien.

Elle sut qu'il s'était levé aussi, au bruit de tissu qu'elle entendit de l'autre côté et au fait que sa voix, quand il parla, lui parvint d'en haut. Il était donc plus grand qu'elle.

— Attendez. Pardon. Je vous taquinais. S'il vous plaît...

Il s'interrompit et elle se surprit à se pencher contre le mur. La façon dont il avait prononcé ces mots... La solitude évidente qu'elle avait perçue dans le ton lui serra le cœur. L'espace d'un instant, il avait paru au désespoir à l'idée qu'elle s'en aille.

— Quoi ? demanda-t-elle doucement, la bouche contre une des fissures minces comme une feuille de papier.

— Rien.

Elle hésita, posa les mains sur la pierre.

— J'imagine qu'en vivant ici, vous en savez beaucoup sur la plantation. Son histoire.

— Oui.

— Seriez-vous d'accord pour m'en raconter un peu ? Si je revenais ?

— Revenir ?

— Le dimanche, c'est mon jour de repos...

— Je... euh... En général, c'est le jour où je pille les vœux, justement. Pour une raison qui m'échappe, il ne vient pas grand monde le dimanche. Peut-être parce que c'est le jour où on va faire ses vœux à l'église.

— Vous « pillez les vœux ».

Elle lâcha un petit rire et crut, elle aurait pu le jurer, entendre les lèvres de l'homme s'entrouvrir sur un sourire mais, évidemment, elle ne pouvait pas en être certaine.

— Donc, s'il me venait l'idée d'un autre moyen de gérer les vœux, autre que les jeter comme vous le faites, vous seriez peut-être ouvert à des suggestions ? Et en retour, vous pourriez m'en raconter un peu plus sur Windisle ?

— Peut-être.

— Dans ce cas, à dimanche prochain.

Quand il parla, cette fois, elle était sûre de percevoir le sourire dans sa voix.

— Même heure ?

Clara retira son portable de son sac et y jeta un coup d'œil.

— Dix-huit heures ?

— D'accord.

Il y avait quelque chose dans sa voix qu'elle ne savait pas trop comment interpréter : espoir ? Impatience ? Nervosité ? Perplexité, même, peut-être ? Mais face à quoi ? Elle sentait son cœur battre, des pulsations régulières, une chaleur dans sa poitrine. Le plaisir d'avoir désormais un lien personnel avec Windisle en la personne de l'homme mystérieux de l'autre côté du mur.

— À la semaine prochaine.

— Oui, à la semaine prochaine.

Elle ressortit son téléphone, appela un Uber et quitta Windisle, le sourire aux lèvres, le long de la route déserte bordée d'arbres. Jonah était-il encore de l'autre côté du mur, l'œil rivé à une fissure pour essayer d'apercevoir des petits morceaux d'elle qui s'éloignait ?

3

Juin 1860

La fête donnée pour les dix-huit ans de sa sœur Astrid battait son plein, les rires et les conversations des invités soulignant la musique qui s'échappait par les fenêtres et se déversait des balcons du manoir de Windisle.

— Aïe, siffla Angelina quand une épine perça la pulpe délicate de son pouce.

Elle porta la minuscule blessure à sa bouche et puis, sans plus y prêter attention, elle continua de grimper au treillage du rosier, qui croulait sous le poids d'odorantes fleurs roses et blanches. *Et leurs épines,* se répéta-t-elle. *Méfie-toi des épines.*

Elle passa la tête par-dessus la rambarde du balcon et ses yeux s'arrondirent lorsqu'elle découvrit les invités en train de danser et de s'amuser dans un cadre fastueux. Une table chargée de desserts avait été dressée ; des desserts qu'elle connaissait bien, pour avoir aidé à les préparer toute la matinée et l'après-midi entier, et de l'autre côté de la salle se dressait une pyramide de coupes de champagne, remplies du liquide pétillant et doré qui scintillait à la lumière des chandeliers.

Jamais elle n'évoluerait dans ce milieu, mais oh, qu'elle brûlait de le voir !

Son regard s'arrêta sur la haute silhouette d'un homme en uniforme qui attrapait une coupe de cristal et la portait à sa bouche.

De l'autre côté de la pièce, elle aperçut la dame du manoir, Delphia Chamberlain, qui saisissait le bras de sa fille, et accessoirement demi-sœur d'Angelina, la prénommée Astrid, et l'entraînait vers la fontaine à champagne. Ou peut-être vers le soldat. Quand Angelina reporta son attention sur lui, il était lui aussi en train d'observer les deux femmes qui s'approchaient, mais il prit Angelina de court lorsqu'il se tourna soudain et que ses yeux accrochèrent les siens. Elle hoqueta de surprise et baissa aussitôt la tête afin de disparaître de sa vue.

Pendant un instant, elle resta parfaitement immobile, hormis pour prendre de petites bouffées d'air parfumé à la rose, qu'elle relâcha en une longue expiration. Sans doute avait-elle imaginé le croisement de leurs regards. La maison était très éclairée, et même baignée de lumière, alors que le jardin était plongé dans la pénombre.

Une fois son cœur calmé, elle releva la tête par-dessus la rambarde, en se focalisant immédiatement sur la pyramide de champagne. L'homme avait disparu. Et quand elle regarda l'endroit où s'étaient trouvées madame Chamberlain et Astrid, elle les vit arrêtées par l'un de leurs hôtes qui riait avec force gestes tandis que madame Chamberlain semblait agacée et qu'Astrid souriait poliment.

Angelina balaya la fête des yeux pendant quelques minutes encore, se délectant de la splendeur des décorations d'anniversaire : extravagantes compositions florales sur chaque surface, tables chargées de hautes piles de cadeaux emballés. Son père n'avait pas lésiné pour sa fille aînée. Les robes richement colorées des femmes tourbillonnaient au son de la musique et les hommes…

— Cet endroit ne me semble pas très sûr.

Angelina tressaillit et sa paume, en accrochant le bois du treillis, se planta à nouveau sur une épine.

L'homme bougea rapidement, puis il vint se placer près d'elle alors qu'elle le dévisageait, les yeux écarquillés. Angelina déglutit, puis redescendit le long du treillis quand l'homme s'écarta, lui laissant la place de poser les pieds au sol, mais les bras levés vers sa taille, comme pour se préparer à la rattraper au cas où elle glisserait.

Elle lissa sa robe, le visage échauffé et le cœur battant follement dans sa poitrine.

— Je voulais juste... euh... cueillir une...

— Une étoile ?

Une rose pour ma mère, s'apprêtait-elle à préciser, mais l'interruption de l'homme l'avait prise au dépourvu. Elle cilla et vit les lèvres de l'inconnu esquisser un infime sourire.

— Une étoile, oui, acquiesça-t-elle, hésitante.

Elle leva les yeux. Les étoiles, telle une poignée de diamants, s'éparpillaient sur le velours noir du ciel nocturne.

— C'est vrai, il y en a tellement. Je me suis dit que si j'en attrapais juste une poignée, ça ne manquerait à personne.

— Ah. Et vous faites ça souvent ? Arracher les étoiles directement dans le ciel ?

Angelina inclina la tête. Son courage lui revenait. Cet homme la taquinait et quelque chose dans la façon dont ses prunelles dansaient, alors même que son expression restait sérieuse, provoquait un accès de chaleur en elle, quelque chose qui lui picotait la peau.

— Bien sûr. J'en ai déjà plusieurs.

Sans crier gare, l'homme tendit la main et Angelina hoqueta puis se pencha en arrière. Leurs yeux se croisèrent alors qu'il lui ôtait quelque chose des cheveux et tendait sa main afin qu'elle voie qu'il s'agissait seulement d'un pétale de rose capturé par ses boucles indisciplinées.

— Et qu'en faites-vous ? Des étoiles ? (Il inclina la tête.) Vous ne les porteriez pas comme bijoux, par hasard ?

Angelina lâcha un petit rire et fit un pas hors de portée du beau soldat. Sa proximité lui causait de curieuses sensations, mélange de chaleur, de vertige et aussi un regain d'énergie. Quant à son cœur, il battait si fort qu'il menaçait de bondir hors de sa poitrine.

— Oh non, je ne porte pas de bijoux.

Elle se mit à marcher, laissant traîner le dos de sa main sur les pétales veloutés d'une rose rouge. Le soldat la suivit.

— Non, reprit-elle, j'en extrais la magie et je l'embouteille.

Elle lui jeta un bref coup d'œil, l'échine hérissée du picotement de ses terminaisons nerveuses. Elle avait l'habitude de parler aux Blancs. Depuis aussi loin qu'elle se souvienne, elle racontait des histoires à son père, perchée sur ses genoux. Et puis, elle jouait souvent avec son demi-frère et l'une de ses demi-sœurs. C'était la première fois, cependant, qu'elle parlait plus d'une minute ou deux avec une personne blanche qui n'appartenait pas à sa famille et cette situation la rendait nerveuse.

Les lèvres de l'homme s'incurvèrent en un sourire et, malgré son appréhension, Angelina remarqua qu'il avait une petite fossette dans la joue gauche.

— Je vois. Et à quoi utilisez-vous cette bouteille de poussière d'étoiles, exactement ?

— Eh bien, je... n'ai pas encore décidé. (Petit coup d'œil vers lui.) Que suggéreriez-vous ?

Le soldat sembla réfléchir à la proposition.

— Vous pourriez la boire et fournir de la lumière à une ville tout entière.

Angelina partit d'un petit rire, grelot quelque peu incertain. Mais le soldat souriait lui aussi, alors elle relâcha son souffle en le regardant timidement. De nouveau, leurs regards se nouèrent et ils s'arrêtèrent de marcher ensemble.

— Quel est votre nom ? demanda-t-il, comme s'il s'agissait là de la question la plus importante qu'il ait jamais posée.

Angelina jeta un coup d'œil vers la maison, où quelqu'un venait d'éclater d'un rire aigu et bruyant.

— Angelina Loreaux.

Le soldat tendit la main.

— John Whitfield.

Elle la prit avec circonspection. Jamais auparavant on ne lui avait tendu la main, surtout pas un homme blanc. La paume de John était grande et chaude.

— Enchantée, Monsieur.

— S'il vous plaît, répondit-il en inclinant la tête, appelez-moi John.

Leurs regards se retinrent, puis elle détourna le sien et lâcha sa main, mais l'attirance était trop forte pour qu'elle ne le regarde pas à nouveau, droit dans ses yeux bleu-gris.

— John, susurra-t-elle.

Son nom glissa sur ses lèvres et s'attarda dans l'air entre eux.

En entendant la porte arrière s'ouvrir et son nom que l'on appelait, elle y reporta son attention, même si les haies du jardin les dissimulaient tous les deux.

— J'arrive, maman ! cria-t-elle, avant de regarder John. Je dois y aller.

Elle souleva ses jupes et se détourna, mais son prénom, prononcé par la voix profonde de John, l'arrêta. Elle s'immobilisa pour regarder par-dessus son épaule.

— Je crois que vous avez déjà bu de cette poussière d'étoiles, Angelina Loreaux.

Elle cilla. L'expression de son visage était si sincère qu'elle en eut le souffle coupé. Il baissa les yeux sur sa bouche entrouverte et remonta immédiatement vers ses prunelles. Elle vit sa pomme d'Adam bouger tandis qu'il déglutissait.

— Bonsoir, John Whitfield, répondit-elle en reculant.

Puis elle se retourna et fila à toute vitesse, poursuivie par l'odeur des roses, le cœur battant à la cadence de ses pas sur le sentier de la roseraie.

Au-dessus d'elle, les étoiles scintillaient et elle eut effectivement l'impression de les avoir bues, qu'elles brillaient aussi à l'intérieur de son corps. Elle éclata d'un rire dont le son merveilleux fut avalé par le chahut de la fête au loin.

4

Mais où avais-je la tête ?

Jonah ralentit sa course, avant de s'arrêter sous l'ombre du cyprès chauve. La poitrine soulevée par des respirations rapides, il se pencha et posa les mains sur ses genoux, en tâchant de calmer les battements de son cœur.

Il y était allé trop fort, une légère nausée le prenait maintenant, mais les doutes dans sa tête ne s'effaçaient pas pour autant.

Clara. Il avait osé lui parler, à sa grande surprise, même si elle l'avait entendu respirer. D'autres l'avaient entendu derrière le mur auparavant, ils avaient même cherché à savoir : « Qui est là ? », mais il n'avait pas répondu, se contentant de les écouter, amusé, lorsqu'ils disaient en riant que ce devait être Angelina.

Là, c'était différent.

En revanche, avoir accepté de la rencontrer à nouveau... D'une voix qui laissait clairement entendre son impatience... Putain, mais dans quel objectif ?

Suis-je vraiment si solitaire ?

Bon Dieu ! Il se redressa et passa les doigts dans ses cheveux courts trempés de sueur.

Oui. Merde. Oui, je suis seul. Il en crevait, de cette solitude, et maintenant il était tellement en manque qu'il avait accepté de discuter avec une inconnue à travers les fissures d'un mur. *Pathétique.*

Sauf que… ce n'était pas uniquement la solitude, même s'il était prêt à admettre se sentir seul, en dépit de Myrtle et de Cecil, avec qui il pouvait parler.

Non, c'était le souhait qu'elle avait formulé.

« Aide-moi à t'aider, Angelina. »

Un début de crampe lui saisit le mollet et il se remit en mouvement, dans l'espoir de la faire disparaître en marchant vers les squelettes délabrés qui avaient jadis été les cases des esclaves.

Il pénétra dans le bosquet d'arbres, dans lequel sinuait le chemin, la main tendue pour toucher le bois réchauffé par le soleil, et il tourna la tête afin de regarder de son bon œil par le carreau de la case près de laquelle il se tenait.

L'air plus frais de l'espace boisé l'enveloppa et ce simple plaisir décrispa ses épaules. Les oiseaux gazouillaient dans les arbres et, l'espace d'un instant, une paix aussi profonde qu'inexplicable s'installa dans la poitrine de Jonah. Il se pencha pour regarder à l'intérieur de la case vide, où des feuilles séchées s'entassaient dans les coins.

Angelina Loreaux avait vécu ici, jadis. « *Aide-moi à t'aider, Angelina* », avait écrit la jeune femme, Clara.

Comme si c'était possible. Pourtant… il était intrigué. Il lui avait parlé brièvement, mais elle avait éveillé sa curiosité. Sa compassion, si désintéressée, était rare. *Je suis bien placé pour le savoir.*

Depuis presque huit années, il recueillait entre dix et vingt vœux par semaine. Il en atterrissait désormais moins sur sa pelouse qu'auparavant. Windisle et sa légende n'étaient connues que des habitants du coin, surtout des anciens. Ceux qui étaient au courant et qui la transmettaient étaient tous morts ou mouraient peu à peu, et la légende avec eux.

Le mur des pleurs n'était qu'une attraction locale, si l'on considérait qu'il était assez populaire pour être désigné ainsi, par le fait même qu'il délimitait une propriété privée. Bien sûr, on n'aurait pas pu le mettre sur une liste de lieux à visiter pour les touristes, ni l'inclure dans un panel de sites incontournables pour les visiteurs de La Nouvelle-Orléans.

Les vœux qui apparaissaient là provenaient donc de gens qui avaient entendu parler de la légende par une personne ou une autre et qui étaient suffisamment désespérés ou curieux pour tenter leur chance.

Jonah les lisait de temps en temps, mais plus très souvent à présent, contrairement à ce qu'il avait affirmé à Clara.

— Clara, murmura-t-il, pour sentir son prénom rouler à nouveau sur sa langue.

Il aimait bien sa sonorité, il aimait bien le léger frisson qui lui passait sur la peau alors qu'il le répétait encore.

Pour dire la vérité, il avait perdu tout intérêt pour les vœux depuis bien longtemps. Ceux-ci portaient toujours sur l'un de ces trois éléments : argent ou autre objet matériel, amour ou bien guérison de soi ou d'un être cher. Il ne les jugeait pas, ces vœux, il s'en était juste lassé. Et puis, ce n'était pas comme s'il pouvait les exaucer. À force de vivre à Windisle, si quelqu'un savait que la légende n'était qu'une légende, c'était bien lui. Alors les vœux, ces petits morceaux de papier éparpillés, ne se résumaient guère plus qu'à une corvée de nettoyage.

Mais jamais il n'en avait lu un seul concernant Angelina, jamais un message n'avait été dirigé vers un étranger. Ça l'avait surpris. Or il y avait un sacré paquet de temps qu'il n'avait plus été surpris. Lui, le monstre derrière le mur. Non, pas le monstre, *le collectionneur de vœux.*

Une commissure de ses lèvres se retroussa. Pendant les brèves secondes où il lui avait parlé, il avait abandonné le premier pour le second. Et la sensation avait été enivrante. Comme par magie, l'espace d'un unique instant, il n'avait plus été hideux et défiguré, plus ruiné, mais quelque chose de bien et... de mystérieusement enchanteur. Du moins était-ce ce que le ton avenant de sa voix avait exprimé quand elle avait prononcé son nouveau titre.

Le vœu de Clara l'avait rendu curieux et il avait été charmé par elle. Leur brève rencontre n'avait fait que renforcer ce sentiment. Mais elle lui avait aussi donné une envie puissante de choses qui étaient depuis longtemps hors de sa portée. Or cette sensation-là n'était pas la bienvenue. Car résolument dangereuse. Sans y prendre garde, il passa une main sur sa peau détruite, toucha les sillons et les arêtes répugnants du bout des doigts. *Oui, dangereux.* Et imprudent.

Il avait donc passé la nuit précédente à s'ôter cette rencontre de l'esprit chaque fois qu'elle revenait titiller ses pensées, et ce matin, il avait couru si fort et si vite pendant son jogging qu'il avait bien failli s'évanouir d'épuisement.

Et pourtant elle restait là. Cette inconnue. Cette visiteuse irréelle à la voix douce et mélodieuse, au cœur plein d'une compassion inhabituelle et d'un intérêt profond pour la plantation Windisle. Cela aussi, il l'avait perçu dans sa voix. Quel effet ferait cette voix, appariée avec les traits inconnus de son visage ? Ce questionnement lui envoya une drôle de secousse électrique à travers le corps.

Oui, elle voulait en savoir plus sur la plantation, sur son histoire. Et il y avait ça aussi. Sa requête avait donné à Jonah l'impression d'être utile, d'avoir quelque chose à offrir alors qu'il se sentait inutile depuis si longtemps. Ce n'était pas grand-chose, mais... eh bien, c'était mieux que rien et la sensation s'était manifestement logée en lui d'une manière telle qu'il avait bien du mal à l'en déloger. L'humidité du Mississippi tout proche avait créé une brume matinale que le soleil n'avait pas encore asséchée. Elle accrochait ses plumetis aux arbres, s'enveloppait autour de ses jambes tandis qu'il la traversait, en direction de la case qui attirait toujours son regard, chaque fois qu'il passait devant pendant son jogging. Elle était située un peu plus loin que les autres, sous l'ombre d'un saule drapé de mousse, au tronc tordu et courbé comme s'il avait décidé de se conformer au souffle du vent au lieu d'essayer de le combattre.

Jonah entrait rarement dans les cases, mais ce jour-là, il le fit. Le vieux plancher craqua sous son poids. Elle adorerait les voir, il était prêt à en faire le pari. Un son exaspéré lui monta de la gorge. *Elle adorerait voir ça ?* Il ne la connaissait même pas. Enfin, qui n'aimerait pas voir ces vestiges du passé ? Ils appartenaient à l'Histoire. Pour ce qu'il en savait, les cases gardaient des secrets dans leurs murs... sous leurs planches poussiéreuses. Bien qu'elles aient toutes été vidées des années plus tôt, peut-être conservaient-elles des reliques dans quelque recoin caché. Il savait que la Société pour la Préservation brûlait de mettre la main sur cet endroit. Et pour le bien de l'Histoire, il pourrait s'y résoudre. Mais ces terres... le manoir... c'était sa maison, son sanctuaire... sa cachette loin de la lumière du jour. C'était tout ce qu'il avait. La seule chose encore importante pour lui dans une existence qui par ailleurs n'en avait plus aucune.

Il parcourut la pièce et retourna rapidement à la porte. L'espace était étriqué, même pour une personne, et d'après ce qu'il en savait, des familles entières avaient occupé ces minuscules masures. *Incroyable.* Une partie du passé des Chamberlain dont il n'était certainement pas fier.

Pourtant, il y avait des histoires ici. Des histoires qui méritaient d'être racontées, sans doute. C'était pour cette raison qu'il rédigerait un testament léguant la plantation à la Société pour la Préservation du patrimoine. Il était le dernier des Chamberlain. Après lui, il n'y en aurait plus.

Cette pensée déprimante agit tel un éperon pour le faire regagner le sentier qui menait au manoir. Encore une journée humide, avec la chaleur lourde de l'été qui vous enveloppait, le soleil qui vous caressait la peau, sans se soucier que la sienne soit une ruine. En temps normal, il aurait apprécié la sensation. Mais aujourd'hui, ce vieux sentiment familier de séquestration loin du monde l'oppressait. Cela faisait des années qu'il se méfiait d'autoriser le soleil à le voir, sauf que là, en cet instant, la sensation revenait, celle qu'il avait cru surmonter en s'habituant à ses cicatrices, en s'habituant à la façon dont la lumière affectait ses yeux blessés.

Non, soudain, tout ce à quoi il aspirait, c'était plonger dans quelque coin sombre de la bibliothèque et se perdre dans un livre.

— Et qu'est-ce qui nous vaut ces sourcils froncés, au juste ? demanda Cecil.

Jonah leva les yeux : il était tellement occupé par ses pensées déprimantes qu'il ne s'était pas rendu compte qu'il était proche de la maison. Cecil et Myrtle étaient assis sur le perron en train de boire une citronnade.

— Quoi ? On n'a plus le droit de froncer les sourcils sans aucune raison précise ? répliqua-t-il. (Myrtle posa sur lui un regard suspicieux et soupira, sceptique.) Et puis, de toute façon, j'ai toujours l'air mécontent, reprit Jonah en désignant le côté de son visage resté figé dans une expression perpétuellement fâchée. Je n'ai pas trop le choix.

Imperturbable, Myrtle but une gorgée de sa citronnade.

— Ouais, mais il y a quand même une gradation dans tes expressions déplaisantes. Or celle que tu arbores ce matin, eh bien, elle est carrément furax, même selon tes critères.

Jonah détourna la tête pour lui accorder une meilleure vue, et puis, certain qu'elle la voyait clairement, il la regarda, la paupière plissée.

— Tu ne travailles jamais, toi ?

Elle reprit une gorgée de sa citronnade.

— C'est un travail à plein temps de me soucier d'un gars comme toi. Je suis complètement à plat. Et toi, Cecil ?

L'interpellé opina du chef.

— Fatigué que t'as pas idée, Myrtle. D'ailleurs, il se peut que je sois obligé de m'octroyer une longue sieste dans le hamac, cet après-midi, pour récupérer.

Ce fut au tour de Jonah de soupirer.

Myrtle tapota le genou de Cecil.

— Va donc te reposer. Je file nous acheter quelques provisions à l'épicerie. (Elle reporta son attention sur Jonah.) Tu as envie de quelque chose en particulier pour le dîner ? À moins que tu ne veuilles m'accompagner, monsieur Grincheux ? demanda-t-elle, haussant les sourcils à son tour.

— Tout ce que tu prépareras pour le dîner, ça m'ira, Myrtle. Et non, je n'ai pas envie de t'accompagner. Arrête de me poser la question.

Elle secoua la tête, éveillant par son mouvement le doux cliquetis des perles qui ornaient sa myriade de tresses.

— Oh non. Faudra d'abord que tu me vires. Mais un de ces jours, tu vas répondre : « Ben oui, tiens, Myrtle, ma jolie. Je vais t'accompagner, parce que j'en ai assez de me prendre pour un vampire qui risque de fondre au soleil et parce que je suis prêt à retrouver le monde extérieur auquel j'ai encore quelque chose à offrir. » Ta participation au chiffre d'affaires de Winn-Dixie [1], c'est un début comme un autre.

Cecil pouffa, clairement insensible au regard noir que Jonah lui lança.

Sur quoi, il les contourna tous les deux et rentra dans la maison.

— Ne retiens pas ton souffle en attendant que ça arrive, marmonna-t-il. Je suis une cause perdue, Myrtle.

D'autant qu'il n'avait rien à offrir. À moins que faire peur aux petits enfants ne soit considéré comme une entreprise positive.

Myrtle et Cecil durent l'entendre, car ce dernier cria :

— Si on partageait ton point de vue, ça ferait longtemps qu'on aurait fichu le camp d'ici.

Jonah lâcha un soupir qui n'empêcha pas son cœur de s'emplir de gratitude. Laquelle remplaça en partie les émotions maussades qui avaient occupé son cœur lorsqu'il s'était tenu devant les cases et l'avaient suivi jusqu'à la maison, tels des esprits capables de s'insinuer dans sa poitrine et d'y refermer leur poing. Car la vérité, c'était qu'il aimait Myrtle et Cecil, qu'il ne pouvait pas vivre sans eux et que ceux-ci le savaient très bien. Sans eux, Jonah Chamberlain serait complètement et entièrement seul.

Il ne pouvait pas se permettre d'espérer des choses qu'il n'aurait jamais. Non. D'accord, il avait été charmé par la fille. *Oui, « la fille », pas « Clara »*. Il ne devait plus s'autoriser à être charmé. Elle viendrait peut-être au mur la

1. Chaîne de supermarchés américaine dont le siège est à Jacksonville, en Floride.

semaine prochaine. Ou pas. Il ne devait pas s'en soucier. *Parce que quoi qu'il en soit*, se promit-il, *moi, je n'y serai pas.*

*
* *

Bon sang, qu'est-ce que je fous là ?

Jonah était assis au pied du mur, à l'ombre d'un vieux chêne géant, au même endroit que la semaine précédente. Il ramena un genou contre lui et y appuya le bras pendant qu'il attendait. L'après-midi se terminait, allait vers ce silence qui accompagnait la descente du soleil sur Windisle. Son cœur battait avec anxiété et il tentait d'en ralentir l'agitation en inhalant profondément.

— Idiot, murmura-t-il.

Tu ne la connais même pas. Elle ne va peut-être pas venir. Tu t'étais promis de ne pas te déplacer, d'ailleurs.

Quelques minutes plus tard, il entendit le son lointain d'une portière que l'on refermait, suivi des pas légers d'une personne qui s'approchait.

— Vous êtes là, Jonah ?

Sa voix lui parvint d'en haut, avant de descendre jusqu'à l'endroit précis où il avait posé la joue, contre la pierre. Il s'efforça de ne pas répondre. Vraiment. S'il restait silencieux assez longtemps, elle s'en irait et remporterait ces sentiments non désirés avec elle.

— Oui, finit-il par lâcher, d'un ton qu'il espérait blasé, mais sans y réussir.

Au lieu de quoi, sa voix était empreinte d'enthousiasme et il ferma les yeux pour se morigéner. Mais avant qu'il ait le temps d'aller bien loin, quelque chose d'acéré, une odeur piquante s'immisça par la fissure et lui frappa les narines. Il fronça les sourcils, perplexe.

— Qu'est-ce que c'est que cette odeur ?

Elle sentait mauvais. C'était... non, c'était bien, une découverte positive. Il ne pouvait pas rêver de mieux connaître quelqu'un dont l'odeur lui agressait les sens. Enfin, ce n'était pas comme s'il avait le loisir de faire le difficile. Après tout, il agresserait sa vue si elle pouvait le voir. N'empêche. C'était une bonne nouvelle… quelque chose à quoi se raccrocher.

Clara éclata d'un rire musical. Doux.

— C'est une pommade. Vous la sentez depuis l'autre côté ? Ma voisine, madame Guillot, ne jure que par ça pour soulager les muscles douloureux. L'odeur m'a mise dans les vapes toute la journée. Je soupçonne le produit d'agir justement parce qu'il vous fait tomber dans les pommes : du coup, vous ne bougez pas de la journée et, par voie de conséquence, vous n'avez pas de tensions musculaires.

Jonah sourit, encore une fois charmé en dépit de l'odeur.

— Pourquoi votre voisine vous donne-t-elle de la pommade ?

— Ah, je suis danseuse de ballet. Les douleurs musculaires, ça fait partie du boulot.

— Danseuse de ballet ?

— Oui. Je suis apprentie ballerine au New Orleans Ballet. J'ai emménagé ici il y a quelques mois seulement. Je loue à une connaissance de mon professeur un appartement sur la rive ouest, qui appartient à la paroisse de Jefferson.

— Hum. (Honnêtement, il pouvait avouer qu'il n'avait jamais connu de ballerine.) Donc, pas de famille ici ?

— Non, je suis seule. Ma famille… enfin, il n'y a plus que mon père, maintenant, et il vit dans l'Ohio.

Sa phrase se termina plus bas qu'elle n'avait commencé, une forme de dépit flottait sous la surface. Jonah reconnut ce ton, il ne le connaissait que trop bien. C'était… celui de la tristesse. *Clara est-elle solitaire, elle aussi ?* se demanda-t-il, et le petit pincement dans la région du cœur le prit au dépourvu.

— Et donc, euh, des idées sur cette affaire de débarras des vœux ?

Elle marqua une pause et il l'entendit bouger, comme si elle changeait de position et d'assise, peut-être pour se redresser à cause de la gravité du sujet.

À quoi ressemblait-elle ? *Une ballerine.* Il se figurait une femme mince aux cheveux attachés en un chignon serré.

Il avait déjà déterminé au son de sa voix qu'elle était jeune et, maintenant, il en était encore plus assuré. D'après ce qu'il en savait, la carrière des danseurs de ballet n'était pas très longue. Et d'après ce qu'elle lui racontait, la sienne n'en était qu'à ses débuts.

— Eh bien oui, en fait. J'y ai réfléchi toute la semaine et j'ai eu une idée.

— D'accord. Allez-y. Je suis tout ouïe.

— Alors...

Sa voix était devenue si sérieuse, si pleine de résolution qu'il ne put s'empêcher de sourire. Un sourire raide qui fit d'abord hésiter les muscles ankylosés de son visage, mais oui, il se rappelait maintenant quel effet cela faisait, de sourire.

— C'est le vœu qui est important, continuait Clara. Toutefois, le papier sur lequel il est écrit doit dégager une sorte de... oh, je ne sais pas... de pouvoir aussi.

— OK.

— Bon. Donc le papier doit être éliminé d'une manière qui ait du sens.

— C'est ce que vous avez plaidé la semaine dernière.

— Mm-mmm.

Il l'imagina hochant la tête. C'était une fille avec un rire doux, une voix légère et plaisante, un charme qui avait captivé Jonah et un visage qu'il ne parvenait pas à visualiser. Toutefois, elle faisait jeune, à la voix. Très jeune. *Est-ce possible ?*

— Bon, prenons Angelina. Vous connaissez toute l'histoire d'Angelina Loreaux, pas vrai ?

— Bien sûr. J'ai grandi avec cette légende. Mes domestiques, Myrtle et Cecil, jurent qu'ils la voient errer dans les jardins.

— Oh...

Sa voix avait pris une note voilée, presque rêveuse.

— Même si Myrtle est à moitié aveugle et que Cecil, eh bien disons que Cecil répète plus ou moins tout ce que dit Myrtle.

Clara rit puis se tut un instant.

— OK. Dans tous les cas, vous savez qu'Angelina est tombée amoureuse de John Whitfield dans la roseraie et que c'est là aussi qu'elle s'est donné la mort.

— Devant la fontaine.

Elle hésita.

— Ah. Je l'ignorais.

Elle avait l'air triste, tout à coup, comme si elle se figurait la scène, le corps d'Angelina étendu et immobile devant la fontaine alors que l'eau tombait en cascade et bouillonnait à côté de son sang qui imprégnait l'herbe. Du moins, c'était ainsi que Jonah, petit garçon, s'était imaginé la scène quand on lui avait raconté l'histoire. Et l'image lui était restée, comme ont tendance à le faire les fantaisies de l'enfance.

Clara s'éclaircit la gorge.

— D'accord, donc la roseraie a eu une signification particulière dans la vie d'Angelina, ainsi que dans sa mort. Pourquoi ne pas tremper les vœux dans l'eau et les mélanger au paillage pour les fleurs ? Après tout, le papier, c'est biodégradable.

Jonah fronça les sourcils.

— C'est ça, votre idée ?

— Oui. Pourquoi pas ? Elle a du sens. Vous rapporteriez les vœux à l'endroit où l'on dit qu'elle erre.

— Ça me ferait pas mal de travail, tout ça.

Elle ne répondit pas tout de suite, mais elle soupira.

— Je sais. Je suppose que vous êtes très occupé...

— Je ne suis pas occupé. En fait, je suis... eh bien, je suis le contraire d'occupé. Toutefois, je ne fais pas grand-chose en matière de jardinage.

Au bout d'un long silence, si long qu'il faillit appeler son nom, elle demanda :

— Pourquoi êtes-vous le contraire d'occupé ? Qu'est-ce que ça veut dire ?

— Rien. En plus, la plupart des papiers sont blancs. Le paillis blanc, ce n'est pas très naturel, il me semble.

À son silence, il eut l'impression qu'elle était dépitée. Quand elle reprit la parole, le ton de sa voix lui confirma son intuition.

— Vous avez raison. D'après les photos que j'ai vues en ligne, la propriété est sublime. Je suppose qu'il est important qu'elle soit super bien entretenue.

Une pointe de honte obligea Jonah à rétablir la vérité.

— Eh bien, pour être honnête, je pourrais certainement faire bien mieux dans ce domaine.

En réalité, entretenir la propriété correctement requérait plus d'aide que Myrtle et Cecil n'étaient capables de lui en fournir, mais il refusait que quiconque hormis eux n'en franchisse le portail. Alors, au fil des années qu'il avait vécues ici, l'endroit avait continué à se déliter.

Autre vérité : il devait avouer qu'il aimait bien l'idée de Clara. Non qu'il allait la mettre à exécution, il ne s'aventurait pas dans les jardins, mais parce qu'elle indiquait une douceur chez elle qui ne faisait qu'ajouter à son charme. D'ailleurs, elle avait de toute évidence passé du temps à y réfléchir, signe qu'elle avait pensé à lui pendant la semaine. Et il ne put s'empêcher d'apprécier cette idée.

— Parlez-moi de vous, Clara.

— Il n'y a pas grand-chose à dire. Fille du Midwest. Je danse depuis l'âge de quatre ans. Mon... (Elle s'éclaircit la gorge et Jonah entendit son dos glisser contre la pierre dure.) Mon rêve le plus cher s'est réalisé lorsque j'ai été choisie pour entrer dans le corps de ballet de la compagnie de La Nouvelle-Orléans. On va donner le *Lac des cygnes* dans quelques mois et j'ai eu la chance d'y décrocher un rôle. Je suis l'un des cygnes. C'est un rêve devenu réalité, répéta-t-elle, même si le ton morne de sa voix me faisait un peu douter de sa sincérité.

— Pourquoi avez-vous l'air aussi triste en en parlant ?

Elle lâcha un hoquet surpris.

— Je... je ne suis pas triste. C'est un... (Ses mots moururent et, à nouveau, il entendit le tissu de ce qu'elle portait glisser contre la pierre, vers le bas, cette fois.) Mon père, il a

Alzheimer. C'est lui qui m'a élevée tout seul, avec un salaire de conducteur de bus. Il a sacrifié énormément pour que je puisse danser. Jamais il n'a raté un seul de mes spectacles. Jamais. Il était toujours là, à la fin, une rose rouge à la main. Tout l'argent des cours, des chaussons, des costumes... Quand j'ai eu quinze ans, j'ai décroché un grand rôle dans la troupe de ballet locale. J'étais hyper fière, mais l'année avait été rude. Il y avait eu une grève au travail de mon père et il n'avait pas été payé pendant plusieurs mois... Je me rappelle m'être réveillée un matin et l'avoir entendu qui rentrait tout juste à la maison. Je me suis levée pour regarder par la fenêtre et je l'ai vu qui enlevait un panneau de livraison de pizzas sur sa voiture. Mon père de cinquante-cinq ans avait pris un second job de livreur de pizzas afin de financer ma participation à ce spectacle. Je ne lui en ai jamais parlé et lui non plus, mais je n'ai pas oublié.

Elle prit une soudaine inspiration, puis renifla discrètement. La poitrine de Jonah se serra. Il y avait quelque chose, dans le récit de Clara, qui ravivait toutes les peines de son propre cœur.

— Pardon, murmura-t-elle.

— De quoi ? demanda-t-il doucement.

— De... Oh, je ne sais pas. D'avoir cédé à l'émotion. Vous ne me connaissez même pas.

C'était ça, qui était bizarre. Car il avait plus ou moins l'impression de la connaître. Ou du moins... il avait déjà appris des choses sur elle qu'il aurait apprises en côtoyant quelqu'un d'autre pendant bien plus longtemps. Était-ce parce que le degré d'honnêteté était différent, quand on se rencontrait face à face ? *Ou est-ce parce que c'est elle ?*

— C'est ce qu'on est en train de faire, pourtant, non ?

— Oui, admit-elle.

Il devina qu'elle avait tourné la tête, si bien que sa bouche se trouvait plus près de la fissure dans le mur, celle à sa gauche. Il leva un doigt et suivit le pourtour de la petite faille. Il se sentait presque ridicule mais bon, comme elle ne pouvait pas le voir, il s'en fichait.

— Et donc, reprit-il au bout d'un moment, votre père, qui a tant sacrifié pour que vous dansiez, ne verra pas le résultat de ses sacrifices.

— Oui, c'est ça. Il a des moments de lucidité, mais ils deviennent de plus en plus rares. Il n'a même pas eu conscience de mon départ et voilà des semaines que je n'ai pas entendu sa voix au téléphone. Et même là, il ne m'a pas reconnue. Dieu, ce que ça fait mal. J'aurais dû lui dire plus souvent combien j'appréciais ses sacrifices, que je me rendais compte de ses efforts pour moi. Je n'ai pas eu l'occasion de lui dire au revoir, vu qu'il n'est pas vraiment parti. Et ça... (Elle se tut, le temps d'une autre petite inspiration.) ça me brise le cœur, Jonah. Ça me tue à l'intérieur.

Il resta silencieux quelques secondes, le temps d'assimiler ses paroles.

— Je suis désolé, Clara. Ça a dû être terriblement difficile de le quitter.

— Oui. Je voulais qu'il vienne vivre ici, mais il a refusé de quitter l'Ohio. C'est l'un des derniers souhaits qu'il m'a émis et je pense, en fait, qu'il tenait à me laisser voler de mes propres ailes. Pourtant, certains jours, j'ai l'impression que je ferais mieux de démissionner et de retourner auprès de lui, de profiter de ces derniers moments de lucidité, même s'il n'en reste qu'une poignée. Au lieu de quoi, je suis ici...

— À faire exactement ce qu'il souhaiterait vous voir faire, Clara. Il voudrait que vous soyez ici. Je ne connais pas votre père, mais je suis prêt à parier n'importe quoi que vous êtes précisément là où il voudrait vous voir. Honorez le sacrifice qu'il a consenti en dansant de tout votre cœur... pour lui. Il n'aurait rien souhaité davantage que ça.

Clara lâcha un rire entremêlé de larmes et sa voix se rapprocha de nouveau.

— Vous avez raison. Merci, Jonah. Merci de m'avoir dit ça. J'avais besoin de l'entendre. Vous n'avez pas idée...

Le moteur d'une voiture approcha, des freins crissèrent et, juste après, Jonah entendit le froufrou de la robe de Clara qui se relevait.

— Mon taxi est là. Il faut que j'y aille.

Son taxi ?

— OK. Hé... c'était un plaisir de discuter avec vous.

— Pareil. (Elle hésita et Jonah se surprit à retenir son souffle.) Je vous ai donné mon idée pour les messages... si nulle qu'elle soit.

Jonah ouvrit la bouche pour la détromper sur son opinion. Il avait bien aimé son idée, mais elle lâcha un petit rire et poursuivit :

— Quant à vous, vous n'avez pas rempli votre partie du contrat. Vous étiez censé partager avec moi des informations historiques.

Il perçut de la taquinerie dans sa voix, ce qui le fit sourire.

— Non, en effet, je n'en ai rien fait. (Elle semblait attendre la suite, il entendait sa respiration s'insinuer par la fissure juste au niveau de sa gorge à lui.) Si vous vouliez revenir, je pourrais...

— Super. Dimanche prochain, alors. (Cette fois, sa voix était rieuse et, quand elle continua, plus lointaine.) Au revoir, Jonah. Passez une excellente soirée.

Il se hâta vers l'endroit où il pensait que la voiture était garée, de l'autre côté de la grande barrière dressée entre eux, et approcha son bon œil d'une faille plus large dans la pierre. Il ne la distinguait pas bien, simplement l'image vague d'un corps mince vêtu d'un haut blanc et des cheveux blond miel balancés sur le côté tandis qu'elle trottinait vers le véhicule. Et s'éloignait de lui.

Il ne voulait pas être déçu du peu de temps qu'il avait eu en sa compagnie, pourtant c'était ce qu'il ressentait. Oui.

5

Il lui avait apporté la paix. Jonah, l'homme derrière le mur. Le collectionneur de vœux. Clara exécuta un grand jeté parfait, retomba pile au bon endroit et s'immobilisa tandis que l'un des danseurs effectuait sa prestation au centre de la scène.

Ce sentiment de paix dont elle avait rêvé continuait de l'envelopper comme une couverture chaude. *Oui*, songea-t-elle, *oui !* C'était là que son père souhaiterait la voir, nulle part ailleurs. Jonah lui avait conseillé de danser de tout son cœur, et c'était ce qu'elle allait faire.

C'est drôle, se prit-elle à réfléchir. Car tel avait été son vœu initial : trouver la paix à propos de son père. C'était chose faite. En un seul échange, Jonah avait trouvé le moyen de lui accorder son souhait le plus cher.

Elle sourit pour elle-même en se remettant en mouvement, alors que les autres danseurs voletaient à travers la scène à ses côtés. Elle l'avait appelé le « collectionneur de vœux », mais peut-être était-il doté de la capacité à les exaucer aussi. Du moins dans son cas.

— Clara ! l'appela madame Fournier alors qu'elle quittait le bâtiment, son sac de sport à l'épaule. Tu as magnifiquement dansé, aujourd'hui.

Le compliment fut accompagné d'un sourire pincé, mais le cœur de Clara tonna tout de même de plaisir.

— Merci beaucoup, madame Fournier. À demain.

Et sur un large sourire, elle lâcha la porte battante derrière elle.

Il était déjà dix-huit heures et elle éprouva l'envie aussi soudaine qu'irrésistible d'aller devant le mur des pleurs, d'appeler Jonah, de lui raconter sa journée et combien il l'avait aidée au-delà de toute mesure grâce à quelques paroles sincères. Mais bien sûr, c'était ridicule. Ils se connaissaient à peine. Il n'aimerait pas la voir débarquer chez lui, même dehors, sans qu'elle y ait été invitée au préalable. Après tout, n'était-il pas déjà las de ces gens qui se pointaient à tout moment ? Les amis débarquaient parfois chez vous sans prévenir mais, en l'occurrence, ils n'étaient pas amis. Si ?

La pensée de Jonah, du lien inhabituel qu'elle sentait se former entre eux, l'accompagna sur le chemin du retour, et quand elle descendit du bus, elle repéra le vendeur de fleurs et d'autres produits, installé sous un auvent temporaire au coin de la rue, qui remballait sa marchandise.

Un flash de rouge attira son regard et elle vit que ce jour-là il proposait des roses rouges. Cédant à une impulsion, elle traversa la rue et s'approcha du vieux monsieur, tout sourire.

Quand il lui rendit son sourire, sa peau ridée se creusa de plus belle et ses prunelles brillèrent de gentillesse.

— Excusez-moi, Monsieur, je sais que vous fermez, mais est-ce que j'ai le temps de vous acheter un bouquet de roses ?

— Bien sûr, bien sûr. Quelle couleur vous ferait plaisir ?

Il lui montra le bouquet rouge et un autre, rose pâle.

— Le rouge, s'il vous plaît. Ce sont les préférées de mon père.

— Ah. Un monsieur qui a des goûts classiques. J'aime bien ça.

Clara sortit son portefeuille et, la tête inclinée sur le côté, elle tendit à l'homme la somme indiquée sur l'étiquette.

— Absolument, confirma-t-elle. Je viens d'emménager ici, je suis originaire de l'Ohio mais, en voyant les roses rouges, j'ai pensé à lui. Comme un petit rappel de la maison.

L'homme repoussa son argent.

— Non, non, considérez ces roses comme mon cadeau de bienvenue à La Nouvelle-Orléans.

— Oh non, je ne peux pas accepter.

Elle insista, tendant la main de nouveau, mais il refusa encore avec un petit rire.

— Dépêchez-vous plutôt de rentrer les mettre dans l'eau avant qu'elles ne fanent.

Il ponctua son conseil d'un clin d'œil et d'un sourire chaleureux empreint de gentillesse.

À contrecœur, Clara baissa son bras.

— Bon...

— Et tenez... (Il lui passa une petite plante dans un pot en terre cuite.) Des *lagniappe*. Des lys. C'est ce que nous appelons le « petit truc en plus », nous, les Néo-Orléanais, expliqua-t-il avec un gloussement. Maintenant, vous avez quelque chose de joli pour votre intérieur et un petit quelque chose de joli pour l'extérieur de votre maison. Mettez-les sur votre perron. Ma mère disait toujours que la meilleure façon d'accueillir les gens chez soi, c'était de leur montrer que l'on tenait à leur donner une bonne première impression.

Clara tenait la plante contre elle d'une main, le gros bouquet de roses dans l'autre ; elle en inhala le parfum capiteux en pensant qu'elle ferait mieux de rentrer avant qu'il n'ait l'idée de lui offrir un autre cadeau gratuit qui la ferait culpabiliser encore un peu plus. Même si... à la vérité, étant une personne qui payait toujours son dû et se montrait honnête avec autrui, ces deux petits cadeaux, des gestes de bonté pure, lui réchauffaient le cœur. *Lagniappe*. Cet homme ne le savait peut-être pas, mais il venait de se faire une cliente à vie.

Elle lui adressa un large sourire.

— Merci. Vraiment. J'apprécie beaucoup. Et au fait, je m'appelle Clara.

Il comprendrait sans doute pourquoi elle ne lui tendait pas sa main à serrer.

— Clara, enchanté de vous rencontrer, répondit-il avec un sourire. Je suis Israel Baptiste.

— Alors encore merci, monsieur Baptiste.

En resserrant son étreinte autour de ses trésors, elle parcourut la brève distance qui lui restait jusqu'à chez elle. Arrivée sur place, elle se planta devant la porte de son appartement. Elle n'avait pas de perron à proprement parler, mais il y avait un coin, près de sa porte, juste assez grand pour recevoir une plante. Elle se courba et y déposa le pot en terre, ravie.

Dimanche, elle retournerait voir monsieur Baptiste et lui achèterait des ingrédients frais pour cuisiner des lasagnes végétariennes. Elle se surprit à se demander si Jonah aimait les lasagnes. Elle pourrait... *Non, ne t'emballe pas*, décida-t-elle finalement. *Pas encore.* Elle en apporterait à madame Guillot. Toutefois, il était plaisant de songer que si elle envisageait de se mettre en cuisine, elle avait déjà quelques personnes qui seraient peut-être volontaires pour partager ce repas avec elle.

Elle reporta son attention sur la plante, admirative de la manière dont les fleurs jaunes illuminaient le petit espace de béton jusque-là si triste. Un petit rappel de la maison. *Papa aimerait bien ça.* Elle commençait à prendre ses marques.

*

* *

Le dimanche, comme prévu, Clara parcourut les quelques pâtés de maisons jusqu'au stand de monsieur Baptiste, qu'elle salua d'un chaleureux sourire.

— Ah, bonjour Clara. Comment allez-vous par cette belle journée ?

— Bien, merci. Les roses sont toujours aussi fraîches et aussi belles que le jour où je les ai achetées.

— Tant mieux. C'est ma femme, Marguerite, qui s'occupe de la roseraie, chez nous. Elle fait du sacré bon travail.

— Elle doit adorer le jardinage.

— Oh, ça, oui. Cette femme pourrait passer toute sa journée avec ses plantes. Elle rentre avec de la terre partout sur elle, l'air aussi gaie qu'un pinson.

Son regard s'adoucit à la mention de sa femme et Clara soupira intérieurement. Voir un homme dont l'expression changeait ainsi lorsqu'il prononçait votre nom... c'était une chose dont elle ne pouvait que rêver.

— Et vous, Clara, vous aimez jardiner ?

— Je n'en sais rien. Je ne l'ai jamais fait, avoua-t-elle, en appuyant la hanche contre le bord de la table chargée de légumes dont l'odeur terreuse et mûre vint lui chatouiller les narines. On avait un petit jardin dans l'Ohio, seulement de la pelouse. Mon père travaillait beaucoup et n'avait pas le temps de l'entretenir plus que ça. Et moi, j'étais toujours occupée avec l'école. Et puis ici, eh bien, j'ai tout juste de la place pour une plante d'intérieur.

Monsieur Baptiste pouffa et Clara lui sourit.

— Je vais remplir un panier de ces légumes qui m'ont l'air délicieux, reprit-elle en attrapant une corbeille dans laquelle elle déposa déjà deux grosses tomates.

Puis elle jeta un coup d'œil vers monsieur Baptiste, songeuse. Il avait l'air vieux, peut-être pas tout à fait autant que Dory Dupre, laquelle devait approcher les cent ans, mais au moins octogénaire, voire nonagénaire.

— Monsieur Baptiste, vous avez toujours vécu à La Nouvelle-Orléans ?

— Oui. Depuis ma naissance.

Clara hocha la tête en choisissant deux courgettes d'un vert profond.

— On m'a parlé de la plantation Windisle et de l'histoire de fantôme qui est attachée au mur des pleurs.

Le vieil homme fronça légèrement les sourcils.

— Une triste histoire, n'est-ce pas ?

Clara ajouta une courge jaune vif à son panier et marqua un temps d'arrêt.

— En effet. Je suis extrêmement intriguée.

— Je ne vous jette pas la pierre, c'est vrai qu'il y a pas

mal de mystère autour de cet endroit. C'est bien dommage qu'il soit abandonné.

Clara ouvrit la bouche pour mentionner Jonah, mais elle la referma après réflexion. Sans trop savoir pourquoi, elle hésitait à annoncer à monsieur Baptiste que quelqu'un vivait là-bas. De toute évidence, Jonah préférait que cela ne se sache pas et que tout le monde pense l'endroit désert. Certainement se déplaçait-il discrètement, de façon à ne pas alerter de sa présence. Conservait-il aussi les lumières éteintes, la nuit ? Ces questions lui venant tout à coup, elle les nota mentalement pour les poser à l'intéressé.

Pourquoi autant de secrets ? Quoi qu'il en soit et quelles que soient ses raisons, elle n'allait pas le dénoncer.

Et bizarrement, elle éprouvait une sorte de possessivité envers lui. Il était *son* collectionneur de vœux.

— Oui, un gâchis.

Elle choisit encore quelques légumes, tout en continuant à réfléchir. Elle était au courant de la légende, de la malédiction et de l'énigme. Elle avait effectué des recherches sur Windisle et espérait en apprendre plus de la bouche de Jonah cet après-midi. Toutefois, il était peu probable qu'il en sache beaucoup sur John Whitfield. Peut-être monsieur Baptiste serait-il en mesure d'éclairer sa lanterne sur l'homme qu'il avait été.

— Monsieur Baptiste, savez-vous quelque chose sur John Whitfield ? L'homme qui a trahi Angelina Loreaux ?

Le vieil homme passa les doigts sur sa mâchoire couverte d'une barbe grise clairsemée.

— Je ne sais pas grand-chose sur sa famille. Voyons... Il était fiancé à l'aînée des filles Chamberlain, Astrid, à un moment donné, n'est-ce pas ?

La main de Clara s'immobilisa sur un poivron dans son panier.

— Ah bon ?

Était-ce ainsi qu'il avait trahi Angelina ? En se fiançant à sa demi-sœur ? Et pourtant, il ne l'avait jamais épousée ?

Le regard de monsieur Baptiste restait fixé sur le ciel, comme s'il s'efforçait d'attraper ses souvenirs dans les nuages.

— Cela remonte à si longtemps, l'époque où ma grand-mère m'a raconté l'histoire.

Merci aux mères et aux grand-mères, songea Clara. Apparemment, c'était elles qui avaient raconté l'histoire d'Angelina et transmis ce récit de génération en génération. Peut-être auprès du lit, peut-être au coin du feu, sur des fauteuils à bascule ou sur des balancelles.

Les hommes aussi racontaient des histoires, bien sûr. Mais c'étaient les femmes qui se rappelaient les détails du cœur. Les femmes qui transmettaient l'âme de ceux dont elles se souvenaient.

Monsieur Baptiste finit par secouer la tête, l'air dépité que sa tentative de capturer ses souvenirs ait échoué. Les épaules de Clara s'affaissèrent... Et puis, il leva un doigt.

— Attendez ! Je me rappelle ma mère disant que son arrière-grand-tante Lottie était allée à la maison de John Whitfield pour s'occuper de lui quand il avait attrapé la tuberculose. Tante Lottie était infirmière, et à l'époque, il était très commun de faire les visites à domicile. Le docteur lui avait donc diagnostiqué la tuberculose et je me souviens de ma mère racontant que John refusait les traitements. Du moins, d'après les dires de tante Lottie. Ils auraient pu le sauver, selon elle. Il n'avait qu'une forme bénigne quand on l'a diagnostiqué. Trop fier, j'imagine. Ou bien il voulait mourir. La rumeur courait qu'il souffrait de visions.

Clara opina du chef, intriguée.

— Oui, j'ai entendu parler de ça.

Pourquoi un homme irait-il refuser un traitement médical quand celui-ci lui était proposé ? D'après ce qu'elle savait de la tuberculose, c'était une manière atroce et très douloureuse de mourir. Qui ferait le choix de cette épreuve intentionnellement ? Ou bien était-ce, comme l'avait supposé monsieur Baptiste, que John Whitfield était juste trop fier et se croyait capable de vaincre la maladie tout seul, sans aucune intervention médicale ?

Clara discuta encore un peu avec monsieur Baptiste, mais des clients commençaient à arriver ; ils prenaient des paniers et les remplissaient de ses produits frais de la ferme. Elle paya donc ses emplettes et lui souhaita une bonne journée.

Elle allait rentrer préparer deux plats de lasagnes, un pour elle et un pour madame Guillot, même si cette dernière insisterait probablement pour les lui « payer » avec un flacon de son onguent de la mort. Et ensuite, elle rendrait visite à son collectionneur de vœux. Le sourire ne la quitta pas tout le long du trajet jusqu'à chez elle. Son petit monde grandissait peu à peu.

6

Août 1860

Nerveuse, Angelina laissa courir sa main le long du bois du lit tandis qu'elle se dirigeait vers la fenêtre. Une brise légère soufflait du fleuve Mississippi, et ployait le tronc menu du jeune saule dehors. Angelina renversa la tête en arrière avec un soupir, laissant ce bref sursis de fraîcheur caresser sa peau surchauffée.

Elle entendit le sol crisser derrière elle et un mélange d'allégresse et de terreur lui parcourut les veines, faisant bondir son cœur.

Elle pivota en agrippant le rebord de la fenêtre derrière elle et elle le découvrit : visage rougi, le front brillant de sueur. À l'aide de sa manche de chemise, il l'épongea. Un large sourire illumina son visage.

— Il y avait assez de tomates pour nourrir une armée, aujourd'hui.

Il plaça le panier sur le tabouret près de la porte et Angelina suivit son geste des yeux, pour les poser sur l'assortiment coloré de légumes du jardin, encore empoissés de la terre dont il les avait arrachés.

Elle leva le regard sur sa mine satisfaite, puis ses yeux ; un sourire dansait toujours sur ses lèvres.

— Quelqu'un finira par te surprendre à ramasser les légumes du jardin des Chamberlain, et alors, que diras-tu ?

— Tu m'as avoué que personne ne s'occupait du jardin hormis toi.

Angelina tourna la tête, la baissa, puis ficha son regard dans le sien. Et toujours ce sourire aux lèvres.

— Eh bien, on ne sait jamais qui pourrait passer et remarquer que je ne suis pas là. Je ne suis pas sûre que le jeu en vaille la chandelle.

John lui rendait visite une semaine sur deux depuis presque deux mois à présent, sous couvert de prendre le thé avec madame Chamberlain et Astrid. Vingt minutes après qu'il avait dit au revoir aux deux femmes et qu'Angelina avait rangé le service à thé, elle annonçait à sa mère ou à l'aide de cuisine qu'elle se rendait au jardin pour ramasser des légumes, au lieu de quoi, elle retrouvait John dans la case vide près du jeune saule.

Afin de couvrir son mensonge, John lui-même cueillait des légumes, dont il remplissait un panier avec lequel elle pourrait ensuite rentrer. D'ici là, ils pouvaient passer autant de temps que possible ensemble.

Ils se retrouvaient ici, pour parler et parler encore, aussi longtemps qu'ils en avaient le loisir, jusqu'à ce qu'Angelina soit obligée de courir à la maison, de peur que quelqu'un ne vienne la chercher ou n'ait des soupçons.

Et plus tard, dans le minuscule lit de la case qu'elle partageait avec sa mère, elle se repassait en boucle chaque mot prononcé entre eux, chaque histoire qu'il lui racontait de l'armée, de sa famille, sa vie, toutes ces choses si grandement différentes des siennes. Elle fermait les yeux et revoyait la manière dont ses joues bougeaient quand il souriait, cette toute petite fossette qui se creusait et lui donnait des papillons dans le ventre. Elle se remémorerait comment parfois il lui effleurait les doigts, si timidement, pendant qu'ils parlaient, et c'était comme si elle sentait encore son contact qui lui picotait la peau.

Il la touchait comme si elle était précieuse, peut-être même cassable. Et une fois qu'il avait commencé, une petite partie de lui, sa main, un doigt, le côté de sa cuisse, continuait à la toucher jusqu'à leur séparation.

John s'approcha et Angelina sentit l'odeur piquante de sa sueur mâle, la sueur qu'il avait versée pour elle et avec plaisir, si elle en jugeait par l'expression qu'il arborait. Ce constat affolait le sang dans ses veines : le flux accélérait ou ralentissait, elle ne savait pas trop. Ce qu'elle savait, en revanche, c'est que ça l'effrayait et la ravissait en même temps.

— Ça vaut la peine à mes yeux, répliqua-t-il. J'espère que pour toi aussi.

Elle aurait juré percevoir une touche de nervosité dans sa voix, à croire qu'il avait peur de l'entendre répondre le contraire. Cette idée lui délia les muscles, comme s'ils fondaient un peu. Il appréciait leurs instants ensemble autant qu'elle. Il en voulait plus, voulait plus d'elle.

Pourtant... évoquer les risques ramenait le danger de leurs actes à son esprit et elle détourna les yeux, sourcils froncés. Ce badinage... se retrouver ainsi... c'était imprudent. Et ça n'avait guère de sens. Alors pourquoi ne parvenait-elle pas à s'empêcher de venir à la case, semaine après semaine, avec cette joie qui pétillait dans son cœur, ces yeux si impatients de le voir, lui, qu'elle arrivait tout juste à penser correctement ?

— Qu'y a-t-il Angelina ?

Il s'approcha, prit ses mains dans les siennes, ces grandes mains chaudes et fortes qui lui donnaient la sensation d'être à la fois en sécurité et en danger, les deux en un même souffle.

Elle laissa ses yeux s'attarder un instant sur leurs doigts joints, les siens d'un doré pâle et ceux d'Angelina d'un bronze plus profond.

Puis elle le relâcha, se détourna de lui et s'abîma par la fenêtre dans la contemplation des champs de cannes à sucre, juste là. Les tiges étaient trop hautes pour qu'elle puisse y distinguer les travailleurs, mais elle savait qu'ils étaient là. Oh oui, elle ne le savait que trop. Elle avait déjà aidé sa mère à soigner leurs blessures quand ils rentraient après une longue journée harassante. Elle malaxait le baume qui leur apporterait le soulagement et apaiserait leurs muscles las et leur peau déchirée.

— Je ne t'ai pas raconté pourquoi cette case est vide, John.

Il ne répondit rien, mais elle sentait la chaleur de son corps derrière elle, l'odeur musquée de sa peau, elle devinait ses déplacements à la façon dont les petits cheveux dans sa nuque se hérissaient.

— C'était l'un des esclaves, Elijah, qui vivait ici avec sa mère. Elijah était un homme costaud, aux larges épaules mais à l'esprit d'un petit enfant.

Angelina visualisa l'homme-enfant avec son éternel sourire aux lèvres, et à cette pensée, son ventre se vrilla.

— Un homme en ville a prétendu qu'Elijah s'était dévêtu devant sa femme. Soi-disant qu'il avait baissé son pantalon en plein milieu de la rue et lui avait causé un traumatisme tel qu'elle en était morte. (Elle marqua une pause pour se ressaisir.) Elijah, il jouait sans cesse avec sa ceinture de corde. Toujours à la... nouer et à la dénouer. Il était timide, peureux, dans son cœur il était juste un enfant. Il ne voulait de mal à quiconque. On dit qu'il souriait encore, quand ils lui ont passé le nœud coulant autour du cou.

Elle se tourna pour plonger dans les yeux de John. Ils étaient remplis de la même tristesse que les siens, elle en était certaine. La même tristesse qui, pour toujours, habiterait son cœur chaque fois qu'elle penserait à Elijah et à l'injustice qu'il avait subie. Mais elle perçut aussi une lueur de colère dans le regard de John et ce fut cette colère, plus que la tristesse, qui lui donna confiance en cet homme.

— Monsieur Chamberlain n'a rien fait pour l'en empêcher ?

Elle secoua la tête.

— Le sort d'Elijah était réglé avant qu'il sache ce qui s'était passé. Oh, il a fait un scandale pour ne pas avoir été averti de la situation sur-le-champ, mais à quoi bon ? Elijah était déjà mort.

John remonta les mains le long des bras d'Angelina et l'attira à lui. Sous le choc logé dans sa poitrine, elle resta un moment avant de se laisser aller. Jamais elle n'avait été étreinte par un homme, jamais non plus elle ne s'était trouvée aussi proche de quiconque, hormis de sa *mama* quand elle était petite fille. Ah, être enlacée ! C'était si bon. Trop bon. Trop... nécessaire.

— Angelina, murmura-t-il contre ses cheveux. Je ne permettrai pas que quoi que ce soit de ce genre t'arrive. Jamais. Je te protégerai. Le monde, tu sais, il change chaque jour. Tellement de choses se produisent. Tu n'as pas idée.

Bien sûr que non, pensa-t-elle, tandis que les mots tambourinaient dans sa tête. Comment le pourrait-elle ? Son petit monde à elle commençait et finissait sur la plantation.

Elle leva le menton pour le regarder et leurs lèvres étaient si proches qu'elle sentait le souffle de sa respiration sur sa peau, parfumée au thé à la menthe poivrée qu'il venait de boire avec Astrid, sa demi-sœur, qui le regardait désormais avec une convoitise non déguisée. L'homme que madame Chamberlain voulait faire épouser à sa fille, pour la fortune de sa famille. Et assurément, elle œuvrait avec diligence à l'exécution de son plan.

Oh oui, Angelina flirtait avec le danger de bien des façons.

— Mais pas assez vite, John. Et puis, comment pourras-tu me protéger ? Tu n'es qu'un homme. Tu me dis que le monde change, mais je n'en vois aucune preuve, moi. Et pourtant... (Elle se pressa contre lui.) Je n'arrive pas à m'empêcher de te voir, à m'arrêter de vouloir...

Qu'est-ce que je veux ? Elle ne le savait même pas et, malgré tout, ce désir sans nom lui pesait. Un besoin constant de cet homme qu'elle ne devait pas avoir.

— John, ces... ces rendez-vous, comme ça, c'est mal et ça n'a pas de sens. C'est...

Mais avant qu'elle puisse aller plus loin, il pressa délicatement sa bouche sur la sienne, puis il resta là.

Leurs respirations se mêlèrent, leurs battements de cœur se joignirent, tonnant en cadence. Et Angelina comprit soudain qu'il attendait qu'elle approfondisse le baiser. Ou pas. Elle ne devait pas, elle ne devait pas encourager ce baiser interdit qui sentait le danger, le mystère, et qui allumait un millier de lucioles tourbillonnantes dans son ventre.

Elle lâcha un petit soupir et appuya la bouche plus fort. John émit un son étranglé à son tour, l'attira tout contre lui et inclina la tête pour passer la langue sur le pourtour de ses lèvres. Elle lui ouvrit sa bouche, lui autorisa l'entrée et se perdit dans son goût, dans la sensation de lui, dans la certitude soudaine que, même s'ils devaient la cacher, leur relation n'était *pas* mal. Pas du tout. Elle le sentait, tout au fond, tout au fond d'elle, en un endroit qui reconnaissait l'amour et rien d'autre.

Le monde pouvait changer. Ou pas. Elle n'avait aucun moyen de le savoir. Angelina savait une chose, en revanche, et avec certitude : il n'y avait aucun retour en arrière possible.

7

Jonah se dirigeait lentement vers le mur des pleurs, les oiseaux chantaient gaiement dans les arbres au-dessus de sa tête, les feuilles bruissaient de leurs jeux. Clara était déjà arrivée. Il perçut le mouvement de son corps à la manière dont elle bloquait le passage de la lumière à travers les fissures près de la base du mur. Son cœur bondit et cette sensation l'amena à envisager de battre lentement en retraite. Et puis quoi ? Ils allaient juste converser un peu. En outre, il lui devait des informations, non ? En dépit de tous ses défauts, et ils étaient nombreux, il avait toujours honoré sa parole.

— Salut, Jonah.

Il s'assit, le dos contre le mur, et remonta une jambe afin de pouvoir y appuyer un bras.

— Vous avez l'oreille fine.

— C'est le crissement de l'herbe qui vous a trahi.

Avec la chaleur de l'été, l'herbe avait presque viré au marron. La Nouvelle-Orléans aurait bien besoin de pluie.

— Ah. Comment allez-vous, Clara ?

— Ça va. J'ai enfin l'impression de trouver ma place.

Il y avait du bonheur dans sa voix et cela fit sourire Jonah.

— J'en suis ravi.

Il l'entendit bouger.

— Moi aussi. Et, Jonah, je tiens à vous en remercier également, poursuivit-elle d'une voix un peu hésitante.

Venir ici, vous parler, ça m'a fait l'effet... je ne sais pas, d'avoir un ami, aussi j'espère que vous ne voyez pas d'inconvénient à ce que je vous envisage ainsi. Un ami.

Pendant un moment, il ne répondit pas, tant son cœur battait fort dans sa cage thoracique. Il s'était convaincu qu'elle n'était pas son amie et ce mantra lui avait permis d'être moins anxieux à la perspective de lui parler. Mais maintenant... zut.

— Non, s'entendit-il répondre.

Et aussitôt, il grimaça. Qu'est-ce qu'il fabriquait ?

Il fallait lui répondre qu'il n'était l'ami de personne et qu'elle était bien bête de le considérer comme tel. Elle ne le connaissait pas. Jamais il ne l'y autoriserait, et donc toute l'« amitié » qu'ils pourraient partager ne serait que limitée et très temporaire. Mais ce raisonnement en soi n'était qu'une façon de se rassurer, de se dire qu'il pouvait accorder ce nom à ce qui les unissait, pas vrai ?

Quoi qu'il en soit, il était tranquille : elle cesserait de venir une fois que le froid s'installerait, voire plus tôt si sa vie sociale démarrait, ce qui ne manquerait pas d'arriver à mesure qu'elle « trouverait sa place » de plus en plus. Et lui, il retournerait s'envelopper dans son cocon protecteur, derrière son mur, et puis voilà.

— Bien sûr, Clara, que vous pouvez me considérer comme votre ami.

Votre ami temporaire.

Elle lâcha un « pfiou », à croire qu'elle avait retenu son souffle en attendant sa réponse et, quand elle reprit la parole, il perçut le sourire dans sa voix.

— Super.

Ses vêtements frottèrent doucement contre la pierre alors qu'elle modifiait sa position.

— Près de mon immeuble, il y a un vieux monsieur qui vend des produits qu'il fait pousser lui-même. Je l'ai questionné sur John Whitfield et il m'a révélé quelque chose d'intéressant. (Elle lui raconta la tuberculose de John Whitfield et son refus de tout traitement.) Vous étiez au courant ?

— Non. Mais je ne sais pas grand-chose sur la famille Whitfield. Les histoires que j'ai entendues gamin étaient surtout en rapport avec cette plantation et les gens qui y vivaient.

— Ah. Saviez-vous que John Whitfield était fiancé à Astrid Chamberlain ?

Jonah fronça les sourcils.

— J'ai entendu cette rumeur. En tout cas, quand John est rentré de la guerre, ils ne se sont pas mariés, ça, c'est sûr. Astrid a épousé Herbert Davies.

Un silence s'ensuivit du côté de Clara.

— John serait revenu avec des problèmes psychologiques. C'est peut-être pour cette raison qu'ils ne se sont pas mariés. Il s'est reclus chez lui, apparemment.

Peut-être, songea Jonah, était-ce pour cette raison que lui-même se sentait une étrange affinité avec cet homme : il connaissait lui aussi ce besoin de se couper du monde. En plus, John était le méchant de l'histoire et, malheureusement, Jonah pouvait s'identifier avec cet aspect-là aussi.

— Qu'il ait été perturbé, je peux le comprendre. La guerre de Sécession... ça n'a pas été joli, joli. Les choses qu'il a dû voir...

Explosions... feu... chaleur... sang, beaucoup, beaucoup de sang... Jonah serra les paupières et un frisson le parcourut en même temps qu'inconsciemment il portait une main à sa joue mutilée.

Clara se taisait. Aurait-elle détecté dans sa voix quelque chose qu'il n'avait pas eu l'intention de révéler ? Au bout d'un moment, elle reprit la parole, mais d'une voix timide.

— Oui. Je n'ose même pas imaginer. (Ils restèrent muets un instant avant qu'elle demande :) Jonah, vous voulez bien m'en dire un peu plus sur l'état de Windisle ? C'est comment, dedans ?

Il poussa un soupir et écarta les visions incandescentes du mieux qu'il put.

— La bâtisse n'est pas au mieux de sa forme. Elle a besoin d'un ravalement extérieur et les terres sont en mauvais état aussi. La roseraie offre un spectacle lamentable, malgré les efforts de Myrtle pour l'entretenir. Les cases des esclaves, en revanche, tiennent encore le coup...

— Les cases des esclaves sont toujours debout ?

— Toutes les quinze. Les meubles en ont été enlevés, mais elles sont toujours là.

— Waouh, souffla Clara. Il vous arrive d'y entrer ?

— Une fois de temps en temps, lors de mon footing matinal.

— Vous courez ?

— Il faut bien entretenir son corps.

Même si, en réalité, Jonah n'était obligé de rien, et il se demanda soudain pourquoi il avait mis en place le planning d'exercices si rigoureux auquel il s'astreignait chaque matin depuis huit ans. Peut-être parce que c'était une chose qu'il pouvait contrôler ?

Il lui était impossible de changer le cours des choses qu'il avait lui-même initiées des années plus tôt et de réparer son visage détruit, ce qu'il ne ferait pas s'il le pouvait, il méritait chacune des cicatrices qu'il portait, mais il pouvait garder un corps solide, continuer de faire battre son cœur. Cela ne cessait de le surprendre, d'ailleurs. C'était comme un petit acte d'espoir. Il avait cru être venu à Windisle pour mourir, et pourtant... il avait travaillé dur pour se conserver en bonne santé et en vie. Peut-être y réfléchirait-il plus tard.

— Sans doute, oui. J'ai ma pommade, si jamais vous avez des courbatures...

Jonah grogna.

— C'est bien assez désagréable qu'un de nous deux soit couvert de cette odeur. On tuerait l'herbe des deux côtés du mur si j'en mettais aussi.

Clara partit d'un rire qui éclata en petits grelots. Le cœur de Jonah bondit et il sourit en réaction à son bonheur.

— Je vous informe que l'herbe va très bien ici, fit-elle quand son rire s'éteignit, puis elle se tut un instant. Vous voulez me décrire ? À quoi ça ressemble de votre côté ? reprit-elle enfin.

Il s'exécuta donc, semaine après semaine, alors que Clara revenait au mur des pleurs et s'asseyait de l'autre côté du mur. Les journées d'été s'écoulaient tels des grains de sable à travers un sablier. Il lui raconta les vieux saules drapés de voiles de dentelle de mousse et les champs de cannes à sucre, denses car non cultivés, qui avaient envahi les sentiers jadis tracés par les hommes et les femmes qui les sillonnaient. Il lui parla du jardin derrière les cases qui, bizarrement, continuait de donner des légumes alors que plus personne ne s'en occupait.

Si la roseraie avait plus ou moins disparu, si ses plantes épineuses et rares étaient mortes, ce potager, bien que sauvage et envahi de mauvaises herbes, continuait de s'épanouir sans entretien.

Il buvait la pluie qu'il recevait et tirait ses nutriments de la riche terre de Louisiane pour donner, entre autres légumes, des tomates juteuses, des concombres robustes et des poivrons forts et croquants de toutes variétés.

Si son dos avait été plus jeune et plus fort, se plaignait Myrtle, elle l'entretiendrait mieux, mais pourquoi se fatiguer, pensait Jonah, puisqu'il semblait se débrouiller aussi bien tout seul ?

Il décrivit les pièces de la maison, la façon dont les planchers craquaient et pourtant brillaient à certains endroits, à force d'être polis. La maison avait été redécorée dans les années 1930, mais plus jamais depuis, et même si les meubles, les rideaux et la vaisselle montraient des signes d'âge et d'usure, ils conservaient une forme de beauté.

Au fil de ses récits, Jonah remarqua que son accent, cet accent traînant du Sud, devenait plus prononcé, tandis qu'il entendait les voix de ceux qui, les premiers, lui avaient parlé de Windisle et raconté l'histoire d'Angelina.

Clara écoutait, comme émerveillée, les moindres détails qu'il lui confiait. Ensuite, il la questionna sur la danse, sur les écoles qu'elle avait fréquentées, sur la première fois où elle avait su qu'elle voulait faire de la danse sa vie.

Elle lui raconta ses professeurs, les autres filles du corps de ballet. Elle lui parla arabesques, sauts, relevés, brisés volés. Et il rit alors qu'elle en énumérait comme un poème les termes avec un accent français hautain, parsemant sa description de son propre rire. Il pétillait en Jonah, ce rire doux, effervescent comme des bulles de champagne. Un élément de magie qu'elle aurait jeté par-dessus le mur et qu'il avalait dans l'air.

Oui, il les trouvait magiques, leurs moments partagés. Un répit dans sa vie de monstre. Il savait que ça ne pourrait pas durer, mais il ne s'autorisait pas trop à y penser quand il était avec elle. Il gérerait la situation quand elle prendrait fin, puisqu'elle prendrait fin.

Pour l'instant, ils étaient juste un garçon et une fille, assis de part et d'autre d'un mur, une épaisse couche de pierre entre eux, ce qui n'empêchait pourtant pas leurs cœurs de se connecter. Et pour l'instant, il allait profiter des moments à leur disposition.

*

* *

— Qu'est-ce que tu fabriques ici, Jonah Chamberlain ?

Le son de la voix de Cecil tira Jonah de ses pensées et il se redressa, essuya la sueur sur son front et enfonça la pelle qu'il tenait dans le paillage. Il s'appuya dessus, dans un effort pour paraître naturel à l'approche de Cecil.

— Je... (Il regarda autour de lui.) Je paille.

Cecil s'arrêta devant lui, une expression perplexe sur le visage alors qu'il contemplait tour à tour le paillage à leurs pieds puis le visage de Jonah. Il se gratta la nuque.

— D'accord.

Les mots étaient sortis comme à contrecœur, comme s'il essayait de gagner du temps pour reculer lentement, avant d'appeler les hommes qui apporteraient la camisole de force.

Jonah ne put réprimer un rire.

— C'est juste un... truc que quelqu'un m'a suggéré.

Cecil inclina la tête et jeta un coup d'œil par-dessus son épaule.

— Myrtle !

Cette dernière apparut sur le chemin.

— Quoi ?

— Jonah a... quelqu'un.

Oh, grand Dieu.

— Cecil, ce n'est pas grand-chose.

— Quelqu'un ? répéta Myrtle.

Il découvrit sur son visage une mine tellement pleine d'espoir qu'il lâcha un grognement.

— S'il vous plaît, tous les deux, arrêtez ça.

— Qui est-ce ? s'enquit Cecil. Quelqu'un que tu as rencontré sur le mail ?

Jonah appuya la pelle contre le buisson qu'il était en train de pailler et retira ses gants de jardinage.

— Je suppose que tu veux parler d'Internet. Et non, je n'ai pas fait sa connaissance sur un site de rencontres.

Même si l'idée était amusante, en plus d'être pathétique. Que dirait son profil ? Peut-être quelque chose dans le style : *« Pitoyable et hideux, reclus cherche à rencontrer... eh bien, n'importe quelle femme, en fait, au cœur de la nuit, dans une plantation délabrée et infestée de fantômes. »*

Seigneur !

Cecil et Myrtle échangèrent un regard. Ils savaient tous les deux que Jonah ne quittait pas la maison et devaient se demander s'il avait fini par craquer et commencé à voir les fantômes dont tout le monde disait qu'ils hantaient Windisle.

Jonah avait perdu son envie de jardiner. Il abandonna sa tâche et se dirigea vers la maison, Cecil et Myrtle sur ses talons. Il envisagea de se retourner vers eux, de leur expliquer, mais cette pensée faisait naître un sentiment de panique dans sa poitrine. Que leur dirait-il ? *J'ai rencontré une fille à travers le mur. Je ne l'ai jamais vue, mais je pense que je pourrais aisément tomber amoureux d'elle ?*

Il s'immobilisa brusquement. Son cœur battait fort contre ses côtes et des sirènes d'alarme résonnaient dans sa tête.

Ridicule. Amoureux ? Même dans sa propre tête, le mot était pitoyable.

Sa relation avec Clara, si on pouvait l'appeler ainsi, était une création de son esprit, le fruit de sa solitude et de son isolement. Rien de plus. Oui, elle s'était dite son amie mais, en réalité, elle n'était guère qu'une vague connaissance. Une fille avec qui il discutait de temps en temps. S'il avait vécu une vie normale, il l'aurait mise sur le même plan que le facteur bavard ou le voisin que l'on croise dans la rue et dont on prend des nouvelles en passant. *Sans importance.*

Elle l'avait amené à réfléchir à des choses auxquelles il n'avait pas songé depuis longtemps, c'était vrai, mais elle, Clara, en tant qu'individu, ne comptait pas.

Discuter avec n'importe qui d'autre que Myrtle et Cecil aurait produit les mêmes effets. Et pourtant, présenter les choses ainsi sonnait mal dans sa tête. Il se mentait, évidemment. Et il savait ce qu'il devait faire à ce sujet.

*
* *

Plus tard, le même jour, Jonah arriva auprès du mur des pleurs, glissa au sol et prit son poste habituel sous le chêne. Une feuille d'un vert profond voleta, atterrit sur ses genoux. Il la ramassa, inclina la tête afin de la voir de son œil valide ; il la fit tournoyer, délicate, entre ses doigts et remarqua les stries subtiles bien que vives, dorées et jaunes, qui reliaient les veines. Des détails qu'il avait remarqués uniquement parce qu'il avait pris le temps de l'examiner de près. Combien de choses avait-il ratées dans sa vie, parce qu'il était trop occupé, trop imbu de sa personne, pour prendre le temps de creuser plus avant, de regarder plus attentivement, de comprendre plus pleinement ? Déprimante pensée. Si seulement... si seulement...

Une légère brise passa sur lui, apportant les odeurs minérales du fleuve Mississippi à travers les bois et les marais qui le séparaient de la vaste étendue d'eau, derrière un mur, protégé par l'ombre tamisée des arbres plusieurs fois centenaires. Il y avait des choses dont on ne pouvait pas se cacher. Des choses auxquelles on ne pouvait pas échapper. Il le savait déjà. Il avait bien retenu la leçon.

Il entendit une portière s'ouvrir et se refermer peu après. La voix essoufflée de Clara l'accueillit alors qu'elle prenait place de l'autre côté du mur.

— Comment ça va ?

— Bien. Et vous ?

— Endolorie, grommela-t-elle. L'entraînement s'est éternisé tard hier soir. J'ai arrêté d'utiliser la pommade de madame Guillot à cause de sa puanteur, mais je vais vous dire un truc : elle est efficace. Il se peut que je me retrouve obligée de vous l'imposer à nouveau.

Jonah s'esclaffa.

— Je suis de l'autre côté d'un mur, Clara. À votre place, je m'inquiéterais plus pour les gens avec qui vous passez du temps face à face. (S'ensuivit un moment de silence gêné et il s'éclaircit la gorge.) En parlant de ça, je ne vous ai jamais demandé qui vous dépose toutes les semaines.

Il supposait qu'elle se faisait conduire par un ou une amie, mais elle n'en avait jamais fait mention.

— Oh, je prends un Uber.

— Un Uber ? C'est quoi ?

— Euh, vous savez, un taxi privé. Via une appli de localisation spécifique. (Elle marqua un temps d'arrêt.) Sans rire, vous n'avez jamais entendu parler d'Uber ?

Jonah était embarrassé. Non seulement il n'avait jamais entendu parler d'Uber, mais pour autant qu'il s'en souvienne, il n'avait même jamais utilisé une appli.

— Je ne sors pas beaucoup, Clara. J'imagine que le monde m'a... dépassé, en quelque sorte et dans certains domaines.

Combien de domaines, il n'en avait pas la moindre idée. La seule pensée de ce qui se passait « au-dehors », de l'autre côté du mur, déclencha une vague d'anxiété en lui. Il posa les paumes sur le sol, fermement, agrippa l'herbe et la sentit glisser entre ses doigts. Ce contact le calma immédiatement.

— Vous ne sortez pas beaucoup ? répéta Clara, d'une voix où se percevait l'incrédulité.

Elle lui avait déjà posé des questions sur lui, qu'il avait toujours réussi à éluder en ramenant le sujet sur Windisle.

Elle lui avait demandé pourquoi tout le monde pensait les lieux déserts, s'il allumait les lumières, la nuit, ou s'il les laissait éteintes, et là, il avait répondu franchement : si les éclairages extérieurs avaient cessé de fonctionner des années plus tôt, ceux de la maison ne se voyaient pas à cause des arbres qui entouraient la propriété.

En revanche, il n'avait pas précisé qu'il les gardait très basses, ces lumières, voire éteintes parfois, parce qu'à la fin de la journée elles étaient douloureuses pour son œil blessé et lui causaient des maux de tête.

Il ferma les paupières pour se remémorer ce qu'il devait faire. Il devait être honnête. Clara méritait de savoir qu'il ne quittait pas la plantation, jamais, et qu'ils pourraient bien être des amis temporaires, mais qu'en aucune circonstance il n'abandonnerait cet endroit. Et elle méritait de savoir pourquoi.

— À quelle fréquence, Jonah ?

— Jamais, répondit-il tout bas. Je n'ai pas bougé de Windisle depuis huit ans.

Son silence était dû à la surprise, il le savait, sans doute aussi à l'incompréhension.

— Jamais ? répéta-t-elle. Quoi ? Pourquoi ? Qu'est-ce que vous... qu'est-ce que vous faites ?

Bon Dieu... qu'est-ce qu'il faisait ? Il existait. À peine.

— Je... Je...

Il appuya la tête contre la pierre, tournant la joue pour la presser contre sa surface froide.

— Quoi, Jonah ? Qu'est-ce qu'il y a ? Dites-moi, s'il vous plaît.

Dans le ciel, les nuages passèrent devant le soleil, bloquant momentanément la lumière déjà basse et créant une sensation d'intimité augmentée. À croire que le monde s'était réduit à eux deux.

L'esprit envahi par une immense lassitude, il chercha les bons mots. Il n'y en avait pas qui puissent rendre les choses belles et Dieu ce qu'il était fatigué. Tellement, tellement fatigué, bon sang, d'avoir mal tout le temps. Il avait l'impression soudain d'être dans un confessionnal. À moins que ça n'ait toujours été le cas. Peut-être était-ce justement ce qui l'avait poussé à revenir près de ce mur pour la retrouver encore et encore. Mais pourtant, ce n'était pas juste pour elle, si ?

Il devait mettre un terme à cette mascarade, il le savait. Pour tous les deux. Lui dire la vérité. Toutefois, sur le point de confesser son plus grand péché, il avait aussi l'impression d'être piégé et de vouloir quelque chose, avec la force du désespoir, sauf qu'il ne savait pas quoi. Laver son âme ? Se sentir à nouveau vivant ? Ne serait-ce qu'un instant ? L'une de ces choses était-elle possible ?

— Je regrette, souffla-t-il. Je regrette, voilà. J'en ai fait ma carrière, ici, derrière ce mur.

— Ah, dit-elle.

Et il y avait tellement d'émotion dans ce simple mot qu'il s'agenouilla et posa les paumes à plat contre le mur. Peut-être ses mains à elle aussi étaient-elles pressées contre les siennes de la même façon, sa bouche pas loin. De quelle couleur étaient ses yeux ? Quelle expression avait son visage en cet instant précis ? Il voulait le savoir, et pourtant c'était cette ignorance, cet anonymat qui lui permettaient de s'exprimer avec le cœur pour la première fois depuis tellement, tellement longtemps.

— Je sais ce que vous ressentez. Que regrettez-vous, Jonah ? Vous voulez bien... Vous voulez bien me le dire ?

Son empathie sidérante serra le cœur de Jonah. Il ne la méritait pas. Elle ne tarderait pas à le découvrir et alors elle partirait. Mais c'était exactement ce qu'il souhaitait, non ?

Il posa le front contre la pierre froide et lisse, ferma les yeux... et revit la manière dont les nuages l'avaient observé, ce fameux jour où il était allongé sur le sol, à moitié mort, regrettant de ne pas l'être.

Il ressentit la douleur de l'explosion, la brûlure sur son visage, la chaleur insupportable, et puis l'engourdissement bienvenu, le bruit qui disparaissait, l'incrédulité et, enfin, le chagrin. Plus rien d'autre que du chagrin. D'ailleurs, cette partie-là ne l'avait jamais quitté.

— J'ai tué mon frère.

Et d'autres. Tant d'autres. Six innocents dont il connaissait le nom par cœur. Il les répétait souvent en courant, chaque syllabe creusant un peu plus le sillon dans son cœur, comme autant de petites lames. Il le méritait. Oui. Alors il continuait à le faire, il avait continué toutes ces années. Jamais il ne cesserait.

Il l'entendit lâcher un petit soupir.

— Vous...

— Je ne l'ai pas fait volontairement, mais voilà. Je suis responsable de sa mort. Et de celle d'autres personnes aussi. Je suis le monstre derrière le mur, Clara. Voilà qui je suis.

Une poussée d'angoisse monta en lui, le forçant à lâcher une brusque expiration, comme si cet aveu était une chose tangible, avec son âme propre, et avait élu domicile à l'intérieur de sa poitrine depuis des années, enfoui sous les mots. Et pourtant, l'avouer n'éteignait pas la culpabilité. Ça ne faisait au contraire qu'ajouter de l'huile sur le feu. À présent, elle savait aussi, cette fille qui lui avait parlé gentiment, qui l'avait appelé « le collectionneur de vœux » et qui était revenue.

— Oh, Jonah... Que s'est-il passé ?

Pourquoi lui posait-elle cette question ? Que faisait-elle encore là ? Pourquoi ce qu'il venait de lui révéler ne l'avait pas fait fuir ? Voulait-elle vraiment entendre les détails, après pareille confession ? Voulait-elle vraiment être encore son « amie » ? Soit elle était complètement stupide, soit elle se nourrissait du châtiment des autres. À moins qu'elle ne soit l'une de ces bonnes samaritaines qui s'imaginent pouvoir sauver l'âme d'autrui.

Des gens comme ça, il en était venu quand il avait emménagé à Windisle. Peut-être avaient-ils vu son histoire à la télé et appris d'une manière ou d'une autre qu'il vivait ici. Ou alors, ils s'étaient pointés avec des livrets sur la rédemption par pure coïncidence. Il leur avait crié dessus à travers le portail, les menaçant d'appeler les flics s'ils ne foutaient pas le camp immédiatement.

Et merde, il se sentait soudain sans force aucune, complètement à plat, au point qu'il pourrait s'étendre dans l'herbe et dormir. Il ne répondit pas à sa question, qui resta suspendue entre eux, barrière aussi infranchissable que le mur de pierre.

Clara s'était tue et il en était content. Il reprit sa position initiale, s'adossant contre le mur tandis que les souvenirs assaillaient son esprit et son cœur : Justin, allongé sur la couchette du haut, dans l'un de ces lits superposés qu'ils partageaient enfants, à discuter de leurs rêves d'avenir, des succès qu'ils accompliraient, du monde qu'ils changeraient.

Il revit son frère l'été d'avant son départ pour l'université, qui sautait de leur bateau en saut périlleux arrière et remontait à la surface, hilare. Puis ce rire se transformait en expression grave dans l'esprit de Jonah, celle qu'il avait eue ce fameux jour en quittant son bureau. *On se reparle plus tard.*

Il revint brusquement à l'instant présent, la joue contre le mur, un soupir et les mains à plat dans l'herbe de part et d'autre de ses cuisses. La douleur des souvenirs lui contractait le ventre. Il se rappelait certains des événements qui avaient suivi, mais tout n'était qu'une sorte de brouillard flou. Un brouillard rempli d'horreur. Et depuis, il n'était plus que l'ombre de lui-même. Une coquille vide. Comme il le méritait. *Pourquoi aurais-je le droit de vivre quand eux ne le peuvent plus ?*

— Jonah.

Son nom le tira des souvenirs qui tourbillonnaient dans son esprit épuisé de chagrin. Merveilleux, tragiques, inéluctables. *C'est trop.*

Il se leva, nauséeux et bouleversé.

— Il faut que j'y aille.

Il l'entendit se lever aussi et sa voix lui parvint juste en dessous de sa tête.

— Attendez. Pardonnez-moi si j'ai...

— Ce n'est pas vous, Clara. Je suis juste... (La culpabilité roulait au creux de son ventre et il se crut sur le point de vomir.) Si je suis revenu ici, c'est pour une bonne raison. Je m'appelle Jonah Chamberlain. Cherchez sur Internet. Et ne revenez pas.

Cette dernière instruction, il le savait, était parfaitement inutile. Une fois qu'elle connaîtrait toute l'histoire, jamais elle ne reviendrait.

Il s'éloigna d'un pas vif, sans se retourner ni répondre aux appels de Clara de l'autre côté du mur.

8

La Bibliothèque centrale était ouverte jusqu'à vingt et une heures les mardis et Clara prit le bus pour s'y rendre. Une fois sur place, elle tapa sa requête sur l'ordinateur mis à disposition du public. Son pas était lent, son esprit troublé tandis qu'elle se dirigeait vers l'endroit que lui avait indiqué la femme de l'accueil. Quelque chose dans le but de sa visite, rechercher des informations sur Jonah, lui paraissait... mal. Intrusif. Et pourtant, c'était lui qui l'y avait incitée. « Je m'appelle Jonah Chamberlain. Cherchez sur Internet. » Chamberlain.

Sans trop savoir pourquoi, elle n'avait pas envisagé qu'il puisse être de la famille Chamberlain. Elle l'avait cru membre du personnel qui entretenait les lieux, à l'instar de Myrtle et Cecil, ou alors éventuellement un parent éloigné.

Peut-être à cause de la manière dont il avait évoqué les Chamberlain, avec dans le ton une certaine... distance mêlée de dédain. Un employeur qu'il ne respectait pas, en avait-elle déduit.

Elle lui avait posé des questions, bien sûr, mais chaque fois il avait changé de sujet ou ramené la conversation sur Windisle. Et elle n'avait pas insisté, pensant qu'il s'ouvrirait à elle quand il serait prêt. Elle n'avait pas souhaité le pousser dans ses retranchements, car elle percevait déjà tant de tristesse en lui... Tant de solitude.

Et maintenant, elle était sûre d'avoir eu raison. Jonah était un reclus. Jamais il ne sortait de derrière le mur des pleurs, pas même en secret. Pourquoi ?

Elle se remémora la manière dont il avait parlé de John Whitfield, la compréhension transparaissant dans sa voix à la mention de ses traumatismes de guerre. Elle s'était alors demandé si Jonah avait été soldat, lui aussi.

Son sac de sport posé au sol près de sa chaise, elle alluma l'ordinateur. Elle aurait bien aimé s'acheter un nouveau portable, seulement elle épargnait pour se payer une voiture et préférait conserver le moindre sou. En plus, supposait-elle, cette immense bibliothèque devait offrir un meilleur accès à une plus vaste variété d'articles de journaux en ligne.

Jusqu'à présent, elle avait résisté à l'envie de taper son nom dans la barre de recherches. Si elle devait enquêter à son sujet, décision sur laquelle elle n'avait pas statué avant le jour même, elle voulait avoir à disposition toutes les informations disponibles. « Huit ans », avait-il dit. Il était derrière ce mur depuis huit ans. Conclusion, ce sur quoi il l'avait encouragée à se renseigner devait s'être produit aux environs de cette époque-là.

« Ne revenez pas », avait-il exigé. Ces derniers mots résonnaient dans sa tête depuis deux jours, sa déception et sa confusion allaient augmentant. La peine. Parce que, à la vérité, elle avait passé chaque semaine du mois et demi écoulé dans l'attente et l'excitation de ce bref moment tous les dimanches soir, quand elle s'asseyait de l'autre côté du mur de Jonah, pour parler et apprendre et, du moins l'avait-elle cru, bâtir une amitié profonde qui ne ressemblait à aucune de celles qu'elle avait connues avant.

Enfant, puis adolescente, elle n'avait jamais eu trop le temps de cultiver des amitiés, entre un planning de cours rigoureux et des représentations constantes, jamais eu de temps pour les fêtes ou le shopping, toutes ces choses que les filles passaient leur temps à faire ensemble. Même les quelques petits amis qu'elle avait eus avaient fini par se lasser de constater le peu de temps qu'elle avait à leur consacrer. Enfin, bon, peut-être ne leur avait-elle pas accordé la priorité par choix délibéré. Peut-être son cœur n'avait-il jamais été investi dans ces relations.

Et, peut-être pour toutes ces raisons, le lien qu'elle sentait entre Jonah et elle comptait-il autant à ses yeux. Elle adorait passer du temps avec lui, partager des pans de sa personnalité que personne ne connaissait. Et elle adorait l'écouter aussi : sa façon de décrire le monde, d'ajouter de petits détails dont elle savait qu'ils n'étaient qu'à lui, qu'ils correspondaient à sa vision d'une certaine chose, par exemple quand il comparait Myrtle à un hérisson, « ronde et piquante parfois mais, au bout du compte, la personne la plus aimable et la plus loyale que l'on puisse rencontrer ».

Et bien qu'il ne lui ait délibérément pas révélé beaucoup de détails personnels, elle connaissait ces petits morceaux de lui qu'il avait donnés sans le savoir et elle s'y raccrochait, les retenait comme autant de cadeaux précieux, tout comme elle retenait le moindre commentaire, même mineur, que madame Guillot laissait échapper sur son défunt mari au milieu d'une histoire.

C'étaient eux, les minuscules trésors que les gens délivraient au compte-gouttes, mais uniquement à ceux en qui ils avaient confiance. Et Clara les appréciait en tant que tels.

Dès le premier jour, elle avait été intriguée par Windisle, mais c'était grâce à Jonah qu'elle en était tombée amoureuse. Il lui avait décrit l'endroit avec d'innombrables détails trahissant une affection profonde, de sa voix riche et lente comme l'accent du Sud qui filtrait à travers les fissures du mur pour venir s'enrouler autour d'elle, grave et suave, pareille aux plantes lourdes de fleurs qui grimpaient contre les portails et envahissaient le fer forgé, au point qu'il semblait entièrement créé de pétales et de verdure. Voilà ce qu'il lui avait fait, pendant qu'elle était assise là-bas, que les rouges du ciel saignaient et se mélangeaient, avant de se fondre dans le crépuscule. Elle s'était sentie consumée. Complètement dévorée par quelque chose de puissant et de doux.

Jonah.

Son collectionneur de vœux.

Son tisseur de rêves à la voix de gravier et de velours.

Les doigts suspendus au-dessus des touches, incertaine, elle hésita un instant avant de lâcher une expiration. Et d'abaisser les mains pour taper son nom.

Immédiatement, tant d'occurrences apparurent à l'écran qu'elle ne sut plus par où commencer. Elle se rendit compte qu'elle tremblait, traversée par une sensation inconnue. Ce qu'elle s'apprêtait à faire allait tout changer, bien sûr. Si la minuscule quantité d'informations qu'il lui avait donnée – « J'ai tué mon frère » et « Je suis le monstre derrière le mur » – n'y avait pas réussi, là ce serait le cas. Elle le sentait dans ses tripes.

Elle commença par cliquer sur des images et se pencha vers l'écran quand Jonah Chamberlain, la voix derrière le mur, se changea en homme de chair et de sang.

Elle recula sur son siège, clignant des yeux face à sa photo souriante. Clara ne s'était guère demandé à quoi elle s'attendait, mais... en tout cas pas à ça.

Son regard se promena sur la mâchoire ciselée aux lèvres sensuelles et souriantes, sur les hautes pommettes, puis sur les yeux marron clair surmontés par une paire d'épais sourcils bruns. *Grand Dieu.*

Un visage digne des fantasmes et des contes de fées, créé pour les artistes, façonné pour la scène et les écrans de cinéma, les nuits étoilées. Ses cheveux, qu'il portait coiffés en arrière, étaient ondulés et d'un chocolat profond, épais, avec une implantation en V sur le front comme pour pointer vers la perfection de son visage.

Elle déglutit, les bras hérissés de chair de poule. Sa beauté, formée d'une multitude de minuscules pixels et qui la dévisageait en deux dimensions depuis l'écran de l'ordinateur, lui fit mal bizarrement, sans qu'elle sache expliquer pourquoi.

Elle s'obligea à faire défiler l'écran. La plupart des photos représentaient Jonah en costume, l'air puissant et sûr de lui, penché vers un micro. D'autres le montraient dans ce qui ressemblait à un tribunal, et le gros plan, celui qui, le premier, avait coupé le souffle de Clara, était tiré de la brochure d'un cabinet d'avocats. Jonah Chamberlain était avocat. Ou du moins, il l'avait été.

Refermant les images, elle ouvrit le premier article et en entama la lecture. Bientôt, la bile lui monta à la gorge tandis que l'horreur la saisissait.

Une heure et demie plus tard, Clara se leva maladroitement de sa chaise devant le terminal d'ordinateur où elle était restée collée. D'une main tremblante, elle attrapa son sac de sport, renversant le gobelet en plastique sur la table tant ses gestes étaient saccadés. Les crayons se répandirent dans un claquement sur la surface du bureau et une femme, assise en face, lui adressa un regard noir.

Sans prendre le temps de les replacer dans leur pot, Clara tourna les talons et sortit de la bibliothèque au pas de charge, pour aller inspirer une goulée d'air indispensable sitôt qu'elle atteignit la rue. Elle la traversa en courant, loin, toujours plus loin. Cependant, elle ne pourrait échapper aux informations qu'elle avait apprises, ni à la photo de son collectionneur de vœux souriant, buvant du champagne pour célébrer son succès juste avant que tant de mondes ne s'écroulent, notamment le sien. Non, elles restaient imprimées en couleurs vives dans son cerveau.

*

* *

— Tu m'avais l'air tendue aujourd'hui.

Marco souleva le sac de Clara et posa la bandoulière sur son épaule tandis qu'elle se mettait debout. Elle voulut le lui prendre, mais il s'écarta, sourire typique de lui aux lèvres, et se mit en marche.

Elle pressa le pas pour le rattraper en soupirant.

— J'y suis allée trop fort, hier. Du coup, je voulais me ménager un peu aujourd'hui, histoire de ne pas me froisser quelque chose.

Il lui adressa un regard peu convaincu, un sourcil brun haussé, alors qu'ils franchissaient les doubles portes pour gagner le parking.

— Tu es garée où ?

— Je suis venue en bus.

Il s'immobilisa et se tourna vers elle.

— Tu prends le bus pour venir et repartir du théâtre tous les jours ?

— Pour le moment, fit-elle avec un haussement d'épaules. J'économise pour une voiture.

Il secoua la tête en marmonnant quelque chose en italien qu'elle ne comprit pas. *Pauvre fille*, peut-être ? *Femme sans défense ? Proie facile ?* Quelque chose dans le genre probablement. Marco était le plus grand homme à femmes de la troupe et Clara était certaine qu'il ne se limitait pas aux collègues.

— Je te dépose.

— Non, merci.

Elle tendit la main pour reprendre son sac. Marco ouvrit la bouche, puis il la referma et elle faillit pouffer devant son expression perplexe. De toute évidence, il n'était pas habitué à ce qu'on lui refuse quoi que ce soit.

D'après ce qu'elle avait pu voir, les autres danseuses, et certains des danseurs, manquaient de se pâmer chaque fois qu'il leur accordait un regard.

Oh, il était séduisant, elle ne pouvait pas lui retirer ça. Mais il était aussi arrogant et narcissique et, de manière générale, elle ne sortait pas avec les danseurs. En plus, le moment serait particulièrement mal choisi pour enfreindre sa propre règle : elle était bien assez perturbée comme ça.

Profitant de son hésitation, elle lui arracha le sac de l'épaule et le passa sur la sienne, avant de tourner les talons.

— Bye, chantonna-t-elle en s'éloignant.

Il la rattrapa et elle soupira en lui lançant un regard las, accéléra le pas, même s'il ne peinait pas à rester à sa hauteur et elle savait exactement pourquoi : elle les connaissait bien, ses longues jambes musclées de danseur.

— Tu n'as pas une très bonne opinion de moi.

— Je t'admire énormément, Marco. Je pense que tu es un danseur extrêmement talentueux. Mais je ne sors pas avec les autres danseurs.

Et je suis perturbée et triste, perdue et... J'ai juste envie de rester seule.

— Je ne t'ai pas invitée à sortir avec moi. Je t'ai juste proposé de te raccompagner chez toi.

Sa remarque stoppa net Clara, le rouge aux joues. Il avait raison. Quelle présomptueuse elle faisait ! En réalité, c'était elle qui avait une trop haute opinion d'elle-même. Certes, Marco était un homme à femmes, mais cela ne signifiait pas qu'il soit intéressé par toutes les femmes. Cela ne signifiait pas qu'il soit intéressé par elle. Égoïste et malpolie, voilà ce qu'elle avait été envers lui.

— Désolée, Marco, fit-elle en grimaçant.

— Non pas que je n'aie pas envie de sortir avec toi... reprit-il, son regard s'attardant longuement sur elle, son corps, puis remontant à ses yeux. J'attendais d'être dans la voiture pour passer la vitesse supérieure.

Il accompagna son aveu d'un regard carnassier, mais elle repéra le léger frémissement sur ses lèvres. Il la taquinait. Ou peut-être seulement en partie, mais ce constat suffit à la désarmer.

Elle pouffa et jeta un coup d'œil derrière lui, là où étaient garées les voitures.

— Tu ne tenteras rien, d'accord ? En revanche, je ne dis pas non pour le taxi. Merci beaucoup. C'est sympa de ta part de le proposer.

Marco souriait à présent de toutes ses dents.

— Suis-moi.

Il lui reprit son sac de l'épaule et elle le laissa faire, non sans lever les yeux au ciel. *Dragueur.*

Au moment où ils démarraient, un groupe de leurs collègues sortit du bâtiment, discutant et riant. Ils aperçurent Clara, assise sur le siège passager à côté de Marco, et interrompirent leurs discussions pour les suivre du regard. Clara détourna les yeux afin de se concentrer sur la rue devant elle alors que Marco sortait du parking. *C'est parti pour les potins*, songea-t-elle. *Génial.*

— Alors, Clara, quelles sont tes distractions depuis que tu as emménagé à La Nouvelle-Orléans ?

— Mes distractions ? Qui a le temps pour ça ?

Marco pouffa, puis lui adressa son sourire.

— On devrait tous garder un peu de place pour le divertissement. Travailler tout le temps sans jamais s'amuser...

Elle haussa un sourcil tandis qu'il laissait sa phrase en suspens, avec une insistance toute particulière sur le mot « s'amuser ». Bien sûr, elle comprenait parfaitement à quel type d'amusement il faisait allusion.

— J'ai trouvé un peu de temps pour découvrir La Nouvelle-Orléans.

Et un homme qui se cache derrière un mur... un homme qui collectionne des vœux, qui a une voix qui me trouble... un homme qui a joué un rôle dans une terrible tragédie.

— Le tourisme ? C'est ça que tu considères comme du divertissement ? (Marco poussa un soupir.) Clairement, tu as besoin de moi, Clara. (Il lui tapota le genou, puis ôta sa main.) Si j'avais su que c'était urgent à ce point, je serais venu à ton secours plus tôt.

Clara fut surprise par le rire qui lui échappa, après la triste direction que venaient de prendre ses pensées.

— J'imagine, oui.

Marco lui offrit un sourire en coin et ils roulèrent quelques minutes en silence, mais sans gêne pour autant.

En contemplant la ville qui défilait par la vitre, Clara se demanda ce que faisait Jonah en cet instant, mais elle s'obligea à détourner son esprit de lui.

Même au bout de deux semaines, elle ne savait toujours pas quoi ressentir pour l'homme qui était devenu son ami et qu'elle avait fini par apprécier malgré le mur de pierre qui les séparait.

— Tu as déjà un cavalier pour le bal masqué du gala de charité ?

— Non, répondit-elle.

Le Masquerade Charity Ball. Une somptueuse soirée organisée au bénéfice du ballet, à laquelle tous les danseurs étaient censés assister. Mais Clara n'avait pas prévu de s'y rendre accompagnée. Et c'était dans deux semaines. Ce qui lui rappela qu'elle devait encore se trouver une robe... et un masque, même si trouver un masque à La Nouvelle-Orléans ne devrait pas poser de problème. La ville était connue pour son amour des déguisements, son goût de transformer l'ordinaire en extraordinaire.

— Dans ce cas, c'est décidé. Je serai ton cavalier.

Clara s'esclaffa.

— Je croyais que tu avais accepté de ne rien tenter.

— Je n'ai rien accepté du tout. Et si tu penses que là c'est une tentative, tu me connais mal.

Clara leva les yeux au ciel, mais elle ne put s'empêcher de sourire.

— Bref, ça ne sera pas nécessaire. On se retrouvera tous sur place.

Il lui jeta un coup d'œil.

— Et tu ne sors pas avec les collègues danseurs.

— Exact. Donc vraiment, Marco, ne perds pas ton temps avec moi, je n'en vaux pas la peine.

Toujours souriant, il se gara à l'adresse qu'il avait entrée dans son GPS quand ils étaient montés dans la voiture.

— Je pense que c'est peut-être justement pour ça que tu en vaux la peine, Clara.

Sourire fermement accroché aux lèvres, il sortit de la voiture, imité par Clara. Il contourna le véhicule et lui tendit le sac qu'il avait tiré du siège arrière.

— Je passe te chercher à dix-neuf heures avant le bal ? (Il inclina la tête.) Un collègue qui escorte sa collègue, en toute innocence.

Clara ouvrit la bouche pour refuser, puis hésita. Elle avait l'intuition que le « collègue qui escorte sa collègue en toute innocence » de Marco n'était pas à prendre pour argent comptant mais, à la vérité, elle préférait de loin être conduite par un ami au lieu de prendre un Uber en robe de bal. Ce dernier scénario évoquait trop la jeune femme solitaire, or la solitude, elle en avait eu sa dose, ces derniers temps.

Malgré sa confusion et son trouble, Jonah lui manquait. La sensation de ne plus être complètement seule dans cette ville inconnue lui manquait. Leurs discussions et leur lien lui manquaient. Elle ne l'avait pas juste imaginé, ce lien entre eux, sinon il ne lui manquerait pas autant.

— D'accord. Dix-neuf heures. En collègues amis.

Elle le jaugea du regard.

— Parfait, acquiesça Marco, qui pivota pour retourner de son côté de la voiture. À lundi, mon amie.

Et sur un clin d'œil, il reprit le volant. Clara secoua la tête avec un petit rire et le regarda démarrer.

Ami. Amie.

On est amis, pas vrais ? avait-elle demandé à Jonah. Et il avait répondu « oui », mais avec une telle hésitation qu'elle avait dû retenir sa respiration en attendant sa réponse.

Je regrette. J'en ai fait ma carrière, ici, derrière ce mur.

Oh, Jonah. Elle n'arrivait toujours pas à faire coïncider l'homme dont elle avait lu l'histoire, l'homme apparemment impitoyable et cupide, avec l'homme sensible à qui elle avait ouvert son cœur pendant toutes ces semaines. Jamais il ne lui était apparu comme égoïste ou insensible, plutôt intuitif et introspectif.

Ne revenez pas.

Et elle n'y était pas retournée. Sans doute s'était-il douté qu'elle réagirait ainsi, peut-être même qu'il avait compté là-dessus. Il se détestait, elle avait entendu la haine de soi douloureuse dans sa voix, quand il lui avait raconté une infime partie de ce qu'il avait fait. De ce dont il se sentait responsable. De ce que Clara n'arrivait pas à imaginer.

Et maintenant, vu qu'elle n'y était pas retournée, pensait-il qu'elle cautionnait son exil auto-proclamé ? Ou était-ce un auto-emprisonnement ? Les deux, sans doute.

La pluie se mit à tomber, de grosses gouttes qui éclataient sur le trottoir et tintaient en tombant sur le toit métallique du porche. Clara recula sous le couvert de l'auvent et regarda le monde prendre le flou pastel d'une aquarelle. En dépit du déluge, des rayons de soleil jaune pâle jetaient un regard à travers les lourds nuages sombres, faisant scintiller les voiles d'eau. Clara entreprit de s'éloigner du porche et tournait en direction de son immeuble quand un bruit lui parvint à travers le chuchotement de la pluie. C'était la voix de madame Guillot, dont la sonorité douce-épicée l'enveloppa, saupoudrage de sucre avec une touche de poivre.

« Amazing Grace how sweet the sound, that saved a wretch like me. [2] *»*

A wretch. Un misérable.

Voilà comment Jonah s'envisageait, elle en était certaine. Et en un sens, il en était un. Du moins... il en avait été un.

« 'Twas grace that taught my heart to fear, and grace my fears relieved. [3] *»*

Grace. La grâce. Le pardon. La compréhension. Clara s'était toujours considérée comme une personne indulgente. Mais comment parvenir à comprendre ce qu'il avait fait ? Le rôle qu'il avait joué ?

Clara reprit son chemin vers son immeuble, avant de se raviser et de rebrousser chemin, pour courir sous la pluie vers madame Guillot. Quand elle arriva auprès d'elle, la vieille femme cessa de chanter et lui adressa un large sourire, avant de la faire entrer sous la protection de son auvent.

— Tiens, tiens, Clara, mon petit. Je ne vous ai pas vue récemment. Comment ça va ?

Clara rejoignit madame Guillot sur sa petite terrasse et, une main passée dans ses cheveux encore humides, elle se laissa tomber dans l'autre fauteuil à bascule. Le sourire de

---

2. Paroles du cantique *Amazing Grace* : « Grâce étonnante, au son si doux, qui sauva le misérable que j'étais. »
3. « C'est la grâce qui m'a enseigné la crainte. Et la grâce a soulagé mes craintes. »

madame Guillot la réchauffa de l'intérieur, plus efficacement qu'un bon thé bien chaud.

— Je vais bien.

Le sourire de la vieille dame se changea en froncement de sourcils.

— Comment se porte votre papa ?

— À peu près pareil. Je lui ai parlé, il y a un jour ou deux. Juste une minute, mais bon...

— Ah, mais c'est merveilleux, ça. Qu'est-ce qui vous trouble alors, mon petit ?

Clara se mordillait la lèvre.

— Madame Guillot, vous pensez que tout le monde mérite la grâce ?

Sa voisine la contempla longuement avant de répondre.

— Je dirais que cette question concerne moins « tout le monde » qu'une personne en particulier. J'ai raison ?

Clara hocha la tête.

— Oui.

— Et cette personne serait un ou une amie, ma douce ?

— Je le croyais, madame Guillot. (Clara marqua un temps d'hésitation, puis précisa sa réponse.) Oui, c'était un ami.

Était ? Est ? Oh, je ne sais plus.

— Quelqu'un en qui vous aviez confiance ?

— Je... Oui.

Madame Guillot se pencha pour venir tapoter le genou de Clara.

— Je crois que tout le monde mérite la grâce, Clara. Ce que vous allez devoir vous demander, c'est si vous devez offrir la grâce de près ou de loin. Offrir la grâce n'équivaut pas à offrir votre cœur. Cet organe, mon petit, il faut le protéger à tout prix.

Clara opina lentement du chef à mesure qu'elle digérait les paroles de sa voisine, les tournait et les retournait en tous sens. Oui, c'était exactement ce contre quoi elle se débattait ces dernières semaines. Devait-elle offrir son pardon, mais rester loin de Jonah, ou offrir son pardon et demeurer son amie ? Elle ne savait toujours pas trop... Cependant, en avoir discuté un instant avec madame Guillot avait permis de préciser les choses.

Elle devait retourner au mur des pleurs au moins une dernière fois. Ils avaient été amis et peut-être pouvaient-ils l'être encore.

Elle avait besoin de parler avec Jonah en personne de ce qu'elle avait lu. Elle lui devait au moins ça.

9

Les branches des arbres ondulaient dans la légère brise, créant un doux froufrou qui aurait pu servir de baume apaisant en des circonstances ordinaires. Mais Jonah avait le cœur trop lourd pour être bercé. Trop troublé pour être calmé.

Il regardait sans les voir les arbres devant lui, les yeux rivés sur le morceau de Windisle Manor qu'il apercevait depuis l'endroit où il était assis.

Il entendit un véhicule et son cœur bondit, pour rester sur un pouls rapide tandis qu'une portière claquait et que des pas approchaient. Et puis il perçut des murmures de l'autre côté du mur et un morceau de papier atterrit sur l'herbe à sa droite.

Au bout d'un moment, les pas repartirent et les battements du cœur de Jonah ralentirent, remplacés par une déception qu'il se détestait de ressentir et cette vrille dans son ventre, l'épaisse fumée toxique qui lui emplissait les poumons au point qu'il avait mal en respirant.

Pourquoi revenait-il ici, de toute façon ? Pour se torturer ? Se vautrer dans son chagrin ? Jamais elle ne reviendrait.

Il attrapa le vœu, ouvrit le papier replié d'une main et tourna un peu la tête afin de lire l'écriture fine de son œil valide. *« Mon petit garçon a besoin d'une opération et je n'ai pas les moyens de la lui payer. S'il vous plaît, aidez-moi à trouver une solution. »*

Et merde.

Il haïssait les souhaits qui impliquaient des gosses. Ça le déprimait encore plus qu'il ne l'était déjà, d'autant qu'il ne pouvait rien y faire. Alors il ne lui restait plus qu'à essayer d'oublier qu'il y avait quelque part une inconnue qui ne pouvait pas faire soigner son enfant malade. Bon Dieu, si Justin était là, il aurait...

Un autre véhicule se gara, la portière se referma dans un cliquetis discret. Jonah inspira une goulée d'air et la relâcha lentement, régulièrement. Il inclina la tête et attendit qu'un vœu tombe par l'une des fissures. Au lieu de quoi, il entendit la voiture redémarrer. Il se raidit.

— Salut, Jonah.

Et il l'entendit glisser contre le mur pour prendre sa place habituelle, celle qui restait vide depuis deux dimanches. Il le savait, car il était venu quand même, s'obligeant à s'asseoir seul et à supporter la solitude qui se révélait bien pire qu'avant. Avant Clara.

Je ne dirai pas un mot. Pas un mot, se promit-il. Lui faire croire qu'il n'était pas là. Il lui avait ordonné de ne jamais revenir, alors pourquoi lui signalerait-il sa présence ? Parce qu'il attendait comme un pitoyable imbécile quelque chose à quoi il avait lui-même mis un terme ?

Et d'ailleurs, pourquoi diable était-elle venue ? Elle n'avait donc rien écouté ? Elle n'avait pas fait de recherches sur lui ?

— Je sais que vous êtes là... J'espérais que ce serait le cas.

OK, bon, elle l'entendait probablement respirer, tout comme il l'entendait elle. Sans doute aussi qu'elle voyait les petites fentes à travers lesquelles la lumière ne passait pas, aux endroits où il était adossé. Merde, peut-être qu'elle le ressentait tout comme il la ressentait. Une sorte de magnétisme inexplicable qui l'attirait, qui lui donnait des envies de se dissoudre à travers le mur et de toucher sa chaleur.

Non !

Non. C'était pour ça qu'il lui avait dit de partir. Ces pensées autonomes qui lui occupaient le cerveau chaque fois qu'elle était dans les parages, la façon dont il sentait son odeur sucrée sous cette atroce pommade qu'elle mettait parfois.

Clara poussa un soupir.

— Bien. Si vous ne voulez pas me parler, c'est moi qui vais m'y coller.

Elle se tut et il pressa l'oreille contre la pierre, comme si elle risquait de chuchoter tout bas et qu'il ne pourrait distinguer le son doux et secret de sa voix qu'à condition de se pencher plus près.

— J'ai lu ce qui est arrivé, Jonah. J'ai lu, pour Amanda Kershaw. J'ai lu, pour Murray Ridgley et toutes ses victimes. J'ai lu tout ce que j'ai pu.

De nouveau, elle s'interrompit et le cœur de Jonah se serra douloureusement, face à la certitude absolue qu'elle savait. Elle savait pourquoi il s'était qualifié de monstre. Elle savait.

— J'ai vu votre photo, Jonah.

Son cœur manqua un battement, la honte transperça Jonah.

— Je ne ressemble plus à ça.

Il pressa les paupières, fort. Il n'avait pas prévu cet éclat, seulement il avait entendu la manière gentille et approbatrice dont elle avait prononcé le mot « photo », comme si elle se le figurait, là, en cet instant précis. Or c'était insupportable.

Elle ne devait pas penser qu'il ressemblait à l'homme de jadis. Elle ne pouvait pas penser qu'il était encore cet homme devant qui les femmes écarquillaient les yeux. Oh, elles les écarquilleraient peut-être encore, mais pas pour les mêmes raisons qu'avant.

Lorsqu'il lui avait dit qu'il était un monstre, il le pensait à tout point de vue. Pas question qu'elle vienne ici parce qu'elle avait aimé ce qu'elle avait vu en ligne et décidé que son physique valait bien de passer outre son hostilité.

Il passa une main dans son épaisse chevelure, les sourcils froncés. Ce n'était pas la Clara qu'il connaissait. Elle n'était pas superficielle comme ça, mais... alors pourquoi diable était-elle revenue ?

— Non, murmura-t-elle, songeuse. Je suppose que non, vous n'êtes plus pareil. Les cicatrices doivent être... *(Affreuses, laides...)* considérables, termina-t-elle. La douleur que vous avez dû endurer... Je n'ose pas imaginer.

L'espace d'un instant, il ne sut comment réagir. Il avait entendu la blessure dans sa voix... la tristesse. La compassion. Ce qui le déstabilisa, tout en ramenant au-devant de son esprit une émotion puissante, qu'il ne parvenait pas à identifier, à moins qu'il n'ait peur de le faire.

— C'est bien la moindre de mes laideurs. Vous avez lu l'histoire ? demanda-t-il.

— Oui. Mais je veux l'entendre de votre bouche.

— Pourquoi ? fit-il d'une voix rauque.

Que voulait-elle savoir de plus ? Chaque détail, les plus sordides, les plus sombres, était disponible en ligne. Il avait effectué la recherche, une fois, juste après sa sortie d'hôpital. Il avait lu les commentaires sous les articles et ils l'avaient fait vomir dans le bassin que Myrtle avait laissé près de son lit.

Jour après jour, il était revenu sur ces commentaires, s'obligeant à les lire tous, sans exception, chaque parole pleine de haine et de jugement, sachant qu'il les méritait.

À Myrtle, il avait prétendu que c'étaient les antidouleurs qui le rendaient malade et, malgré les regards inquiets vers son ordinateur portable, elle n'avait pas pipé mot.

— Parce que tout le monde mérite de raconter sa propre histoire à sa façon et que je sais que je suis restée quelque temps sans venir, je vous demande de m'en excuser, Jonah. J'avais besoin de temps afin d'assimiler tout ça, mais j'espère que vous me faites suffisamment confiance pour partager votre propre version des faits avec moi. J'aimerais vous écouter.

Il resta silencieux le temps que ces mots pénètrent son esprit. S'imaginait-elle que sa version différerait d'une manière ou d'une autre de ce qu'elle avait lu ? Était-ce le cas ?

Pour la première fois depuis cette journée d'horreur, il se posa la question.

Personne ne lui avait jamais demandé de raconter sa version et il en vint à se demander s'il saurait la distinguer de l'histoire que tout le monde avait racontée. En tout cas, aucun des faits ne différait, alors quelle importance, au fond ? Un sentiment de désespoir s'abattit sur lui, tel un nuage humide et froid, lourd.

— Ça n'y changera rien, Clara. Ça ne défera pas ce qui s'est passé.

— Non, bien sûr que non. On ne change pas le passé. Seul l'avenir peut être modifié. Mais je ne vous demande pas de le faire non plus. Je vous demande juste de m'aider à voir cet horrible jour de votre point de vue, pas de celui de la personne qui n'a fait que chercher le méchant sur qui faire peser la responsabilité.

Jonah poussa un soupir, envahi par une lassitude familière. Il appuya le dos contre le mur. *À quoi bon, merde ?* Clara voulait entendre l'histoire de sa propre bouche. OK, il allait la lui raconter. Pour la première et la dernière fois, il la raconterait. Parce que c'était elle qui le lui demandait, et uniquement pour cette raison.

— J'étais avocat, vous le savez.

Il lui expliqua comment il avait quitté l'université en avance, les cours de droit en accéléré dans une école spécialisée, l'examen du barreau qu'il avait passé et réussi. Il lui raconta son embauche chez Applegate, Knowles et Fennimore, ses ambitions de carrière.

— Vous avez toujours été aussi déterminé ? Même enfant ?

Il marqua une pause, le temps de réfléchir à sa question.

— Oui. Depuis toujours, j'avais décidé de suivre la voie tracée par mon père. Il était avocat, tout comme mon frère Justin.

Le nom de Justin, quand il le prononça, se termina dans un chuchotement rauque et Jonah se racla la gorge.

— J'étais celui qui prenait exemple sur mon père, Justin était celui qui dénonçait tout ce qu'il représentait.

— Que représentait votre père ?

— Dans ma tête à l'époque ? Le pouvoir. Le succès. Aux yeux de Justin, il représentait la cupidité et le narcissisme.

— Vous dites « à l'époque ». Qu'en est-il maintenant ? Vous voyez votre père différemment ?

De nouveau, il réfléchit. La question de Clara, il se la posait pour la première fois.

— Je n'ai plus beaucoup repensé à mon père depuis... que je suis venu vivre ici.

Il se tut à nouveau un instant et elle aussi, à croire qu'elle devinait qu'il avait besoin de rassembler ses pensées et lui accordait le temps de le faire.

— Mais maintenant...

Jonah ferma les yeux, l'image de son père lui apparut telle qu'il était à l'époque. Dédaigneux, sarcastique, cassant. Les choses qu'il disait quand il était mécontent de Jonah le blessaient. Oui, il pouvait bien l'admettre maintenant. Alors le jeune Jonah s'efforçait d'être comme lui, de le rendre fier, de s'éviter la douleur de la désapprobation, sans aucune pensée pour le reste. Mon Dieu, qu'il avait été lâche !

C'était Justin, le courageux. Justin qui avait eu les tripes de s'opposer à son père.

— Mon père avait beaucoup des défauts que Justin dénonçait. Et parce que je l'imitais, moi aussi.

La honte, comme un millier d'épines qui le perçaient de sous la peau.

Tu choisis une voie, là, Jonah.

Oh oui ! Justin avait raison. Et cette voie l'avait conduit ici, à Windisle, à une vie de reclus et de monstre. Justin, en revanche... Le courageux, le bon, avait perdu la vie. À cause de Jonah. À cause de la voie que Jonah avait choisie, celle que Justin l'avait supplié de ne pas emprunter.

— Justin savait qui était notre père et faisait tout pour être son exact opposé. Il se battait pour la justice, se chargeait de nombreuses affaires *pro bono*, il donnait presque tout l'argent qu'il gagnait à des œuvres caritatives, pour améliorer le monde.

Contrairement à moi resta suspendu en l'air entre eux et Jonah savait qu'elle avait entendu ces mots elle aussi, même s'il les avait tus.

— Il existe de nombreuses manières d'éviter la douleur, murmura-t-elle. Aucune n'est saine si elle est fondée sur la peur. Une réaction, une rébellion, si vous préférez, plutôt que quelque chose qui vient du cœur.

Mais il ne souhaitait pas envisager ce qui avait pu être ou ne pas être les fautes de son frère, ce que son frère avait pu accomplir uniquement pour éviter la douleur, plutôt que d'agir par pure sincérité. Il voulait continuer à voir Justin comme il méritait d'être vu : bon et droit.

— Peut-être, répondit-il sans conviction.

Il écarta cette idée et tous les deux se turent un moment, avant que Clara ne reprenne :

— Racontez-moi depuis le commencement, Jonah.

Le commencement. Il força son cerveau à remonter à une époque où il n'avait entendu parler de Murray Ridgley qu'aux informations, une époque où c'était lui, le monstre, et pas Jonah. Pas encore.

Il lâcha un soupir saccadé.

— Quand j'ai fait mes débuts au cabinet, l'année précédente, plusieurs filles avaient été retrouvées violées et assassinées à La Nouvelle-Orléans. La police recherchait toujours l'auteur des crimes, elle n'avait pas grand-chose. Jusqu'au jour où on a retrouvé une fille au bord de la route, ensanglantée, battue, à moitié morte, ça a été leur première vraie piste. Elle avait encore les poignets liés et la façon dont elle avait été ligotée, les nœuds bien particuliers qui avaient été utilisés, étaient identiques sur les filles assassinées.

— Amanda Kershaw, chuchota Clara. L'unique survivante.

— Oui. Elle a été en mesure d'aider la police à déterminer le lieu où elle avait été emmenée, où l'homme plus tard arrêté et identifié sous le nom de Murray Ridgley l'avait violée et presque tuée, avant qu'elle ne réussisse à s'enfuir.

Le ventre de Jonah se tordit de détresse. Avoir échappé à cet homme une fois, pour finir assassinée par lui plus tard. La souffrance engendrée par ce constat, l'injustice supérieure, sinistre dans laquelle lui-même avait joué un rôle continuait de hanter ses jours. C'était tragique et injuste. Et il aurait pu l'empêcher.

— Bref... reprit-il, et même lui percevait l'abattement dans sa propre voix. Quand Murray Ridgley a contacté le cabinet, les associés ont décidé de se charger de l'affaire. Et plus tard, ils me l'ont assignée, à moi.

— Vous le croyiez innocent ?

La manière dont elle avait prononcé le dernier mot, vite et sur une brève inspiration, amenait Jonah à penser qu'elle retenait son souffle. Il marqua une hésitation : quelque chose au fond de lui comprenait l'importance d'être sincère, pas nécessairement pour Clara, mais pour lui-même.

Il avait décrit leurs conversations comme une sorte de confessionnal, et bien qu'il n'ait jamais imaginé lui confesser ça en particulier, s'il devait s'y résoudre et s'il avait la moindre chance de rédemption, alors il devait d'abord être honnête.

— Je n'en étais pas certain. Il n'y avait pas de preuves concrètes, juste une montagne de présomptions, toutefois sa culpabilité restait une possibilité.

Il entendit le petit souffle d'air qui s'échappait des poumons de Clara.

— Vous avez dissimulé des preuves, Jonah ?

— Non. Bon Dieu, non. Je voulais gagner, Clara, j'étais donc focalisé là-dessus. Mais je n'ai ni menti ni triché pour y parvenir.

Il repensa aux paroles chuchotées derrière les portes closes, à la façon dont les associés se taisaient brusquement quand il entrait dans une pièce et, encore une fois, il se demanda s'ils lui avaient caché quelque chose... La question lui traversa l'esprit, mais il la laissa filer sans essayer de la retenir. Quelle importance maintenant, de toute manière ?

— Son acquittement est dû au témoignage d'Amanda Kershaw.

Jonah pressa les paupières et laissa retomber sa tête en arrière, contre la pierre, en faisant un bruit mat.

— Oui. Elle... elle n'était pas forte, Clara, et je le savais. Elle n'était pas comme vous.

Il marqua une pause pour repenser à la première fois où il avait rencontré Amanda au tribunal, comme elle tremblait en parlant, ses yeux affolés qui ne se posaient nulle part, ses épaules voûtées, comme pour se rapetisser, se cacher du monde. Il avait vu la manière dont elle tirait sur ses manches pour camoufler les marques d'aiguille sur ses bras, et ça aussi, il s'en était servi.

— J'ai retourné sa faiblesse contre elle lorsqu'elle est venue à la barre, admit-il en se tapant l'arrière du crâne contre le mur, nouveau bruit sourd, et il entendit Clara se déplacer. Je l'ai démolie. Ils ont quasiment dû la porter pour la sortir de la salle, tellement elle était émotionnellement affaiblie. Elle est passée pour instable et peu fiable, quasi folle, exactement comme je l'avais prévu. Les associés m'ont tous félicité après. Ils m'ont tapé dans le dos en me répétant combien j'avais été génial. (Il rit, mais c'était un son désagréable, sans aucune trace de joie.) Génial. J'avais génialement abattu une fille qui avait été victime d'un crime horrible auquel la plupart des gens n'auraient pas survécu.

Tu choisis une voie, là, Jonah.

Son cœur semblait battre au fond, tout au fond de sa poitrine, au creux du vide, mais en guise de rappel qu'il était toujours là, vivant, respirant. Et un autre rappel, s'il en était besoin : la vie n'était décidément pas juste. Ou peut-être que si, parfois. Il porta la main à la moitié de son visage défiguré et passa les doigts sur la peau boursoufflée et brûlée qui couvrait les arêtes de ses os, puis il bascula la tête en arrière pour regarder la structure de pierre qui le tenait à l'écart du monde. Oui, peut-être y avait-il une forme de justice.

Car peut-être que cette vie-là est pire que la mort.

— Et puis ? chuchota Clara.

Elle savait. Elle savait déjà, mais elle voulait l'entendre de lui. Maintenant qu'il était allé aussi loin, il ne lui restait plus qu'à continuer encore un petit peu.

— Le jury a acquitté Murray Ridgley. (Il referma les yeux pour se remémorer ce jour-là.) Je me suis senti... Je ne sais pas. Je m'attendais à en éprouver du bonheur... de la fierté. Au lieu de quoi, je me sentais plutôt... vide, je crois. J'ai attribué ma réaction à l'appréhension de celle de Justin. Car pour lui, je le savais, la nouvelle serait très mauvaise. Mais je n'ai pas répondu à ses coups de fil. C'est pour ça, justement, que je ne répondais plus à ses coups de fil.

— Vous aviez honte.

— Je...

Était-ce de la honte ? La honte d'avoir gagné ? *Peut-être.* Peut-être qu'en effet ça le titillait aux entournures de sa conscience, même s'il ne s'était pas autorisé à y réfléchir vraiment.

La victoire, telle avait été son intention, et victoire il avait remportée. Sauf que ça ne lui avait pas fait l'effet d'une victoire.

Il s'était dit que la joie viendrait peut-être après. Il était fatigué. Après tout, il avait bossé comme un chien depuis qu'il avait endossé l'affaire.

— Oui, bien que je ne me le sois pas avoué sur le moment. Et en toute honnêteté, j'aurais peut-être oublié, si les choses n'avaient pas... pris le tour qu'elles ont pris.

— Et la vidéo ?

— La vidéo, c'était un mensonge, Clara. J'ai fait plein de choses peu glorieuses, mais cette vidéo n'en fait pas partie, pas plus que son contenu ne reflétait ce que je ressentais à l'égard de Murray Ridgley après qu'il a été relaxé, malgré le fait que son acquittement ait largement été le fruit de mon travail.

La vidéo était passée dans tous les bulletins d'information qui évoquaient l'affaire. Un petit film le montrant en train de faire sauter le bouchon d'une bouteille de champagne, alors que les associés et lui riaient et se congratulaient.

— Une secrétaire juridique l'avait tournée après une affaire qu'on avait remportée plusieurs mois auparavant, une affaire sur laquelle je n'avais même pas travaillé. Elle n'était associée ni de près ni de loin avec l'affaire Murray Ridgley mais, évidemment, les médias s'en fichaient, ils n'ont pas non plus pris la peine de vérifier leurs sources.

La vidéo l'avait fait paraître surexcité et un peu soûl. Les chaînes d'information l'avaient montée en parallèle avec une autre, celle du carnage qui s'était produit plus tard, et le résultat était passé en boucle : l'histoire racontée était affreuse, honteuse. Mais seulement en partie véridique.

Clara marqua un moment de silence, comme pour digérer l'information.

— Dites-moi, Jonah. Parlez-moi de ce jour.

Ce

Jour.

Ce

Jour.

Ce

Jour.

Les mots résonnaient dans sa tête comme l'avaient fait les coups de feu et les hurlements aussi.

Ce jour. Il avait cru ne jamais en parler, de ce jour, mais voilà. Et il songea qu'il n'y avait que cette fille pour l'amener à se livrer ainsi. Et il se demanda si c'était une bénédiction ou une malédiction.

10

En retenant son souffle, Clara attendait que Jonah reprenne la parole. La gorge nouée, le corps enveloppé de ses bras, elle écoutait son histoire, tandis qu'il lui ouvrait son âme, car elle savait que c'était ce qu'il faisait, même si elle n'était pas certaine de lui accorder son pardon final de près ou de loin.

Jonah l'avait qualifiée de courageuse et elle ne savait pas trop d'où lui venait cette opinion d'elle parce que, récemment, elle ne s'était pas sentie courageuse du tout. Juste perdue et hésitante.

En revanche, elle était le genre de fille à suivre son cœur, et elle agirait ainsi dans ce cas aussi. Après tout, c'était son cœur qui l'avait conduite ici au départ. À Windisle. Au mur des pleurs. À Jonah.

— Je me rendais au tribunal pour un détail concernant une autre affaire, ce jour-là. J'étais... distrait, fatigué, sans doute...

Il laissa sa phrase en suspens.

Elle avait perçu la même hésitation dans sa voix quand il lui avait décrit ses sentiments à propos de la victoire. Il avait été perturbé par l'issue de l'affaire et troublé par sa propre ambivalence ; c'était ce qu'elle soupçonnait. Mais elle ne voulait pas mettre des mots ou des sentiments dans sa bouche, ni non plus lui attribuer des émotions que lui-même ne s'était pas attribuées. Pas seulement parce que telle n'était pas sa place, mais aussi parce qu'elle ne souhaitait pas le dédouaner de quoi que ce soit s'il ne le méritait pas.

Clara écoutait son cœur, oui, en revanche, elle refusait d'être naïve ou de lui faciliter la tâche.

— Je ne sais pas, finit-il par reprendre. Mais bref, je n'ai pas remarqué la conférence de presse avant d'atteindre les marches du tribunal, où elle se tenait. C'est mon frère que j'ai vu en premier. Sur les marches, qui écoutait. Il ne m'a pas vu. Il regardait Amanda Kershaw, qui était là avec ses avocats, et ils répondaient à des questions, ils discutaient de l'injustice crasse de l'acquittement de Murray Ridgley. Amanda avait l'air... euh... sous le choc, je dirais. Elle avait les yeux dans le vague, fixés sur la foule. Et soudain, elle a écarquillé les yeux d'une manière...

Il poussa un brusque soupir rauque. *Sous le choc*, se répéta Clara dans sa tête. Probablement plutôt sous l'effet de quelque drogue, d'après ce qu'elle avait lu du passé de la jeune femme, une droguée qui se prostituait à l'occasion pour sa consommation. Pourtant, Jonah n'en avait pas fait mention, ni à l'instant, ni quand il avait décrit la façon dont il l'avait mise en pièces à la barre pendant le procès, et Clara se demandait pourquoi.

Il avait utilisé sa faiblesse contre elle une fois, de son propre aveu, mais semblait réticent à le faire maintenant. Apparemment, Jonah Chamberlain était déterminé, quoi qu'il lui en coûte, à porter seul toute la responsabilité.

— J'ai suivi le regard d'Amanda et c'est là que je l'ai vu. Murray Ridgley. Un peu à l'écart du petit attroupement. Le temps a paru... ralentir et je l'ai regardé qui prenait quelque chose dans sa veste et puis, tout n'a plus été que... coups de feu et hurlements. Les gens couraient partout, se jetaient à couvert.

La gorge contractée, Clara se figura la scène dans son esprit : la terreur absolue, le chaos soudain et Murray qui sortait une arme de son manteau et se mettait à tirer, d'abord sur Amanda Kershaw et ensuite dans la foule.

Jonah se tut si longtemps qu'elle inclina la tête vers le mur, à l'écoute de ses mouvements, se demandant s'il allait continuer, percevant sa douleur, même à travers l'épaisse barrière qui les séparait.

— Je n'ai pas réussi à l'atteindre assez vite. Les gens fuyaient, me rentraient dedans. Je... suis tombé, je me suis relevé et c'est là que j'ai vu les fils qui passaient sous sa veste et remontaient dans ses poches. Il portait une bombe. Je me suis précipité sur lui aussi vite que j'ai pu, mais... pas assez vite. J'ai voulu le mettre à terre, seulement il actionnait déjà le bouton dans sa poche et là... Je ne me rappelle pas grand-chose après.

Le silence se prolongea, épais et lourd comme le sang qui n'avait pas dû manquer de se répandre sur les marches du tribunal ce jour-là. Une tache atroce qui ne serait jamais complètement effacée, même si dans les faits on l'avait nettoyée. Une tache qui resterait à jamais entre les fissures et les entailles, profondément ancrée dans les recoins invisibles qu'on ne pouvait pas atteindre. *Est-ce aussi ce que tu ressens à l'intérieur, Jonah ? Au fond de ton âme ?*

— Pourquoi avez-vous couru vers lui au lieu de vous enfuir ?

— Quoi ? fit-il d'une voix rauque.

— Il tirait. Vous aviez vu la bombe. Tout le monde plongeait pour se protéger, s'enfuyait. Pourquoi vous, vous avez couru vers lui ? Qu'est-ce qui vous a poussé à faire ça ?

— Parce que... je ne sais pas.

— Jonah.

— Non, Clara. (Elle l'entendit bouger, peut-être se redresser, toujours assis, se ressaisir.) Je sais où vous entraîne votre raisonnement, et je vous assure que vous avez une trop haute opinion de moi si vous essayez de suggérer que j'ai agi de façon héroïque. C'était juste une réaction spontanée, pas un choix délibéré. Je n'ai même pas réfléchi.

— C'est peut-être justement ce qui rend votre geste héroïque.

Il lâcha un rire, mais c'était un rire froid et coupant comme les pierres irrégulières qui lui rentraient dans le dos et la faisaient bouger, mal à l'aise, quand elles s'enfonçaient trop profondément dans sa chair.

— Vous avez envie de le croire, mais ce n'est pas vrai.

Clara poussa un soupir.

— Je ne sais pas si c'est vrai ou pas, mais vous ne pouvez vraiment pas vous accorder un tout petit peu de pardon ? Vous avez fait de mauvais choix et les conséquences... eh bien, oui, ont été tragiques. Seulement, vous n'avez pas voulu ces choses, pas agi pour qu'elles se produisent. Vous ne saviez pas. Comment l'auriez-vous pu ? Murray Ridgley, c'est lui, le vrai monstre dans cette histoire. Pas vous.

— Il peut y avoir plus d'un monstre, Clara.

Pourtant, le ton s'était radouci et il y avait quelque chose dans sa voix qui n'y était pas auparavant, sans que Clara puisse définir exactement de quoi il pouvait s'agir.

Peut-être, songea-t-elle. Peut-être offrions-nous tous diverses nuances de monstruosité, selon les circonstances.

— Vous n'êtes pas que mauvais, Jonah, chuchota-t-elle.

Il avait fait des choses moches, mais les conséquences avaient été imprévisibles et il en avait souffert au premier chef. Encore aujourd'hui. Il se laissait en souffrir. Il s'obligeait à en souffrir. Elle le savait. Et impitoyablement, il se raccrochait à cette souffrance depuis huit ans. D'ailleurs, à ce qu'elle avait entendu, il prévoyait de continuer ainsi pour toujours.

— Comme tout le monde, non ?

Et il lâcha un rire, ou plutôt un son ironique qu'elle ne comprit pas.

— Oui, peut-être que oui, mais je crois qu'il y a de la rédemption pour ceux qui la souhaitent vraiment. Qui œuvrent à la gagner.

— Oh, Clara, vous êtes naïve. Il n'y a pas de rédemption pour moi. Savez-vous ce qui s'est passé lorsque je suis ressorti de l'hôpital ? Il y avait foule dehors, les gens hurlaient, me crachaient dessus quand Myrtle me poussait dans mon fauteuil roulant.

Elle s'était agacée, sur le coup, qu'il la taxe de naïve, mais ce sentiment fut aussitôt remplacé par la tristesse. Son cœur saignait et elle ferma les yeux, tête basse face à la vision que le souvenir de Jonah avait fait apparaître dans son esprit.

— Je suis désolée. Désolée que vous ayez subi cette nouvelle épreuve à un moment où vous deviez souffrir terriblement. Désolée que les gens aient été cruels envers vous alors que vous étiez blessé, en deuil et en demande d'amour, pas de jugement.

— Pourquoi ? Je le méritais. Et je l'ai accepté. J'étais le visage du procès, ensuite je suis devenu le visage du carnage. Et un visage sacrément reconnaissable en plus.

— Est-ce pour cela que vous restez derrière ce mur ? Parce que les gens, s'ils voyaient vos cicatrices, vous reconnaîtraient ? Parce que vous redoutez qu'ils ne se montrent à nouveau cruels ?

Il resta silencieux un long moment, à croire qu'il n'était pas certain de la réponse à apporter à sa question.

— C'est mieux ainsi, voilà.

— Je ne le crois pas.

Clara ne savait pas trop à quel stade de l'histoire elle avait décidé de lui accorder son pardon de près plutôt que de loin, en tout cas, elle prit conscience tout à coup que peu importait quand ce revirement s'était produit, c'était bel et bien le cas.

Désormais ragaillardie par cette conviction, elle redressa le dos, comme si une corde invisible s'était nouée autour d'elle, qui l'avait connectée à lui. Grâce à cette corde tendue, elle se haussa sur les genoux et se tourna vers le mur, si bien que sa bouche se pressa contre l'une des fissures minces comme un souffle.

— Je crois que vous méritez la grâce, Jonah Chamberlain.

La pierre, dure, éraflait la peau délicate de ses lèvres, et pourtant, en dépit de cet inconfort, elle les colla plus encore, espérant d'une certaine façon pouvoir insuffler cette grâce par la minuscule ouverture jusqu'à l'autre côté, où était assis son collectionneur de vœux, au comble du désespoir et de la souffrance. Seul.

— Je crois…

Elle sentit de l'humidité sur sa joue et recula, renversant la tête en arrière pour regarder tomber la pluie. Mais le ciel était d'un bleu immaculé, sans un nuage, sans une goutte de pluie en vue.

Clara reporta son regard sur le mur : plusieurs gouttelettes coulaient lentement à sa surface. Elle hoqueta, médusée. *Il pleure !*

— Jonah ! s'exclama-t-elle, les paumes appuyées contre la pierre humide. Vous voyez ça ? Le mur pleure de votre côté aussi ?

— Oui.

Une ombre passa sur l'endroit où elle avait pressé les lèvres l'instant d'avant et elle perçut la teinte rosée de sa bouche à travers la fente dans la pierre. Sans réfléchir, elle introduit son doigt dans la fissure et, alors que le mur était trop épais et la faille trop étroite pour qu'elle puisse toucher Jonah, elle sentit son souffle chaud et une nuée de frissons hérissa les poils de ses bras. L'ensemble de son corps, chaque centimètre carré, se couvrit de chair de poule.

— Jonah… susurra-t-elle.

C'était étrange, comme un rêve. Elle ne comprenait pas cette sensation, pourtant elle en voulait encore. Abaissant la main, elle remplaça ses doigts par ses lèvres, se figurant quelle apparence ils devaient avoir, vus d'au-dessus, leurs deux corps dans la même position, tendus l'un vers l'autre, avec la barrière du mur pour les séparer. C'était le moment le plus intime dont elle avait jamais fait l'expérience.

Les larmes du mur lui coulaient sur les joues et, par les commissures, dans sa bouche ouverte. Elle sortit la langue pour les goûter et rit.

— C'est salé, Jonah.

Comme de vraies larmes. *Les larmes d'Angelina.*

La tristesse vint se mêler à la joie qui courait dans ses veines jusqu'à son cœur et l'émerveillement à la vue du mur et de ses pleurs fut gâché par le souvenir de la légende : le mur ne cesserait de pleurer qu'une fois Angelina libérée.

Peut-être Clara ne pouvait-elle pas libérer Angelina. Peut-être le mur pleurait-il pour des raisons autres que la magie ou la légende, des raisons qu'elle ne pouvait pas expliquer. Jonah Chamberlain, en revanche, était bien réel et peut-être pouvait-elle l'aider à se libérer de son isolement auto-décrété. Peut-être pouvait-elle aider à faire le bien ici, à Windisle, après tout.

— Rejoignez-moi, Jonah, murmura-t-elle à travers le mur de pierre, au-dessus de ses lèvres.

— Quoi ? croassa-t-il. Pourquoi ?

Elle recula légèrement afin de parler plus facilement et, aussitôt, l'intimité de sa bouche, tout près, lui manqua. *Un baiser qui n'en est pas un.*

— Parce que vous pouvez me faire confiance. Parce que je suis votre amie. Je sais que vous avez des cicatrices. Je sais que c'est... dur pour vous. Je comprends. Vraiment. Mais si vous faites le premier pas, si vous sortez de derrière ce mur, rien qu'un petit instant, je serai là pour le faire avec vous.

L'espoir enflait dans sa poitrine. Elle n'avait pas été submergée par une joie pareille depuis des années, pas depuis que son père était tombé malade. *Le temps est si précieux.* Elle avait appris qu'il ne fallait surtout pas le gâcher. Jamais. Et que parfois, on n'avait pas de seconde chance.

— Rejoignez-moi. Sortez de derrière le mur et retrouvez-moi, répéta-t-elle.

Il s'écarta à son tour et Clara sentit presque physiquement la tension et l'indécision qui exsudaient de lui.

— Je ne peux pas.

— Si Jonah, vous pouvez. Vous le pouvez.

Elle envisagea de lui demander si elle pouvait entrer mais, quelque part, elle avait l'intuition qu'il était plus important que ce soit lui qui sorte. Peut-être qu'après il l'inviterait à l'intérieur de son sanctuaire personnel, peut-être serait-elle autorisée à voir Windisle de ses propres yeux, au lieu de se fier aux descriptions. Mais c'était pour lui, et elle croyait que si Jonah sortait, juste une fois, il verrait qu'il n'était pas contraint de vivre la vie d'un monstre enfermé. Et peut-être qu'il pourrait alors commencer à se pardonner.

Angelina ne ressusciterait jamais. En revanche, le collectionneur de vœux de Clara, lui, pouvait vivre. Et elle l'y aiderait.

— Vous pouvez, chuchota-t-elle avec toute la conviction de son cœur.

Elle se leva et regarda les ombres se déplacer à travers les fissures du mur tandis que Jonah se mettait debout lui aussi. Ils étaient de nouveau collés de part et d'autre d'un mur, sauf que cette fois c'était de tout leur corps.

Un picotement chaud courut sur la peau de Clara et elle déglutit.

— Je sors de répétition à vingt et une heures, ce jeudi. Il y a un parc à seulement un kilomètre et demi d'ici, avec une fontaine et quelques bancs. Vous connaissez ?

— Oui, répondit-il, hésitant.

— Retrouvez-moi là-bas. J'attendrai près de la fontaine. Il n'y a jamais personne quand je passe devant en venant ici. Il sera tard et il n'y aura que moi.

— Clara, je...

— S'il vous plaît. Je vous attendrai. Il vous suffit de m'y rejoindre.

Il resta silencieux un très long moment, avant de lâcher un brusque soupir.

— D'accord.

Clara se fendit d'un large sourire, un bonheur si intense la parcourut qu'il se matérialisa en un rire joyeux.

— Oui ? C'est donc convenu, dit-elle en s'éloignant, avant qu'il ait le temps de changer d'avis. (Elle commanderait son Uber du coin de la rue.) À jeudi alors, collectionneur de vœux.

11

Novembre 1860

La brise automnale soufflait sa fraîcheur sur la peau nue d'Angelina, déclenchant un léger frisson même si ses lèvres restaient retroussées par un sourire heureux. Elle sentit la bouche de John sur son épaule, le baiser chaud et doux qu'il y déposa avant de la mordiller doucement, et elle gloussa.

Les ressorts du vieux lit couinèrent quand elle se retourna pour se blottir dans ses bras, pour dessiner le contour de sa mâchoire bien rasée, d'abord du bout du doigt, puis avec les lèvres. Sous les couvertures, elle le sentit durcir à nouveau et elle sourit contre sa peau.

— Il faut que j'y retourne, susurra-t-elle.

Il poussa un grognement et l'attira plus près.

— Encore quelques minutes.

Elle hésita. Bien sûr, elle ne désirait rien de plus que de passer le reste de sa journée cachée dans cette case vide avec lui, mais elle savait aussi que chaque minute d'absence était une minute où ils risquaient de se faire prendre.

— J'en ai envie, John, mais...

— Je sais.

Après lui avoir déposé un rapide baiser sur les lèvres, il s'assit. Elle l'imita, se détourna et attrapa sa robe, abandonnée au sol. L'un des boutons pendait au bout de son fil. Elle devrait le recoudre plus tard.

John était tellement pressé de me l'enlever. Elle sourit à nouveau au souvenir tout récent de leur étreinte amoureuse.

Derrière elle, la main de John descendit lentement le long de son dos et, quand elle regarda par-dessus son épaule, l'expression de son visage était emplie de révérence, à croire que ce simple contact l'avait ensorcelé.

— Un jour, nous aurons tout le temps du monde ensemble, murmura-t-il. Un jour, nous n'aurons plus à nous soucier de qui pourrait nous surprendre ou de qui saura que nous sommes ensemble.

Sa voix était basse, introspective, comme s'il ne se rendait presque pas compte qu'il prononçait ces mots à haute voix.

— Ce sera bien, répondit-elle en se mettant debout alors que sa main retombait.

Bien ? Doux euphémisme. Plutôt merveilleux.

Elle savait qu'ils jouaient un jeu de « et si », pourtant il était trop agréable pour refuser d'y participer. Et si... oh, et s'il pouvait être à elle, si elle pouvait s'endormir et se réveiller auprès de lui ? Marcher main dans la main dans la rue ? Partager ses repas et l'épouser et... Elle mit un terme à ses pensées en enfilant sa robe puis se tourna vers lui, toujours assis sur le lit, sa peau nue dorée dans le peu de lumière qui filtrait par les rideaux en toile de jute.

Elle voulait bien jouer aux « et si », mais quand son esprit se mettait à tourbillonner trop loin, le jeu devenait douloureux. Angelina savait fort bien l'importance des limites, même si le seul fait de contempler le torse nu de John lui rappelait qu'elle les avait déjà franchies. Un frisson courut le long de son échine et, cette fois, il n'avait rien à voir avec le souffle d'air frais qui traversait la case.

— Viens ici, dit-il, comme s'il devinait son soudain accès de mélancolie.

Il l'attira contre lui et l'étreignit en lui caressant le dos un moment, avant de la relâcher pour renfiler ses propres vêtements.

Il se planta devant elle et la prit par les avant-bras.

— On va trouver un moyen. Je me fiche qu'on doive changer de continent pour ça et vivre dans une grotte au milieu du désert.

Elle rit et les yeux de John pétillèrent mais, en réalité, ce serait peut-être bien leur seule véritable solution. Cela dit... une grotte, avec John, tout à elle, jour et nuit...

— Ou un terrier sous un immense chêne.

Elle avait vu ça, une fois, toute une famille de lapins qui avait sauté dans un trou au sol. Elle les avait jalousés, à la vérité. Le calme qui devait régner en bas. La sécurité absolue.

— Nous attacherions un hamac aux racines pour y dormir et mangerions des glands au dîner.

John s'esclaffa, mais elle perçut la touche de tristesse dans son rire. Il enroula un doigt dans ses cheveux bouclés, tira un peu dessus et regarda la mèche rebondir. Il garda les yeux rivés dessus pendant une fraction de seconde, émerveillé, comme si ses cheveux étaient une sorte de miracle dont il venait à peine de prendre conscience.

— Il y a un endroit pour nous, Angelina. Quelque part dans ce vaste, vaste monde. Tu me fais confiance ?

— Oui, chuchota-t-elle, avec toute la conviction de son cœur pur et doux. Oui.

Ils s'embrassèrent pendant de longues minutes, des siècles, des éternités, et ce n'était pas encore assez, mais Angelina savait que leur temps s'égrenait. Elle le sentait dans ses veines, aussi clairement que si elle avait une sorte d'horloge interne qui décomptait les heures et l'emmenait vers une fin inconnue. *S'il vous plaît, faites que ce soit une fin heureuse. S'il vous plaît,* priait-elle.

Elle laissa John dans la case, les cheveux décoiffés et les lèvres rougies de ses baisers, tandis qu'elle se hâtait de retourner à la maison, son panier de légumes accroché au bras.

Elle entra dans la cuisine, essoufflée, déposa le panier sur le plan de travail.

— Coucou, *mama.*

Mais sa mère ne lui rendit pas son sourire, préférant reporter son regard sur la pomme de terre qu'elle avait à la main, sur le couteau qui, dans un geste fluide, ôtait la peau dont les longs rubans tombaient dans la panière à ses pieds.

— Tu dois être prudente, Lina.

Angelina sentit son sang se glacer, mais elle s'efforça d'enlever les légumes du panier pour les poser sur le plan de travail, comme si de rien n'était.

— Je suis toujours prudente, *mama.*

Les yeux marron profond de sa mère passèrent du visage d'Angelina à son corps, pour s'attarder sur le bouton arraché, et puis ils remontèrent vers le visage de sa fille. Le pouls d'Angelina battait sous sa peau quand elle porta machinalement la main au bouton, qu'elle tritura un moment avant de le lâcher. Sa main retomba lourdement contre son flanc.

Sa mère regarda les légumes sur la table et prit une courge jaune, qu'elle tourna et retourna, avant de la reposer.

— On dirait que, ces derniers temps, tu as oublié quand un légume est mûr et prêt à être ramassé ou pas. Bizarre, toi qui les récoltes pourtant depuis que tu es enfant.

— Je suis fatiguée, *mama.* Je ne dors pas très bien en ce moment.

Sa mère la dévisagea et Angelina aurait juré lire dans ses yeux de la peur mêlée à la désapprobation.

— On est tous fatigués, Lina, lâcha-t-elle en se détournant. Apprends à qui faire confiance. (Elle pivota vers elle à nouveau, les yeux scintillants, comme remplis de larmes.) Et à qui ne pas faire confiance.

Angelina se figea. Elle n'avait jamais vu sa mère pleurer, pas une seule fois de toute sa vie.

Celle-ci reprit le couteau et continua son travail tandis qu'Angelina déchargeait le reste du panier, rempli des légumes à moitié mûrs que John avait cueillis à la hâte, trop pressé de la retrouver.

Elle ne put réprimer le sourire qui lui taquinait les lèvres. Elle leva les yeux vers sa mère, si belle, la douceur ébène de sa peau, ses pommettes hautes et fières, ses grands yeux qui semblaient tout voir et comprendre à un niveau que n'atteignaient pas les autres.

— Est-ce que tu l'aimais, *mama* ?

Sa mère ne la regarda pas pour lui répondre, elle ne fit pas non plus mine de ne pas comprendre à qui Angelina faisait allusion.

— L'aimer ? Il n'y a pas de place pour l'amour, ici.

Pourtant si. Sa mère se trompait : Angelina aimait. Et la mère d'Elijah l'avait aimé aussi. Elle avait pleuré comme une folle en le découvrant pendu à cet arbre et le cœur d'Angelina s'était brisé en deux. Et bien qu'elle ne l'exprime pas souvent, Angelina savait que sa propre mère l'aimait aussi, qu'il y ait une « place » pour cet amour ou pas. Non, Angelina ne pensait pas que l'amour fonctionnait ainsi.

— L'amour se fait sa place même quand il n'y en a pas, *mama*, répondit-elle doucement. L'amour peut creuser dans les surfaces les plus dures.

Mama Loreaux s'interrompit à nouveau dans sa tâche et son regard acéré transperça Angelina, la déshabilla avec autant d'expertise que la lame qu'elle tenait dans sa main calleuse pelait ses légumes.

— Ce genre de discours te causera des soucis, voire pire.

Sur quoi, elle reposa le couteau sur le plan de travail dans un claquement dur puis tourna ses épaules étroites vers sa fille.

— Non, je n'aimais pas ton père, pas plus qu'il ne m'aimait, lui. On t'a conçue sur le sol de la cave pendant que sa femme recevait ses amies pour le thé dans le petit salon. L'idée lui a pris de soulever ma jupe alors que je rangeais des conserves, et moi, je l'ai laissé faire, parce que c'était plus facile comme ça.

Elle plissa les paupières et lâcha finalement un long soupir qui lui adoucit un peu les yeux.

— C'est pas un homme cruel et il est pas entièrement mauvais non plus, mais il choisira sa propre famille plutôt que toi, toujours, n'importe quand. Tu peux bien essayer de parler comme eux et tu peux bien aimer autant que tu veux, seulement jamais ils t'aimeront pareil en retour et jamais ils te considéreront comme une des leurs non plus. Tu comprends ça ?

Angelina contemplait le visage noble de sa mère, visualisant la scène dans la cave, le sol de terre battue, humide et moisi, où elle avait été conçue. Elle rougit et détourna les yeux, sans trop savoir que penser de ce qu'elle venait d'apprendre, mais avec une souffrance qui enflait en elle.

Qu'avait-elle imaginé ? Que son père aimait sa mère en secret ? Qu'à ses yeux, Angelina et sa *mama* étaient spéciales, d'une façon ou d'une autre, même s'il ne pouvait le montrer de peur de mettre sa femme en colère ? Que parce qu'il la berçait sur ses genoux et l'appelait son petit colibri, il l'aimait autant que ses autres enfants ? Oui, sans doute l'avait-elle cru. Ça lui avait donné l'impression de... valoir quelque chose, dans un monde où elle ne valait rien.

Une sensation pesante s'empara d'elle. Et puis elle songea à John. Elle pensa à quel point les choses étaient différentes entre eux, à mille lieues de ce que sa mère avait décrit entre elle et son père. Leur accouplement n'avait été qu'un bref interlude sur le sol sale d'une cave. Les moments qu'Angelina passait avec John n'étaient que douces caresses et rires partagés, entremêlés de promesses et de rêves. Et la comparaison lui donna un regain d'espoir. *Tu me fais confiance ?* avait-il demandé. *Oui,* avait-elle répondu. Et elle le pensait. Elle le pensait de tout son cœur. Ils trouveraient un moyen. Même s'il n'y avait pas de « place » pour cet amour entre eux, malgré le reste du monde qui était contre eux, du moins était-ce l'effet qu'il faisait. Ils y arriveraient. Ils y arriveraient, parce que, là où il y avait de l'amour, il y avait toujours de l'espoir.

Angelina se détourna de sa mère, ce qui ne l'empêcha pas de sentir la chaleur de son regard inquiet dans son dos, qui lui picotait la peau, comme si elle s'était approchée trop près d'une flamme et s'apprêtait à se brûler.

12

Fais-le.

Les yeux rivés sur le loquet de son portail, Jonah était immobile.

Ou... pas.

Un regard en arrière. La voiture de Myrtle n'était pas loin de lui, mais pas question de lui demander la permission de l'utiliser. D'une part, il ne souhaitait pas l'impliquer dans cette entreprise et, d'autre part, son permis de conduire avait expiré depuis de nombreuses années. Mais la vérité, au fond, c'était qu'il n'avait toujours pas décidé s'il irait jusqu'à rencontrer Clara. Il ne savait toujours pas, d'ailleurs, pourquoi diable il avait accepté à la base.

Ou peut-être que si, je le sais. Oui, s'avoua-t-il avec un soupir résigné. *Oui. Je le sais.*

C'était parce que l'espoir qui émanait d'elle s'était instillé en lui, sa joie aussi, et l'émerveillement du pardon qu'elle lui avait accordé après avoir entendu son histoire, alors qu'elle en connaissait jusqu'au moindre détail macabre. Elle lui avait offert sa compassion, sa compréhension, et un respect qui lui donnait le vertige.

« Rejoignez-moi », avait-elle dit, d'une voix pleine d'espoir et d'un émerveillement joyeux lorsque le mur s'était mis à « pleurer ». Son émerveillement avait été contagieux. L'espace de quelques minutes, Jonah l'avait en partie éprouvé. Ainsi que la vibrante énergie de Clara. Car c'était tout ce qu'il savait d'elle, vraiment. Il ignorait à quoi elle ressemblait, hormis que ses cheveux étaient de la couleur de fils d'or – il les avait aperçus à travers la petite fissure du mur – et qu'elle devait avoir la silhouette svelte et athlétique d'une danseuse. Autrement, il savait juste qu'elle était compatissante, sensible et profondément loyale. En y réfléchissant, c'était peut-être bien le plus qu'il ait jamais su d'une fille, quelle qu'elle soit, y compris celles qu'il avait connues plus intimement sur le plan physique.

Ses pensées le ramenèrent au moment où Clara l'avait embrassé. Et oui, il savait que ce n'était pas un vrai baiser, il savait qu'ils n'étaient qu'amis, pourtant ce moment avait été l'un des plus doux de sa vie. Qui l'avait transporté dans la peau d'un homme de chair et de sang à nouveau, lui qui n'était plus qu'un monstre invisible depuis si longtemps.

Il posa une main sur le loquet et lâcha une brusque expiration, remonta haut son col et enfonça le bonnet qu'il portait assez bas pour que la majeure partie de son visage reste cachée.

Le croissant de lune dans le ciel passa derrière un nuage, assombrissant encore la nuit. Clara l'attendait. Il pouvait le faire.

D'un geste vif, il libéra le loquet, franchit le portail et le laissa se rabattre derrière lui.

Le cœur battant comme un fou, les mains moites, il peinait à contrôler son souffle. Il n'était pas sorti de Windisle depuis huit longues années de malheur.

Il resta un instant dans la pénombre du portail, rassemblant son courage avant de s'éloigner dans la rue déserte, les mains enfoncées dans les poches de sa veste noire.

Il marcha entre les flaques d'obscurité, la tête basse, comme pour se protéger du vent alors qu'il n'y avait pas même une brise ce soir-là. Son cœur continuait de cogner fort, plus il s'éloignait de Windisle et, à plusieurs reprises, il faillit faire demi-tour et regagner la plantation au pas de course, tel un enfant qui grimpe les marches en vitesse la nuit, certain d'avoir un démon sur ses talons. Mais Jonah était le seul monstre dans cette rue, ce soir, et il comprit soudain qu'il valait bien mieux être poursuivi par des vampires que d'*être* le vampire.

S'il avait su.

Il arriva aux abords du parc quinze minutes plus tard et s'adossa contre un arbre. Un rire médusé monta de sa gorge, mélange de surprise et de terreur. Il avait réussi. Il avait quitté Windisle et parcouru la distance jusqu'au parc où Clara l'attendait. Certes, ce n'était qu'à quelques pâtés de maisons de chez lui, mais il avait l'impression d'avoir voyagé sur un million de kilomètres. La peur restait installée, lourde dans sa poitrine, mais en dessous, le triomphe enflait. Dieu, il n'avait pas ressenti cela depuis si longtemps. *Je ne pensais pas le ressentir à nouveau.* Jonah s'immobilisa complètement pour se concentrer sur le murmure de l'eau, ce tintement qui lui confirmait que la fontaine était toute proche. *Clara.*

Était-elle déjà là ? Il s'était déjà retrouvé bien plus près d'elle, pourtant, en cet instant, il avait l'impression qu'ils n'avaient jamais été plus proches. Il allait poser les yeux sur elle pour la première fois.

Il allait mettre un visage sur la douce voix de l'autre côté du mur, celle de la femme qui lui avait tant donné d'elle-même, à lui cet inconnu qui méritait tout sauf cette générosité.

Seulement, elle aussi allait voir son visage. Serait-elle horrifiée ? Allait-elle grimacer et tourner les talons ? Oh, bon sang, la pensée de sa réaction le terrifiait. Une peur bleue, putain.

Il se remémora le visage de ceux qui l'avaient regardé juste après l'explosion, leur expression de dégoût. Il frissonna au souvenir de la souffrance que cette répugnance lui avait causé, la vulnérabilité qu'elle avait peu à peu installée tout au fond de lui. Et il ne pensait pas être en mesure de supporter la même chose venant de Clara. *Pas elle.*

Il prit une brusque inspiration puis se déplaça parmi les arbres, en suivant le son de l'eau qui coulait, poussé par la promesse de Clara.

La fontaine apparut, l'eau bouillonnante qui attrapait les lueurs du réverbère allumé au-dessus.

Il avança au milieu d'un bosquet, contourna un vieux tronc et s'y colla. Elle était là, assise au bord de la pierre grise, les mains sur les genoux. Elle attendait.

La lumière attrapait des morceaux d'or dans ses cheveux et les projetait dans l'air qui l'entourait. Elle se tourna légèrement, balaya des yeux l'entrée du parc, puis son regard passa rapidement sur la zone du parc où se cachait Jonah, le corps immobile derrière la force tranquille du chêne vénérable.

Son cœur s'arrêta de battre une fraction de seconde, avant de repartir de plus belle alors qu'il apercevait son visage. Il poussa un grognement, si bas que le son se mêla aux bruits de la nuit et disparut avant de quitter sa cachette d'obscurité.

Elle est belle.

Seigneur, elle est belle.

Clara, la fille qu'il n'avait jusqu'à maintenant connue que comme la voix douce de l'autre côté de sa forteresse, la femme qui l'apaisait et lui faisait tout remettre en question, cette femme était belle à la fois à l'intérieur et à l'extérieur. *Oh merde, merde, merde.*

Son cœur s'enfonça plus profondément derrière sa cage thoracique, pressé contre ses poumons au point qu'il ne parvenait plus à respirer. Pourquoi était-il soudain aussi dévasté ? Avait-il espéré qu'elle soit laide, afin qu'elle veuille bien accepter de donner sa chance à quelqu'un comme lui ? De l'embrasser à nouveau, mais sans rien entre eux, cette fois ? Et puis, de toute façon, était-il vraiment si insensible, si superficiel, pour penser qu'une femme laide devait se satisfaire d'un homme défiguré comme lui ? Que les gens ne s'aimaient qu'en fonction de leur apparence physique ? Oui, enfin, pourquoi aurait-il pensé autrement, au fond ?

N'avait-il pas choisi les femmes uniquement sur leurs caractéristiques physiques, à une époque ? N'avait-il pas éprouvé de la fierté d'arriver à une fête ou dans un restaurant avec une belle femme à son bras, qu'il avait remplacée par une nouvelle sitôt qu'il s'en était lassé comme cela se produisait inévitablement ? Il n'en avait jamais aimé aucune. Pas une seule.

Bon Dieu, son esprit partait dans tous les sens. Et puis, merde. L'amour ? Qu'est-ce qui lui prenait de penser à l'amour ? Lui, le balafré camouflé derrière un arbre dans le parc, trop intimidé et honteux pour sortir du bois et approcher la fille qui l'attendait.

Jonah soupira, vidé de son énergie, et s'appuya plus lourdement contre l'arbre. Il était perdu, triste, seul et n'avait qu'une envie : retourner discrètement à Windisle pour s'y cacher à nouveau.

Comme si elle avait entendu son souffle pourtant infime, Clara tourna la tête et ses yeux fouillèrent la pénombre autour de lui. Il se figea alors que son regard passait sur lui sans le voir.

Une voiture s'arrêta devant l'entrée du parc et elle se leva, regarda, tendue, jusqu'à ce que le véhicule reparte. Elle se rassit sur le rebord de la fontaine, se tourna vers les éclaboussures d'eau, dépitée, et plongea les doigts dedans.

Ses mouvements étaient élégants, d'une féminité à vous serrer le cœur, et tout ce que Jonah avait de masculin en lui réagit à ce spectacle. Ce devait être une magnifique danseuse et il ressentit une infinie tristesse à la pensée qu'il ne la verrait jamais danser.

Il la regardait attendre, mémorisait ses gestes, observait sa façon de contempler les étoiles de temps en temps. *À quoi penses-tu quand tu lèves ainsi les yeux, Clara ?* Le besoin de le savoir devint une souffrance dans sa poitrine. *Que cherches-tu ?* Il ne le saurait jamais, évidemment, pas après ça.

Une heure s'écoula et elle attendait toujours. Le cœur de Jonah devenait de plus en plus lourd à chaque minute. Elle attendait pour lui, et lui, il voulait qu'elle s'en aille afin de pouvoir rentrer à la maison, lui aussi. Mais pas question de l'abandonner seule dans ce parc désert, plongé dans l'obscurité, même si elle pensait justement que c'était ce qu'il avait fait. Il attendrait que son taxi arrive, puis il partirait. Cependant, quand Clara finit par se lever quelques minutes plus tard, quand elle regarda autour d'elle une dernière fois avant de se diriger vers l'entrée du parc, il n'y avait pas de voiture arrivée là pour elle.

Qu'est-ce qu'elle fiche ?

L'endroit était relativement sûr, mais tout de même... Elle ne devrait pas se promener dans un quartier inconnu toute seule.

Jonah la suivit, restant dans l'ombre, le col relevé au maximum et la tête baissée au cas où il croiserait quelqu'un. Sauf que les rues étaient quasi vides et il continua de filer Clara, d'assez loin, du moins l'espérait-il, pour qu'elle n'entende pas le martèlement de ses pas.

Malgré ses émotions à vif et la culpabilité qui le rongeait pour le lapin qu'il lui avait posé, il fit de nouveau l'expérience de cet afflux de fierté ressenti plus tôt. Il était en dehors de sa prison auto-proclamée ; il marchait le long d'une rue dans un quartier résidentiel, comme n'importe quelle personne normale. Il avait réussi !

Fermant les yeux, il inhala la liberté, exhala la peur.

S'il prenait ses précautions, s'il se couvrait afin que personne ne lui jette un coup d'œil, il pouvait marcher dans le coin comme ça. Il resterait camouflé ; il méritait une vie d'ombre, après tout, et n'avait aucun désir d'être vu. En revanche, il n'était pas obligé de se torturer plus qu'il ne le faisait déjà avec ses journées remplies exclusivement d'ennui, qui se répétaient à l'infini. Pas vrai ?

Plus Clara progressait et moins la zone était résidentielle, et quand elle entra enfin dans un petit restaurant bien éclairé et quasi vide, Jonah poussa un soupir de soulagement. Caché sous l'abri d'un porche, de l'autre côté de la rue, il la vit s'asseoir à une table près de la fenêtre, les mains enveloppées autour d'une tasse de café fumant.

Il la voyait plus clairement avec la luminosité ambiante, la jolie forme de son visage en cœur, la beauté de ses grands yeux, l'élégance de ses pommettes et la lèvre sensuelle qu'elle mordillait en contemplant tristement par la vitre.

Et il eut mal. Son corps se serra d'un besoin si intense qu'il le priva de souffle. C'était sa Clara, cette si belle fille dans la vitrine, qui semblait profondément immergée dans ses pensées.

Il inclina la tête pour mieux la voir de son bon œil, sachant qu'il l'avait déçue, mais convaincu que c'était mieux ainsi. Il profita de cet instant pour fusionner cette Clara avec la fille qu'il avait appris à connaître au point que, non content de l'entendre dans ses souvenirs, il la visualisait aussi, assise de l'autre côté du mur, ses cheveux brillants relevés dans une queue-de-cheval comme maintenant, ses longues jambes repliées sous elle.

Il sursauta quand elle se leva brusquement, fouillant dans son portefeuille en quête de monnaie qu'elle déposa sur la table, avant de se précipiter dehors.

Il ne l'avait pas vue appeler un taxi, mais sans doute l'avait-elle fait et c'était à sa rencontre qu'elle filait. Pourtant, quand elle regarda des deux côtés de la rue avant de traverser en courant, il plongea sous son porche, passant juste la tête lorsqu'il entendit ses pas s'éloigner à la hâte. Vers le parc, vers Windisle. Qu'est-ce qu'elle fabriquait ?

De nouveau, il la suivit, en sens inverse cette fois, il se pressait dans les rues sombres, mouvements fluides à travers la nuit. Elle allait à Windisle. Il lui avait posé un lapin, du moins le pensait-elle, et maintenant, elle allait le confronter.

Ou plutôt elle allait lui dire sa façon de penser à travers la pierre qui toujours se dresserait entre eux.

Une partie de lui s'enthousiasma de son audace.

Cette fille ne renonçait pas. Elle aurait fait une sacrée bonne avocate, si la nature ne lui avait pas donné un corps fait pour la danse. Mince et puissante à la fois, des jambes fuselées moulées dans un jean ajusté, chacun de ses mouvements élégant et gracieux. *Bon Dieu, la voir danser...* Et emporter pour toujours cette vision dans son esprit. Peut-être suffirait-elle à le soutenir pour le reste de ses jours solitaires et abrités derrière ce fichu mur qu'il haïssait et remercierait éternellement à la fois.

Problème : il ne pouvait pas atteindre le portail à l'arrière de la propriété, celui dont elle ignorait l'existence, sans qu'elle le voie. Alors il resterait caché jusqu'à ce qu'elle s'en aille.

13

Du bout des doigts, Clara effleurait la pierre rugueuse en même temps qu'elle y posait le front. Pour l'écouter. Lui.

Le croissant de lune dans le ciel ne lui offrait guère de lumière, mais assez pour voir qu'il n'était pas à sa place habituelle. Non qu'elle se soit attendue à l'y trouver, pourtant elle appela son nom, juste pour le cas où.

Elle attendit un moment, pas de réponse. Était-il assis ailleurs, non loin de là ? Contre l'un de ces chênes vénérables de l'autre côté du mur, peut-être ? Elle le sentait, elle l'aurait juré, seulement... Oui, bon, c'était bête. C'était juste cet endroit, *son* endroit, et elle était ici, maintenant. Ces picotements chauds, sous sa peau, qu'elle associait à lui, c'était à cause de sa présence à cet endroit.

Elle les avait ressentis dans le parc, pendant qu'elle attendait aussi, or il ne s'était pas montré, donc de toute évidence, cette sensation récurrente n'était pas liée à sa présence. Peut-être au fait qu'elle se focalisait sur lui.

Enfin, pour le cas où il l'entendrait, elle devait lui demander de l'excuser. Ou peut-être juste exprimer tout haut ses sentiments, ici, contre le mur où elle avait eu la certitude qu'Angelina leur envoyait un signe.

— Je suis désolée, Jonah, lâcha-t-elle dans un soupir. Je me suis emballée quand le mur s'est mis à pleurer. Je...

j'ai été trop insistante et égoïste. Je vous ai pour ainsi dire obligé à promettre de me retrouver et sans doute que vous n'étiez pas prêt. (Ses épaules s'affaissèrent.) Manifestement, vous n'étiez pas prêt. S'il vous plaît, ne vous en voulez pas pour ça. C'est ma faute.

Elle resta silencieuse, le temps d'ordonner ses pensées, dans cet endroit où l'honnêteté semblait venir plus facilement.

— Je suis votre amie et j'aurais dû prendre vos peurs mieux en compte. J'aurais dû... vous demander si vous étiez prêt, au lieu de faire des plans sur la comète.

Un bruissement agita l'épais feuillage derrière elle, lui faisant tourner la tête pour l'observer attentivement. Sans doute un écureuil ou juste un souffle de brise perdue qui ne l'avait pas atteinte, là où elle se tenait.

Elle reporta son attention vers le mur.

— Je tiens à vous, Jonah. Je ressens ce... cette attirance que je n'ai jamais éprouvée avant. Vous êtes là-bas et moi je suis là et... (Elle s'interrompit sur un soupir frustré.) Mais je veux être votre amie et ça prendra la forme que vous voudrez. En fonction de vos besoins. Je tiens à ce que vous le sachiez. Oui, je... je tiens à ce que vous le sachiez et c'est tout.

Elle sortit le morceau de papier sur lequel elle avait écrit, assise dans le petit restaurant où elle décidait de la conduite à tenir, et le glissa par une fente. En espérant que Jonah le lise, plutôt que de le jeter avec les autres vœux qu'il collectionnait. *Mon collectionneur de vœux*, songea-t-elle dans un soupir attristé.

Elle se détourna du mur pour s'y adosser et, de nouveau, la végétation se fit entendre au moment où un nuage dissimulait le mince croissant de lune. Les ombres déjà épaisses grandirent et envahirent tout, comme si elles prenaient vie.

Un frisson lui parcourut l'échine, sa peau se hérissa de chair de poule. Même si elle n'avait vu personne dans la rue en marchant, l'adrénaline l'avait empêchée d'avoir peur. Mais là... elle se sentait observée et, parce que cela provenait d'en dehors des limites du mur, l'inquiétude la saisit.

Sortant son téléphone, elle commanda un Uber. Un chauffeur arriva dix minutes plus tard, toutefois cette sensation d'être observée ne la quitta pas tant que Windisle n'eut pas disparu de sa vue par la vitre arrière.

*
* *

Clara continuait à se sentir observée. C'était de la pure paranoïa, bien sûr. Elle le savait désormais avec certitude, puisqu'elle était à l'autre bout de la ville par rapport à Windisle, en répétition, et que la sensation persistait.

Il était tard et elle était fatiguée, mais madame Fournier insistait pour qu'ils restent jusqu'à effectuer un filage parfait.

Certes, elle avait les muscles en feu, les orteils en sang et couverts d'ampoules dans ses pointes, mais les autres danseurs subissaient les mêmes souffrances, elle le savait bien, alors elle colla un sourire sur son visage et répéta les pas, sans ciller.

Marco la souleva en l'air, sa main s'attardant sur sa fesse une fraction de seconde plus longtemps que nécessaire et elle lui jeta un regard noir avant d'enchaîner sur un tourbillon fluide, une série de pirouettes qui l'éloignèrent de lui. Elle vit son clin d'œil juste avant de tourner la tête, au moment où elle repérait la place exacte qu'elle devait atteindre.

Un mouvement au fond de l'atelier attira son attention et elle trébucha légèrement, se rattrapa et lança un coup d'œil vers madame Fournier qui, *merci mon Dieu*, regardait ailleurs.

Un homme, Clara ne distinguait que sa haute silhouette, tourna au coin. Un simple gardien ou quelqu'un venu récupérer l'un des danseurs, sans doute, mais son faux pas lui rappela qu'elle devait absolument rester concentrée s'ils voulaient tous partir d'ici à une heure décente. Au bout de ce qui lui parut durer une éternité et un jour, madame Fournier tapa dans ses mains à deux reprises, pour leur indiquer que la répétition était terminée et qu'elle les attendait le lendemain. *Merci, dieu des ampoules aux pieds*, pensa Clara avec une petite grimace.

Elle attrapa son sac, enfila son survêtement par-dessus ses collants et changea rapidement de chaussures. Les autres danseurs grognaient, s'étiraient et se plaignaient toujours de leurs muscles et de leur dos douloureux quand elle sortit du théâtre. La porte se referma lourdement et elle prit la direction de l'arrêt de bus à l'angle de la rue, sortant son téléphone tout en marchant. Pas d'appels en absence. Son cœur se serra, même si elle ne s'était pas vraiment attendue à en recevoir un de sa part.

Tandis qu'elle glissait son numéro par la fissure dans le mur, après avoir filé du petit restaurant, elle s'était demandé pourquoi elle ne le lui avait pas donné plus tôt. Et puis elle s'était rendu compte qu'en fait elle aimait aller le retrouver à Windisle, s'asseoir de l'autre côté du mur des pleurs et l'écouter lui parler juste au creux de l'oreille, bercée par les intonations mélodieuses de sa voix qui dansait par-dessus le mur et se posait autour d'elle comme une caresse réconfortante.

Lui donner son numéro aurait pu rendre ses visites inutiles.

Quoi qu'il en soit, il n'avait pas appelé.

Peut-être qu'il n'avait pas le téléphone ou aucun désir de l'allumer s'il l'avait éteint le jour où il s'était enfermé à Windisle. Peut-être qu'il ne voulait plus lui parler du tout.

La tristesse la transperça, aussitôt suivie de l'indécision. Devait-elle y retourner pour lui présenter ses excuses, des excuses qu'il entendrait cette fois ? Et s'il n'avait pas déplié le morceau de papier qu'elle lui avait adressé ? Et si...

Clara lâcha un grognement et se massa les tempes, comme si ce geste pouvait l'empêcher d'être obnubilée par Jonah. Car c'était bel et bien le cas ; pour une raison ou une autre, depuis qu'elle l'avait rencontré, et il fallait que ça cesse.

Elle ferait mieux de s'acheter une bouteille de vin et de noyer son chagrin, toute seule dans son appartement, sauf qu'elle n'avait jamais bu beaucoup. Ils avaient une autre répétition à l'aube, le lendemain matin, et si elle se dépêchait, elle avait juste le temps de passer à la boutique de costumes qu'elle avait trouvée en ligne, un peu plus tôt dans la journée.

La nuit était humide et chaude, la pluie éclaboussait les vitres sales du bus qui emmenait Clara dans le Vieux Carré, l'ancien quartier français de La Nouvelle-Orléans.

Le bal masqué faisant partie de son travail, elle devait veiller à avoir une tenue adaptée au lieu d'attendre le dernier moment et de se retrouver avec un éventail d'options très limité. Enfin, deux jours en avance, c'était sans doute déjà le dernier moment, et elle récita une prière silencieuse pour que le bon costume soit là-bas, n'attendant plus qu'elle.

Les trottoirs étaient pleins de rires, de gens qui discutaient au sortir des restaurants, qui entraient et sortaient des boutiques touristiques, certains affublés de boas aux couleurs vives et portant des boissons multicolores à la main.

À croire qu'il y avait toujours une fête en cours quelque part, dans cette ville, quelle que soit l'heure ou le jour de la semaine. Clara pourrait s'y perdre avec joie, à observer les gens et à flâner de magasin en magasin.

Un homme éclata d'un rire bruyant et lui rentra dedans, avec en main son grand gobelet en plastique dangereusement proche de se renverser. Il parvint à éviter la catastrophe, mais pas avant que plusieurs gouttes n'éclaboussent Clara. Hausser un sourcil en guise d'excuse ne l'empêcha pas de poursuivre son chemin, le sourire toujours aux lèvres.

— Merde, marmonna-t-elle en se réfugiant sur un pas de porte pour brosser les gouttelettes rouges qui tachaient le devant de son justaucorps rose, qu'elle portait encore sous son sweat-shirt.

Elle poussa un soupir et monta la fermeture Éclair de son sweat, avant de lever les yeux vers la porte devant elle. « Madame Catoire : lecture des lignes de la main et divination, passé, présent, futur ».

Clara hésita puis, emportée par la curiosité, se colla au verre fumé pour regarder à l'intérieur de la minuscule boutique.

Elle distinguait des tables, avec de petits bibelots, des bougies et autres bricoles. Après une brève hésitation, Clara tira la porte, faisant tinter une clochette, et entra.

L'endroit sentait la fumée et le sucré jusqu'à l'écœurement, et le son de quelques instruments, comme des carillons à vent et du piano, filtrait en sourdine de quelque part dans le fond.

Un léger souffle de vent lui caressa la peau, alors qu'aucune fenêtre n'était ouverte, du moins pas qu'elle puisse voir, et que la porte était fermée.

L'angoisse monta, mais comme elle était trop curieuse pour faire demi-tour, elle laissa son regard s'attarder sur un objet intrigant après l'autre. Lentement, elle fit le tour du magasin, se penchant pour observer l'assortiment de cristaux et autres géodes qui scintillaient sur une table, puis s'arrêtant pour examiner le nom des minuscules flacons couleur ambre sur une autre table. Chacun était étiqueté et libellé à la main : argent, succès, amour. *Ça alors, il y en a des façons de faire un vœu dans ce monde*, songea-t-elle.

— Et quel est-il, votre vœu, ma chère enfant ?

Clara fit volte-face pour découvrir une vieille femme en robe mauve, dans l'encadrement d'une porte à moitié masquée par un rideau à l'arrière de la boutique. « Quel est votre vœu ? » avait-elle demandé. Comme si elle avait lu dans ses pensées.

La femme s'approcha et Clara vit que, bien que plus âgée, elle était toujours superbe, avec ses grands yeux turquoise et des cheveux blancs mêlés d'un blond si clair que Clara ne discerna la différence de teinte qu'une fois la femme devant elle.

— Est-ce l'amour que vous souhaitez ?

— Je... oui, probablement.

Comme tout le monde, non ?

La femme inclina la tête et l'étudia un instant.

— Il vous est difficile de souhaiter des choses pour vous-même ? Très rare.

Elle avait formulé son idée comme une question, pourtant elle se détourna de Clara, comme si elle n'attendait aucune réponse.

— Venez. Je suis fermée, mais pour vous, je vais lire. Gratuitement.

— Oh, je suis désolée. Je n'avais pas compris...

La femme balaya sa remarque d'un revers de la main et tint le rideau tiré pour Clara. Celle-ci hésita, mais l'envie d'entendre ce que cette voyante allait lui annoncer était trop forte, sa curiosité supérieure au sentiment de malaise qu'elle ressentait depuis son entrée dans la boutique.

Elle jeta un regard en arrière, croyant apercevoir une ombre qui s'écartait du seuil et s'évaporait, comme si elle avait regardé à l'intérieur juste avant.

Elle se retourna vers la femme, qui elle aussi regardait la porte où l'ombre s'était tenue l'instant d'avant. Un froncement de sourcils barrait son beau visage. Mais il disparut dès l'instant où Clara le remarqua et la femme lui refit signe, avant de disparaître derrière le lourd rideau rouge. Clara la suivit.

L'arrière-boutique était mal éclairée et à peu près vide, avec des lumignons suspendus au plafond, une table ronde placée au milieu et la femme déjà assise sur un côté. Clara prit le siège vide face à elle.

— Je suis madame Catoire. Et votre nom est ?

— Clara.

Avec un sourire pincé, la femme prit un paquet de cartes au centre de la table.

— Mélangez, s'il vous plaît.

Madame Catoire lui tendit les cartes et Clara s'exécuta, avant de les rendre à l'autre femme, qui les mélangea à nouveau elle-même, sans la quitter des yeux tout du long.

Mme Catoire étala les cartes une par une, chacune révélant des symboles et des chiffres qui ne signifiaient rien pour Clara. La diseuse de bonne aventure les contempla un moment, avant de se caler contre le dossier de sa chaise.

— Il y a de la tristesse en vous. Vous avez fait l'expérience d'une perte, sauf que... (La femme fronça les sourcils à nouveau, cette fois comme si elle s'efforçait de trouver les mots justes.) Ce n'est pas tout à fait une perte. (Elle plongea son regard dans celui de Clara.) Quelqu'un que vous aimez est très malade.

Clara acquiesça.

— Oui, souffla-t-elle. Mon père.

Madame Catoire hocha la tête.

— Ce que vous ont dit les docteurs est exact.

Clara acquiesça de nouveau, tristement. Oui, elle le savait. Madame Catoire reporta son attention sur les cartes.

— Vous cherchez des réponses à un mystère.

Le cœur de Clara bondit dans sa poitrine, mais elle prit une longue inspiration et opta pour une attitude évasive ; les voyants étaient comme des vendeurs, après tout, non ? Leur laisser voir votre enthousiasme leur donnait des munitions.

— Oui, c'est vrai.

La diseuse de bonne aventure ne releva toutefois pas les yeux, à croire qu'elle ne souhaitait ni n'avait besoin de sa validation. Elle se pencha en avant et ses prunelles semblèrent scintiller dans la lumière dorée projetée par la guirlande de lumignons au-dessus d'elle.

— Continuez de chercher. Ne vous arrêtez pas. C'est très important.

— OK...

— Très important, chuchota-t-elle encore en regardant de nouveau les cartes, ses lèvres rouges charnues pincées et tirées vers le bas.

Clara frissonna et se replaça sur sa chaise. Se pouvait-il que madame Catoire soit en train d'évoquer l'énigme et la manière de libérer Angelina ?

— Madame Catoire, pouvez-vous m'indiquer où trouver d'autres réponses ? Où chercher ?

— Non. Les cartes ne répondent pas aux questions, elles ne communiquent pas en détail. Elles parlent par allusions et je ne sais que ce qui apparaît à travers la brume.

Eh bien, voilà qui est pour le moins... vague. Clara se sentit submergée par la déception. Était-ce là un tour qu'on lui jouait ? Si madame Catoire ne pouvait lui donner de détails ni répondre à ses questions, ses généralités ne s'appliqueraient-elles pas à presque tout le monde ? Oui, mais... les deux choses qu'elle lui avait dites jusqu'à présent n'étaient pas applicables à n'importe qui. Et très applicables à elle, en revanche. En plus, elle avait déjà annoncé qu'elle ne se ferait pas payer. Quelle raison aurait-elle donc de la berner ?

La voyante regarda Clara dans les yeux tandis que son doigt se posait sur une autre carte, lentement, presque comme une caresse.

— Méfiez-vous de l'homme aux deux visages. Il vous fera du mal si vous le laissez faire.

Méfiez-vous... l'homme aux deux visages ? Se pouvait-il qu'elle parle de... Jonah ? Il était marqué au visage, elle le savait, mais qu'est-ce que la voyante entendait par « deux visages » ? Son ancien visage et son nouveau visage ? *Il vous fera du mal si vous le laissez faire ?* Jonah ?

Elle secoua la tête pour repousser sa propre pensée silencieuse. Jonah ne lui ferait jamais de mal. Elle lui faisait confiance. Au moins... eh bien, en ce qui concernait sa sécurité. Enfin, bon, peut-être était-elle naïve. Elle avait l'impression de le connaître, seulement était-il possible de connaître une personne de l'autre côté d'un mur ? *Oui,* insistait son cœur. Oui. Pourtant, le doute persistait. Il n'était pas venu la retrouver. Pas plus qu'il ne l'avait attendue près du mur.

Puisque madame Catoire prétendait que les cartes ne répondaient pas aux questions, inutile de lui demander de clarifier.

— Y a-t-il autre chose, madame ? Quelque chose sur... l'amour ?

À nouveau, madame Catoire s'adossa à sa chaise, l'air épuisée, ce qui était étonnant vu qu'elles n'étaient assises à cette table que depuis dix minutes environ.

— Votre véritable amour danse entre les rayons de lune.

Quoi ?! Il danse ? Clara était danseuse, mais outre cette évidence, elle n'avait pas la moindre idée de la signification de ces mots. Elle ouvrit la bouche pour exprimer son incompréhension, quand la voyante se leva abruptement.

— La séance est terminée.

Elle ramassa ses cartes dans un geste théâtral et sortit par une autre porte, au fond de la petite pièce. Clara l'entendit monter des marches et se leva, perplexe sur l'interprétation de son soudain départ. N'allait-elle pas venir à la porte pour la verrouiller ? Elle avait dit être fermée...

Clara sortit un billet de vingt dollars et un de cinq de son porte-monnaie et les posa sur la table, afin que madame Catoire les voie en redescendant. Aucun signe n'indiquait combien elle faisait payer ses séances, mais Clara n'aimait pas l'idée de la faire travailler gratuitement et espéra que la somme laissée sur la table était dans la moyenne de ce que la femme exigeait habituellement.

La clochette retentit au-dessus de la porte d'entrée quand elle l'ouvrit avant de la refermer soigneusement pour sortir dans l'air lourd de la nuit. La rue était plus déserte que lorsqu'elle était entrée dans la boutique.

Clara consulta l'heure sur son téléphone, surprise de découvrir qu'une heure s'était écoulée. *Comment est-ce possible ?* se demanda-t-elle, le front barré d'un pli perplexe.

Elle tourna à droite et pressa le pas. Il lui restait dix minutes pour filer au magasin de location de costumes. Dix minutes pour trouver quelque chose à porter au bal masqué. Et ensuite, encore une nuit de solitude. Elle allait continuer à réfléchir aux paroles de la diseuse de bonne aventure, elle le savait d'avance. *Continuez de chercher. Ne vous arrêtez pas. C'est très important.*

14

Janvier 1861

— Monsieur Whitfield, vous êtes superbe ce soir.

John répondit par un sourire, mais il était forcé. Si madame Chamberlain s'en rendit compte, elle n'en montra rien.

— Merci, madame Chamberlain. Vous êtes charmante, comme toujours. (Il se tourna vers Astrid, qui se tenait juste à côté de sa mère.) Tout comme vous, Astrid.

La jeune femme rougit jusqu'à la racine des cheveux et John sentit sa poitrine se serrer un petit peu. Il détestait devoir l'utiliser comme prétexte pour passer du temps à Windisle – *passer du temps avec Angelina* –, mais pour le moment, il n'y avait pas d'autre moyen.

— Est-ce madame Holdsworth que je vois ? Pourquoi ne prenez-vous pas un verre de punch, jeunes gens, je reviens tout de suite.

Elle tapota le bras de sa fille et lui adressa un regard lourd de sous-entendus. John détourna les yeux et fit mine de n'avoir pas intercepté leur échange assez peu subtil.

Il s'éclaircit la gorge et salua d'un signe de la tête madame Chamberlain qui s'éclipsait en toute hâte.

— Du punch ? proposa-t-il à Astrid, un sourcil arqué.

Elle rougit, mais une grimace contrite accompagna sa gêne.

— La subtilité n'est pas le fort de ma mère. Mais oui, merci, je prendrais volontiers un verre de punch.

John pouffa. S'il n'avait aucune attirance romantique envers elle, Astrid n'en était pas moins une gentille fille. Et jolie. Elle ressemblait un peu à Angelina, toutes deux avaient les mêmes yeux en amande de leur père et son front haut. Elle attirerait l'attention d'un autre homme sans tarder et il aurait de la chance qu'elle lui rende son intérêt, malgré le dragon qui lui servait de mère.

Il conduisit Astrid près de la table du punch et lui en servit un verre, avant d'en faire autant pour lui-même.

— Bonne année, Astrid, dit-il en entrechoquant son verre au sien.

— Bonne année, John, répondit-elle d'une voix douce, avant de boire une gorgée de son cocktail.

Un homme en haut-de-forme et masque noir éclata de rire quand il passa près d'eux en compagnie d'une femme à mignon petit chapeau et boa rouge qui semblait devoir représenter une plume de cardinal.

— Je n'avais pas compris que les gens venaient costumés.

— Oh, c'était sur l'invitation. Mes parents ont donné une fête de Nouvel An costumée, il y a longtemps, et depuis, certaines personnes continuent à se déguiser pour entretenir la tradition.

— Ah, d'accord.

John prit une autre gorgée du punch coupé à l'eau. Dommage que celui-ci ne soit pas plus fort ou qu'il n'ait pas apporté son propre alcool, ce qui l'aurait aidé à endurer la fadeur de cette soirée.

Tout ce qu'il voulait, c'était traverser cette foule compacte et se ruer dehors, dans l'air de la nuit. Il voulait la rejoindre. Il le voulait si fort qu'il en avait mal.

Tout à coup, comme si ses pensées avaient conjuré quelqu'un qui lui ressemblait, ou plutôt, quelqu'un qui se mouvait comme elle, son regard accrocha une femme en robe rose pâle à col haut et masque de chat qui lui recouvrait tout le visage et jusqu'au sommet du crâne. John s'efforça de passer outre, de détourner les yeux, mais non, elle bougeait décidément trop comme Angelina. Il était bien placé pour le savoir, il passait des heures à revivre chacun de leurs instants, à visualiser encore et encore la moindre parcelle de son corps menu, chaque geste, chaque frémissement de ses muscles. Sauf qu'Angelina n'aurait jamais été invitée à cette fête ni à aucune autre. Elle était quelque part, tout près, oui, mais bon Dieu, à un monde d'ici.

— Alors, John, reprit Astrid, l'obligeant à quitter des yeux la femme à l'autre bout de la pièce, afin de les ramener sur elle, qui se mordillait nerveusement la lèvre. J'ai... euh... j'ai beaucoup aimé boire le thé avec vous. J'espère, eh bien... je...

Le regard de John repartit sur la femme masquée, la voix d'Astrid s'éteignit. D'une main gantée, l'inconnue prit un petit morceau de gâteau sur un plateau qui passait et garda une main devant le bas de son visage pour porter discrètement le morceau à sa bouche, sous son masque. Son dos se cambra imperceptiblement alors qu'elle rabaissait la main, mastiquait et avalait.

Cette légère cambrure... C'était comme Angelina quand elle prenait son plaisir, elle se cambrait ainsi, ressentant l'orgasme de tout son corps. *Nom de Dieu.* Les sons de la fête explosèrent dans la tête de John.

— John ? Vous vous sentez bien ? Avez-vous entendu ce que je viens de dire ?

— Je vous demande pardon ? marmonna-t-il.

Il tourna les yeux vers Astrid, qui le dévisageait, avec sur le visage un mélange de vexation et d'inquiétude.

— Je vous demandais si...

— Pardonnez mon impolitesse, Astrid. Je dois m'entretenir avec quelqu'un.

— Oh, certainement, je...

John la contourna en tâchant de marcher aussi calmement que possible vers la femme désormais près de la fenêtre, la femme... non, pas *la femme.* Angelina. Son Angelina. Elle jouait avec le feu.

Il ravala un juron et plaqua ce qu'il espérait être un sourire nonchalant sur ses lèvres tout en la rejoignant.

— Suis-moi, murmura-t-il assez bas pour qu'elle seule l'entende, sans s'arrêter à sa hauteur.

Il continua son chemin jusqu'à sortir de la pièce et s'engagea dans le couloir, où il jeta un regard en arrière, afin de vérifier qu'elle le suivait bien et que personne d'autre n'assistait à la scène.

Il entra dans la bibliothèque au bout du couloir, laissant la porte entrouverte. Quand elle l'y rejoignit, un instant plus tard, il l'attira dans ses bras et referma la porte, qu'il verrouilla d'un rapide tour de clé.

— Qu'est-ce qui te prend d'être là, bon sang ?

— Comment m'as-tu reconnue ?

Il lui ôta son masque et le jeta, resserrant l'étreinte de son bras libre autour d'elle, et lâcha un brusque soupir.

— Je te reconnaîtrais n'importe où, tu ne le sais donc pas ?

Elle leva ses grands yeux sur lui et retroussa les lèvres dans un doux sourire. Elle plaça une main sur le cœur de John qui tonnait dans sa poitrine, en partie de peur devant le risque qu'elle avait pris et en partie de la joie de la tenir dans ses bras, le souhait précisément qu'il formulait avec tellement de ferveur l'instant d'avant.

— Je voulais être près de toi, John. Je voulais danser avec toi et boire du champagne. Je voulais goûter à l'un de ces gâteaux que *mama* a passé toute la journée à préparer. Et puis, j'ai vu les masques et je...

John écrasa sa bouche sur la sienne et la fin de sa phrase devint un gémissement essoufflé. Les sons de leur plaisir se mêlèrent alors que leurs langues dansaient dans un baiser frénétique et chargé de désir, plein aussi de la conscience qu'il n'y aurait pas de danse, pas de champagne, pas pour eux. *Mais il y a ça. Oh oui, il y a ça,* lui souffla l'esprit enfiévré de John. Même si c'était bien loin de suffire.

— Je ne veux pas me cacher, lui dit-elle en interrompant leur baiser. Ni dans une grotte, ni dans un terrier. Je veux vivre au grand jour, John.

Et merde. Merde, merde, merde. *C'est de la folie.* Ça le rendait dingue, fou du désir de faire quelque chose, de leur trouver une solution. Mais en dépit du fait qu'il ne pouvait plus dormir à force de penser à elle, des soirées interminables jusqu'au cœur de la nuit à fixer le plafond, il ne voyait rien. Rien qui ne mette pas la vie d'Angelina en danger. Cette vie qui lui était plus précieuse que la sienne propre.

— Angelina, chuchota-t-il, un mot rempli de l'amour et de l'impuissance qu'il ressentait dans son cœur.

Il avait besoin de temps. Que feraient-ils ?

Il lui donna un dernier baiser, laissant un doigt courir sur sa joue si douce.

— Cette poussière d'étoile que tu as embouteillée, nous la boirons ensemble. Nous brillerons pour le monde entier.

Angelina lâcha un petit rire qui ne contenait guère de joie.

— Sauf que ce n'est pas réel et tu le sais.

John plongea dans ses yeux, à cette femme qui avait réussi à chambouler son âme.

— Pas réel ?

Pourtant, il se sentait plus lumineux, plus au chaud quand elle était avec lui. Gonflé de la certitude d'être capable de tout, si cela signifiait pouvoir veiller sur elle.

Elle le lâcha et se pencha pour ramasser le masque qui avait atterri au sol, en se dirigeant vers le bureau. Là, elle saisit un livre et y jeta un coup d'œil, ses épaules frémirent et elle le reposa aussitôt avec un sourire. Elle ouvrait la bouche pour parler quand une clé se mit à cliqueter dans la serrure et, avant que l'un ou l'autre ait pu réagir, Astrid débarqua dans la pièce. Ses yeux s'écarquillèrent alors qu'ils passaient de John à Angelina et revenaient sur John. Sur son visage, une expression médusée vrilla le ventre de John. *Oh, mon Dieu, non !*

Il allait se placer devant Angelina, manœuvre de protection instinctive, mais le claquement vif de talons sur le plancher du couloir l'arrêta. Quelques secondes plus tard, madame Chamberlain rejoignait sa fille.

Elle regarda tour à tour les visages figés dans le choc.

— Puis-je savoir ce qui se passe ici ?

Le cerveau de John tournait à plein régime. Ils allaient la punir, d'une manière ou d'une autre, lui faire du mal, peut-être pas physiquement, mais ils trouveraient un moyen de lui faire payer. Il ne permettrait pas que cela se produise.

Astrid s'avança, la bouche étirée sur un sourire fragile.

— Maman, j'ai demandé à Angelina d'aller chercher l'un de mes masques dans ma chambre et de me l'apporter. Je voulais surprendre tout le monde.

Elle s'approcha d'Angelina et tendit la main pour récupérer le masque de chat. John vit Angelina trembler et il en eut un spasme dans la mâchoire, qui se crispa douloureusement tant était puissant son besoin de se précipiter vers elle. Évidemment, il savait qu'il valait mieux s'en abstenir.

— N'est-ce pas, Angelina ?

John observait, prêt à intervenir si nécessaire, en se demandant ce que faisait Astrid. Est-ce qu'elle les couvrait ?

— Oui, m'dame, répondit Angelina d'une petite voix, un souffle.

Et elle fourra le masque dans la main tendue d'Astrid. Celle-ci le prit, sans se départir de ce sourire pincé, avant de pivoter vers sa mère. Madame Chamberlain plissa les paupières à l'attention de sa fille.

— Était-ce bien nécessaire, Astrid ? Seuls les gens plus âgés perpétuent la tradition. (Elle se tourna vers John.) Et vous, John, que faisiez-vous ici ?

— Je... euh... me suis trompé de porte. Je cherchais les toilettes.

— Oh, par le ciel, vous êtes venu assez souvent dans cette maison pour la connaître, répliqua madame Chamberlain avec un geste de la main. Enfin, sans doute pas depuis assez longtemps pour bien connaître *toutes* les pièces. (Pause.) J'espère beaucoup que cela changera.

— Eh bien, oui. (Il se tourna vers Angelina.) Désolé, Mademoiselle, de vous avoir fait peur.

Mme Chamberlain reporta son attention sur Angelina, comme si elle avait oublié qu'il s'agissait d'une vraie personne.

— John, vous reconnaissez peut-être Angelina. Elle est aide de cuisine et sert souvent lors de nos déjeuners, intervint Astrid.

John fixa Angelina, en s'efforçant de lui transmettre par le regard à quel point il était navré de la situation. Une partie de lui voulait la secouer d'avoir pris ce risque qui les avait amenés au bord du désastre. Dieu soit loué pour la réaction d'Astrid ! Il réfléchirait à une explication à lui donner plus tard, mais elle devait soupçonner la vérité si elle avait menti volontairement pour eux. La raison pour laquelle elle avait choisi de le faire, en revanche, restait un mystère.

— Oui, bonjour, fit-il avec un signe de la tête en direction d'Angelina, avant de reporter son attention sur Astrid. Je n'ai jamais eu droit à cette danse que vous m'avez promise.

Madame Chamberlain tapa dans ses mains, l'air absolument ravie.

— Il faut y remédier, dans ce cas. Astrid, John vient de t'inviter à danser.

Une tension lui vrillait le ventre, liée à la certitude qu'Angelina devait souffrir de se voir ainsi méprisée, mais la précaution n'était pas inutile. Et puis, ils étaient habitués à ça, aux furtifs effleurements de doigts quand elle lui tendait sa tasse, aux échanges de regards et aux faux-semblants, aux sourires polis et même aux mensonges.

Je ne veux pas me cacher. Je veux vivre au grand jour, John. Il écarta le souvenir de sa supplique. Ce moment n'était pas encore arrivé.

— J'adorerais danser, John, murmura Astrid, en prenant le bras qu'il lui offrait.

Et tous les trois se dirigèrent vers la porte, sans qu'il ose jeter un regard vers Angelina.

Alors qu'Astrid et John atteignaient la piste de danse, une musique lente remplaça la précédente plus enlevée qui se jouait auparavant ; sans doute une directive de madame Chamberlain.

John prit sa cavalière dans ses bras et la fit lentement tourner avec les autres couples de danseurs.

— Merci, dit-il tout bas.

Elle se crispa un moment, mais finit par hocher la tête et il lui fut reconnaissant de ne pas faire semblant d'ignorer de quoi il la remerciait.

— Astrid...

— Vous n'avez pas à vous expliquer. Je savais déjà. Du moins, je le suspectais. La façon dont vous la regardez, John... Depuis de nombreuses semaines, je l'ai compris.

Il lâcha un soupir.

— Vous pensez que votre mère est au courant ?

— Je sais que non. Autrement, Angelina... enfin, vous prenez de très gros risques, acheva-t-elle doucement alors qu'il la faisait tournoyer. Êtes-vous certain que cela en vaille la peine ?

Du coin de l'œil, il aperçut Angelina qui passait discrètement la porte et retournait au rez-de-chaussée. L'espace d'un battement de cœur immobile, leurs regards se croisèrent, et puis elle disparut. Le corps de John resta dans la pièce, mais il aurait juré que son âme l'avait suivie.

— Oui, répondit-il tout bas, mais avec résolution.

— Dans ce cas, il faudra vous montrer plus prudents. Si je l'ai remarqué, ce n'est qu'une question de temps avant que ma mère ne s'en rende compte aussi. Elle est autocentrée, mais elle repère très vite ce qui peut contrecarrer ses projets.

— Comme ses projets nous concernant, vous et moi, comprit-il, une pointe de culpabilité plantée dans le cœur.

Astrid ne répondit pas immédiatement.

— Oui, comme vous et moi, confirma-t-elle pourtant.

— Je suis désolé, Astrid. Si...

Elle l'interrompit d'un petit rire.

— Souriez, John. Vous faites une tête, comme si je vous menaçais d'un revolver sous mes jupons et vous obligeais à danser avec moi. Et comme si vous vous apprêtiez à dire que si la situation était différente, vous seriez heureux de m'avoir. Je vous en prie, ne dites rien. Je ne peux pas tout supporter.

— J'allais pourtant bien vous dire cela et je l'aurais pensé. Vous rendrez un homme très heureux un jour, Astrid.

— Sauf que ce ne sera pas vous.

— Non... ce ne sera pas moi. (Il s'écarta légèrement de sa partenaire pour la regarder dans les yeux.) Nous aiderez-vous, Astrid ?

Elle hésita, détourna les yeux un instant, avant de les reposer sur lui. Sa tentative pouvait conduire au désastre. Il savait qu'elle était à la fois inélégante et complètement désespérée mais, pour Angelina, il était prêt à prendre ce risque. Elle méritait de briller au grand jour. Ils méritaient une chance, non ? Son seul espoir, c'était qu'Astrid voie au-delà de sa blessure au nom de l'amour.

Elle prit une profonde inspiration.

— Oui, John. Je vous aiderai.

15

— Au cas où je ne te l'aurais pas encore dit : tu es superbe.

Marco prit la main de Clara pour l'aider à sortir de sa voiture. Elle gloussa de son compliment.

— Tu as dû me le dire une fois ou deux. Merci encore.

À quoi Marco sourit de toutes ses dents. Il était très beau, dans un smoking noir avec un simple loup qui ne masquait que ses yeux et sa bouche. Il lui offrit son bras et, ensemble, ils se dirigèrent vers l'hôtel de luxe où se tenait le bal masqué caritatif.

À la vérité, Clara se sentait bel et bien superbe, dans sa robe du soir en satin noire, longue jupe et minuscules mancherons qui lui tombaient sur les épaules et corsage ajusté recouvert de centaines de sequins couleur bleu et vert d'eau.

Le choix de costumes avait été mince, toutefois elle avait trouvé un masque azur au liséré doré en filigrane, orné d'une cascade de plumes vertes et bleues sur un côté. Il était beau, délicat et unique, et lui avait plu tout de suite : il lui rappelait un colibri.

Elle avait prévu de porter une longue robe noire, simple mais jolie, qu'elle avait achetée pour le mariage d'une amie l'année passée, mais en passant devant une boutique de vêtements d'occasion, elle avait aperçu celle avec les sequins, qui s'accordait parfaitement avec son masque. À l'essayage, il s'était avéré qu'elle lui allait comme un gant, à croire qu'elle avait été cousue pour elle. Une sorte de signe du destin, quoi.

Clara avait l'habitude de se costumer, c'était ce qu'elle faisait pour vivre, mais cette robe était plus spéciale à ses yeux qu'aucune de celles qu'elle avait portées auparavant. Scintillante. Satinée. Romantique.

Dedans, elle n'avait pas l'impression d'être déguisée pour un rôle, plutôt de porter une robe du soir qui lui ressemblait. Simplement.

— Waouh, commenta Marco, qui s'arrêta pour balayer la salle d'un regard admiratif.

Clara était d'accord avec sa réaction si simplement exprimée. *Waouh, en effet.*

L'endroit était entièrement décoré en noir, blanc et or, d'extravagants lustres qui faisaient danser la lumière et accentuaient les scintillements dorés pendaient au-dessus des têtes.

De grands vases remplis d'incroyables bouquets de lys blancs avec leur verdure comme une traîne étaient disposés sur les tables, chacun sur un miroir qui reflétait encore les lumières scintillantes.

Clara inspira profondément et ferma les yeux de ravissement pour mieux apprécier la fragrance sucrée et entêtante des fleurs fraîches.

— Danse avec moi, proposa Marco dans un chuchotement à son oreille.

Clara se laissa entraîner sur la piste de danse où des couples masqués ondulaient au son de la musique jouée par le groupe installé dans un coin.

Dans les bras de Marco, elle regarda les couples qui tournoyaient autour d'eux, admira leurs masques, leurs belles tenues élégantes.

La salle était décorée en noir, blanc et or, mais les robes des femmes formaient des sortes de bijoux extravagants qui ressortaient encore plus dans l'absence de couleurs de leur environnement.

— Tu es à ce point blasée de mes mains sur ton corps, pour que tu t'absentes ainsi quand je t'enlace ?

Clara secoua la tête.

— Je ne suis pas absente, j'admirais les costumes.

— Et moi, je t'admire, toi, souffla-t-il contre ses cheveux.

Clara s'obligea à se concentrer sur son cavalier. Il était d'une élégance tellement assurée, dans son smoking, qu'on aurait pu le prendre pour un homme à femmes. Et pourtant, il n'avait d'yeux que pour elle, au point que peut-être... peut-être pouvait-elle imaginer qu'il s'agissait d'un vrai rendez-vous galant. Peut-être que sa règle d'or de ne pas sortir avec ses collègues était-elle excessive. Après tout, où allait-elle rencontrer quelqu'un, si ce n'était parmi les danseurs ? Près du mur d'une plantation abandonnée ?

Elle ricana intérieurement. Ça lui ferait peut-être du bien de concentrer son attention ailleurs que sur un homme perturbé qui ne parvenait pas à se pardonner et avait choisi de s'enfermer derrière un mur jusqu'à la fin des temps.

Non qu'elle soit impatiente ou désobligeante, mais s'il souhaitait qu'elle le trouve... Devait-elle continuer à essayer de le trouver ? Elle aspirait à vivre... maintenant.

Elle noua les mains autour du cou de Marco et l'attira plus près. Il parut surpris, l'espace d'une fraction de seconde, mais ne tarda pas à resserrer son étreinte autour d'elle. Levant les yeux vers lui, elle s'efforça de le voir autrement que comme Marco, un collègue danseur. Elle le regarda comme un homme qui, oui, semblait apprécier quantité de femmes, mais qui attendait peut-être simplement de rencontrer la bonne.

Et peut-être qu'elle aussi attendait la bonne personne.

Marco se pencha et son regard tomba sur les lèvres de Clara. Il allait l'embrasser et elle allait le laisser faire.

— Excusez-moi, les interrompit une voix de femme.

Une lueur irritée passa dans le regard de Marco avant qu'il ne s'éloigne pour jeter un coup d'œil par-dessus son épaule vers l'inconnue qui s'éclaircissait la gorge.

— C'est à nous dans dix minutes.

Roxanne, une danseuse, comme eux, adressa un regard curieux à Clara, sans animosité cependant, avant de tourner les talons.

Marco secoua la tête.

— Désolé.

— Pas de quoi. J'avais presque oublié que tu dansais sur scène. Il faut que tu ailles te préparer. Il ne te reste plus que dix minutes.

Il poussa un soupir frustré et hocha vaguement la tête.

— Ouais. (Il la libéra mais lui prit la main pour l'entraîner au bord de la piste.) Le spectacle ne dure qu'une trentaine de minutes. Tu m'attends ici ?

Il désignait une table au bord de la piste de danse qui servirait de scène à une poignée de danseurs pour le spectacle destiné aux invités. Clara ne s'était pas portée volontaire, il y avait déjà de nombreux danseurs qui l'avaient fait, et maintenant, elle en était contente. C'était agréable de se trouver dans le public, pour une fois, et puis ses pieds avaient bien besoin d'une pause.

Assise à la table, elle sourit à Marco avant qu'il file vers la scène.

— Bonne chance ! cria-t-elle, sachant fort bien qu'il n'en avait pas besoin.

C'était l'un des danseurs les plus doués qu'elle ait jamais rencontrés.

Elle commanda un verre de vin quand un serveur passa, puis le dégusta tranquillement jusqu'à la présentation des danseurs du ballet, sous les lumières tamisées.

Clara adorait ce moment, elle l'adorait qu'elle se trouve devant ou sur la scène : ces quelques secondes où l'on retenait son souffle et où le cœur se retrouvait suspendu à un fil dans l'attente de quelque chose de merveilleux qui allait se produire. *Il n'existe rien de pareil,* songea-t-elle alors que le bonheur et l'excitation lui picotaient la peau.

Les lumières revinrent et Clara relâcha sa respiration lentement, très lentement. Marco se tenait au milieu de la scène avec Roxanne, tous les deux en position et parfaitement immobiles.

Un saxophone se mit à jouer, le son voilé emplit la salle silencieuse et le couple commença à bouger à l'unisson.

Quelque chose attira l'attention de Clara au-dessus de sa tête et elle leva les yeux. C'était une lune, suspendue au-dessus de la piste de danse devenue scène, qui projetait un millier de minuscules lumières au plafond pour imiter les étoiles.

Roxane s'éloigna dans une série de tourbillons et Clara reporta son attention sur Marco qui évoluait seul sous la lueur du ciel nocturne recréé.

Votre véritable amour danse entre les rayons de lune.

Son cœur bondit. La diseuse de bonne aventure faisait-elle référence à Marco ? Elle l'observa un moment en essayant à nouveau de le voir avec un regard différent de celui qu'elle avait eu la première fois : celui qui avait vu des filles l'attendre après les répétitions, différentes chaque semaine. Celui qui l'avait vu flirter avec ses collègues, celles qui le dévisageaient, les yeux brillants d'espoir, mais finissaient systématiquement le cœur brisé quelques jours plus tard, quand il portait ses attentions ailleurs.

Il se mouvait avec talent et grâce, concentré à l'extrême. Il n'était pas un danseur d'émotion, ne tirait pas sur la corde sensible comme certains autres qu'elle adorait regarder évoluer. N'empêche, il était bon. Génial, en fait. C'était juste que la musique et l'histoire du ballet n'emplissaient pas son âme, voilà.

Clara était probablement à l'opposé. Elle la ressentait trop, l'histoire qu'elle dansait, au point qu'elle en oubliait d'exécuter les mouvements avec une précision parfaite. Les grands danseurs avaient les deux. Et c'était le talent le plus rare de tous.

Son petit sac de soirée vibra doucement, l'écran s'éclaira à l'intérieur, sa lueur transparaissant à travers le tissu. Clara le sortit vivement, pensant aussitôt à son père. Elle se leva de la table au moment où la musique prenait de l'ampleur et s'éloigna dans la salle plongée dans l'obscurité. Elle attendit d'être suffisamment éloignée pour ne pas gêner le spectacle, avant de sortir l'appareil de son sac pour lire le SMS en provenance d'un numéro inconnu.

Vous êtes magnifique ce soir.

Clara contemplait les mots, parcourue d'un frisson. *Qui diable...*

Elle releva la tête pour balayer la salle sombre du regard. Ses yeux se posèrent sur Marco, qui dansait toujours sous le plafond étoilé, puis s'éloignèrent.

Une ombre passa près de l'une des sorties, en franchit le seuil. Elle aurait juré que l'homme avait jeté un coup d'œil dans sa direction, juste avant de disparaître à l'angle. Clara prit alors ce chemin, le cœur battant, tout en répondant au message.

Qui êtes-vous ?

On m'appelle le collectionneur de vœux.

Clara eut un hoquet de surprise et s'immobilisa une seconde, sous le choc, avant de reprendre sa progression, contournant un couple qui se tenait au fond de la salle. L'homme et la femme ne lui accordèrent qu'un bref regard, avant de reporter leur attention sur le spectacle. Clara, elle, se hâta vers la porte par laquelle elle avait vu disparaître l'homme. *Tu es ici, Jonah ? Comment ?* Et comment l'avait-il distinguée parmi la foule ? Avec la moitié du visage caché sous un masque, en plus ?

La porte ouvrait sur une cour avec en son centre une fontaine d'où jaillissait une eau bouillonnante. De grands arbres en pot étaient placés tout autour, dont les palmes jetaient des ombres mouvantes sur les pavés. Il avait disparu.

Elle s'aventura plus avant, hésitante, le cœur galopant, la peau hérissée par la chair de poule. L'air était doux, pourtant sa peau était rougie par la nervosité, le doute et une pointe de peur.

Une ombre bougea sur sa gauche et elle lâcha un petit cri surpris en se tournant dans cette direction.

C'était un homme, grand et large d'épaules, dont la silhouette se mêlait à celle des autres, jusqu'à ce qu'elle se fasse plus distincte à mesure qu'il avançait.

Clara était hésitante, effrayée, prête à courir, seulement... c'était Jonah. *Il n'y a pas de raison d'avoir peur,* se dit-elle, mise en confiance par son propre discours intérieur.

L'émerveillement, à l'idée de le voir debout devant elle, sans barrière aucune, l'emporta sur ses doutes et elle avança pour mieux le voir.

Une petite voix lui chuchota une mise en garde : tout était sur le point de changer. Tout. Elle fit un pas de plus, sa vision s'ajusta mieux à l'obscurité. Les yeux écarquillés, elle découvrit plus clairement son visage. Bouche bée, elle sentit son pouls s'emballer face aux traits squelettiques de ce visage. Un soupir lui échappa. Mais non, c'était juste un masque, dont une moitié le cachait lui aussi, peint de manière à ressembler à un squelette, tandis que l'autre moitié ne couvrait qu'un œil et une partie du nez.

Sans le quitter des yeux, elle remarqua néanmoins qu'il portait un smoking noir, dont le nœud papillon blanc ressortait vivement, tout comme les os laiteux de son masque brillaient dans l'obscurité et enveloppaient le reste de sa peau.

L'air se figea, les fragrances du jasmin qui fleurissait la nuit parvinrent aux narines de Clara, le grelot de l'eau filtrait à travers son excitation, sa peur, sa confusion et une centaine d'autres émotions qu'elle n'arrivait pas à distinguer les unes des autres.

— Ce n'est pas celle-ci, la fontaine où vous étiez censé me retrouver, parvint-elle à lâcher dans un souffle, en avançant de plusieurs autres pas vers lui.

Il semblait pétrifié : la moitié de sa bouche s'étirait en une ligne pincée.

Il marqua une hésitation, puis sa bouche se retroussa légèrement tandis qu'il prenait acte de sa remarque.

— Non, en effet, je sais.

C'était lui... son collectionneur de vœux. Elle reconnaîtrait n'importe où ce ténor profond avec l'accent chantant, cette voix faite pour raconter des histoires, pour tisser des sorts, pour convaincre et cajoler. Pour séduire et attirer et pour faire faire aux filles aux yeux rêveurs ce qu'elles n'avaient pas prévu. Était-ce ce qu'il avait fait avec elle depuis le début ? *Et si oui,* songea-t-elle, *pourquoi est-ce que j'aime autant ça ?*

Clara s'avança droit vers lui et perçut la chaleur de son corps. Il y eut un changement soudain dans l'air, quelque chose qui relevait de l'alchimie qu'elle n'aurait su expliquer, mais qu'elle ressentit. Comme les orages, qu'elle sentait toujours approcher. La collision des atomes, le bourdonnement de l'ozone, sauf que, dans ce cas, le phénomène exista exclusivement dans le petit espace contenu entre eux.

Il est ici, lui chuchota son cœur. Elle se tenait juste devant lui, sans mur entre eux. Une sensation d'émerveillement l'emplit, d'irréalité, comme s'il s'agissait simplement d'un rêve et qu'elle risquait de se réveiller à tout moment.

Elle tendit la main et lui toucha le bras, effleurant du bout des doigts le tissu raide de sa veste. Il n'y avait rien pour les séparer, rien du tout. Enfin, à l'exception de leurs masques. Elle saisit le sien en déglutissant nerveusement et le remonta. Et timidement, elle plongea les yeux dans les siens, avec son visage soudain exposé devant lui, levé vers la lumière. D'après ce qu'elle put en juger, l'expression de Jonah ne changea pas.

— Salut, Jonah, murmura-t-elle.

C'est moi, pensa-t-elle. À quoi s'attendait-il ? À quelque chose en particulier ? L'anxiété la gagna et fit courir des tremblements sur sa peau.

— Salut, Clara.

Le ton était rauque, incertain et, quand elle osa tendre une main vers son masque à lui, il recula dans l'ombre. Elle laissa retomber son bras.

— Tu es belle.

En plus du tutoiement, elle entendit une note de quelque chose qui s'apparentait à de la révérence, dans sa voix, qui lui gonfla le cœur en même temps que le soulagement déferlait sur elle.

Elle fut surprise d'éprouver autant de plaisir à son compliment, elle qui n'avait jamais été une fille à trop se soucier de son apparence, préférant se focaliser sur ses talents, ses capacités, les choses sur lesquelles elle pouvait agir.

Enfin, elle restait une fille, et entendre de la bouche de cet homme, dont l'opinion lui importait déjà tant, qu'il la trouvait belle lui procura de la joie. Elle comprit d'autant mieux la raison pour laquelle il craignait de lui révéler ses cicatrices.

— Je suis venu à notre rendez-vous, hier soir, commença-t-il en tournant la tête de telle manière qu'elle devina qu'il favorisait l'utilisation d'un œil sur l'autre. Je t'ai observée. Je... je n'étais pas prêt, voilà.

Il était là hier soir ? Oh... Elle laissa échapper un soupir, s'avança encore, recherchant sa chaleur. Il n'était pas encore prêt à lui montrer son visage, ses cicatrices, et elle ne comptait pas l'y pousser, mais ils avaient déjà été beaucoup séparés et elle avait du mal à résister à l'attirance qu'il lui inspirait.

— C'est bon. Tu es là, maintenant. (Elle fronça les sourcils alors que la réalité de ses paroles s'installait.) Comment es-tu venu ici ? Comment étais-tu au courant de cette soirée ?

Il lâcha un petit rire qu'elle perçut comme l'expression de sa gêne.

— Je voulais te voir danser. Je suis allé assister à tes répétitions. (Il secoua imperceptiblement la tête.) Je suis désolé, je sais que ça fait un peu...

— C'est adorable, l'interrompit-elle. J'aurais aimé que tu me le dises. Si j'avais su que tu étais là, j'aurais dansé pour toi.

Leurs regards se nouèrent l'espace d'un unique battement de cœur et, même si celui de Jonah était en partie caché, quelque chose passa néanmoins entre eux que Clara ne savait pas nommer.

Jonah rompit le contact visuel pour s'adosser contre le mur derrière eux. Dans le clair de lune, Clara voyait le pouls battre dans la partie dénudée de sa gorge. Ce constat la fit étrangement frissonner. Clara brûlait de la toucher, cette veine, de sentir la vie palpiter en lui, mais elle devinait que son geste le pousserait à reculer encore. Il semblait déjà prêt à fuir à la moindre alerte, or elle ne souhaitait rien de plus que de le voir rester.

— Il y avait un prospectus pour le bal masqué dans le hall. (Sa lèvre, la moitié de bouche si joliment dessinée qu'elle pouvait voir, se retroussa de nouveau.) C'était trop beau pour que j'y résiste. Je ne resterai pas longtemps, ajouta-t-il, la bouche de nouveau pincée.

Elle lui prit les mains et il baissa les yeux vers leurs doigts enlacés.

— Pourquoi ? Tu es en sécurité ici avec moi, lui dit-elle avec un sourire. Je suis très fière de toi. Ça a dû être dur de quitter Windisle. Pourtant tu es là. Tu as réussi.

— Oui, j'ai réussi. (Il inclina très légèrement la tête.) J'ignore combien de fois je le referai à partir de maintenant, mais merci de m'avoir aidé à me rappeler qu'il existe un monde en dehors de Windisle. Et s'il fait assez sombre...

— Oh, Jonah... fit-elle en exerçant une pression sur sa main. Tu n'as pas à attendre que la pénombre tombe dehors. Tu peux vivre au grand jour.

Pourtant, une pointe de culpabilité lui titillait la poitrine. Comme si elle le poussait. Or elle ne voulait pas qu'il lui en veuille d'insister. Elle voulait l'inspirer, lui donner un sentiment de sécurité, pas lui mettre la pression.

— Mais à ton propre rythme. Ce que tu as fait là, reprit-elle avec une nouvelle pression sur sa main, c'est la plus merveilleuse surprise de ma vie.

Il s'esclaffa, pourtant il y avait quelque chose dans la forme de sa bouche qui indiqua à Clara qu'il était content de ce qu'elle avait dit. Et elle n'avait pas le moins du monde exagéré, elle espérait qu'il le savait.

Jonah jeta un coup d'œil vers la porte, où la musique du spectacle s'éteignait peu à peu, et puis il reporta son attention sur leurs doigts entremêlés.

Sans la lâcher, il tourna les paumes vers le haut, pour observer le dos des mains de Clara. Il passa la pulpe du pouce sur ses phalanges et laissa échapper un soupir saccadé en même temps qu'un frisson la parcourait aussi, que les muscles de son ventre se crispaient et que leurs regards se nouaient à nouveau.

Elle ne voyait pas la totalité de son visage, mais Seigneur, personne, jamais, ne l'avait regardée avec une telle intensité. Elle l'avait appelé son ami, mais là... Clara n'y voyait pas la marque de l'amitié. Le simple contact de ses mains, sa présence, c'était... érotique. Et elle déglutit, avec l'impression d'être hors de son élément, submergée par des sentiments qu'elle n'avait jamais ressentis avant, le cœur pulsant si furieusement dans ses veines qu'elle en avait la tête qui lui tournait.

Elle avait eu deux petits amis sérieux, avec qui la relation était passée au stade physique. Mais ces expériences n'avaient rien eu à voir avec ce qu'elle vivait en ce moment, même pas de loin, et dire qu'elle ne faisait que tenir la main de Jonah, un homme dont elle n'avait vu le visage que sur Internet, un homme terriblement marqué sous son masque... Sans compter qu'il n'avait véritablement qu'un côté complètement couvert. La peau qui était exposée de l'autre côté était lisse et intacte, et elle voyait la même beauté sur cette petite portion qu'elle en avait vu sur sa photo en ligne.

Méfiez-vous de l'homme aux deux visages. Il vous fera du mal si vous le laissez faire.

Elle eut soudain l'impression que des araignées dévalaient le long de son échine au souvenir des paroles de la voyante. Elle les écarta et elles se dispersèrent, pour disparaître dans l'air embaumé de la nuit.

— Crois-tu dans les prophéties, Jonah ?

Sa question était hésitante, elle l'avait posée sans réfléchir. En vérité, elle avait l'impression d'être à moitié dans une sorte de brouillard et à moitié tellement focalisée sur une unique cible qu'elle en avait mal à la tête.

Le pouce de Jonah repassa sur ses phalanges et elle aurait pu jurer qu'une autre vague de chaleur, plus intense, émanait de lui. La nuit était agréable, pas trop chaude, pourtant Clara était toute rouge.

— Les prophéties ?

— Oui. Crois-tu que notre avenir soit prédéterminé ?

Il secoua la tête.

— Non, je crois que nous choisissons notre chemin. J'ai choisi le mien et il...

— T'a conduit jusqu'à moi, termina-t-elle, tout en sachant que ce n'était pas ce qu'il avait voulu dire.

Il s'apprêtait à répliquer que son chemin l'avait conduit à Windisle ou qu'il avait fait de lui un meurtrier ou quelque chose du genre. Elle ne le laisserait pas faire.

Le sourire de Jonah s'estompa.

— Oui, fit-il, l'air songeur. Oui, sans doute.

Il leva leurs mains, la lâcha avant de les entremêler de nouveau. Clara poussa un soupir de plaisir et les doigts de Jonah se resserrèrent sur ses phalanges.

— Pourquoi cette question sur les prophéties ?

Sa voix était tendue, plus profonde.

— Je... je...

Elle secoua la tête, ayant perdu le fil de la conversation quand les doigts de Jonah avaient effectué ce petit glissement sur les siens. Non, décidément, rien d'amical.

— Peu importe.

Un nouveau morceau commença, dont la musique en provenance de la salle de bal leur parvenait, atténuée par la porte ouverte de la cour.

— Tu danses avec moi ?

Il hésita, le pouce interrompit sa caresse et un souffle lui échappa.

— Clara...

— Juste une danse, chuchota-t-elle.

Et s'il décidait de ne plus jamais s'aventurer dehors ?

Et si ce bal masqué, où il pouvait tranquillement dissimuler son visage, était la seule chance qu'elle aurait de danser avec lui ?

— D'accord, murmura-t-il.

Et il s'avança vers elle, lentement, très lentement, pour la prendre dans ses bras. Sa chaleur et sa force l'enveloppèrent et elle fondit contre lui.

— Ça fait longtemps que je n'ai pas dansé, admit-il.

Son souffle lui effleura la joue tandis qu'elle nouait les bras autour de lui et commençait à onduler légèrement au son de la musique qui leur parvenait tout juste, à l'endroit où ils se trouvaient.

Clara dansait tous les jours. Elle avait l'habitude des hommes collés contre elle, de leurs mains sur son corps. Elle y était tellement habituée, d'ailleurs, qu'elle s'était insensibilisée au contact physique dans ses relations personnelles. Un inconvénient du métier, s'était-elle dit. Et pourtant, là, ce simple frôlement du corps de Jonah contre le sien lui donnait l'impression de crépiter d'électricité.

— Je me demandais... commença Jonah, avant de laisser sa phrase en suspens.

— Oui ? chuchota-t-elle, dans un souffle.

Des frissons lui parcouraient la peau au son de sa voix si proche de son oreille.

— Ce fameux soir où tu attendais à la fontaine, tu n'arrêtais pas de regarder les étoiles. (Il marqua une pause et approcha encore la bouche, déclenchant des frissons dans le corps de Clara.) À quoi pensais-tu ?

L'espace d'un instant, elle fut prise au dépourvu par sa question. Son être tout entier était si présent dans le moment qu'elle avait du mal à y arracher son esprit pour le projeter dans un espace-temps différent.

— J'espérais... Je... Je me demandais... s'il y a quelque chose après. Une autre vie, une autre chance. (Elle tourna la tête, imperceptiblement, mettant la bouche si près de son cou qu'elle vit un frisson le parcourir à son tour.) L'amour ne peut pas juste disparaître quand cette vie se termine, si ?

Même si notre corps devient poussière, l'amour que l'on ressent doit bien aller quelque part.

Il garda le silence mais l'étreignit plus étroitement alors que, de son côté, elle se pressait plus fort contre lui, en voulant plus, et elle entendit sa respiration se figer, sentit ses muscles se tendre et se durcir. Ils balancèrent ainsi plusieurs minutes avant qu'il ne s'écarte, un pas en arrière, le souffle court, comme si leur brève danse l'avait épuisé.

— Je vais y aller.

Elle ouvrit la bouche pour lui demander de rester, lui proposer de partir avec lui s'il tenait vraiment à s'en aller, quand la porte s'ouvrit en grand et claqua contre le mur du bâtiment. Des pas pressés retentirent et elle entendit son prénom.

Fronçant les sourcils, Clara pivota vers la voix, en sortant de l'ombre où Jonah et elle se tenaient.

Marco se tourna vers elle en l'apercevant.

— Ah, te voilà. Je te cherchais.

Merde. Marco. C'était impoli, elle le savait, mais elle suivrait Jonah sans hésiter s'il partait. Comment pourrait-elle faire autrement ? *Bon, ça promet d'être gênant,* pensa-t-elle avec une grimace intérieure.

— Qu'est-ce que tu fiches ici ?

— Je discutais avec quelqu'un. Marco, je te présente...

Elle se retourna vers Jonah, mais il avait disparu.

Marco vint se planter devant elle, à scruter l'obscurité où Jonah s'était tenu quelques secondes auparavant.

Par-dessus son épaule, Clara jeta un coup d'œil vers une autre porte qui ouvrait sur la rue, le cœur lourd. Il était parti. Il était déjà parti.

16

Jonah appuya le dos contre le mur du bâtiment voisin de l'hôtel, cherchant à reprendre sa respiration.

Il s'était éclipsé et avait descendu les marches à la hâte pour quitter l'hôtel, mais on ne pouvait pourtant pas dire qu'il avait fait un effort considérable ; il n'était pas hors de forme non plus. Non, son incapacité à respirer normalement était due à Clara. *Clara.*

Merde, il était encore dur, pulsant au souvenir de son corps pressé contre le sien, de son odeur qui l'enveloppait, de la façon dont elle l'avait regardé, attentivement, avec ses beaux yeux marron. *Marron. Ses yeux sont marron doré. Comme un caramel riche et sucré.* Et ils avaient semblé le voir en dépit de son visage couvert. Il baissa les paupières, ordonnant à son cœur de ralentir, à son corps de se détendre.

Une fois qu'il eut à peu près récupéré sa maîtrise, il se redressa, enfonça les mains dans les poches de sa veste et baissa légèrement la tête.

Il portait toujours le masque qu'il avait mis pour le gala, ce qui lui permit d'arpenter les rues avec une plus grande liberté, sans la nécessité de cacher ses cicatrices.

Il reçut quelques regards de passants étonnés mais, à La Nouvelle-Orléans, voir les gens se promener en costumes ou en tenues étranges n'était pas inhabituel. Aussi, après un ou deux coups d'œil curieux, les gens passèrent leur chemin sans un mot.

Il n'aimait cependant pas attirer l'attention, il n'avait jamais aimé qu'on le regarde. Si seulement il pouvait retomber dans l'anonymat. Hélas, ce ne serait jamais le cas. Alors il baissa un peu plus la tête et remonta son col.

Les regards lui rappelaient qui il était désormais, qui il ne serait plus jamais. Les regards lui serraient le cœur et lui donnaient la chair de poule. Les regards lui faisaient prendre conscience de la raison pour laquelle jamais il ne parcourrait le monde avec une femme telle que Clara. Impossible.

Au carrefour, un groupe de personnes attendait au feu, Jonah s'attarda donc sous un porche pour éviter de les croiser, préférant attendre qu'ils aient traversé la rue.

Il s'adossa à l'obscurité, où il dissimula d'abord le haut de son corps, puis ses pieds suivirent, avec précaution, afin de révéler aussi peu de mouvement que possible.

C'est une sorte de danse, songea-t-il, désolé, *cette évolution entre les ombres en sachant exactement quels pas effectuer et comment se détourner de la lumière, même de celle de la lune.*

Jadis, il avait été un homme habitué aux feux de la rampe et, maintenant, il était l'homme qui dansait entre les rayons de lune.

Ce serait très romantique, pensa-t-il avec un soupir sans joie, *si ce n'était pas aussi pitoyable.*

Le groupe de jeunes rieurs avança et Jonah fit de même, tandis que son esprit revenait sur le bref moment qu'il avait partagé avec Clara.

Dieu ce qu'elle était belle et douce. Son tempérament curieux envisageait l'amour, la vie et des mystères hors de sa portée. Elle était gentille, généreuse et, en plus, elle avait une odeur de paradis... Il la voulait pour lui. Ce constat l'emplit d'un désir aigu et douloureux.

Il repensa à la soirée au théâtre où il était allé la voir danser, quand il s'était convaincu que, s'il réussissait cet exploit, s'il parvenait à faire ce trajet, il s'en retournerait ensuite derrière son mur et vivrait le reste de ses jours sur ce souvenir.

Il s'était tenu dans les nombreux coins obscurs au fond du théâtre, fusionnant avec la pénombre alors qu'elle sautait, bondissait et bougeait d'une manière qui lui gonflait le cœur et le lui brisait dans un même souffle.

Il l'avait trouvée hypnotique, pas seulement son corps mais l'expression de son visage lorsque la musique était allée crescendo, avant de redescendre sur les notes de plus en plus basses d'un solo de piano.

Son expression contenait l'âme de la musique et racontait à Jonah l'histoire de la chorégraphie qu'elle exécutait. Il ne connaissait pas le nom de ce ballet, pourtant il savait que c'était un conte rempli de cœurs brisés, de chagrin et, à la fin, de rédemption. Elle le lui avait dit avec son corps et son visage, avec les larmes qui scintillaient dans ses yeux sous les néons de la scène. Il l'avait ressenti et il était tombé amoureux. Juste là, comme ça, alors que, la poitrine haletante, elle scrutait sans rien y distinguer les ténèbres où il se trouvait, à la désirer si follement qu'il en avait la tête qui lui tournait. Il était tombé amoureux et elle ne savait même pas qu'il était là, que son cœur avait battu au rythme de la musique sur laquelle elle avait si gracieusement évolué. Son cœur, gonflé et serré... De ravissement. De douleur.

Il s'était faufilé dehors, trop bouleversé pour continuer à la contempler, et c'était là qu'il avait vu les flyers pour le bal masqué.

Il entendit un couple qui se disputait en passant près d'une contre-allée et ralentit le pas, en même temps que son esprit revenait au présent. La peur rendait la voix de la femme aiguë, celle de l'homme était menaçante.

Jonah plongea dans l'obscurité d'un balcon Pourquoi les écoutait-il ? Pourquoi s'était-il arrêté ? Ce n'étaient pas ses affaires et il devait regagner son véhicule, la moto qu'il avait achetée et appris à piloter un an à peu près avant le procès Murray Ridgley, avec l'intention de la conduire pour aller au travail, un joujou qu'il avait finalement jugé peu pratique après une ou deux utilisations.

Il l'avait démarrée quelques fois au fil des années, bricolée faute d'autre occupation, avait envisagé à contrecœur de la sortir pour un petit tour dans le quartier, sous l'anonymat de son casque sombre mais, au bout du compte, la peur et la honte l'en avaient chaque fois dissuadé. Il avait décidé de ne plus quitter Windisle du tout. Plus jamais, pas même pour un bref tour du pâté de maisons. Il n'en avait pas eu la volonté, ni la motivation. Pas jusqu'à Clara.

— Je vais trouver l'argent, dit la femme d'une voix tremblante.

— C'est déjà ce que tu as dit la semaine dernière, sale pute. Je suis pas à la tête d'une putain d'organisation caritative. Soit tu me paies ce que tu me dois en espèces, soit en nature ici et maintenant. À toi de choisir.

— S'il te plaît, Donny. Je ne t'escroquerai pas. Et ma petite est toute seule à la maison. Il faut que j'y retourne.

— Dans ce cas tu ferais mieux de te mettre à genoux et de me faire ça vite et bien.

Jonah regarda l'homme s'approcher de la femme, l'attraper par les cheveux et la forcer à s'agenouiller malgré son cri de douleur.

Oh, bon Dieu. Jonah prit une lente inspiration par le nez et relâcha son souffle. Il ferait mieux de tourner les talons et de partir : de toute évidence, cette femme s'était acoquinée avec la mauvaise personne et allait en prendre conscience à la dure.

Ça n'a rien à voir avec moi. Il s'apprêtait à se détourner et à partir.

Tu choisis une voie, là, Jonah. Il se figea, certain d'avoir entendu la voix de son frère juste à côté de son oreille, même s'il savait que ce n'était que le fruit de son imagination.

Justin n'était pas là, c'était juste le souvenir d'une autre occasion où il avait ressenti la même chose qu'en cet instant : déchiré, indécis, dévoré par... était-ce la culpabilité ? Oui, c'était exactement ça. La culpabilité d'avoir fermé les yeux, d'avoir pris part, même par inaction, à une entreprise qu'il savait foncièrement mauvaise.

Jonah sortit de la pénombre.

— Lâche-la.

L'homme poussa un grognement et se tourna vers lui, mais sans lâcher les cheveux de la femme. Devant lui, elle avait les yeux écarquillés par la peur et elle grimaça quand la main de l'homme se resserra et tira sur son cuir chevelu.

— Casse-toi, mec. Ça te regarde pas ce qui se passe ici.

Jonah s'avança dans un rayon de lumière d'un réverbère et les yeux de l'homme s'arrondirent. La femme entrouvrit la bouche, surprise, le regard toujours empli de frayeur.

Jonah, avec son masque de squelette, était manifestement plus effrayant que le sale abruti qui tentait de l'agresser.

— T'es quoi, putain ? demanda le type, dont le regard passait du smoking de Jonah à son visage de mort.

— Je suis le gars qui a décidé que c'étaient mes affaires, répondit-il d'une voix plus proche du grognement sourd, à peine plus forte que le bourdonnement de la climatisation bruyante contre le mur du bâtiment près duquel ils se tenaient.

L'homme lâcha les cheveux de la femme, qui s'écroula sur le flanc, avant de reculer comme une sorte de crabe terrifié. Le type éclata de rire, un son aussi gras que les cheveux qui retombaient, filasses, autour de son visage huileux lui aussi. Jonah poussa un soupir. Super, maintenant il allait devoir toucher ce salopard crasseux.

— C'est pas encore Halloween, gamin. Rentre à la maison et dis à maman qu'elle t'a enfilé ton costume trop tôt.

— Ce qu'il y a là-dessous est peut-être encore plus flippant, gros tas.

L'homme redressa les épaules.

— Tu sais à qui tu cherches des noises ?

Jonah avança encore. Quelque chose de violent en lui se réjouissait soudain de la situation, pas du fait que cette femme ait failli être la victime d'un connard, mais qu'il ait une bonne raison pour voir couler le sang de ce type, pour le voir allongé devant lui. Ses paumes le picotaient, tellement il était pressé que ça arrive.

Si je sais à qui je cherche des noises ? Il ricana.

— Un gros plein de soupe qui s'en prend à une femme de la moitié de sa taille dans une allée jonchée de poubelles.

Il se rendit compte que ses poings étaient serrés contre ses flancs, ses pieds écartés, bref, il était prêt à la bagarre, quelle que soit la réaction de son adversaire.

Ce dernier plissa les paupières et bougea, mal à l'aise, choqué de toute évidence par l'absence de peur dans la voix de Jonah et par le fait qu'il avançait au lieu de tourner les talons. Et l'individu avait beau se moquer de son masque, le squelette grimaçant contribuait, avec l'impossibilité de voir l'expression de Jonah, à le rendre plus effrayant. Une plus grande part d'inconnu.

Tout à coup, l'homme tira quelque chose de brillant de sa poche et Jonah recula. Un couteau, que l'autre brandissait vers lui.

— Allez, casse-toi, monstre de foire.

Monstre de foire.

Jonah jeta un rapide coup d'œil à la femme, toujours à genoux et recroquevillée au sol, puis il recula d'un pas, comme pour signifier qu'il hésitait à se battre. L'homme baissa imperceptiblement son arme et Jonah se détourna juste un peu, avant de pivoter pour mieux avancer à toute vitesse, projetant son pied dans le bras de l'homme avec toute la puissance de sa jambe dont les muscles couraient des kilomètres et des kilomètres autour de Windisle, tous les jours depuis huit putain d'années.

Le type glapit, son couteau tomba par terre dans un claquement métallique. Jonah l'écarta d'un coup de pied et envoya son poing dans le visage de son adversaire, le tout en un mouvement coordonné. Les os craquèrent et le sang jaillit, l'homme poussa un hurlement suraigu et porta aussitôt la main à son nez.

— Tu m'as pété le nez, putain d'enfoiré !

Puis il lança une série de coups désordonnés, l'un d'eux atteignant presque son but avant que Jonah ne l'esquive en faisant un pas de côté, alors que son propre poing entrait en contact avec le ventre mou du bonhomme. Ce dernier se plia en deux, bouche grande ouverte, en quête d'air.

Jonah balança de nouveau la jambe et le toucha cette fois à la tempe. Son adversaire s'affala lourdement dans une flaque d'on ne savait trop quoi, dont le liquide froid éclaboussa les chaussures de Jonah. *Et merde.*

En quelques pas, il alla récupérer le couteau qu'il avait écarté et retourna près de l'homme, toujours en train de gémir au sol.

Il enfonça la pointe dans la peau de l'homme. Celui-ci lâcha une expiration sifflante, ses yeux apeurés rivés sur le scintillement tandis que Jonah la faisait courir sur sa peau moite.

— Ose t'approcher d'elle à nouveau et je ferai en sorte qu'une lame exactement comme celle-ci se retrouve pile dans ton gros bide. Pigé ?

L'autre opina du chef mais s'immobilisa en constatant que son geste enfonçait un peu plus la lame dans sa peau.

— Debout.

L'homme hésita une fraction de seconde, comme s'il se demandait si Jonah plaisantait ou pas, puis il se redressa en position assise, recula et se remit sur pied en haletant, à croire qu'il venait de courir trente kilomètres.

Le sang continuait de dégouliner de son nez et de l'endroit où Jonah lui avait percé la gorge, pour s'accumuler dans les plis de son cou.

— File, répéta Jonah d'une voix gutturale, en s'écartant d'un pas.

L'homme partit en courant, s'éclaboussant au passage dans les flaques troubles.

— Merci, Monsieur.

Jonah pivota pour reporter son attention sur la femme toujours agenouillée au sol. Elle se leva lentement, en rajustant ses vêtements. Elle passa les mains sous ses yeux cernés de noir.

Il hocha la tête.

— Rentrez retrouver votre petite fille. Et ce que vous avez fait pour vous endetter auprès d'un déchet tel que lui, ne le refaites plus. Votre enfant a besoin que vous preniez les bonnes décisions. Que vous vous teniez droite. Elle compte sur vous pour choisir la bonne voie.

Tu choisis une voie, là...

La femme abattue devant lui avait encore une chance d'effectuer le bon choix, de se retourner et de prendre la bonne direction. Il espérait sincèrement qu'elle le ferait.

Elle hocha la tête tout en essuyant une larme.

— Oui. Merci. Vous n'avez pas idée... (Elle déglutit.) Merci.

Sur quoi, elle détala dans la direction opposée de celle qu'avait prise l'homme en boitillant quelques minutes plus tôt.

Vous n'avez pas idée... Si, en fait, Jonah avait sa petite idée. Il savait quel effet cela faisait de se sentir abattu, endommagé au-delà de tout espoir de réparation, désespéré, impuissant...

Monstre de foire.

Sauf qu'à l'instant il ne s'était pas senti impuissant. Il avait prêté assistance à plus vulnérable que lui. Nom de Dieu, Justin ne serait-il pas fier de lui ? Il rit tout bas.

— Ça, c'était pour toi, frérot.

Ses paroles ramenèrent le chagrin, mais elles gonflèrent aussi sa poitrine d'une chaleur indéniable, une chaleur qu'il n'avait plus ressentie depuis bien, bien longtemps. L'espace d'un instant, il s'était senti utile, il avait oublié l'être sans objectif qu'il était depuis toutes ces années.

Tout en marchant, il plongea la main dans sa poche et y sentit le contact dur et lisse du téléphone que, la veille, il avait fait allumer pour lui par Myrtle. Il le tira de sa poche et jeta un coup d'œil à l'écran. Un SMS.

Clara : Où es-tu ?

Il tapa aussitôt une réponse :

Désolé, Clara, j'ai dû partir. Merci pour la danse.

Merde. Ce « merci », il n'était pas adapté. Ou bien, c'était ce pour quoi il la remerciait qui était déplacé. *Merci de m'avoir redonné l'impression d'être vivant, même juste un instant. Merci de m'avoir donné l'impression de valoir peut-être quelque chose.* Merde, tu parles d'un moyen de la faire fuir. Non, vrai ou pas, il ne dirait pas ce genre de choses.

Il ferma les yeux pour se la remémorer telle qu'elle était un peu plus tôt, avec sa robe de bal scintillante drapée sur son si beau corps, qui lui donnait l'air de sortir tout droit d'un conte de fées. Elle s'était bouclé les cheveux, qui lui retombaient dans le dos en vagues luisantes, le bleu et le vert vifs de son masque faisaient ressortir le rose et la sensualité de ses lèvres, le seul trait de son visage qui se voyait bien. Dieu ce qu'il avait eu envie de l'embrasser, de la goûter...

Arrête. N'y pense même pas.

Il aurait juré qu'il était passé quelque chose de puissant entre eux dans le jardin, quelque chose qui ressemblait beaucoup à une attirance mutuelle. Malheureusement, si elle était attirée par lui, c'était juste parce qu'elle n'avait pas encore vu ce qu'il était devenu.

Et il l'avait observée, avant de lui faire savoir qu'il était là. Il l'avait regardée danser avec l'autre danseur du ballet ; il l'avait vu sur scène au théâtre et il s'était demandé s'il se passait quelque chose entre eux.

L'espace d'une seconde, il avait cru que le garçon allait embrasser Clara et une sensation brûlante lui avait fait serrer les dents. *Jalousie. Voilà quel effet ça fait, la jalousie,* avait-il pensé. Sauf qu'il n'y avait aucun droit. Absolument aucun droit.

Clara : Quand est-ce que je peux te revoir ?

Jonah fronça les sourcils et remit l'appareil dans sa poche, ne sachant trop comment répondre à sa question.

Le trajet du retour à la maison se fit dans un brouillard pendant lequel il revécut chaque instant passé avec Clara. Il était encore à moitié sur un nuage quand il ôta son casque et que le masque glissa avec, pour atterrir au sol.

— On s'inquiétait pour toi.

Jonah sursauta.

— Punaise, Cecil ! Tu m'as fait friser la crise cardiaque.

— Eh bien, comme ça, on est quittes. Nom de Dieu, qu'est-ce que tu fiches à parcourir la ville sur cette machine ? demanda Cecil avec un geste vers la moto noire, rutilante.

— Tous les deux, ça fait des années que vous essayez de me convaincre de sortir de Windisle et maintenant que je le fais, vous vous plaignez ?

Jonah posa son casque sur le siège de la moto et se tourna complètement vers Cecil.

— Se plaindre, ce n'est pas le mot exact. Ça nous paraît juste un cap à franchir bien soudainement et on se demandait pourquoi tu faisais tant de mystères. Où étais-tu passé ? Qu'est-ce qui motive tout ça ? Tu fais quoi, ces jours-ci ? (Quand, après sa litanie de questions, Jonah entra pleinement dans la lumière, Cecil fronça les sourcils.) Qu'est-ce qui t'est arrivé ?

Cette fois, il plissait les paupières pour mieux scruter le visage de Jonah. Quoi ? Il devenait sénile ou quoi ?

— Une bombe m'a explosé à la figure.

— Oh, pour l'amour de Dieu, pas ça. Tu saignes.

Jonah porta les doigts à sa lèvre, le seul endroit où son adversaire l'avait atteint. Quand il écarta les doigts, il les découvrit tachés de sang. Il secoua la tête, baissant le bras.

— Je... J'ai vu une femme se faire agresser. Je suis intervenu. Rien de grave.

Cecil le dévisagea plusieurs longues secondes.

— Rien, répéta-t-il.

Jonah se dirigea vers la porte.

— C'est ça, rien du tout.

— Comme quand tu sors le soir en mission secrète à travers la ville ?

Jonah s'immobilisa et se retourna vers Cecil en éclatant de rire.

— Des missions secrètes ? Bon Dieu, Cecil, je... (Il leva les mains et les laissa retomber. Quel satané fouineur !) Je suis allé voir une fille.

Voilà qui sembla clouer le bec du vieux curieux, mais juste une seconde.

— Une fille ? Celle que tu as rencontrée au mur ?

Jonah poussa un soupir.

— Oui. Elle s'appelle Clara. C'est une... amie. Il y avait un bal masqué et je suis allé la voir. Voilà.

— Voilà.

— Tu es devenu un perroquet ?

Jonah soupira de nouveau et passa une main dans ses cheveux courts, sentant sous les doigts les tissus cicatriciels du côté gauche de son crâne, aux endroits où les cheveux n'avaient jamais repoussé.

— Je... je ne fais que sortir, Cecil. Je suis allé à ce bal de façon anonyme, ce soir, et je suis anonyme sous ce casque aussi, je peux donc faire de la moto et être quelqu'un d'autre pendant un moment. OK ?

— Clara, répéta Cecil.

De toute évidence, parmi toutes les informations que Jonah lui avait révélées, c'était celle-là qu'il retenait. La plus importante.

— Oui, Clara.

— Qui est-ce ?

— Juste une fille.

Jonah se détourna à nouveau et entra dans la maison, pour prendre la direction de sa chambre. Cecil ne le lâcha pas pour autant.

— Juste une fille, répéta-t-il, sur ses talons.

Sur un soupir frustré, Jonah se retourna encore une fois. Le vieil homme s'immobilisa.

— Oui, juste une fille. Une fille qui s'appelle Clara.

Cecil se pencha pour le regarder de près.

— Tu as craqué.

— J'ai craqué ?

Cecil croisa les bras.

— Mouais. Tu as craqué pour elle, sans l'ombre d'un doute. Cette façon dont tu prononces son nom. C'est comme si tu disais une prière.

Oh, Seigneur. Le vieux perdait les pédales. Ou alors il était extrêmement perspicace. Jonah préférait envisager la première option. Même si... *Bon Dieu, oui,* il désirait Clara. Oui, il avait craqué pour elle.

Il lâcha un soupir vaincu. Peu importait, d'ailleurs, il n'avouerait pas à Cecil et Myrtle à quel point il était atteint. Ça ne regardait que lui, lui et personne d'autre.

— C'est sans importance.

— Si tu le dis, marmonna Cecil en haussant un sourcil incrédule.

Jonah marqua une pause, avant de s'engager dans le couloir conduisant à sa chambre.

— Il n'y a pas de quoi s'inquiéter. Toute cette histoire n'est que... temporaire.

Vu la nature de sa vie, personne d'autre n'en ferait partie de façon permanente, surtout pas une femme pleine d'énergie comme Clara.

Il aimait la liberté de parcourir les rues sur sa moto, mais il n'était pas sûr que le risque en vaille la peine. À tout moment, il pouvait se faire arrêter. Il n'aurait pas de permis de conduire à montrer, il devrait révéler son visage au policier...

Un léger frisson lui descendit le long de l'échine. Merde, pas plus tard que tout à l'heure, il avait risqué une confrontation avec la police en s'en prenant au voyou dans l'allée sombre.

Non, tout cela n'était qu'une diversion temporaire dans sa vie tellement terne, mais elle ne tarderait pas à s'achever. Il y mettrait un terme lui-même. Rien ne méritait qu'il s'expose devant le monde.

Il se tourna face au vieil homme, dont il se rendit soudain compte qu'il avait bien plus de blanc que de noir dans les cheveux, bien plus de rides marquant sa peau sombre.

Myrtle et Cecil vieillissaient. Ils ne seraient pas éternellement là et ce constat subit l'effraya soudain. Il soupira.

— Je vous avertirai, si je sors à nouveau, Cecil. Dis à Myrtle de ne pas se tracasser.

Il n'attendit pas la réponse de son interlocuteur, pourtant il aurait juré l'avoir entendu marmonner à mi-voix, une touche d'inquiétude dans la voix :

— Ouais, il a craqué, pas de doute.

Jonah se hâta de gagner sa chambre et referma la porte derrière lui. Son téléphone tinta de nouveau et il le sortit de sa poche.

Clara : Jonah, tu es là ?

Jonah : Oui, désolé. Je suis rentré à la maison. Tu es encore au bal ?

Clara : Non. J'ai appelé un taxi et je suis partie juste après toi.

Le soulagement envahit Jonah. Si elle était arrivée avec le danseur, il ne l'avait pas raccompagnée chez elle.

Clara : Jonah, on peut parler quelques minutes ? Si tu n'as pas envie, je comprendrais.

Il hésita. Elle lui offrait toujours une porte de sortie et il ne pensait pas mériter toute cette gentillesse. Avant qu'il ait eu le temps de répondre, un autre SMS arriva.

Clara : On dirait que le son de ta voix me manque, c'est tout.

Seigneur, cette fille. Lui aussi avait envie d'entendre la voix de Clara. De fermer les yeux et de lui parler comme ils l'avaient si souvent fait alors qu'elle était assise de l'autre côté de son mur. Il s'affala sur son lit, un bras sous la tête, et il composa son numéro.

— Coucou, dit-elle d'une voix ensommeillée.

Il sentit les battements de son cœur s'emballer au doux son de sa voix contre son oreille.

— Coucou, répondit-il.

Il se la figurait comme elle était peut-être, allongée sur son lit dans ce qu'elle devait porter pour dormir... un top, peut-être, quelque chose de fin et de doux. Son corps se tendit à l'image que convoquait son esprit et il s'efforça à plus de contrôle.

— Ça paraît familier et différent à la fois, dit-elle. Si je ferme les yeux, on dirait que tu es de l'autre côté du mur, mais un mur différent, qui ne serait qu'une bande de pierre mince comme du papier à cigarette. (Jonah sourit du choix de l'image, pourtant, quand elle poursuivit, sa voix était sérieuse.) Y aura-t-il toujours quelque chose entre nous, Jonah ?

— Oui, répondit-il sur un ton où lui-même entendit le regret.

Il y aurait toujours quelque chose entre eux. Si ce n'était un mur, ce serait un téléphone, un masque, les ombres parmi lesquelles il se cachait. Elle marqua une hésitation et il devina qu'elle s'efforçait de décider de la manière de lui répondre, soit d'accepter, soit de convaincre.

— J'espère qu'un jour tu changeras d'avis.

— Non, Clara.

— Pourtant, tu avais dit que jamais tu ne sortirais de derrière ton mur, or tu l'as fait.

Il perçut une note de satisfaction dans sa remarque, ce qui le fit sourire.

— Très juste. Tu es une personne très persuasive. Tu aurais dû être avocate.

Elle pouffa.

— Oh, mon Dieu, non ! Je serais nulle. Je suis incapable de sortir un mot dès que je dois m'exprimer en public. Ça fait peur à voir.

Jonah s'esclaffa, mais ses mots déclenchèrent un frisson de honte qui courut le long de son dos. Elle n'avait pas idée de ce qui faisait vraiment peur. Si elle voyait la partie figée et balafrée de son visage, elle réévaluerait l'utilisation de ce mot.

— Jonah... Ne m'en veux pas de te poser cette question, mais... comment se fait-il que tu n'aies pas besoin de travailler ? Je veux dire, c'est très personnel, je sais et je ne voudrais pas...

— Pas de problème, ce n'est pas si personnel que ça. (Surtout par comparaison avec tout ce qu'il avait déjà partagé avec elle.) La vérité, c'est que je suis riche. (Il roula sur le flanc pour regarder par la fenêtre la dentelle noire des arbres au-dehors.) La famille Chamberlain a toujours été aisée, mais mon père a gagné beaucoup d'argent, qu'il a ensuite investi judicieusement, et quand il est décédé, il nous a tout légué, à Justin et à moi. À la mort de Justin, j'ai touché sa part.

— Ah, chuchota-t-elle, comme si elle comprenait qu'il ne retirait aucune satisfaction d'une fortune dont il avait hérité à un prix si lourd.

— Je rendrais tout si je le pouvais, avoua-t-il tout bas. Jusqu'au dernier centime.

— Je sais, dit-elle, et il sentit qu'elle le pensait vraiment.

— Enfin, en toute honnêteté, je suis content de l'avoir aussi, parce que cet argent m'a permis de vivre la vie de consolation à laquelle j'aspire.

Consolation. Le mot était sans doute mal choisi, car en vérité, il était bien peu consolé, mais il ne se corrigea pas et elle n'en fit rien non plus.

— Pourquoi Windisle ? Pourquoi avoir choisi un endroit que tu as toi-même décrit comme délabré et qui aurait bien besoin de réparations ?

— C'est le premier qui m'est venu à l'esprit pour tenir à distance tous les journalistes, les caméras... les gens en général. La famille Chamberlain a abandonné Windisle il y a longtemps. Tout le monde savait que la propriété était vide. Cecil et Myrtle en étaient les gardiens avant mon arrivée mais, à cette époque, ils ne vivaient pas sur place. Par la suite... je ne sais pas. Sans doute que j'ai trouvé facile de me cacher ici.

Clara resta muette un moment et il visualisa son visage, ses grands yeux sensibles fixant le plafond, battant des cils ; il l'imagina mordiller sa lèvre inférieure, si sensuelle, comme il l'avait vue faire quand elle se concentrait sur une instruction donnée par sa professeure, le soir où il l'avait admirée en train de danser.

— Et ta mère ? Elle est toujours en vie ?

— Oui.

— Oui ?

Elle avait l'air surprise.

— Ma mère vit dans le sud de la France avec son nouveau mari.

— Oh, je... enfin, elle sait forcément ce qui t'est arrivé.

— En effet.

Une petite douleur lui serra la poitrine et il fut étonné de constater qu'il puisse encore, après toutes ces années, ressentir la souffrance de cet abandon. Le détachement émotionnel de sa mère.

— Ils vivaient déjà à l'étranger à l'époque. Elle est revenue, pas longtemps, et puis elle est repartie. (Lui, il était trop shooté par les antidouleurs pour se rappeler grand-chose de sa brève visite.) Tout ça, c'était trop pour elle... La mort de Justin, ce qui m'était arrivé.

— Trop pour *elle* ! s'exclama Clara, l'air incrédule.

— Ma mère est égoïste, Clara. Elle l'a toujours été. Je n'attendais pas autre chose de sa part.

C'était la vérité et un mensonge à la fois, mais les deux étaient si étroitement imbriqués qu'il ignorait comment les séparer. Il n'avait plus songé à cela depuis si longtemps.

Jusqu'à présent, il n'avait pas de téléphone, en revanche sa mère lui envoyait des cartes postales depuis les divers endroits où, de toute évidence, elle passait ses vacances, et il lisait toujours ses mots, une unique phrase rédigée de son écriture peu soignée *Il ne manque que toi ici !* ou *Plein de bisous !* sans qu'il sache trop s'il devait en rire ou en pleurer. D'une certaine manière, il avait envie de faire les deux. Alors, en général, il déchirait la carte en mille tout petits morceaux qu'il regardait pleuvoir dans la poubelle. Jamais il ne répondait.

— Oh, souffla Clara.

Jonah entendit sa tristesse à travers cette seule syllabe lâchée à mi-voix.

— Et toi, Clara ? Ta mère ? Tu ne l'as jamais mentionnée.

— Elle est morte quand j'avais huit ans. Je n'en ai pas beaucoup de souvenirs, mais ceux que je conserve sont bons.

— C'est une chance, au moins.

— Oui. Je... (Elle laissa sa phrase en suspens et il attendit qu'elle rassemble ses pensées.) Je suis désolée que tu aies été aussi seul.

Son cœur se comprima. Il le méritait. Il méritait sa vie de solitude. Et c'était ce qu'il voulait, ce qu'il s'était bâti, en dépit de quelques sorties à moto, en dépit d'une apparition à un bal masqué. Alors pourquoi les paroles de Clara, prononcées avec une telle sincérité, lui faisaient-elles mal au cœur ? Pourquoi avait-il craqué pour elle ? Merde, ce vieux fou de Cecil avait mis en plein dans le mille.

— Tu n'es plus seul.

La gentillesse de Clara lui tira un sourire, même s'il était triste sur ses lèvres.

— Tu as l'air fatiguée, répliqua-t-il en remarquant sa voix un peu lasse, ce qu'il utilisa comme prétexte pour changer de sujet.

— Je le suis.

Elle bâilla et puis rit doucement. Fermant les paupières, Jonah absorba tous les petits sons qu'elle émettait pour les garder en lui, dans l'espoir qu'ils lui permettent de conserver pour toujours de minuscules morceaux d'elle.

— Et je dois me lever tôt, reprit-elle. Je pourrai te rappeler ?

— Bien sûr.

Il entendit le sourire dans sa voix quand elle dit :

— Bonne nuit, Jonah.

— Bonne nuit, Clara.

Il roula sur le dos, lâcha l'appareil sur le lit à côté de lui. Il était épuisé, pourtant il se passa longtemps avant qu'il trouve le sommeil cette nuit-là.

Et quand il s'endormit, il rêva de Clara, qui soulevait sa robe de bal pour courir, non sans jeter un coup d'œil derrière elle avec un mélange de chagrin et de peur dans le regard. La vision se mêla à des images glauques de ruelles sombres et de hautes rangées de cannes à sucre, d'une femme agenouillée dans une flaque sombre qui reflétait la lueur argentée d'un couteau, laquelle à son tour se changeait en lame de rasoir.

Il y avait un étrange martèlement en fond sonore et la peur accéléra les battements de son cœur. *Vite ! Vite !*

Et puis il vit Justin au bout de la ruelle, qui lui faisait signe, un sourire aux lèvres, juste avant de disparaître dans la brume au-delà.

17

Le lendemain, tout semblait plus clair à Jonah, comme si un voile de gaze ou de brouillard avait été posé sur le monde sans qu'il le sache et que, soudain, on l'avait retiré.

Il savait pourquoi. C'était parce qu'il s'était endormi avec le son de la voix de Clara dans sa tête et que, malgré la façon dont ses rêves avaient tournicoté, elle en avait fait partie.

Il partit pour son footing matinal, puis se promena sans but dans la propriété, étirant les bras et inhalant l'air frais qui embaumait alors que son pouls ralentissait et que la sueur séchait sur sa peau.

Au moment où il retournait vers la maison, il aurait juré entendre des pleurs, tout bas. Il s'immobilisa pour écouter. Oui, derrière les pépiements bruyants des oiseaux matinaux, quelqu'un pleurait bel et bien.

Circonspect, il s'approcha du mur, en prenant soin de ne pas marcher sur quoi que ce soit qui puisse émettre un son et trahir sa présence. Il se pencha, tourna son œil valide vers l'une des plus grosses fissures. Il ne distinguait pas grand-chose à travers ce mince espace, toutefois il vit qu'il s'agissait d'une femme. Elle se tenait assez loin du mur pour qu'il la devine jeune et brune. Elle continua un moment de pleurer là, sans bruit.

Il s'écarta, mal à l'aise de s'immiscer dans l'intimité d'une femme qui, de toute évidence, se croyait seule et à l'abri des regards. Mais il interrompit son mouvement quand elle se mit à parler.

— Je sais que je suis déjà venue ici une fois et que j'ai fait un vœu, mais je me suis dit que ça ne ferait pas de mal de réessayer. Vous devez en recevoir tellement et… si le mien ressortait… (Elle hoqueta puis lâcha un son étranglé, mi-gloussement, mi-sanglot.) Mon Dieu, il faut vraiment que je sois désespérée… (Elle marqua un temps de pause, puis :) C'est juste que… j'ai pensé que mon dernier vœu n'était peut-être pas assez précis. Certes, vous êtes un esprit, Angelina, mais ça ne signifie pas que vous lisez dans les pensées ou bien… bref, peut-être que si mais…

Un soupir saccadé lui échappa et Jonah attendit, réticent à bouger de peur de lui signaler sa présence pendant qu'elle déversait son cœur dans ce qu'elle prenait pour un confessionnal. *Je sais quel effet ça fait,* pensa-t-il en fermant les yeux. Il passa les doigts sur la pierre rugueuse et s'imagina Clara de l'autre côté, attentive pendant qu'il lui ouvrait son cœur.

Il se faisait l'effet d'un salopard à l'écouter ainsi, mais les oiseaux s'étaient tus, ses sanglots aussi, et il avait peur de battre en retraite et de faire du bruit. Il était coincé.

— Bref, poursuivit-elle d'une voix qu'il trouva plus morne, comme si elle avait perdu espoir dans son propre souhait, comme si elle doutait qu'il puisse se réaliser avant même de l'avoir formulé. Mon fils s'appelle Matthew Fullerton et il est à l'hôpital au service pédiatrie. Il est très malade, en attente d'une opération… s'il y a le moindre espoir de le sauver. Je n'ai pas les moyens de la payer, c'est pour ça que j'ai besoin d'aide. Juste… (Elle émit un autre petit son étranglé.) une aide de cinquante mille dollars.

Ses mots s'éteignirent et Jonah ferma les yeux, le cœur serré. *Merde.* Était-ce la femme dont il avait lu le vœu à propos de son fils malade ? Sans doute.

— C'est tout, conclut-elle, vidée, dans un souffle. J'ai besoin d'aide pour sauver mon petit garçon.

Jonah entendit le bruit de ses pas qui s'éloignaient et remit l'œil contre la fente, pour voir une voiture bleue démarrer, ne laissant que le silence dans son sillage.

Il s'assit dans l'herbe, le cœur lourd comme la première fois où il avait entendu le souhait de cette femme pour son enfant mourant, et tout aussi impuissant.

Sauf que tu n'es pas impuissant, si ?

La question retentit dans son esprit et, l'espace d'une seconde, il eut l'impression que quelqu'un d'autre la lui avait posée. D'où cela venait-il ? Se prenait-il pour un héros masqué, maintenant qu'il était venu en aide à une femme qu'on agressait dans une ruelle ?

Il se passa une main sur le crâne, ses cheveux étaient désormais complètement secs grâce à la petite brise qui soufflait sur Windisle. *Oh, Jonah, espèce de crétin.*

Sauf que... cette fois, la personne dans le besoin requérait quelque chose qui nécessiterait beaucoup moins d'efforts de sa part : tout ce qu'il fallait, c'était de l'argent. *Mon fils a besoin d'une opération et je n'ai pas les moyens de la payer.*

Il poussa un soupir. Était-il sérieusement en train d'envisager d'exaucer l'un des vœux adressés au mur des pleurs ? Bon Dieu, Justin adorerait ça, non ?

Il se leva, l'idée prenant forme dans son esprit, tant elle était facile à mettre en œuvre.

Il n'aurait peut-être même pas besoin de quitter sa propriété. Même si... non, il ne voulait pas que l'acte lui soit attribué. Il devrait effectuer la livraison en personne, s'assurer que la mère de Matthew Fullerton recevait l'argent dont elle avait besoin. Cinquante mille dollars. Pour lui, ce n'était rien, mais pour elle, ce serait tout.

Et pour la première fois depuis de nombreuses, très nombreuses années, les malheurs de quelqu'un prenaient le pas sur les siens.

Peut-être pouvait-il toujours être utile au monde, après tout. Et il n'avait pas besoin d'attendre de tomber par hasard sur un deal de drogue qui avait mal tourné, au fond d'une impasse. Peut-être pouvait-il être Angelina.

Il sourit et sentit la peau de la partie endommagée de son visage s'étirer, comme un rappel de ses limites. N'empêche, il conservait une légèreté au cœur et la journée lui parut encore plus belle.

*
* *

Les rayons jaunes translucides filtraient de derrière les nuages argentés, apportant lumière et chaleur à la journée qui avait débuté en nuances de gris cireux. Jeannie aurait bien aimé que cette lumière puisse pénétrer le chagrin couleur étain qui entourait son cœur.

Elle leva les yeux vers la fenêtre de la chambre d'hôpital où Matthew était étendu, endormi, son précieux petit garçon qui n'appartiendrait plus très longtemps à ce monde. Elle n'avait pas la moindre idée de la façon dont elle parviendrait à survivre sans lui.

Elle s'assit lourdement sur le banc de bois, où le soleil la réchauffait. Le regard fixe, elle regardait sans le voir le sentier où les patients prenaient un peu d'exercice, certains au bras d'une infirmière, d'autres poussés dans un fauteuil roulant. Tout le monde profitait de cet interlude dans une météo par ailleurs lugubre, pour se promener dehors.

Un homme entra dans son champ de vision, même si elle ne se tourna pas vers lui. Elle aperçut des bandages sur son visage et une veste de sport noire, avec un col remonté qui lui protégeait le cou et le menton.

Il marchait courbé, comme s'il était vieux, et pourtant, quelque chose dans sa taille et sa corpulence ne collait pas avec ses mouvements. Si elle devait décrire son type physique, et même si elle ne l'avait pas vu de face, elle opterait pour... costaud. Bizarre. Elle écarta cependant cette impression lorsqu'il s'assit au bord du banc, voûté, les coudes sur les genoux, pour observer les autres patients qui déambulaient, leurs membres cassés, leurs corps maladifs.

Jeannie était curieuse, mais pas effrayée. Elle était dehors, au grand jour, une dizaine d'autres personnes passaient juste devant elle et, franchement, elle n'avait plus de peur à offrir au monde.

Sa plus grande terreur, c'était de perdre son enfant, et l'imminence de cette mort était suspendue, lourde, au-dessus de sa tête, tel un rocher accroché à un fil. Et quand le choc se produirait, il l'anéantirait.

— Votre fils est malade ?

Jeannie se tourna alors vers l'homme, surprise par sa question. Les yeux braqués sur le chemin devant eux, il ne la regardait pas et elle ne voyait que son profil, lourdement bandé de gaze blanche.

Il portait une casquette de baseball, si bien qu'elle était incapable de dire si sa blessure se prolongeait jusqu'à son crâne ou ne touchait que son visage. Et elle ne voyait pas non plus ses cheveux, qui auraient pu lui fournir un indice quant à son âge ; sa voix, néanmoins, était jeune, profonde et fluide.

— Pardon... Je vous connais ?

L'homme ne répondit pas sur-le-champ, puis :

— Je vous ai entendue parler de votre fils. Matthew, c'est ça ? Il est très malade ?

Jeannie fronça les sourcils. Cet homme devait être un patient de l'hôpital. Il avait sans doute entendu par hasard le diagnostic de Matthew. Peut-être les avait-il vus arpenter les couloirs. Elle aussi savait pas mal de choses sur les autres patients, du simple fait de passer autant de temps à l'hôpital.

Elle n'avait jamais vu cet homme, mais peut-être avait-il été opéré récemment et, s'il s'était déjà trouvé dans la même pièce qu'elle, il ne ressemblait sans doute pas à ce qu'elle voyait là.

Elle poussa un soupir. Tout le monde avait une histoire et, de toute évidence, celle de son voisin de banc recelait aussi ses traumatismes.

— Cancer. Oui, il est très malade.

Nouveau temps de silence, puis l'homme reprit :

— Je suis désolé. J'ai cru vous entendre dire qu'il avait besoin d'une opération.

Jeannie lui jeta un coup d'œil. Oui, dans ce cas, plus de doute, il était forcément un patient de l'hôpital. Dieu savait qu'elle avait parlé, pleuré, presque supplié les médecins de l'aider à trouver un moyen d'intégrer Matthew au groupe d'étude sur une nouvelle opération destinée à soigner les enfants atteints de sa maladie.

Ils avaient déjà obtenu d'énormes succès, même dans des cas très avancés, et Matthew était un candidat idéal, sauf que l'assurance ne couvrait pas les traitements expérimentaux et qu'elle n'avait pas l'argent, loin de là, pour les payer sans aide.

Les docteurs compatissaient, ils étaient profondément soucieux du cas de Matthew, elle n'en doutait pas, seulement hormis écouter ses pleurs, ils ne pouvaient pas faire grand-chose.

Jeannie n'avait pas de famille susceptible de l'aider, le père de Matthew avait filé à l'instant où il avait appris son existence et elle était tout ce que son fils avait au monde.

Et je suis incapable de l'aider.

Elle raconta tout cela à l'inconnu du banc, une larme coulant sur sa joue. Elle n'aurait trop su dire pourquoi elle ouvrait son cœur à un étranger qui avait visiblement été gravement blessé, lui aussi, mais elle ne pouvait pas s'en empêcher : les mots coulaient de sa bouche comme si la digue qui les retenait venait soudain de céder.

Il y avait aussi le fait qu'elle percevait dans la voix de cet homme une empathie dont seuls ceux qui avaient éprouvé eux-mêmes une douleur semblaient capables. Elle n'avait jamais analysé ce détail auparavant, mais elle le comprenait maintenant et elle le reconnaîtrait désormais chez autrui jusqu'à la fin de ses jours. L'angoisse vous faisait cet effet-là, sans doute, elle affûtait vos sens et vous permettait d'entendre et de voir, de ressentir, en fait, le chagrin que les autres n'exprimaient pas par des mots.

— Pardon, dit-elle en secouant la tête. Vous n'aviez probablement pas envie d'entendre tout ça.

Il poussa un soupir et elle y perçut un sourire, à supposer qu'il soit capable de sourire avec son visage sous l'épais pansement.

— Je suis sûr que vous non plus, vous n'aviez pas envie de ça. Parfois, la vie... vous renverse.

Elle sourit et en fut étonnée. C'était un exercice auquel elle n'était plus habituée, elle ne souriait plus depuis bien longtemps. Mais c'était agréable aussi, peut-être devrait-elle essayer de le faire plus souvent.

Elle se voulait forte pour Matthew. Qu'il voie qu'elle s'en sortirait quand il ne serait plus là. Qu'elle-même y croie ou pas, elle savait que cette certitude apaiserait son fils. Son si petit gardien, l'enfant qui avait pris en charge le rôle de l'homme de la maison comme s'il était né pour protéger. Il serait devenu un homme merveilleux en grandissant. Un leader. Une force du bien dans ce monde. Elle le ressentait au plus profond d'elle, pas seulement en tant que mère fière de sa progéniture, mais en tant que femme qui avait fait trop de mauvais choix en matière d'hommes et apprenait enfin à en reconnaître un de bien, parce qu'on le lui avait mis directement dans les bras.

— Je pense déjà à lui au passé, avoua-t-elle tandis qu'une autre larme coulait sur sa joue. Il faut que j'arrête, chuchota-t-elle. La vérité, c'est que c'est lui qui m'a remise sur le droit chemin. Avant lui, j'étais partie pour... disons rien de bon, pour faire simple.

Elle émit un petit son gêné, mais l'homme resta silencieux. Un silence confortable, pendant lequel elle s'attarda le temps de se remémorer sa vie avant Matthew et de remercier le ciel de le lui avoir donné et du changement de direction que sa grossesse imprévue l'avait forcée à prendre.

— Vous avez fait le vœu de pouvoir lui payer cette opération.

Elle fronça les sourcils. Sans doute parlait-il de manière générale. Il ne pouvait pas être au courant de sa tentative désespérée de tirer parti d'une légende locale qu'elle avait entendue une fois lorsqu'elle était gamine.

— Oui. Oui, je fais ce vœu tous les jours. Il ne pourra plus être sur la liste si son état empire.

— J'aimerais exaucer votre vœu.

L'homme plongea la main dans sa poche et en sortit une enveloppe, qu'il tendit à Jeannie.

Elle la prit, baissa dessus un regard perplexe.

— Qu'est-ce que c'est ?

— Restez sur la voie que vous avez prise, ajouta calmement l'homme, avant de se lever. Et assurez-vous que votre fils reste lui aussi sur le bon chemin. Aidez-le à devenir un homme bien.

Jeannie eut la confirmation de ce qu'elle avait deviné sur l'inconnu : il était grand et large d'épaules, oui, costaud. Et pourtant, au début, il lui avait semblé se mouvoir comme un vieil homme malade.

L'espace d'un bref moment, il se tourna face à elle et elle écarquilla les yeux. Il se détourna tout aussi vite, mais pas avant qu'elle ait pu apercevoir, à la faveur d'un rayon de soleil, le bandage qui lui entourait le visage : apparemment, sous la gaze, il portait un masque de squelette, dont l'aspect factice était évident, avec ses contrastes flagrants de blanc et de noir.

Jeannie fut secouée, momentanément prise de court. Elle jeta un coup d'œil à l'enveloppe qu'elle serrait dans son poing, la déchira. À l'intérieur, un chèque de banque à son ordre d'un montant de cinquante mille dollars.

Elle se leva, regarda frénétiquement autour d'elle, en quête de l'inconnu qui venait d'exaucer son vœu le plus cher, de l'étranger qui accordait sans doute un sursis à son fils.

Les patients continuaient de déambuler, de claudiquer de-ci de-là, mais l'homme n'était plus nulle part. Il avait disparu.

Jeannie lâcha un sanglot de joie et courut vers l'entrée de l'hôpital, vers son enfant.

*

* *

— Tu as l'air heureux, Jonah.

Assis dans le coin de sa chambre, en train de retirer ses chaussures, Jonah sourit. *Ah bon ?*

Il se redressa et écarta les cheveux de son front. Il repensa à ce qu'il venait de faire, à l'expression de cette femme quand il avait commencé à lui parler.

Elle s'était montrée méfiante, au départ, face à lui et à son visage bandé, même dans une cour d'hôpital. Elle avait même eu l'air terrifiée, une fraction de seconde, quand il l'avait regardée en face, avant de comprendre qu'il y avait un squelette sous les bandages.

Mais c'était la première fois qu'il sortait de Windisle au cours de la journée et la double couverture lui avait parue nécessaire. Sinistre, il en convenait. Mais merde, ça avait valu la peine de voir l'espoir emplir les yeux de cette mère quand elle avait compris ce qu'elle avait à la main.

Alors... peut-être n'était-il pas tout à fait heureux, mais pas malheureux non plus. Et merde, ça faisait du bien.

— Presque heureux, nuança-t-il avec une touche de moquerie dans la voix.

Il perçut aussi le sourire dans la voix de Clara quand elle répondit :

— Ça me rend heureuse de t'entendre heureux... ou presque.

Jonah éclata de rire, passa rapidement son tee-shirt par-dessus sa tête et le jeta vers le panier à linge.

— Jonah, tu te rappelles l'autre nuit, quand je t'ai demandé si tu croyais dans les prophéties ?

— Oui.

— Eh bien... Je t'ai posé la question, parce que je suis allée voir une diseuse de bonne aventure et elle m'a dit des trucs qui m'amènent à m'interroger.

— Une diseuse de bonne aventure ?

— Oui, je sais. Je n'ai jamais vraiment cru dans ces machins avant, moi non plus. Mais c'était... Je ne sais pas, irréel, je dirais. Bref, elle m'a dit que je cherchais les réponses à un mystère et qu'il était très important que je continue de chercher.

— Tu parles du mystère concernant la malédiction jetée sur John et Angelina ?

C'était ça, la raison qui avait amené Clara à Windisle à la base, il s'en souvenait à présent. *Aide-moi à t'aider, Angelina.*

— Oui.

Il lâcha un soupir.

— Oui, enfin, qui ne cherche pas la réponse à un mystère, Clara ? Même si le « mystère » est juste une question... du genre : « Est-ce que je vais trouver le succès dans ma carrière ? » « Vais-je trouver l'amour ? » « Les Mets vont-ils remporter les World Series ? »

Son explication de la manière dont cette voyante inconnue avait vu juste concernant le mystère que Clara cherchait à percer semblait quelque peu faiblarde, même aux oreilles de Jonah, mais les voyants étaient des escrocs, point barre. Quelle qu'ait été la méthode utilisée pour mettre le doigt sur quelque chose qui s'applique à Clara, c'était un accident. Une ruse.

— Oui, sans doute, admit-elle, l'air toutefois peu convaincue. Quoi qu'il en soit, que ses informations lui viennent de l'au-delà ou pas, reprit-elle avec un accent ironique, je ne veux rien balayer d'un revers de la main et elle a ravivé mon désir d'en apprendre plus sur Angelina et cette malédiction.

— OK.

Jonah déboutonna son jean et le laissa tomber au sol, où il l'écarta d'un coup de pied. Puis il s'assit sur son lit, en boxer, et s'adossa contre les oreillers de la tête de lit.

Il adorait la détermination dans la voix de Clara, adorait cette qualité chez elle en général, parce qu'il savait que c'était la raison pour laquelle elle était revenue à lui. Clara avait décrété que quelque chose valait la peine chez Jonah et, parce qu'elle l'avait décidé, elle n'avait pas renoncé. Il était submergé d'admiration pour elle.

Clara était belle et élégante, et il ne pouvait s'empêcher de remarquer ces choses-là, mais il l'appréciait beaucoup pour d'autres raisons.

— Et comment vas-tu t'y prendre ?

— Eh bien, j'ai réfléchi aux pistes qu'il me reste à explorer. Elles ne sont pas très nombreuses, mais... j'espérais que tu pourrais m'aider. Que peux-tu me dire sur Astrid Chamberlain ?

— Astrid Chamberlain ? Pas grand-chose, pour être honnête. Justin était un mordu d'histoire familiale, il aurait été en mesure de te raconter tout ce que tu aurais voulu.

Il se tut un instant au souvenir de Justin déblatérant sur Windisle et les choses qu'il avait découvertes. Justin qui voulait vendre la propriété à la Société pour la Préservation du patrimoine, alors que Jonah s'y était opposé à l'époque, mais il était débordé... il repoussait la conversation chaque fois que son frère voulait la lancer... arguait qu'ils s'occuperaient de la vente de Windisle quand il aurait plus de temps. Bien sûr, avec le recul, Jonah admettait qu'il n'aurait jamais pris cette peine.

— Il avait des classeurs entiers d'informations, des arbres généalogiques et je ne sais quoi. Je pense les avoir rangés au grenier, je pourrais te les récupérer.

— Tu ferais ça ?

Elle avait lancé la question dans un souffle et Jonah sourit en songeant que la réaction enthousiaste de Clara surpassait la valeur réelle de quelques papiers poussiéreux dans le grenier de Windisle.

— Bien sûr.

Elle resta muette une fraction de seconde.

— Le truc, Jonah, c'est que j'ai la sensation que les réponses sont toutes quelque part. Et que... qu'elles attendent d'être rassemblées et je ne sais pas, mais je perçois comme un... tic-tac. Ça te paraît dingue ?

Oui, en quelque sorte, mais le plus drôle, à ses mots, c'était qu'il ressentait la même chose. Ce battement juste sous sa cage thoracique qui lui donnait envie de se précipiter au grenier dans la seconde et de récupérer ces papiers pour elle. Ou peut-être était-ce son désir intense de complaire à cette femme par tous les moyens possibles et imaginables. D'ailleurs, à la vérité, ses capacités étaient très limitées.

— Non, ça ne me paraît pas dingue. C'est une histoire intéressante, Clara. Et les gens qui peuvent fournir des réponses ou transmettre les histoires sont soit morts soit très vieux.

— Oui, convint-elle.

Toutefois, il perçut quelque chose dans sa voix qui suggérait que son explication sur l'empressement à trouver des réponses ne lui plaisait pas tant que ça.

— Et la vieille prêtresse qui a énoncé l'énigme pour briser la malédiction lors d'une fête dans les années 1940, tu connais son nom ?

Ce nom apparut dans la tête de Jonah, comme s'il avait été inscrit en travers de son cerveau.

— En fait, oui, bizarrement. Il fait partie des trucs contenus dans les dossiers de Justin : sur l'original d'un carton d'invitation à cette fête. C'est l'un des documents qu'il m'a montrés, parce qu'il était inhabituel et qu'il se répétait l'allitération dans sa tête : « Sibille Simoneaux ».

Clara répéta le nom doucement une fois, puis une autre, comme pour le mémoriser.

— Tu penses que sa famille pourrait être encore en vie ?

— Aucune idée mais, même si c'est le cas, tu ne peux pas aller toute seule frapper à la porte de parfaits inconnus. Il y a des gens dangereux et pas mal de quartiers mal famés à La Nouvelle-Orléans.

— Accompagne-moi.

Jonah poussa un soupir.

— Tu sais que je ne peux pas.

Clara garda un moment le silence.

— Je pourrais peut-être venir.

— Ici ?

— À Windisle, oui. Je pourrais t'aider à parcourir ces papiers.

— Je ne pense pas.

Il ferma les yeux, car il détestait lui refuser quoi que ce soit. Il lui avait posé un lapin une fois, et là, il avait l'impression de recommencer, mais... Non, il ne pouvait pas l'autoriser à franchir le mur des pleurs, lui laisser voir l'endroit où il montrait son visage balafré et détruit. Non seulement il ne voulait pas qu'elle le voie, mais cet endroit était un havre pour lui. Ici, il ne se cachait pas. Ni des arbres, ni des fantômes, ni de Myrtle ou de Cecil. Et pas non plus d'une belle fille qui grimacerait en posant les yeux sur lui, comme tous les autres avant elle. Même sa propre mère n'avait pas supporté de le regarder. Les battements de son cœur s'engourdirent. Non, il ne pouvait pas l'inviter à entrer.

— OK, murmura-t-elle avec, dans la voix, une compréhension qui le fit encore plus culpabiliser. Mais tu m'appelleras demain, si tu as le temps de compulser ces papiers ? Quoi que tu trouves, Jonah, tu voudras bien le partager avec moi ?

Je partagerais tout avec toi si je le pouvais. Même mon âme noircie...

— Oui, je t'appellerai demain.

— D'accord. (Il perçut le sourire dans sa voix.) Dors bien.

— Toi aussi. Bonne nuit, Clara.

18

Avril 1861

Angelina baissa la capuche qui lui cachait le visage et referma la porte derrière elle, avant de se tourner vers John, un sourire aux lèvres qui s'effaça aussitôt.

— Qu'y a-t-il ? Tu fais sombre mine, John. Quelque chose ne va pas ?

Il s'avança vers elle, au son bruyant de ses bottes sur le vieux parquet du hangar à bateaux de la vaste propriété familiale.

Ils se retrouvaient là depuis qu'Astrid avait commencé à couvrir Angelina en l'envoyant effectuer des missions imaginaires en ville. En fait, Angelina se rendait dans la petite bâtisse au bord du Mississippi, où John et elle passaient quelques heures ensemble dans ce lieu, sans craindre d'être surpris. Le hangar abritait toujours matériel et outils mais, depuis le décès du père de John un peu plus tôt cette année-là, plus personne ne venait au local à bateaux de la propriété des Whitfield.

Alors qu'il s'approchait d'elle, l'expression de John était si solennelle qu'Angelina sentit son cœur se contracter et son ventre se nouer.

Il prit son visage entre ses grandes mains et, pendant un instant, il se contenta de la contempler. Elle soutenait son regard, fouillant ses prunelles et y lisant l'amour qu'elle y trouvait toujours.

Elle relâcha le souffle qu'elle avait retenu. Quoi qu'il se passe, tout irait bien. Du moment qu'il l'aimait toujours, elle pourrait tout endurer.

— Je pars à la guerre, Angelina.

Une boule se forma immédiatement dans sa gorge et elle se détourna, se libéra des paumes de John et s'adossa contre le mur.

— Quand ? parvint-elle à lâcher dans un souffle étranglé.

— Je m'en vais après-demain.

Le cœur douloureusement serré, elle porta une main à sa poitrine.

— Après-demain ? Pourquoi, John ?

Il pivota et se mit à arpenter la pièce, une main enfoncée dans les cheveux.

— Les Confédérés ont besoin de moi.

Il avait parlé à toute vitesse, sur un ton qui hérissa les petits cheveux dans la nuque d'Angelina. Un ton différent, qu'elle ne lui avait jamais entendu. Vaguement, elle songea qu'il lui mentait, ou qu'il omettait quelque chose. Même si elle ignorait ce qui lui donnait cette impression, c'était bien là.

Il se retourna vers elle.

— Cette guerre, Angelina, elle pourrait tout changer. Elle pourrait te libérer.

Il prononça cette phrase dans un souffle puis il pinça les lèvres, un muscle tressautant dans sa mâchoire.

Angelina le dévisagea un instant. Jusqu'à aujourd'hui, cette guerre dont John parlait depuis des mois lui avait paru irréelle, distante et déconnectée de son univers, à elle. Soudain, elle comprenait que ce ne serait plus longtemps le cas.

— Mais John, tu vas te battre pour le Sud.

Autrement dit, contre le camp qui la libérerait, qui verrait la libération de sa *mama* et de tous ces hommes et ces femmes, de tous ces enfants qui rentraient des champs en sueur et couverts de saleté, sans aucun espoir, jour après jour, année après année.

John lâcha un grognement frustré.

— Je sais. Mais c'est ainsi.

Il ferma les yeux et prit une profonde inspiration, attrapant ses avant-bras, comme si elle risquait de disparaître à tout moment sans cet étau puissant.

— Cela semble mal. Bon sang, Angelina, je sens que c'est mal, mais je... suis obligé. Pardon.

La blessure dégoulina en elle, sans qu'elle puisse l'arrêter. Elle savait que ce n'était pas la faute de John, qu'il ne faisait que son devoir, qu'il obéissait à des ordres donnés par d'autres hommes avec d'autres idées. C'était ainsi que fonctionnait la guerre, n'est-ce pas ?

Pourtant, savoir qu'il allait se battre contre sa liberté à elle, c'était une flèche dans son âme. Même s'il n'avait pas le choix, il allait diriger son arme vers le cœur d'hommes qui, eux, la libéreraient s'ils le pouvaient. Cela la brisait au plus profond d'elle-même.

— Je sais, souffla-t-elle.

Parce que oui, elle savait, bien qu'elle ne parvienne pas à le ressentir.

— Écoute-moi, Angelina. Garde la tête basse. Ne prends aucun risque. Fais simplement ce que l'on attend de toi jusqu'à la fin de cette guerre.

Elle fut prise d'une envie de rire. Ou de pleurer. Ou les deux. Que savait-il, lui, à propos de baisser la tête ? Elle avait été élevée pour garder la tête basse. Peut-être même était-elle née pour ça, bien que cette pensée soit trop déprimante à envisager, et tout le reste avec. C'était tout ce qu'elle savait faire. Tout ce qu'elle avait jamais fait toute sa vie... jusqu'à lui.

Et voilà qu'il venait lui dire de ne pas prendre de risque. Lui. Ce serait facile, pas vrai, à présent qu'il s'en allait ? La pensée aurait dû la réconforter au fond : plus besoin de se cacher, de mentir et de se faufiler ici et là.

Alors peut-être le fait que ce conseil de baisser la tête émane précisément de lui aurait-il dû la mettre en colère, seulement ses sentiments partaient dans tous les sens, et le seul qu'elle parvenait à identifier, c'était l'angoisse.

Elle ne voulait pas qu'il s'en aille. Elle ne voulait pas d'une guerre, surtout d'une guerre que le Sud pourrait gagner. Elle voulait juste aimer John et se sentir aimée en retour. Pourquoi était-ce trop demander ? Pourquoi la couleur de la peau devait-elle déterminer le destin des gens ? Déterminer les guerres. La séparation. Comment la couleur de la peau pouvait-elle créer pareille distinction, quand personne ne demandait à naître blanc ou noir ? Dieu, au ciel, n'avait certainement pas prévu cela. Si ?

— Embrasse-moi, John.

L'espace d'une respiration saccadée, chaude, féroce, le regard de son amant passa sur son visage, comme s'il mémorisait ses traits l'un après l'autre. Puis sa bouche s'écrasa sur la sienne, exigeante, urgente, et Angelina eut la sensation du tic-tac du temps. Parce que bien sûr, le temps leur était compté.

Il l'attira au sol avec lui, ses mains passèrent sous sa robe et quelque chose de dur s'enfonça dans son dos. Peu importait. Du moment qu'il était avec elle, elle dormirait à même la terre, sur des rochers ou les épines d'une centaine de rosiers.

Il la pénétra en une seule poussée.

— Je t'aime. Et je te reviendrai, tu m'entends ? susurra-t-il, en parlant au rythme qu'imposaient ses hanches.

— Promets-moi, haleta-t-elle, enfonçant les ongles dans la peau humide de son dos.

— Je te le promets, Angelina.

Elle accueillit sa promesse en elle et l'y enferma soigneusement à double tour. C'était tout ce qu'elle avait au monde qui soit à elle et à elle seule. Rien d'autre ne lui appartenait, ni son avenir, ni son bonheur, pas même sa propre personne.

19

La vapeur d'eau montait d'une plaque d'égout, non loin du trottoir sur lequel se tenait Clara. Elle jeta un bref regard de chaque côté avant de traverser la ruelle déserte.

Le quartier n'était manifestement pas des plus sûrs, mais elle était déterminée à se rendre à l'adresse qu'elle avait trouvée en ligne, celle d'une boutique au nom de Fabienne Simoneaux, qui se présentait comme prêtresse vaudoue, guérisseuse et pourvoyeuse de réconfort spirituel. C'était la dernière ligne, écrite en tout petit, au bas de la publicité, qui avait donné le plus d'espoir à Clara : « Descendante d'une longue lignée de prêtresses vaudoues. »

Alors elle avait appelé, à de nombreuses reprises, le numéro indiqué sur la page, pour finir par tomber sur un message lui indiquant que la boîte vocale rattachée à ce numéro était pleine.

Ainsi avait-elle décidé d'aller directement sur place, en espérant avoir plus de chance. Elle ignorait si Fabienne Simoneaux était une lointaine parente de Sibille mais, apparemment, il n'y avait qu'un moyen de le découvrir.

Elle jeta un coup d'œil par-dessus son épaule, persuadée d'avoir entendu un bruit de pas, pourtant la rue derrière elle était vide ; pas une âme en vue.

En dépit du ciel encore clair, sans aucune ombre à redouter, les petits cheveux se hérissèrent bizarrement dans sa nuque, suscitant un frisson. Elle déplia son flyer pour vérifier à nouveau le numéro de l'échoppe. Elle devait se trouver droit devant, dans le prochain pâté d'immeubles, et pressa le pas.

Jonah lui avait déconseillé cette démarche et elle savait parfaitement qu'il fallait rester méfiante. Une femme seule dans un quartier mal famé... Mais ce fichu tic-tac en elle continuait de s'égrener, de plus en plus bruyant, insistant, et elle ne pouvait pas rester assise sans rien faire s'il existait une possibilité que des informations l'attendent quelque part.

Le flyer serré dans une main, elle gardait l'autre dans sa poche, les doigts enroulés autour de sa bombe de spray au poivre.

Clara passa plusieurs vitrines de commerces condamnés, une laverie, une enseigne d'encadrement et ce qui avait été un traiteur. Était-ce l'un de ces quartiers qui ne s'étaient pas encore remis du passage de l'ouragan Katrina ?

Monsieur Baptiste lui avait raconté que certaines zones de La Nouvelle-Orléans peinaient encore à s'en relever, bien que la catastrophe ait eu lieu plus de dix ans auparavant. *Quelle horreur !*

Certaines boutiques étaient-elles encore ouvertes ? Un mauvais pressentiment l'envahit, juste avant qu'elle n'aperçoive celle qu'elle cherchait, à l'enseigne fanée mais bel et bien là. Elle fut encore plus soulagée de voir de la lumière filtrer sous la porte, alors que les vitres avaient été passées à la peinture noire.

Clara essaya d'ouvrir la porte, mais celle-ci était fermée. Elle frappa donc et enfonça les deux mains dans les poches pendant qu'elle attendait. Des pas retentirent à l'intérieur, puis le battant s'ouvrit pour révéler une femme aux longs cheveux noirs bouclés et dotée de l'un des plus beaux visages que Clara ait jamais vus. Elle portait un jean taille basse et un petit haut court qui dévoilait à peu près tout de son ventre couleur café-au-lait.

— Oui ?

— Bonjour. Vous êtes Fabienne ?

La femme l'examina.

— Qui la demande ?

Clara tendit la main et Fabienne la prit avec méfiance.

— Bonjour, je m'appelle Clara et j'espérais que vous receviez des clients, car j'aurais aimé vous poser quelques questions.

— Des questions sur quoi ?

Clara entendit des voix dans la rue et jeta un coup d'œil derrière elle.

— Je pourrais entrer ?

Fabienne regarda à son tour par-dessus les épaules de Clara et pinça les lèvres, avant de reporter son attention sur elle.

— C'est cent cinquante pour une séance de spiritisme, lâcha-t-elle.

— D'accord, répondit Clara, étirant le mot sur la dernière voyelle alors que la réalité se faisait jour : cette femme ne répondrait à ses questions que si elle la payait.

— Je n'ai pas autant de liquide sur moi.

— Je prends les cartes de crédit.

Clara la dévisagea une seconde. La femme soutint son regard sans ciller, sans une once d'excuse non plus.

— OK, mais avant de payer pour une séance de spiritisme, j'ai besoin d'avoir la confirmation que vous êtes une parente de Sibille Simoneaux.

Fabienne se détourna et désigna un portrait, accroché sur un mur en compagnie d'un groupe d'autres clichés. Clara s'en approcha, plissant les paupières pour contempler attentivement la photo d'une très vieille femme aux yeux laiteux, qui semblait regarder l'appareil droit dans l'objectif.

— C'est elle ? murmura-t-elle, un frisson lui parcourant l'échine.

Ces yeux... Clara aurait juré qu'ils la suivaient tandis qu'elle reculait lentement jusqu'à Fabienne, bien que, évidemment, même dans la vie, ils ne suivaient rien du tout.

— C'est Sibille, confirma Fabienne.

Clara sortit sa carte de crédit de la poche intérieure de sa veste et la tendit à Fabienne.

Cette dernière s'en saisit et la passa sur le lecteur de carte branché à son téléphone, puis elle tendit l'appareil à sa cliente afin qu'elle signe. Clara griffonna rapidement sa signature en tâchant de ne pas penser aux cent cinquante dollars qu'elle venait de consentir sur ses économies destinées à l'achat d'une voiture. *Ça a intérêt de valoir le coup*, songea-t-elle malgré son scepticisme naissant.

Fabienne s'assit sur une banquette de velours noir qui avait connu des jours meilleurs et croisa ses longues jambes.

— Que voulez-vous savoir ?

— J'ai droit à une séance de spiritisme, en plus de mes questions ? s'enquit Clara, qui prit place sur une chaise de bois face à elle.

— Ça, c'est en plus.

La situation n'avait aucun sens et Clara se retint tout juste de montrer son exaspération. Non qu'elle désirât absolument une séance de spiritisme de la part de cette femme, dont elle avait l'impression grandissante qu'elle venait de l'escroquer de cent cinquante dollars.

— Je suis intéressée par l'histoire de John Whitfield, un soldat confédéré, et d'Angelina Loreaux, une esclave. Ce sont deux esprits que l'on dit emprisonnés entre les murs de la plantation Windisle.

— OK.

Soulagement pour Clara : au moins, Fabienne était au courant et partante pour lui transmettre des informations.

— Votre... (Que pouvait être Sibille pour Fabienne ? Une grand-mère au sixième degré, peut-être ?) parente a énoncé une énigme lors d'une fête, comme quoi elle briserait la malédiction jetée sur John Whitfield. Une malédiction qui a également visé Angelina et à cause de laquelle ils se retrouvent tous les deux prisonniers de la plantation Windisle. Connaissez-vous cette énigme ?

— Rafraîchissez-moi la mémoire...

Le regard de Fabienne se posa soudain dans l'escalier alors qu'un bébé se mettait à pleurer mais, dès que les pleurs cessèrent, ses yeux revinrent sur Clara. Soit le bébé avait crié dans son sommeil, soit quelqu'un s'en était occupé.

Clara se mordit la lèvre et revint à leur conversation.

— Sibille a déclaré que le seul et unique moyen de briser la malédiction que la mère d'Angelina, Mama Loreaux, avait jetée sur John Whitfield, c'était de révéler une goutte du sang d'Angelina à la lumière du jour.

Fabienne dévisageait Clara, imperturbable.

— Vous croyez à ça ?

— Si je crois aux... malédictions ? Ou au fait qu'on peut les briser ?

Elle n'était sûre de rien en ce qui concernait les histoires de fantômes, les malédictions ou les énigmes pour les briser. Tout cela était tellement... au-delà de sa portée. Cependant, elle ne voyait pas quelle autre piste serait susceptible de fournir des réponses aux nombreuses questions qui tourbillonnaient dans sa tête.

Pour ce qu'elle en savait, la légende comme quoi Angelina et John étaient prisonniers n'était peut-être même pas vraie. Peut-être même que leurs esprits n'erraient pas dans la roseraie, aveugles à la présence d'autrui, éternels prisonniers, contrairement à ce que racontaient les histoires et les soi-disant soupirs entendus sur place, en dépit des pleurs, bien réels ceux-là, qu'elle avait vus sur le mur, ce fameux jour avec Jonah.

En revanche, il y avait une raison pour expliquer la trahison de John envers Angelina, pour expliquer qu'il n'ait jamais épousé Astrid Chamberlain, une raison pour...

— Non, les malédictions sont bien réelles, répondit Fabienne, qui se pencha vers elle. Et chaque malédiction a un point faible. Quelque chose qui, exécuté de la bonne manière, l'annulera et en libérera la personne. (La voyante tendit un doigt vers la galerie de portraits suspendus au mur.) C'est sans doute ça qu'a voulu dire la vieille prêtresse. Bonne chance pour la résolution de l'énigme.

Clara fronça les sourcils. Bonne chance ?!

— Cette vieille prêtresse aveugle ? Je la croyais de votre famille.

Fabienne secoua la tête.

— Je n'ai jamais dit ça.

— Mais votre nom de famille...

— Il y a des milliers de Simoneaux à La Nouvelle-Orléans.

Oh punaise ! Clara poussa un soupir. Elle ne pouvait même pas s'énerver : c'était elle qui avait fait toutes les suppositions, tandis que cette femme l'avait gentiment convaincue de lui donner une belle somme d'argent qu'elle aurait pu utiliser à des fins plus utiles. *Super.* Elle faillit exiger un remboursement mais fut interrompue par le bébé qui se remit à pleurer à l'étage, cette fois plus fort. Clara regarda Fabienne.

— Avez-vous au moins des informations au sujet de John Whitfield et d'Angelina Loreaux ?

La voyante examina ses ongles une seconde, même si Clara se doutait que son apparente nonchalance n'était qu'un jeu : toute son attention semblait concentrée sur le bébé en pleurs.

— Uniquement ce que vous m'avez dit. Ça m'a l'air d'une sacrée histoire.

Les épaules de Clara s'affaissèrent et elle se leva.

— En effet. Vous devriez vous renseigner sur leur histoire.

Elle pivota vers la porte. Fabienne se leva à son tour.

— Je peux vous dire une chose, en revanche.

Clara se tourna face à elle.

— Les malédictions n'emprisonnent que ceux sur qui elles sont jetées.

— Qu'est-ce... qu'est-ce que ça veut dire ?

Les cris du bébé montèrent en puissance, et Fabienne commença à s'approcher imperceptiblement d'une cage d'escalier qui, de toute évidence, conduisait à son appartement.

— Si une malédiction a été prononcée contre John, Angelina n'en est pas prisonnière. Si Angelina reste à errer, c'est pour lui. Pour ce soldat.

Le bébé poussa un nouveau cri, sonore, et Clara adressa un hochement de tête à Fabienne, la remerciant avant de franchir le seuil de l'échoppe.

Un instant, elle resta contre la porte sous l'auvent. Les mots de la voyante résonnaient encore à son esprit : *Si Angelina reste à errer, c'est pour lui.* Mais pourquoi ? Pourquoi une femme s'attarderait-elle auprès d'un homme par qui, jusqu'au moment de sa mort tragique, elle s'était crue trahie ? Ou... du moins était-ce ce que prétendait l'histoire.

L'ampoule nue suspendue sous le porche s'éteignit soudain et Clara se rendit compte que, durant le temps qu'elle avait passé dans la boutique, le soleil avait disparu et le jour était tombé.

Les rues étaient désormais sombres, même si des sons, à la fois distants et proches, lui indiquaient que l'endroit n'était pas aussi désert qu'il le semblait.

Un chien aboya, un autre lui répondit, quelque chose qui ressemblait au couvercle d'une poubelle tomba par terre dans un claquement métallique, quelqu'un rit et du verre se brisa juste en bas de la rue, décidant Clara à se mettre en route vers l'arrêt de bus, à quelques pâtés de maisons de là.

Elle avait prévu d'appeler un Uber pour venir à la boutique, mais il y avait trop d'attente. Un rapide coup d'œil aux horaires du bus lui avait indiqué que ce serait plus rapide.

Elle était partie du principe qu'elle se retrouverait dans un quartier plein de boutiques bien éclairées, hélas, si tel avait été le cas jadis, ça ne l'était absolument plus.

Maintenant, le frisson qui lui parcourut l'échine la persuada, plutôt que de parcourir à pied les quelques rues de ce quartier inconnu et sans doute peu sûr, d'appeler un taxi.

Elle s'immobilisa, s'abrita sous un porche dans la pénombre et sortit son téléphone de sa poche.

— T'es là pour moi ?

Clara poussa un cri de surprise en faisant volte-face et découvrit un sans-abri affalé dans le coin. L'homme éclata de rire, une bouteille dans un sac en papier à la main.

— Viens me rejoindre, ma belle.

Clara s'écarta en vitesse, en marmonnant quelque excuse que n'enregistra même pas son cerveau terrifié. L'homme riait encore quand elle regagna la rue à la hâte.

Derrière elle, des pas se firent entendre, le bruit d'une chaussure éclaboussant dans une flaque, et elle accéléra encore le pas.

— Eh, toi ! lança quelqu'un.

La voix, plus profonde que celle du sans-abri, avait retenti non loin derrière elle.

Un autre homme lui cria quelque chose, qu'elle ne distingua pas et, quand elle regarda en arrière, elle vit deux hommes qui marchaient accompagnés d'une paire de pitbulls musculeux. Son pouls grimpa en flèche, un pic d'adrénaline l'enflamma.

Clara traversa la rue, sa bombe de gaz au poivre désespérément serrée dans la main au fond de sa poche. Sa peur décupla quand elle constata que les hommes traversaient la rue aussi, leurs chiens grondant. *Oh, bon Dieu.* Dans quel guêpier s'était-elle fourrée ?

Elle aurait dû rester sous le porche de chez Fabienne, appeler un Uber et attendre là-bas. *Idiote, idiote.*

Les hommes discutaient entre eux dans son dos, comme si la situation était tout ce qu'il y avait de plus normal pour eux, constat qui la terrorisait encore plus.

Quelque chose se cassa dans une cour ouverte qu'elle longeait, suivi par un méchant juron qui raviva les grognements des chiens derrière elle.

— Tu ferais bien de rentrer chez toi, fillette. T'as rien à faire ici, lui jeta la personne dans la cour.

Clara se mit à courir. L'arrêt de bus bien éclairé devant une station-service ouverte n'était qu'à deux pâtés d'immeubles. Si elle l'atteignait sans encombre, elle était sauvée.

— Tu devrais pas aller par là, lui cria l'un des hommes.

Elle ne répondit pas, ne regarda pas en arrière.

Elle traversa une rue, le cœur tonnant dans ses oreilles. Les pas qui martelaient le sol derrière elle décuplaient encore sa terreur. *Oh, mon Dieu.*

Les larmes coulaient sur son visage et elle haletait quand elle tourna à l'angle de la rue de l'arrêt de bus et de cette station-service ouverte où un employé pourrait appeler la police pour elle, juste avant de se rendre compte qu'elle s'était trompée de chemin quelque part.

En découvrant qu'elle se trouvait dans une autre rue sombre et déserte, Clara lâcha un sanglot mais la dévala quand même au pas de charge, dans l'espoir proche du désespoir de semer les hommes derrière elle. *Lâche pas. Tu es forte. Tu as l'énergie pour courir plus vite que n'importe qui.* Oui, elle allait les semer, ces salauds qui la suivaient.

Elle entendit les halètements des chiens, leurs griffes raclant le trottoir que martelaient les chaussures des hommes, alors elle sprinta dans la rue sombre.

Un grillage qui obstruait la rue lui tira un grognement, mélange de peur et de frustration, en même temps qu'elle frappait les chaînes de ses poings. *Mon Dieu, non, non !*

Elle osa un coup d'œil derrière elle pour constater que les deux hommes étaient au bout de la rue ; ils avançaient lentement, malgré les chiens qui tiraient sur leur laisse.

— Eh, arrête-toi, on veut juste te parler.

Ben voyons.

Clara avala la boule de peur qui lui nouait la gorge et entreprit de grimper le long du grillage. Une jambe élégamment balancée fit renaître, l'espace d'un instant, l'espoir qui dansait dans ses veines. Elle allait y arriver et les chiens ne pourraient pas grimper aussi haut.

Elle jetait l'autre jambe, tentant de trouver du pied un endroit où se poser parmi les trous dans la clôture, quand une ombre avança derrière les hommes, une ombre grandissant dans un petit rai de lune, se prolongeant jusqu'à eux, immense.

Elle lâcha un hoquet au moment où son pied glissait et où les hommes pivotaient vers l'ombre qui s'approchait.

— T'es quoi, toi, putain ? lança l'un des types.

Et Clara perçut l'incertitude qui sous-tendait sa question. La peur aussi.

Elle s'accrocha au grillage, mais elle était trop en déséquilibre, trop penchée et son doigt ne fit qu'effleurer un croisillon de métal.

Clara hurla et, en tournant la tête, vit le trottoir se précipiter vers elle. Puis tout devint noir.

20

Clara le sentit. *Jonah. Mon collectionneur de vœux.* Elle l'avait dans les narines, son odeur propre, masculine, qu'elle avait sentie au bal masqué, dans le jardin, et qu'elle brûlait de sentir chaque jour depuis.

Elle dormait et, dans son rêve, il la portait, ses bras puissants enroulés autour d'elle.

Sa tête s'éclaircit un peu et un petit geignement lui échappa, en même temps qu'une peur lointaine titillait sa mémoire.

— Chhhhut, dit-il.

C'était sa voix. Elle ne se trompait pas. Son odeur ne lui était peut-être pas aussi familière, sur ce point elle aurait pu se tromper, mais sa voix... Non, sa voix, elle la reconnaîtrait n'importe où. Elle lui coulait dans les veines et envahissait ses cellules. Elle était devenue une partie de Clara.

— Tu peux t'accrocher à moi ?

— Je m'accroche à toi, répondit-elle.

Sa voix était déformée, en revanche, elle sentit clairement la force de ses bras minces se resserrer légèrement autour de ses épaules.

— Plus fort, je veux dire.

Il s'assit sur quelque chose, la posa sur ses genoux. Elle enfouit la tête contre lui et le brouillard s'éclaircit un peu quand elle ouvrit un œil, qu'elle referma aussitôt car, sous ce simple rai de lumière, une douleur fusa dans sa tête.

— Peu importe, finit-il par ajouter doucement, comme pour lui-même.

Elle voulait juste dormir. Elle était en sécurité, en sécurité avec Jonah, et elle n'avait qu'à fermer les yeux un petit instant.

— Trop dangereux.

Quoi ? Qu'est-ce qui est trop dangereux ?

Alors qu'elle sombrait, elle aurait pu jurer l'entendre parler à quelqu'un. Mais il avait les bras autour d'elle et c'était si bon ; elle avait chaud. Il n'y avait aucun danger. Aucun.

Elle dormit, et quand elle se réveilla, elle entendit une portière de voiture claquer, puis une autre. Quelqu'un parla à Jonah, d'une voix rauque et empreinte d'inquiétude, puis elle se retrouva à nouveau dans ses bras, qui l'allongeaient sur quelque chose de moelleux.

— Ne me laisse pas, chuchota-t-elle.

Clara se tourna, entrouvrit les yeux. Vision floue. Le visage de Jonah flottant devant elle, son cœur qui s'emballait un peu alors qu'il s'avançait. La lumière était si basse qu'il était comme une ombre. Son visage approcha, la respiration de Clara s'accéléra, le dessin des os de squelette plus net à mesure que la distance était comblée entre eux.

Elle relâcha sa respiration et tendit les doigts vers la pommette de caoutchouc de son masque.

— Ne me laisse pas, répéta-t-elle.

Il pouvait porter un masque s'il y tenait, il pouvait même se mettre un sac en papier sur la tête si ça lui chantait... du moment qu'il restait là, auprès d'elle.

Il parut s'immobiliser, une fraction de seconde, puis elle vit remuer ses prunelles sous le masque.

— Tu me suivais, murmura-t-elle.

La réalité déferlait sur sa mémoire, apportant avec elle le souvenir des hommes, des chiens, du grillage. C'était lui, cette ombre derrière eux qui lui avait fait perdre l'équilibre.

— Heureusement, rétorqua-t-il. (Sa voix était grinçante et elle vit un muscle tressauter sur sa mâchoire découverte.) J'espère que tu n'as pas un traumatisme crânien.

Il posa une main sur sa tête, écartant ses cheveux de son front. Elle sentit un picotement et sa tête l'élança.

— Comment te sens-tu ?

— J'ai mal. À la tête aussi. Où suis-je ?

— À Windisle.

Une excitation palpita en elle, seulement elle avait encore trop mal, la tête trop embuée, et elle était plus intéressée par l'homme qui se tenait devant elle. En personne. Elle comprenait son besoin de se cacher, pourtant il demeurait distant aussi derrière son masque.

Jonah recula dans les ombres et Clara s'enfonça dans le confortable oreiller sous sa tête. Qui sentait encore plus son odeur. Elle était dans son lit ?

Un frisson la parcourut juste avant qu'il réapparaisse pour lui tendre un verre d'eau et deux comprimés que Clara avala rapidement.

Elle ferma les yeux alors que Jonah s'éloignait et, quand il revint, il lui appliqua quelque chose de frais et d'humide sur le front. La compresse la piqua un peu, mais Clara ne grimaça pas.

Au moment où il retira le tissu blanc, elle aperçut une trace de sang séché. Détail qui aurait dû l'inquiéter, sauf qu'elle était dans son lit. Il se tenait à son chevet. Il la touchait. *Je suis en sécurité. Même si je suis un peu blessée.*

— Je n'ai pas l'habitude de jouer les demoiselles en détresse.

La commissure de la bouche de Jonah s'incurva.

— Non, j'imagine. Tu serais plus du genre à mener la danse. (Il marqua une pause, le temps de tamponner son entaille à nouveau, avant d'y étaler une sorte d'onguent.) Et je croyais que les danseurs savaient sauter.

Clara rit, puis grimaça quand sa tête l'élança.

— Pas tout à fait d'aussi haut. J'avais des hommes aux trousses. Des hommes avec des chiens.

Jonah déchira l'emballage d'un grand pansement et le posa sur sa blessure, avec un peu plus de pression que Clara ne jugea nécessaire.

— Les Brass Angels.

— Les... quoi ?

— C'est un gang, mais du type gentil. Ils protègent les rues de La Nouvelle-Orléans, en particulier les quartiers du style de celui où tu étais. Il y avait eu un vol dans la zone. Ils voulaient te poser des questions, c'est tout.

— Ah...

D'accord. *Oh, bon sang.* Voilà, maintenant, elle se sentait vraiment idiote.

— Il n'empêche que c'était totalement stupide de traîner dans ces rues toute seule, reprit-il d'une voix qui lui érafla la peau, même si ce n'était pas désagréable.

— Je ne traînais pas. J'étais allée voir une prêtresse vaudoue que je pensais parente de Sibille Simoneaux.

La main de Jonah s'immobilisa et il soupira.

— Je n'aurais jamais dû te donner ce nom. Tu n'as pas pu rester tranquille sitôt que tu l'as eu, pas vrai ?

Il la grondait, mais elle adorait la chaleur que contenait aussi sa voix.

Elle se redressa un peu, cilla quand une douleur lui lacéra le crâne.

— Non. Je te l'ai dit, Jonah, je ressens ce... je ne sais pas, cette urgence.

Mais se sentant soudain privée de toutes ses forces, elle s'affala de nouveau dans le confort du lit de Jonah, les membres et les paupières lourds.

— Tu pourras reprendre ta chasse aux fantômes demain, dit-il. Pour le moment, tu as besoin de dormir. Je vais te réveiller de temps en temps, au cas où. Myrtle te raccompagnera dehors demain.

Comme si elle avait entendu son nom, une vieille femme à la peau marron foncé et aux tresses ornées de perles dansant autour de son visage entra dans la pièce. Clara sut immédiatement qu'elle était la Myrtle en question.

— Non, non, gronda Myrtle, qui lui fit signe de se rallonger quand il fit mine de se redresser.

Elle regarda Jonah, remonta les lunettes aux verres épais qu'elle avait sur le nez et fronça les sourcils.

— Dieu du ciel, tu pourrais envoyer quelqu'un dans sa tombe prématurément, avec ce truc que tu portes. (Elle reporta son attention sur Clara, plissant un peu les paupières malgré ses lunettes.) D'après ce que j'ai entendu, ça n'est pas passé loin. Vous avez de la chance de ne vous en tirer qu'avec une bosse à la tête.

Elle s'approcha et l'observa de ses yeux noirs grossis par les verres, puis elle posa sa paume fraîche sur son front et le dos de la main sur la joue, comme si elle testait une éventuelle fièvre. Apparemment satisfaite du résultat, elle se détendit et s'assit sur le bord du lit.

Jonah se leva et s'empara du verre vide.

— Je vais aller te le remplir pour que tu aies de l'eau pendant la nuit si tu as soif.

Elle hocha la tête et le regarda s'éloigner vers la porte. Son regard s'attarda sur sa haute stature. Elle n'allait apparemment pas si mal puisqu'elle était capable d'apprécier son dos musclé et la puissance de ses larges épaules.

Quand elle reporta les yeux sur Myrtle, cette dernière l'observait, un petit sourire aux lèvres qui fit rougir Clara. Elle baissa le regard.

— Jonah voulait que je vienne me présenter et vous indiquer que j'occupe la chambre voisine, pour le cas où vous auriez besoin de moi.

Clara fronça les sourcils.

— Ah, d'accord. Merci.

— Il s'imagine que vous auriez peur à la pensée d'êtes seule ici avec lui, je suppose.

Clara secoua la tête.

— Je n'ai pas peur de lui, Myrtle. Pas le moins du monde.

La vieille femme sourit et c'était chaud et doux. Ses yeux scintillaient derrière les verres. Un scintillement où Clara crut déceler des larmes.

— Non, je vois que non. (Myrtle prit la main de Clara et y exerça une légère pression.) Je vais vous laisser vous reposer à présent. Demain matin, descendez à la cuisine et je vous préparerai quelque chose de bon et de consistant à manger avant que vous ne partiez.

Clara acquiesça en se mordillant la lèvre. Jonah avait dit que Myrtle la raccompagnerait dehors au matin, signe qu'il ne serait probablement pas dans les parages. Pourquoi ? Parce qu'il ne l'autoriserait à le voir, même sous un masque, que sous le couvert de la nuit ?

Myrtle se leva, prête à partir.

— Myrtle ?

Elle se retourna vers Clara, la tête inclinée, et Clara se haussa sur un coude.

— Myrtle, à quoi est-ce qu'il ressemble sous ce masque ?

Sa voix n'était pas plus forte qu'un souffle, elle avait un peu l'impression de trahir Jonah ne serait-ce qu'en posant la question, mais elle était trop curieuse pour laisser passer l'occasion.

Un voile triste passa sur les traits de Myrtle, une fraction de seconde, ses yeux s'emplirent de l'amour inconditionnel que la vieille femme éprouvait pour lui, Clara le voyait bien.

— Il ressemble à un homme qui a été terriblement blessé par le monde et qui croit qu'il ne reste plus rien d'aimable chez lui.

Le cœur de Clara se contracta si fort que la douleur fut presque physique.

Myrtle lui adressa un sourire à fendre le cœur et s'en alla sans un mot de plus. Clara l'entendit dire quelque chose juste devant la porte puis, en réponse, la voix douce et riche de Jonah, et ce fut lui qui entra alors dans la chambre.

Il posa le verre d'eau plein sur la table de chevet.

— Tiens. Si tu as besoin de quoi que ce soit d'autre dans la nuit, Myrtle...

— S'il te plaît, ne t'en va pas, Jonah. Allonge-toi avec moi.

Il hésita, porta machinalement une main à son masque, ouvrit la bouche pour parler puis la referma.

— Tu peux le garder si tu veux. Je voudrais juste que tu restes. S'il te plaît.

— Clara...

— S'il te plaît.

Il soupira, hésita de nouveau, mais finit par hocher lentement la tête. Traversant la pièce jusqu'à elle, il éteignit la lampe qui produisait un faible éclairage et la pénombre les enveloppa. Il s'étendit alors près d'elle et, l'espace d'un moment, elle retint son souffle. La proximité de Jonah faisait bourdonner le sang dans ses veines.

Tout doucement, elle pivota vers lui et posa la tête contre son épaule, les paupières lourdes. Elle sentit d'abord ses muscles se crisper, mais il se détendit ensuite et, levant un bras, il se tourna juste assez pour qu'elle soit au chaud et protégée dans le creux de son épaule, la tête appuyée sous son menton.

Clara referma les yeux. Elle adorait la sensation de sécurité et d'agitation mêlées qu'il éveillait en elle : c'était surprenant, c'était agréable et excitant. Et elle aimait ne pas voir ce masque qui cachait son visage. Ce masque déstabilisant, parce qu'il la dévisageait, sans expression, sans mouvement. Ça ne ressemblait pas à l'homme dont les bras l'enlaçaient. Lui n'était pas sans expression. Ni inébranlable. Il était sensible et profondément attentionné, qu'il le croie ou pas.

Moi, je le crois. Je le crois, chuchota-t-elle pour elle-même.

Elle leva la main et la passa sur la portion de mâchoire dénudée. Elle le sentit s'immobiliser sous son contact.

— Jonah, murmura-t-elle. Dans le noir, je t'imagine comme je t'ai vu sur les photos d'Internet, parce que c'est tout ce que j'ai pour nourrir mon imagination. (Il resta muet, même si elle percevait sa tension soudaine.) Mais ça n'est pas normal. Car je sais que tu n'es plus cet homme et je tiens à ce que tu saches une chose : je n'ai pas besoin que tu le sois. Je veux te voir, toi. Je veux te connaître, toi.

Elle ôta sa main et, dans la pièce sombre, seulement éclairée par le clair de lune qui se faufilait par les bords des rideaux de gaze, elle plongea dans ses yeux masqués.

Jonah émit un son étranglé, guttural, avant de briser le contact visuel pour l'attirer contre lui.

— Tu peux m'imaginer comme j'étais, Clara. Je suis content que tu saches que je ne suis plus le même mais, crois-moi, c'est mieux ainsi.

Clara se tut. Elle ne le croyait pas. Elle tenait à lui, beaucoup, comme personne et comme homme. Elle n'était pas superficielle au point de ne pas pouvoir accepter ses cicatrices. Et cela ne le libérerait-il pas de les lui montrer ? C'était forcément désagréable de porter un masque. Toutefois... elle ne pouvait pas l'obliger à se révéler. Elle n'arrêtait pas de faire ça... de le pousser alors qu'il n'était pas prêt, avant de le regretter ensuite. Elle se blottit contre lui.

— Je suis insistante, n'est-ce pas ?

Il pouffa.

— Oh, ça oui.

Pourtant, il n'avait pas l'air en colère. Sa main effectuait des gestes merveilleusement apaisants dans le bas de son dos, qui la réchauffaient et l'endormaient un peu.

Et quand il avait ses bras autour d'elle comme ça et qu'il la touchait, il n'y avait rien de plus important au monde. Ni les malédictions, ni les énigmes, ni les histoires de gens depuis longtemps disparus de cette terre. Ni les masques, les cicatrices, les murs ou les choses qui le séparaient d'elle. Il n'y avait que sa tendresse, son cœur et sa voix. Que lui. Et elle.

Quand elle se réveilla, le soleil baignait la chambre.

Clara se redressa et regarda autour d'elle en battant des paupières. Sa tête cognait toujours de façon sourde, mais elle se sentait mieux et se rappelait vaguement Jonah la réveillant plusieurs fois dans la nuit, pour lui parler un moment de sa voix hypnotique, avant de la laisser se rendormir. Elle s'assit, les jambes pendantes, avant de balayer du regard la pièce qui l'entourait.

Il y avait une très belle cheminée sculptée sur le mur opposé et les meubles en acajou étaient manifestement d'époque. La pièce était vieille et meublée avec parcimonie, mais elle n'en dégageait pas moins charme et élégance grâce aux moulures aux murs et au parquet à larges planches qui craqua lorsqu'elle se leva.

Quelque chose sur la table de chevet attira son regard. Elle se saisit du dossier qui portait son nom imprimé dessus en lettres capitales.

Elle l'ouvrit et ses yeux s'écarquillèrent de ravissement lorsqu'elle découvrit son contenu. C'était le classeur d'informations que le frère de Jonah, Justin, avait compilées sur la famille Chamberlain. Jonah l'avait cherché, trouvé et posé là à son intention. Elle le serra contre sa poitrine. *S'il vous plaît*, pensa-t-elle, emportée dans un tourbillon d'espoir et d'enthousiasme mêlés, *s'il vous plaît, faites qu'il contienne quelque chose d'important. Et que je le reconnaisse comme tel en le voyant.*

21

Le cœur serré de la regarder partir, Jonah se tenait à l'écart tandis que Myrtle raccompagnait Clara.

Les deux femmes discutaient avec animation, Myrtle en remuant les bras pour ponctuer ses propos, comme d'habitude. Clara rit et le son voleta jusqu'à lui, lui vrillant le ventre de désir, depuis son poste d'observation dans la pénombre des arbres environnants.

Il aurait voulu la raccompagner lui-même, vraiment, mais il ne pouvait pas porter son masque en journée. Il rendrait carrément bizarre et clownesque ce qui était déjà sinistre. Au moins, sous le couvert de la nuit, le côté sinistre prenait un aspect diabolique. Or diabolique, il pouvait vivre avec. Clownesque, non.

Après tout, les bêtes étaient attirantes au cœur de la nuit, pas vrai ? Ce n'était pas un hasard si elles se cachaient de la lumière du jour. Et puis, de toute façon, ce fichu masque devenait inconfortable au bout d'un moment, le caoutchouc le faisait transpirer, et il n'avait qu'une envie, l'arracher et le jeter, sentir l'air frais sur la peau abîmée de son visage.

Myrtle dit quelque chose et Clara regarda un instant par-dessus son épaule, vers la maison.

Jonah tourna vers elle son œil valide, essayant de discerner l'expression de son joli visage. *Émerveillement,* pensa-t-il. Oui, son expression était empreinte d'émerveillement, comme si elle admirait quelque lieu de culte. Et bon sang, il était jaloux de la bâtisse.

Clara reporta son attention sur Myrtle et lui adressa un sourire chaleureux avec un signe de la main, tout en franchissant le portail sur le côté de la propriété, que Myrtle referma derrière elle. Le loquet émit un son synonyme de solitude, rappelant à Jonah la journée vide qui s'étirait devant lui.

Un instant plus tard, il entendit une voiture démarrer et s'éloigner en emportant Clara chez elle. Il regarda Myrtle, qui discutait toute seule en regagnant la maison.

Il se réjouissait malgré tout. Clara était au courant de ses cicatrices et elle tenait quand même à lui. Et Dieu que le contact physique avait été agréable ! De sentir sa douceur contre lui, d'écouter les sons de sa respiration tandis qu'elle dormait. Pourtant, il en était en même temps déstabilisé.

Il avait pensé que la regarder danser une fois suffirait à le nourrir jusqu'à la fin de ses longs jours solitaires, mais cela avait en réalité produit l'effet inverse : il en voulait plus. Alors oui, Cecil avait raison. Il avait craqué. Bon Dieu, oui.

Et maintenant, le souvenir de ses bras autour de lui, de son nom sur ses lèvres alors qu'elle dérivait dans le pays des rêves augmentait son envie de vivre, son envie d'elle, de choses qu'il ne pourrait jamais avoir.

Il enfonça les mains dans les poches de son sweat-shirt, où ses doigts touchèrent le carton lisse de la carte. Il la sortit et fixa des yeux les informations imprimées dessus. Qui eût cru que des membres de gangs avaient des cartes professionnelles ? Juste un nom et une adresse, avec le souvenir de l'offre qu'un certain Ruben, un homme aux tatouages témoignant de toute évidence d'un passage en prison, lui avait faite : « Si jamais t'as besoin d'un job de nuit, homme masqué, tu m'appelles. On pourrait avoir besoin de toi. » Sur quoi, il avait éclaté de rire, mais sans méchanceté. Au contraire, avec une note de respect qui avait fait un bien fou à Jonah, et ce malgré la présence d'une Clara gémissante et inerte dans ses bras et l'urgence de la mettre en sécurité.

En parlant de ça... il allait devoir compter sur Myrtle ou Cecil pour récupérer sa moto plus tard. Une fois qu'il avait compris que Clara n'était pas en état de prendre place derrière lui, il les avait appelés pour qu'ils viennent les chercher et avait laissé l'engin attaché avec la chaîne qu'il y avait accrochée, après avoir suivi le bus de Clara.

Jonah poussa un soupir et sortit de sous les arbres, puis il renversa la tête vers le ciel assombri. Il allait pleuvoir.

Il se dirigea vers le mur, où il posa la paume contre la pierre massive. C'était là, juste là que tout avait commencé à changer. Et il n'arrivait toujours pas à déterminer si ce changement, qui s'était amorcé en lui, était une bonne chose ou s'il n'apporterait au bout du compte qu'un chagrin plus profond.

À quelques mètres de là, il entendit un bruit de pas, de l'autre côté du mur, puis un soupir masculin, juste avant qu'un morceau de papier ne soit glissé par l'une des fissures pour atterrir sur l'herbe mouillée de rosée.

Les pas de l'homme s'éloignèrent, une voiture démarra et repartit une minute plus tard dans la direction opposée.

À cause de la rosée qui l'avait touchée, l'encre saignait encore quand Jonah déplia soigneusement le mot et lut le vœu.

« J'aimerais avoir une raison de ne pas me jeter du CCC ce soir. Juste une. N'importe laquelle. »

Bon Dieu. Le CCC.

Le Crescent City Connection, autrement dit le pont qui enjambait le fleuve Mississippi, reliant le centre-ville de La Nouvelle-Orléans à la rive ouest. Jonah l'avait souvent traversé en voiture, à l'époque où il menait une vie normale.

Quand il s'adossa contre le mur, il aurait juré le sentir trembler sous son poids. Ce vieux machin devenait si ancien qu'il finirait par s'effondrer au moindre souffle, un de ces jours.

Il tripota le message, le fourra dans sa poche, puis le ressortit avec la carte de Ruben.

Un type projetait de se jeter d'un pont, ce soir, et cherchait une raison, n'importe quelle raison, pour ne pas le faire. Jonah réfléchit au fait que, s'il y avait bien quelqu'un pour savoir à quel point une personne pouvait se sentir démunie, désespérée et inutile, combien on pouvait douter de sa place dans le monde, c'était lui.

Lui aussi avait envisagé une fois ou deux – comme ça en passant, mais n'empêche – d'en finir avec la vie, et seuls l'amour inaltérable et l'attention de Myrtle et Cecil l'avaient dissuadé de l'envisager sérieusement. Il avait eu ce soutien, lui. Il les avait eus. Une pointe de gratitude lui transperça soudain la poitrine, si féroce qu'elle suscita une douleur physique. Une contraction.

Peut-être Justin avait-il eu raison, lui qui répétait souvent qu'il y avait toujours quelque chose dont on pouvait être reconnaissant. Jonah avait balayé d'un revers de la main la moitié des trucs que racontait son frère, à l'époque ; il était quasi religieux dans son optimisme et, franchement, ça l'agaçait. Cette maxime-là contenait peut-être une part de vérité.

Aurait-il seulement survécu aussi longtemps, sans Myrtle et Cecil ? Leur foi indéfectible en lui avait-elle constitué une consolation, au milieu de son chagrin, de sa colère et de sa douleur ? *Et cet homme, lui, n'a rien.*

Pour l'instant.

Dans tous les cas, Jonah serait bien négligent s'il ne tentait pas quelque chose pour essayer d'empêcher un homme d'en finir avec sa vie. Il resta planté là un moment encore, à réfléchir, puis il s'écarta du mur.

Tout compte fait, il avait des projets pour ce soir.

*

* *

Eddy fixait des yeux l'eau en contrebas. La peur était comme un bourdonnement en lui, mais pas assez bruyant pour combler le néant qui l'habitait, une blessure purulente dans son âme. Ce vide qui lui semblait trop vaste et infini, un trou noir de douleur.

Il avait cru que le vide engourdirait ses sens, mais non, il semblait au contraire rendre tout plus acéré, plus aigu d'une certaine façon. Il ne pouvait plus vivre avec. Il voulait juste que ça s'arrête. Et cette eau, en bas, allait servir à ça. À noyer le bruit, la souffrance, les souvenirs et, oui, ses poumons... parce qu'il ne voyait pas d'autre moyen.

Il aurait bien voulu. Il aurait aimé avoir quelque chose, une forme d'espoir qui lui aurait permis de voir les choses s'améliorer. Il était même allé auprès de ce mur prétendument magique, ce qui, vraiment, était ridicule. Car non, rien n'allait changer, et il ne supportait pas la perspective d'un jour de plus à subir cette douleur.

— Sacré plongeon.

Sous l'effet du choc, Eddy prit une brusque inspiration d'un air où se mêlaient les effluves des échappements et du fleuve, et il s'agrippa plus fermement à la barre de métal pour tourner la tête.

— Re-reculez, ordonna-t-il d'une voix pourtant moins autoritaire que son contenu.

Il avait choisi un endroit à l'abri de la vue des automobilistes qui passaient sur le pont. Comment ce type l'avait-il repéré ?

Il avait l'air d'un certain âge, portait un gilet de cuir et un bandana sombre autour d'un crâne apparemment chauve et ne cilla ni ne recula d'un pas. Au contraire, il s'avança, les yeux rivés à ceux d'Eddy.

— Vous êtes un Marine.

— Je l'étais, corrigea Eddy.

Il ne savait trop expliquer pourquoi il avait revêtu son uniforme avant de venir ici. Sur le moment, ça lui avait paru logique. Il aurait dû mourir sur cette route déserte à l'autre bout du monde, comme ses six malheureux compagnons, au lieu de quoi il avait été sauvé, pour quelque raison inexplicable qui ne lui apportait que des regrets. Alors il mourrait quand même dans son uniforme, sauf que sa mort à lui, il la recevrait de sa propre main.

— Ouais, soupira l'inconnu, à croire qu'il comprenait bien au-delà de ce que contenait sa brève réponse. Enfin, ça n'est jamais relégué dans le passé, pas vrai ?

Il s'appuya contre l'immense support métallique, les mains dans les poches, comme s'il rencontrait ce genre de situations tous les jours et qu'il n'était pas le moins du monde déstabilisé.

Eddy inclina la tête pour le contempler. Il devait avoir dans la soixantaine, mais restait musculeux. De toute évidence, il s'entretenait et sa tenue lui donnait l'air d'un motard.

Depuis l'endroit où il se tenait, Eddy ne pouvait pas lire les patchs cousus sur l'avant de son gilet, mais il supposait qu'ils parlaient du groupe auquel il appartenait. *Appartenait.* Le mot résonna dans sa tête, sans qu'il sache trop pourquoi, le fit grimacer, regretter...

— Vous êtes un Marine, vous aussi ?

— Ouais. Rentré du Viêt Nam en 69. J'y suis monté plus d'une fois, à l'endroit où vous vous tenez là.

— Vous avez voulu sauter d'un pont ?

L'homme pouffa, même s'il y avait quelque chose de douloureux dans son rire.

— Non. Moi, c'étaient la drogue et l'alcool, mes rambardes de pont.

— Ah.

Eddy se retourna vers l'eau, vers cette immensité tourbillonnante. Elle semblait plus agitée qu'auparavant. Plus froide. Plus sombre.

— Le truc... reprit le bonhomme derrière lui. (Eddy reporta son attention sur lui.) Le truc, c'est qu'on aurait bien besoin d'un gars comme vous. Un soldat à la retraite et déjà entraîné.

Eddy fronça les sourcils.

— Besoin de moi pour quoi ?

— Les Brass Angels.

— Vous faites partie des Brass Angels ?

Il en avait entendu parler, de cette force composée de volontaires pour combattre les crimes et les délits à La

Nouvelle-Orléans, qui patrouillait dans les quartiers les plus dangereux.

— Je suis le chef du groupe de La Nouvelle-Orléans, en fait, répondit l'homme, qui s'approcha. Je m'appelle Augustus Bryant.

— Eddy Woods.

Augustus avança encore d'un pas et lui tendit la main.

Eddy l'imita, timidement, et la lui saisit. Augustus l'agrippa et, bien que sa main soit aussi fermement serrée, Eddy sentit quelque chose se relâcher en lui. Il inspira une longue goulée d'air.

— Allez, descendez, Eddy. On pourrait peut-être discuter de la manière de vous incorporer.

Eddy hésita une fraction de seconde, se rappela le vœu qu'il avait formulé dans la journée. Ce vœu qu'il avait qualifié de ridicule quelques minutes plus tôt. *J'aimerais avoir une raison de ne pas me jeter du CCC ce soir. N'importe laquelle.*

Une raison, n'importe laquelle, voilà ce qu'il avait demandé. Eh bien, c'en était une, non ? Bon sang, ça lui en faisait l'effet, en tout cas. Ça lui faisait l'effet d'être le premier quelque chose depuis très, très longtemps, peut-être depuis ce fameux jour où il avait vu ses camarades exploser en mille morceaux sous ses yeux. Ce jour où il s'était relevé avec à peine une égratignure, alors que le sang des hommes avec qui il riait l'instant d'avant pleuvait du ciel pour teinter le sable d'un écarlate mortel.

Eddy s'accrocha à la main d'Augustus et descendit du rebord sur lequel il se tenait. Augustus ne le lâcha pas.

— Je sais, mec. Je sais. On a l'impression que c'est trop douloureux de vivre dans un monde où Dieu permet que se produisent des choses dans le genre de celles que vous avez vues. Rien n'a de sens. Rien n'a de but.

— Oui, convint Eddy, et autre chose se dénoua à l'intérieur de lui, qui le rendit faible.

— Oui, répéta Augustus, qui le regardait droit dans les yeux. Il y a une lumière au bout du tunnel, mec. Je te promets. Et tu vas en faire partie. Il n'y a personne de mieux que toi pour en faire partie.

Eddy essuya les larmes qui avaient empli ses yeux, soudain tellement submergé de gratitude pour la lueur d'espoir qui lui rallumait le cœur qu'il dut se contenter de hocher la tête.

— Ramenez-vous les gars, lança Augustus.

Eddy tourna vivement la tête : deux hommes apparurent. Alors qu'ils émergeaient de la pénombre, il sentit son cœur bondir. L'un des deux portait un masque de squelette qui lui couvrait la moitié du visage.

— Qu'est-ce que c'est que ce truc ? marmonna Eddy.

Augustus s'esclaffa.

— Ouais, j'ai pensé la même chose. (Il désigna l'homme sans masque, mais qui n'avait pas l'air moins sinistre pour autant, avec les tatouages qui lui marquaient le visage.) Voici Ruben, dit-il, avant de désigner celui au masque de squelette. Et lui, c'est Jonah.

Ce dernier s'avança et serra la main d'Eddy.

— Content de te rencontrer, Eddy.

Il avait quelque chose dans les yeux, une forme de profonde solennité. Eddy n'aurait su dire pourquoi, mais il aurait parié qu'un homme qui se promenait avec un masque avait forcément une histoire à raconter.

— Jonah.

Augustus sourit, posa une main sur l'épaule de Jonah et une sur celle d'Eddy. Il les regarda tour à tour, une lueur ressemblant à de la fierté dans ses yeux perspicaces.

— On vient de recruter une équipe du tonnerre.

Eddy éclata de rire. Il se sentait tout sauf du tonnerre, pourtant quelque chose dans l'attelage hétéroclite qui l'entourait lui procurait une sorte de calme. Il pouvait vivre avec ça.

*

* *

— Comment tu vas, Jonah ?

— Je vais bien.

Tout sourire, il essuya la pluie qui était tombée plus tôt dans la soirée sur le banc de jardin et s'y assit, avant d'essuyer ses paumes mouillées sur son sweat-shirt.

— Tu en as l'air, en tout cas. Je l'entends dans ta voix.

Il renversa la tête en arrière, ferma les paupières face aux étoiles pour ramener le souvenir de ses lèvres sur le devant de son esprit.

La pulsation douloureuse envahit les veines ; il aurait dû la détester, parce qu'elle impliquait quelque chose qu'il ne pouvait avoir, pourtant il n'y parvenait pas en cet instant. Il se sentait trop bien, trop empli de quelque chose qui ressemblait dangereusement à de l'espoir.

Jonah entendit un bruit, comme un tiroir que l'on ouvrait et refermait.

— Tu rentres seulement chez toi ?

Clara poussa un soupir.

— Oui. Longue répétition. Dès que je raccroche, je prends une douche bien chaude et je m'affale dans mon lit.

Il ne pouvait pas s'autoriser à trop imaginer cette douche chaude, encore moins Clara dans un lit, mais l'image de « s'affaler » lui rappela sa chute.

— Ta tête, comment ça va ?

— Mieux. J'ai eu une migraine dans la journée, mais avec deux cachets de paracétamol, c'est passé. (Elle marqua une pause, puis :) Jonah, je ne t'ai pas demandé : pourquoi tu me suivais hier soir ? Ça ne me dérange pas, se hâta-t-elle d'ajouter. Au contraire, je suis contente que tu aies été là, mais... pourquoi ? Pourquoi tu me suis ?

Il rouvrit les yeux et son regard passa entre les étoiles qui constituaient la Grande Ourse. Le ciel était si clair, ce soir, si vibrant, si brillant. Ces étoiles, elles avaient tout vu, toutes les histoires depuis le début des temps. Il se demandait combien de fois leur cœur avait été brisé par ce à quoi elles avaient assisté.

— Parce que je veux être près de toi, avoua-t-il, sans réfléchir à sa réponse.

J'ai envie de toi. Je veux te protéger.

Un bref silence s'ensuivit et son cœur bondit. Il se redressa, clignant des paupières.

— Je vais arrêter, lâcha-t-il en même temps qu'il ricanait, gêné. Je n'ai pas toujours été aussi bizarre. C'est juste...

— Arrête, l'interrompit-elle avec douceur. Moi aussi, je veux être près de toi. Tu n'as pas besoin de me suivre en secret. Je veux être auprès de toi.

De nouveau, son cœur bondit, de joie cette fois, bien que la pointe de déception, en sachant qu'il ne pourrait jamais avoir plus que ce qu'ils partageaient déjà, vienne s'immiscer dans son bonheur, le rendant plus ténu, plus fragile.

— Bref, reprit-elle, changeant de sujet, peut-être parce qu'elle sentait que les pensées de Jonah erraient vers le versant glauque. Je t'appelle parce que j'ai parcouru le dossier de Justin, pendant ma pause déjeuner.

Le dossier de Justin. Il adorait l'idée que son frère soit une véritable personne pour elle, qu'elle lui rende hommage.

— Oui ? Et qu'est-ce que tu as trouvé ?

— Quelque chose d'intéressant, justement. Tu sais des choses sur la Reconstruction ?

— Les bases, je dirais. Qu'après la victoire de l'Union à la fin de la guerre de Sécession et que des millions d'esclaves ont été libérés, le pays a dû faire face à beaucoup de défis sociétaux.

— Oui. Et tu savais que l'homme qu'a épousé Astrid Chamberlain, Herbert Davies, avait été un champion de la défense des droits des anciens esclaves pendant cette période ?

Jonah fronça les sourcils.

— Je l'ignorais, mais je n'ai jamais su grand-chose au sujet de Herbert Davies.

— Apparemment, c'était un activiste de premier plan. Je n'ai pas encore lu toutes les informations qu'a trouvées ton frère, mais ce qu'il y a de très intéressant, c'est qu'a priori son épouse, Astrid, a œuvré à ses côtés. J'ai trouvé des lettres dans le dossier, dans lesquelles ils échangent à ce sujet.

— Hum. Enfin, je suis content d'entendre que l'une de mes ancêtres était du côté du bien. Mais que conclus-tu de tout ça ?

— Je ne sais pas encore, répondit-elle d'une voix songeuse. Je trouve en tout cas que ça en dit long sur les idées d'Astrid au sujet de l'esclavage. Et ça m'amène à me questionner sur son rôle potentiel dans la tragédie de sa demi-sœur. Rien de ce que j'avais entendu, jusqu'à présent, n'indiquait qu'Astrid ait eu la moindre compassion pour la situation d'Angelina, ni qu'elle ait pu être en désaccord avec le fait que sa famille possède des esclaves.

— Hum, répéta-t-il.

En toute honnêteté, il ne voyait pas en quoi ces informations éclairaient ce qui avait pu se passer il y avait si longtemps, à l'endroit même où il était assis.

Il jeta un regard vers la fontaine cassée, vide à l'exception du peu de pluie accumulée et des feuilles qui étaient tombées dedans pour s'y changer en boue. *Pile là.* Pile là, c'était l'endroit où Angelina s'était trouvée tellement désespérée qu'elle avait appuyé une lame de rasoir contre son poignet. Un minuscule frisson lui parcourut l'échine.

— C'est juste une autre pièce du puzzle, tu vois ? J'ai l'impression... J'ai l'impression qu'on s'approche de quelque chose.

Il adorait l'espoir qu'il percevait dans son ton, l'excitation qui le sous-tendait. Pas question de doucher ses espoirs, mais même s'il y avait là un mystère à résoudre, comment être sûr qu'ils l'auraient élucidé ?

Trop de décennies s'étaient écoulées, trop de preuves s'étaient changées en poussière et trop d'histoires, trop de vérités étaient mortes avec ceux qui les avaient portées.

— Merci de m'aider.

— Ça me fait plaisir.

Et c'était le cas, même s'il ne pensait pas, au fond, que tout cela mènerait quelque part. Cependant, il était prêt à presque tout pour la fille à l'autre bout du fil.

— Je ne t'ai pas raconté ce que m'a dit la prêtresse que je suis allée voir.

Ah oui. La prêtresse. Il l'avait vue entrer dans cette boutique et avait attendu sous un porche, jusqu'à ce qu'elle ressorte.

— Elle a dit quoi ?

Clara poussa un soupir.

— Il se peut qu'elle soit un peu... Enfin, bref, elle m'a donné quelques informations générales. Par exemple, la légende veut qu'Angelina soit enfermée à Windisle parce que, d'une façon ou d'une autre, elle se serait retrouvée coincée dans la malédiction jetée sur John, tu vois ?

— Mouais.

— Eh bien, la prêtresse, Fabienne, affirme que ça ne fonctionne pas ainsi. On ne peut pas être touché par une malédiction qui ne vous est pas directement adressée.

— D'accord...

— Donc, Fabienne pense que si Angelina erre dans Windisle, c'est par choix, poursuivit Clara, de plus en plus enthousiaste, avec cette énergie qui faisait scintiller ses yeux, augmentait la cadence de ses mots et emplissait sa voix. C'est à cause de John qu'elle reste.

— Je ne te suis pas.

Elle lâcha un autre soupir.

— La légende est ancienne. Il y a quelque chose là-dedans qui ne colle pas.

— Quoi ?

— C'est ce qu'on doit découvrir. Pourquoi Angelina aurait-elle décidé de rester piégée pour toujours, à attendre éternellement un homme qui l'a trahie ? C'est forcément important, Jonah. Angelina a vécu sa vie enchaînée, presque au sens propre du terme. Elle n'aurait pas choisi de passer sa mort de la même manière, si ce n'était pas vital pour son âme. Attend-elle une forme de vengeance ? Ou continue-t-elle à aimer John malgré sa trahison ? Il y a une raison pour qu'elle ne le quitte pas, Jonah, et nous devons trouver laquelle. Et par ailleurs, pourquoi John s'attarde-t-il à Windisle ? Est-ce parce que c'est l'endroit où la malédiction lui a été jetée ? (Elle marqua une pause.) Ou, reprit-elle aussitôt, dans un souffle surexcité, est-ce Windisle qui, d'une façon ou d'une autre, pourrait permettre que le sort soit rompu ?

Pendant un moment, Jonah s'était perdu dans la passion sincère de sa voix et il dut prendre plusieurs secondes pour revenir à ses mots avant de lui répondre.

— Clara, je ne pense pas croire aux fantômes mais, à moins que tu ne sois en mesure de parler avec eux, je ne vois pas comment résoudre tout ça.

En l'entendant soupirer, il regretta ses propos. Il détestait dire quoi que ce soit qui douche son enthousiasme, mais il ne comptait pas non plus faire semblant de croire à des choses qui n'avaient aucune base réelle. Non seulement cela n'avait aucun intérêt, mais de plus c'était aussi dangereux pour lui personnellement : il n'était pas le genre d'hommes à pouvoir se permettre de se perdre dans les fantasmes. Impossible de dire où son esprit l'emmènerait s'il laissait libre cours à ses rêves. Même si le sujet concernait des êtres morts et enterrés depuis longtemps.

— Il y a un moyen, murmura-t-elle. Je suis bien consciente que tout ce truc sur les fantômes n'est que suppositions, mais... je persiste à penser qu'il y a quelque chose à découvrir, à condition de savoir ce qu'on cherche.

Le feuillage murmura autour de Jonah et il se redressa. Un rayon de lune nacré éclairait un rosier épineux dénué de toute fleur. Près d'elle, une fougère, en grande partie masquée par la pénombre, frissonna. La peau de Jonah se couvrit de chair de poule, comme si Angelina elle-même, en l'entendant émettre ses doutes, s'apprêtait à lui prouver combien il se trompait.

La fougère trembla plus vigoureusement et un petit lapin en bondit soudain, faisant sursauter Jonah. Il leva les yeux au ciel et se renfonça sur son banc alors que l'animal le dévisageait en agitant son petit museau rose.

— Tiens-moi au courant si tu trouves autre chose dans le dossier, OK ?

Clara bâilla.

— OK. Il faut que je te laisse. Au fait, Jonah...
— Oui ?
— Merci.
— De quoi ?
— D'être toi.

22

Juin 1861

— Angelina, suis-moi dans le petit salon, s'il te plaît, ordonna madame Chamberlain d'une voix sèche, depuis l'encadrement de la porte de la cuisine.

Sur quoi, elle tourna les talons et s'éloigna immédiatement.

Angelina essuya lentement ses mains sur son tablier, la peur au ventre. Depuis trois mois, elle faisait profil bas, comme le lui avait conseillé John. De toute façon, elle n'avait plus la force de faire autrement ; il lui manquait tant que son cœur brisé la rendait faible, comme si un nuage de brouillard invisible l'enveloppait constamment.

Elle jeta un rapide regard à sa mère, qui émincait un oignon devant le plan de travail, à coups de couteau fluides entre ses mains expertes. Sa mère lui renvoya son coup d'œil perplexe et inquiet. Angelina s'obligea à lui sourire et haussa les épaules avec une désinvolture feinte alors qu'elle quittait la cuisine pour suivre madame Chamberlain.

Les fenêtres étaient ouvertes dans le petit salon, où une faible brise d'été soulevait les voilages des rideaux et apportait avec elle le parfum des roses du jardin. *Les roses du jardin.*

Le souvenir de la première fois où elle avait posé les yeux sur John lui revint et lui insuffla des forces.

Madame Chamberlain se tenait près de la cheminée, le dos tourné.

— Oui, madame Chamberlain ? demanda Angelina d'une petite voix.

En même temps, elle découvrit Astrid de l'autre côté de la pièce, d'une pâleur de spectre, les yeux baissés.

— Quelque chose ne cessait de me tracasser après cette fête où tu as apporté son masque à Astrid. Je n'arrivais pas à mettre le doigt dessus, jusqu'à ce que ça me vienne il y a quelques jours. Tu étais dans tes habits du dimanche, Angelina. (Madame Chamberlain se tourna lentement vers elle, un livre à la main.) Pour quelle raison, alors que tu ne faisais qu'apporter quelque chose à Astrid ?

Angelina se tordit les mains, son esprit tournait à plein régime.

— Je... (Elle déglutit péniblement.) Je ne voulais pas vous faire honte, madame Chamberlain. Vous donniez une fête.

Les sourcils de sa maîtresse se haussèrent légèrement.

— Ça n'avait aucun sens, ajouta-t-elle, comme si Angelina n'avait pas parlé du tout. (Elle tendit les mains et agita le livre qu'elle tenait, en levant le nez comme pour signifier qu'il sentait mauvais.) Je ne comprendrai jamais ce besoin de tenir un journal, reprit-elle. Surtout quand on a autant de vilains petits secrets.

Angelina profita de ce que madame Chamberlain se retournait pour poser un bref regard sur Astrid et, quand cette dernière leva les yeux, l'expression qu'elle y lut foudroya tous les espoirs d'Angelina. Elle comprit alors que madame Chamberlain n'avait pas vraiment besoin de réponse à sa question : elle savait déjà.

— Je suis désolée.

Ses mots furent chuchotés et ils tombèrent de sa bouche, alourdis par la surprise et, surtout, par une terrible peur.

Madame Chamberlain se retourna vers elle.

— De sales, de dégoûtants secrets, insista-t-elle tandis qu'elle posait sur Angelina un regard de dédain, empreint d'écœurement.

— Madame Chamberlain...

Sa voix se brisa, son esprit cherchait le moyen d'expliquer ce qu'Astrid avait déjà révélé dans son journal intime. Mais peut-être n'avait-elle pas tout révélé. Peut-être restait-il une chance.

— Pardon, je ne comprends pas.

Madame Chamberlain éclata de rire, un son hideux, méchant et sarcastique.

— Non ? Eh bien, laisse-moi te poser une autre question, et peut-être que là, tu vas comprendre : qu'arrive-t-il aux vieux esclaves usés comme ta *mama* quand leur propriétaire n'a plus besoin d'eux et les jette comme le ramassis d'ordures qu'ils sont ? Qu'arrive-t-il aux putains négresses qui séduisent les hommes blancs des familles riches avec leurs rites vaudous du diable ? Est-ce ce que tu as fait, Angelina ? Tu as jeté un sort à John Whitfield ? Tu lui as fait croire à tort que tu avais quelque valeur ?

L'horreur s'abattit sur Angelina, si soudainement et avec une telle force qu'elle tendit la main vers le mur pour s'empêcher de tomber.

— Maman, lâcha Astrid, suppliante.

— Tais-toi, espèce de petite ingrate ! Sale menteuse ! Comment oses-tu m'adresser la parole ?

Le visage de madame Chamberlain était tendu par la colère quand elle hurla ces mots, presque violacé de rage. Astrid se renfonça dans son fauteuil, l'image même du désespoir, les mains tellement serrées sur ses genoux que les phalanges étaient blanchies.

— Alors, reprit madame Chamberlain, voici ce qui va se passer. Au retour de John, tu mettras un terme à tes manœuvres de séduction de putain et tu permettras qu'une relation appropriée se développe entre John et Astrid. Est-ce clair ?

Le sang bourdonnait aux oreilles d'Angelina, ses genoux flageolaient. Les lèvres engourdies, inaptes à formuler des mots, elle était incapable de parler. Mais là encore, madame Chamberlain n'avait pas non plus besoin de réponse. Elle se tourna vers sa fille.

— Est-ce clair, Astrid ? siffla-t-elle presque.

— Oui, mère.

Au ralenti, Angelina posa les yeux sur Astrid, qui avait de nouveau baissé des yeux sans expression vers ses genoux. Elle les avait aidés, oui, quand elle avait cru que leur secret resterait caché, mais la fille n'était pas de taille face à la mère. Jamais elle ne l'avait été.

— Bien, conclut madame Chamberlain.

Sur quoi, elle attrapa une allumette sur le manteau de la cheminée et l'alluma prestement. Tenant le journal au-dessus de l'âtre, elle y porta la flamme. Les pages s'enflammèrent dans l'instant, enflant tellement que madame Chamberlain dut lâcher le carnet. Il tomba dans la cheminée, où il continua à brûler jusqu'à être réduit en cendres.

Un sanglot monta dans la gorge d'Angelina, qui ordonnait à ses mains tremblantes et au reste de son corps de rester calmes. C'était un avertissement. Une mise en garde à vous glacer les os contre ce qui pourrait suivre.

La guerre que menait John avait trouvé la plantation Windisle. La tempête approchait. Et Angelina était son épicentre. Impuissante.

23

— Je t'ai appelée hier soir, dit Marco. Tu ne m'as jamais rappelé.

Clara grimaça et pivota face à lui. Elle culpabilisait sincèrement de l'avoir évité toute la semaine passée.

— Désolée, Marco. Quand j'ai vu ton message, il était tard.

La vérité, c'était qu'elle avait discuté avec Jonah et vu l'appel de son collègue, mais le choix avait été vite fait de le laisser filer sur sa boîte vocale.

— Et comme je savais qu'on se verrait aujourd'hui... Tu as été génial, d'ailleurs. Tu vas tout déchirer au spectacle.

— Merci.

Il s'approcha, se pencha vers son front et regarda de près l'ecchymose qui y subsistait. Elle y avait tamponné du fond de teint de scène avant de venir mais, apparemment, la transpiration l'avait effacé.

— Qu'est-ce qui t'est arrivé ?

Clara porta les doigts à sa blessure douloureuse.

— J'ai foncé dans une porte.

Marco haussa un sourcil peu convaincu.

— Toi ? L'une des personnes les plus gracieuses, au pied le plus assuré que je connaisse, tu as foncé dans une porte ?

Elle s'esclaffa pour masquer son malaise face à son mensonge grossier – elle n'avait jamais été douée pour inventer des excuses crédibles –, mais elle n'était pas prête à entrer dans les détails de ce qui avait vraiment causé son hématome.

— Même les plus gracieux trébuchent de temps en temps.

Parfois les gens gracieux tombent la tête la première du haut d'un grillage, plus précisément, songea-t-elle avec une grimace intérieure.

— Sans doute, oui. Bref, je...

— Salut, Marco, lança Roxanne, sourire séducteur aux lèvres, l'obligeant à se tourner. Je me demandais si tu aurais du temps ce soir pour répéter la scène du...

Clara sauta sur l'occasion pour s'éclipser et se diriger vers la porte. Elle n'avait pas envie que Marco lui propose de la ramener, ni de bavarder avec lui. Ce qu'elle voulait, c'était prendre le bus et se perdre dans ses pensées, avec le ronronnement du moteur pour lui permettre de s'extraire du monde qui l'entourait et de retourner dans celui d'Angelina. Et peut-être, si elle laissait vagabonder son esprit, quelques pièces insaisissables de ce puzzle commenceraient-elles à s'assembler.

Elle avait aussi hâte de se perdre dans le dossier de Justin, qu'elle gardait bien à l'abri dans son sac de danse.

Par chance, le bus arrivait au coin de la rue au moment où Clara atteignait l'arrêt le plus proche. Elle courut pour l'attraper, juste avant que les portes ne se referment, et valida son ticket électronique sur son téléphone, avec un sourire au chauffeur en guise de salutation.

Chaque fois qu'elle montait dans un bus, ça lui rappelait son père, qui avait travaillé dur tous les jours pour elle. Qui revenait à la maison, un sourire aux lèvres, malgré la fatigue qu'il devait ressentir. Cette pensée ne manquait jamais de raviver son amour et de lui serrer le cœur. Cela faisait si longtemps qu'ils ne s'étaient pas retrouvés pour discuter de leur journée, des anecdotes rigolotes du travail, des caprices des divas qu'elle croisait à la danse. Il lui manquait tellement... Jusqu'au tréfonds de son âme.

Clara prit place dans le bus quasi vide, appuya la nuque contre le repose-tête pour apprécier le bruit du moteur et, pour la première fois de la journée, détendit ses muscles.

Si, physiquement, elle apprécia ce moment d'immobilité, les dix minutes du trajet ne lui permirent pas, hélas, de réunir quelque pièce que ce soit du puzzle épars dans sa tête. Avec un soupir frustré, elle se redressa et sortit le dossier de la famille Chamberlain de son sac.

Elle le feuilleta, relut en diagonale certains des documents qu'elle avait déjà consultés, puis elle ouvrit une enveloppe en papier kraft qui se trouvait à la fin : elle contenait plusieurs vieilles lettres à Herbert Davies qui ressemblaient à des échanges professionnels mais dont elle savait déjà qu'il s'agissait de missives de son épouse, Astrid.

La veille, elle n'avait pas eu le temps de les lire toutes, parce que leur contenu était si formel et ampoulé que leur lecture s'était révélée fastidieuse.

Elle en avait découvert assez, cependant, pour savoir qu'Astrid œuvrait avec Herbert à ses travaux de construction, mais pas plus. Elle prit néanmoins le temps d'en lire quelques-unes de plus, s'arrêtant sur plusieurs lignes rédigées par Astrid en lettres capitales et soulignées de deux traits épais. « Il ne faut jamais préférer la sécurité au droit. La sécurité est la couverture sous laquelle dorment les couards. La sécurité étouffe l'espoir et toute rébellion. »

Clara lut ces lignes, les relut. De toute évidence, elles avaient une signification profonde pour Astrid. Clara remarqua à nouveau que l'écriture devenait plus grande, un peu hésitante, comme si la main de la jeune femme avait tremblé alors qu'elle griffonnait ces mots.

Clara replaça lentement les lettres dans leur enveloppe, troublée. Mais pourquoi ? Que ratait-elle ?

Les sourcils froncés, elle se trouvait face à un nombre grandissant de pièces de puzzle et toujours pas de correspondances. L'image était bel et bien là, elle le sentait. Il lui fallait juste disposer les morceaux correctement afin qu'elle devienne claire. Elle appellerait Jonah en rentrant chez elle.

La sécurité est la couverture sous laquelle dorment les couards. Qui avait été couard ? Et quel choix de sécurité avait été fait au détriment du droit ?

En arrangeant l'épaisse liasse de papiers dans le classeur, elle avisa l'arbre généalogique de la famille, sur le dessus.

Elle passa le doigt sur la liste de noms qu'elle avait déjà consultée, s'arrêta sur celui de Jonah qu'elle encercla de l'index, avant de s'immobiliser lorsqu'elle remarqua la date.

— Oh, mon Dieu, chuchota-t-elle en remettant à la hâte le dossier dans son sac, car son arrêt approchait.

Et bien sûr, il ne lui avait rien dit.

Elle jeta un coup d'œil sur son téléphone pour vérifier l'heure. Juste assez de temps pour passer au magasin, à une dizaine de rues de chez elle, où elle avait repéré quelque chose qui serait parfait pour l'occasion qu'elle venait de découvrir.

*
* *

Clara prit une profonde inspiration, avant de frapper bruyamment au portail où Myrtle l'avait raccompagnée quelques jours plus tôt.

Si on ne lui avait pas montré ce portail, jamais elle n'aurait su qu'il y avait une entrée autre que celle recouverte de buissons d'épines à l'avant de la propriété.

Ce qui avait jadis été un chemin de terre, elle le savait désormais, était tellement masqué par les herbes folles qu'il ressemblait à un pré, et apparemment, même la berline que Clara avait vue garée à l'intérieur et qui était donc nécessairement utilisée, au moins à l'occasion, ne parvenait pas à aplatir durablement la végétation.

Pour un observateur extérieur qui aurait accès à ce côté-là du mur, il n'y aurait que le fleuve quasi collé à lui, seulement séparé par la bande herbeuse de ce qui évoquait plutôt un marécage.

Le terrain semblait instable et peut-être dangereux, en tout cas elle ne se serait absolument pas aventurée au-delà des hautes herbes, si elle n'avait su qu'il se trouvait un portail d'entrée derrière.

— Qui est là ?

— C'est Clara, Myrtle.

Un silence s'ensuivit, avant que Myrtle déverrouille le portail et l'ouvre.

— Clara, mon petit, tout va bien ?

Elle se tenait à l'entrée, lui bloquant le passage, les yeux étrangement plissés sans ses épaisses lunettes. Le cœur de Clara se serra. Cette vieille femme qui y voyait à peine s'érigeait en protectrice de Jonah, barrière d'amour face au monde extérieur. Et Clara devinait qu'elle se battrait férocement pour le défendre.

— Oui, Myrtle, tout va bien, répondit-elle, tendant son cadeau pour que la vieille femme s'en saisisse. C'est un cadeau d'anniversaire pour Jonah. Vous voudrez bien le lui remettre pour moi ? Je l'ai appelé, malheureusement il ne répond pas. Ensuite, j'ai crié son nom au mur des pleurs, mais là non plus, pas de réponse. Alors, je... je voudrais vraiment qu'il ait ceci.

Myrtle prit le petit sachet bleu, balançant visiblement entre le trouble et l'indécision.

— C'est très attentionné.

Clara sourit et allait faire demi-tour, quand Myrtle l'interrompit d'une main sur son bras. Clara se retourna, perplexe, et la vieille femme ouvrit plus grand le portail, s'écartant pour la laisser passer.

— Il est dehors, à l'arrière. Il n'y a pas de lumière, là-bas. Je suppose... eh bien, je suppose que si vous l'avertissez de votre présence, il ne verra pas d'inconvénient à ce que vous le lui apportiez vous-même.

— Oh, souffla Clara, soudain hésitante. Je ne voudrais pas le perturber, Myrtle.

La vieille femme détourna le regard en se mordant l'intérieur de la joue.

— Non. Mais... oui.

Clara fronça les sourcils, ne sachant pas trop quoi faire de ces commentaires contradictoires. Myrtle reporta son attention sur elle et lui reposa la main sur le bras.

— Il faut l'avertir de votre arrivée. Ne le prenez pas par surprise.

Sur ces mots, elle lui rendit le cadeau.

— Entendu.

Myrtle lui fit franchir le portail, lui montra quel sentier emprunter et, sur un dernier geste du menton, la regarda s'éloigner selon ses indications.

À mesure qu'elle contournait la maison et s'approchait des arbres, la lumière baissait, ne laissant que la pénombre devant eux.

Elle posa son cadeau sur un banc de jardin, souhaitant libérer ses deux mains avant d'entrer dans l'obscurité.

— Jonah ? appela-t-elle doucement.

Un frisson la parcourut, né du doute et de l'excitation de l'attente. Elle était si proche de lui. Il était là, quelque part, juste au-delà de sa portée mais plus pour longtemps.

Elle jeta à nouveau son nom dans le vide et le noir face à elle, laissant sa voix passer devant, sans essayer de masquer le bruit de ses pas.

Était-ce là ce qu'avait ressenti Angelina, mais sans l'espoir, la promesse, que l'homme qu'elle cherchait entende ses appels ? Quel affreux, quel solitaire sentiment, de savoir que l'homme qui faisait gonfler votre cœur et bouillonner votre sang se trouvait là, tout près et pourtant complètement et absolument hors d'atteinte.

Quelle torture de se demander si lui aussi vous cherchait !

— Jonah ?

Elle avança encore, là où la canopée des arbres et la mousse couvraient la lune et enveloppaient tout du gris le plus sombre. Elle leva la main et la vit disparaître à mesure qu'elle l'éloignait de son visage.

— Jonah ? cria-t-elle encore, le cœur battant la chamade. C'est Clara.

Elle entendit un bruit de pas sur sa droite et pivota dans cette direction pour plonger un regard aveugle dans le noir d'encre.

— Tu dois aimer les monstres. C'est ça, Clara ?

Jonah. Sa voix était profonde, rauque, cette voix qu'elle aurait reconnue n'importe où, même si elle n'identifiait pas son intonation, pour le moment.

Même en ignorant comment il allait réagir en la voyant débarquer sans y être invitée, elle fut submergée par le soulagement, ainsi que par le frisson de sa présence.

— Tu n'es pas un monstre, Jonah. Mais si tu insistes pour te qualifier de tel, alors oui, je dois aimer les monstres.

— Tu es bête, répliqua-t-il, mais le ton avait changé et, si les mots étaient moqueurs, sa voix de velours était chaleureuse. Tu es dans ma tanière, maintenant, tu en es consciente ?

— O-oui.

Entendant la direction de sa voix changer, elle se tourna, à l'aveugle, vers lui, ne distinguant rien, pas même ses propres mouvements.

Il pouffa et le son voleta jusqu'à elle, l'entourant de sa magie tandis que des vagues de chair de poule déferlaient sur sa peau.

— Tu joues avec moi.

C'était un constat, mais aussi une question. Elle devrait peut-être en être irritée, seulement elle ne pouvait réprimer son excitation.

Si Clara ne considérait pas Jonah comme un monstre, apparemment elle appréciait tout de même d'être sa proie. *Est-on considéré comme une proie quand on veut être pris ?* se demanda-t-elle, secouée d'un délicieux frisson.

— Que fais-tu ici ?

— Myrtle m'a dit que tu te trouvais là. Elle a pensé que ça ne te dérangerait pas si...

Elle se mordit la lèvre, dansant d'un pied sur l'autre. Étrangement, elle se sentait comme nue, plantée là près de lui dans le noir.

— Si quoi ?

Il s'était rapproché, sans qu'elle l'entende bouger, et elle avait l'impression que de minuscules bulles explosaient sous ses côtes.

— Si je t'avertissais de mon arrivée.

— Rien n'aurait pu m'avertir de ton arrivée, souffla-t-il, presque contre son oreille.

Elle sursauta et se tourna vers l'endroit où il devait se tenir en lâchant un petit rire.

— Arrête, protesta-t-elle d'une voix plus essoufflée qu'elle ne l'aurait souhaité et où le plaisir, à travers ce seul mot, indiquait tout le contraire. Je ne sais pas où tu es.

Elle entendit le petit crissement de quelque chose et puis la chaleur de sa main prenant la sienne.

— Suis-moi.

Accrochée à cette main comme s'il s'agissait de sa bouée de sauvetage, trébuchant un peu, elle se laissa entraîner à sa suite.

— Je ne vois pas où je vais.

— Tu n'en as pas besoin, répondit la voix de Jonah, devant elle. Je connais cette terre comme ma poche. Je ne te ferai pas tomber.

Elle s'agrippa davantage à lui, se délectant de sa force rassurante.

Il accéléra en tirant légèrement sur son bras et elle lâcha un rire joyeux, tout en accélérant pour suivre ses longues enjambées pleines d'assurance. Ils se déplaçaient à travers des arbres, peut-être, à moins qu'ils ne contournent des rochers, elle n'en avait pas la moindre idée mais de toute évidence lui, si, et elle lui faisait confiance. Si elle l'ignorait jusqu'à ce moment, elle le savait désormais. Elle lui faisait confiance pour la protéger et le laisserait volontiers l'emmener où il voulait, même dans la nuit noire sur un terrain inconnu. Il ne la laisserait pas tomber. Enfin, en toute honnêteté, pour ce qui était de tomber, il était trop tard. Elle était tombée. Quelque part en chemin, elle était déjà tombée, d'une certaine façon.

Quand il s'immobilisa soudain, elle lui rentra dedans et pouffa, surprise, au moment où il pivotait. Ils entrèrent doucement en collision, avant qu'il ne recule, hors de son champ de vision.

— On est dans les bois ? demanda-t-elle.

— Oui. Tu ne sais pas qu'il est dangereux de suivre les monstres dans les bois ?

Mais elle comprit qu'il la taquinait.

— Il faut croire que j'aime aussi le danger, répliqua-t-elle, souriante, avant de redevenir sérieuse. Parce que je crois que je te suivrais n'importe où, Jonah.

Le ton de sa phrase contenait toute la gravité de son cœur, la vérité de son aveu. Oui, elle le suivrait n'importe où.

Jonah resta silencieux un moment, puis il marmonna :

— Clara...

Elle perçut une mise en garde dans sa voix, mais elle s'en fichait. Elle n'en tiendrait pas compte et il aurait dû le savoir à ce stade.

Non loin d'eux, elle entendit bruire ce qui ressemblait à de hautes herbes, peut-être les champs de cannes désormais envahis par la végétation, le hululement d'une chouette, le doux sifflement du vent.

— Joyeux anniversaire, Jonah.

Un silence, puis il répondit :

— Merci. Comment tu as su que c'était mon anniversaire ?

— L'arbre généalogique dans le dossier de Justin.

— Ah.

— Je t'ai apporté quelque chose. Un cadeau. C'est pour ça que je suis venue. Pour te le remettre en personne.

— Un cadeau ?

— Oui. Juste un... ce n'est pas grand-chose, mais...

Comme il n'interrompait pas ses balbutiements maladroits, elle continua, anxieuse de sa réaction.

— J'ai essayé de t'appeler avant...

— J'étais ici.

— Tu faisais quoi ?

— Je marchais.

Elle perçut alors des craquements de gonds et elle inclina la tête, étonnée, en comprenant précisément où ils se trouvaient. *Oh.*

— On est au milieu des cases d'esclaves, confirma-t-il, la tirant à nouveau par la main. Attention, il y a une petite marche qui monte, ajouta-t-il pour la guider afin qu'elle ne trébuche pas. Entre. Allume la torche pour pouvoir regarder autour de toi. Je reste là, devant la porte.

— Tu n'es pas obligé de rester dehors. Je ne projetterai pas la lumière vers toi, je te le promets. Jamais je ne ferais ça.

Sa voix n'était qu'un murmure, empli de la solennité de sa promesse. Il hésita l'espace de deux rapides battements de cœur, puis elle l'entendit entrer derrière elle. *Il me fait confiance*, pensa-t-elle. Le constat fit monter une vague chaude sur sa peau. La porte se referma aussitôt dans un grincement et elle entendit Jonah faire un pas de côté, comme s'il ne souhaitait pas avancer plus loin dans la pièce. Elle détecta l'odeur du vieux bois et celle, douçâtre, des feuilles mouillées en décomposition.

Clara se détourna de Jonah et alluma son téléphone. La soudaine luminosité lui fit plisser les paupières. Elle actionna la fonction « lampe de poche » sur le mode le plus bas et balaya une fois la pièce.

L'endroit était vide, juste quatre murs nus qui sans doute renfermaient des secrets qu'ils tairaient à jamais, même s'ils avaient eu la possibilité de parler.

Clara s'approcha de la fenêtre et passa un doigt sur le verre craquelé et sale. La présence de lumière derrière n'aurait rien changé en matière de visibilité.

En parcourant la pièce, le faible rayon de lumière pointé vers les coins et le plafond, elle prit garde de ne pas se tourner vers Jonah, de lui accorder la pénombre où il se sentait en sécurité.

Au bout de quelques minutes d'exploration, elle coupa la lumière et remit son téléphone dans sa poche. Puis elle se retourna vers Jonah, du moins vers l'endroit où elle savait qu'il se tenait, d'un pas précautionneux, à l'aveugle. Elle entendit sa respiration en s'approchant, l'expiration régulière qui lui indiqua où il se trouvait.

— Tu me donnes la main ? suggéra-t-elle, et il obtempéra, attrapant la sienne afin qu'elle puisse le trouver.

Elle avança encore, jusqu'à lui, leurs souffles se mêlèrent, les lentes expirations qu'elle avait entendues juste avant devenant moins régulières.

Quelque chose crépita dans l'air, une force dont Clara fut étonnée qu'elle n'illumine pas l'obscurité, tant elle lui semblait puissante et lumineuse, dont elle aurait juré qu'elle pleuvait sur sa peau, comme les paillettes d'une étoile brisée.

— Je croyais qu'il y aurait de la tristesse, ici, admit-elle. Je pensais... Je ne sais pas, que j'aurais le cœur lourd ou...

— Je sais. Elle dégage quelque chose de particulier, celle-ci. Ça me fait le même effet quand j'y viens. C'est amusant que tu le ressentes aussi.

Clara ne savait pas trop quoi faire de cette information, en tout cas elle avait l'impression de partager quelque chose avec Jonah, quelque chose d'indéfinissable et de spécial.

Elle prit son autre main dans la sienne et s'approcha encore plus, au point que leurs corps se rencontrèrent. Dans la même posture qu'ils s'étaient tenus dans cette cour d'hôtel et qu'elle avait brûlé de retrouver. Mais maintenant... C'était encore mieux, encore plus plein, plus...

— Tu penses que les endroits gardent des souvenirs ?

Elle entendit bouger son bras, puis elle sentit le frôlement timide de sa paume sur sa joue et prit une brusque inspiration, se fondant vers lui.

Un grognement discret monta de la gorge de Jonah, tellement bas qu'elle n'était même pas sûre qu'elle l'aurait entendu si elle avait eu la possession de tous ses sens. Ceux auxquels elle était réduite étaient si à l'écoute, si hautement sensibilisés, si précisément accordés...

— Non.

Pendant un moment, elle ne sut pas trop à quelle question il répondait. Pendant un moment, elle s'était perdue dans son contact et pendant un moment elle avait oublié qu'elle l'avait interrogé sur les endroits et s'ils gardaient les souvenirs.

— Non, répéta-t-il. Seuls les gens conservent les souvenirs.

Elle sourit et pressa le visage plus fermement contre sa paume. Il retourna la main et lui passa les phalanges sur la joue, elle soupira.

Les gens... les âmes, pensa-t-elle. Alors peut-être Angelina était-elle là et peut-être cette vieille case recelait-elle du bonheur, pour elle. Clara aimait bien cette idée, même si elle apportait de la tristesse aussi.

Elle tourna la tête, effleura des lèvres ses phalanges et il émit un grognement, plus fort cette fois, juste avant de lâcher son prénom, dans une expiration.

— Ces murs, cependant, ils sont sacrés, reprit-il. Ils appartiennent à d'autres.

Il s'empara de sa main et elle prit une brève inspiration alors qu'il l'entraînait hors de la case pour retrouver la nuit. Il marchait devant elle et, obligée de presser le pas pour le suivre, elle s'esclaffa, avant de heurter la masse solide de son dos lorsqu'il s'immobilisa. Il se retourna ; ils se retrouvaient à nouveau face à face. Il les fit alors pivoter lentement, comme dans un pas de danse, et elle sentit quelque chose de dur contre son dos.

— C'est juste un poteau, murmura Jonah.

Clara leva le menton, inhala l'air alentour. Elle n'y perçut qu'une odeur vive, sucrée et fraîche.

— Le jardin qui pousse tout seul, devina-t-elle, une touche d'émerveillement dans la voix. Je le sens.

— Oui. Ce sont les tomates. (En recevant son souffle sur son visage, elle s'approcha un peu plus tandis qu'à nouveau il lui caressait la joue du dos de la main, comme il l'avait fait l'instant d'avant.) Elles sont tellement grosses, tellement sucrées qu'on peut les manger comme des pommes.

Clara sourit contre ses phalanges, ouvrant la bouche pour le goûter.

Il se figea au contact de sa langue qui dansait, légère, sur la pointe de ses doigts où elle goûta le sel de sa peau. La respiration de Jonah était plus saccadée, tout à coup, comme s'il venait de courir, et elle se rendit compte que son cœur, à elle, battait plus vite aussi, transportant le sang dans ses veines au rythme de Jonah.

Il encadra son visage de ses deux mains. Il semblait parvenir à la voir malgré l'absence de lumière dans le coin sombre où ils se tenaient.

Clara renversa instinctivement la tête en arrière, entrouvrit les lèvres, attendit. Une excitation brûlante se répandit en elle comme un liquide qui dégoulinerait sur ses membres pour s'accumuler en une mare entre ses jambes. Dans un brouillard, elle se rappela avoir pensé que rien ne valait l'anticipation juste avant le lever d'un rideau de théâtre. Rien. Mais oh, comme elle s'était trompée. L'attente du baiser de Jonah s'apparentait à ce moment, oui, mais en infiniment mieux. *Oh oui, quelque chose de merveilleux est sur le point de se passer,* chantonnait son cœur.

Ses lèvres se posèrent sur les siennes, douces et pourtant fermes, et ce fut comme si un millier de feux d'artifice explosaient dans son ventre. Il posa une main sur sa nuque, où il prit ses cheveux entre les doigts et tira doucement en appuyant plus fort sa bouche contre la sienne.

Le gémissement qui sortit de sa bouche sembla embraser Jonah. Il passa la langue sur ses lèvres et elle vint à sa rencontre pour le goûter aussi, pour sentir son corps pressé contre le sien, la façon dont il gonflait et durcissait contre sa hanche.

Le baiser s'approfondit, comme si quelque chose prenait possession d'eux : besoin, désespoir, tout ça mais avec une pointe de douleur. Clara adora, quoi que ce soit.

Les deux mains de Jonah étaient maintenant dans ses cheveux et elle leva les bras pour agripper ses biceps tandis qu'il l'explorait avec sa bouche.

Elle mourait d'envie de lever plus haut les mains pour toucher son visage, de sentir au moins la sensation de sa peau sous ses doigts, s'il refusait de la laisser le voir de ses yeux. Mais elle savait que cela mettrait un terme à ce qu'il faisait, or pas question pour elle de décourager ce baiser, la magie qui pétillait entre eux, la joie qui lui gonflait le cœur.

Les lèvres de Jonah s'écartèrent un peu, puis elles revinrent, comme un mouvement inconscient dicté par l'excitation, celui du besoin de son corps de l'assaillir, qui fit palpiter Clara de son propre désir.

— Jonah, haleta-t-elle entre deux baisers.

Elle passa la main entre eux, sur les plaines dures de son torse. Il gémit, comme si ce contact était douloureux, et recula imperceptiblement, avant de se recoller à elle, comme s'il ne pouvait s'en empêcher.

Clara lui mordilla la lèvre, passant la langue sur celle du bas dont elle sentit les arêtes et la forme peu naturelle, qui évoquait une sorte de froncement, cette partie de lui dont il pensait qu'elle le rendait impossible à aimer, le stigmate de ses fautes. Elle devait saisir l'occasion de lui prouver le contraire. Un jour.

Un jour.

Il fit un petit mouvement de la tête, prenant de nouveau les rênes du baiser pour l'emmener loin de ses cicatrices. Le message était clair : *pas aujourd'hui.*

Bon Dieu, le gars savait embrasser et, de toute évidence, sa traversée du désert de huit ans, si elle avait bien compté, n'avait rien fait pour étioler ce talent particulier. Clara avait l'impression de flotter au milieu d'un vaste ciel nocturne, avec les lèvres de Jonah comme seule ancre à la réalité, seul chemin pour sortir des ténèbres. C'était un baiser né d'un millier de rêves à la lueur des étoiles. Un baiser qu'elle ne voulait jamais terminer.

Une minute plus tard, il l'interrompit pourtant et, le souffle court, il posa le front contre le sien.

Elle se haussa sur la pointe des pieds, à la recherche de sa bouche, encore, et il rit doucement. Un son amusé, oui, mais surtout de frustration, et il se termina en grognement de souffrance.

— C'était ça, mon cadeau ? demanda-t-il d'une voix, où, cette fois, elle perçut le sourire.

Elle n'osa pas tendre le doigt vers lui pour dessiner la courbe de ses lèvres. *Un jour,* se répéta-t-elle, encore et encore.

Un jour, il lui ferait confiance sur tous les plans. Un jour, il lui permettrait de le voir tout entier.

Elle éclata de rire et noua les bras autour de sa taille pour l'enlacer comme elle l'avait fait dans son lit quelques nuits plus tôt.

Le nez enfoui dans son torse, elle inhala son odeur, celle qu'elle commençait à identifier aussi bien qu'elle reconnaissait sa voix.

— On ferait mieux de rentrer, dit-il en déposant un baiser sur le sommet de son crâne, respirant lui aussi le parfum de ses cheveux.

Il y frotta sa joue, celle qui était le moins abîmée par les cicatrices, peut-être même n'en avait-il aucune. En fait, elle n'avait jamais vu que son menton, la moitié de sa bouche et une partie de sa joue.

— On est obligés ? J'aime bien être ici, dans un autre univers avec toi. C'est comme s'il n'y avait que nous au monde.

Il s'esclaffa.

— Tu finirais par t'y sentir seule, non ?

Clara sourit en songeant aux personnes qui lui manqueraient : son père, bien sûr, mais elle vivait déjà avec cette absence. Mais il y aurait aussi madame Guillot, madame Fournier et la myriade de gens qu'elle appréciait de voir jour après jour, étonnamment quelques-uns de ses camarades danseurs qui la traitaient avec plus de chaleur depuis peu.

— Peut-être un peu, au bout d'un moment.

Elle posa la joue sur le coton doux de sa chemise. Il avait formulé la question d'une manière qui l'excluait, lui, ce qui fit prendre conscience à Clara qu'il était solitaire depuis tellement longtemps qu'il pensait peut-être ne pas pouvoir l'être plus. Elle en eut mal au cœur pour lui. Tout ça parce qu'il estimait devoir être un paria.

Il ressemble à un homme qui a été terriblement blessé par le monde et qui croit qu'il ne reste plus rien d'aimable chez lui.

Oh, Jonah. Elle s'accrocha plus fermement à lui, afin de lui assurer qu'elle ne le lâcherait pas, mais très consciente que ce serait peut-être lui qui la repousserait. Elle espérait de toutes ses forces que ça n'arriverait pas, qu'elle parviendrait à le convaincre qu'il y avait une vie pour eux en dehors de ces ténèbres profondes et insondables.

Elle le retrouverait ici aussi longtemps qu'il le lui autoriserait, mais son désir le plus fervent était que, à un moment donné, il lui prenne la main et la laisse l'emmener hors du vide de cet univers construit pour deux, vers la lumière du monde.

Il avait tant à offrir. Pas juste à elle, d'ailleurs. Elle le croyait de tout son cœur, même si lui ne le savait pas encore. Et ce constat lui procurait un bonheur immense. Un bonheur qu'elle voulait partager avec tout le monde.

— Viens, chuchota-t-il. Je vais te ramener afin que tu puisses rentrer chez toi. Tu entreras dans la maison et demanderas une voiture. Myrtle préfère ne pas conduire de nuit, mais je suis sûre que Cecil sera ravi de te raccompagner.

Clara allait protester : elle voulait rester encore, elle n'était pas prête à dire au revoir. Mais il se faisait tard, elle avait une répétition de bonne heure, alors elle allait se montrer responsable et rentrer prendre le repos dont elle avait besoin.

— Je vais rêver de toi, avoua-t-elle en s'appuyant contre lui pour embrasser le dessous de sa mâchoire, du côté qu'il lui avait déjà montré.

Elle sentit bouger son menton, le léger souffle d'une expiration, et elle sut qu'il souriait.

— Moi, ça fait déjà un moment que je rêve de toi, admit-il tout bas, très sérieusement, comme s'il s'agissait là d'une confession dangereuse.

— Tu rêves de quoi ?

— De choses que je ne devrais pas.

— Non, susurra-t-elle. Quoi que tu rêves, je te promets que je brûle de le réaliser.

Il souffla son nom.

— Si seulement tu pouvais.

— Je pourrais, si tu me laissais faire.

Il sourit de nouveau, mais Clara le sentait triste, même dans le noir, même sans le voir. Il l'embrassa encore sur le crâne, puis il la prit par la main.

Il la guida à travers la forêt, lui fit à nouveau contourner les obstacles, franchir les arbres qui s'élevaient devant elle si soudainement qu'à quelques reprises, elle hoqueta. Mais il n'agrippait sa main que plus fermement et l'attirait plus près de son flanc tandis qu'il arpentait le sentier que, manifestement, il connaissait par cœur.

Huit ans, songea-t-elle. Huit années à arpenter cette propriété, jour après jour, nuit après nuit, encore et encore. Son univers condensé sur ces hectares de Windisle et rien de plus.

Ce furent d'abord les étoiles qui apparurent, leur scintillement dansant à travers la pénombre au-dessus et créant de drôles de piqûres de lumière argentée.

À présent, Clara distinguait le mouvement de Jonah devant elle. À peine. Il se tourna très brusquement et elle lâcha un rire surpris quand il l'attira dans ses bras pour l'embrasser fermement, mais brièvement, avant de la libérer tout aussi vite d'une petite poussée.

Elle avança d'un pas et repéra la lumière de la maison grâce à une trouée dans les arbres devant elle.

— Bonne nuit, Clara.

Elle tendit les bras vers lui et aperçut juste ses doigts qui se tendaient vers elle aussi, et puis il se fondit dans les bois obscurs. *Mon monstre. Mon collectionneur de vœux. Mon amour.*

— J'ai laissé quelque chose pour toi sur le banc derrière la maison, cria-t-elle. Bonne nuit, Jonah. Joyeux anniversaire.

Sur ces mots, elle se détourna et prit la direction de la lumière de Windisle. À l'opposé de Jonah.

Alors que tout ce qu'elle désirait, c'était aller vers lui.

24

Jonah reposa la boîte à musique, un sourire aux lèvres, en regardant la minuscule ballerine danser au son de *All I Ask of You.*

Il laissa courir son doigt sur la danseuse blonde, qui tournoyait indéfiniment et au gré de son cœur. Si seulement il pouvait en demander autant à Clara. C'était sa manière, sans doute, tout en douceur, de l'inciter à penser à elle-même lorsqu'ils étaient séparés. Bon Dieu, si elle savait. Il ne faisait que ça, penser à elle. Brûler d'elle. La désirer avec un besoin qui confinait au désespoir, au point d'en avoir des crampes d'estomac et les muscles crispés. La peine de cœur, il l'avait appris, était une douleur bien réelle. Il en souffrait.

Et pourtant, il y avait une douceur sous le tourment. Un tourment qu'il ne cessait de rechercher, sans relâche, comme si Clara était non seulement le symptôme, mais aussi le médicament.

Bon sang, je suis dingue d'elle, songea-t-il avec un soupir amer.

Avait-elle choisi le thème musical à dessein ? Il le reconnaissait, pour avoir vu *Le Fantôme de l'Opéra* plusieurs fois, notamment lors d'un voyage d'affaires à New York au cours duquel il avait eu des billets pour le théâtre, à Broadway. Il y avait emmené une cavalière et, pourtant, quand il essayait de se la rappeler maintenant, il n'arrivait même pas à revoir vaguement le contour de son visage.

La chanson d'amour que jouait la boîte à musique parlait de l'histoire d'un fantôme masqué qui refusait de montrer son visage abîmé et de la femme qui l'aimait malgré tout.

Mon Dieu, Clara.

Oui, elle le tourmentait. Mais elle avait aussi commencé à desserrer le sempiternel nœud autour de son cou. Il n'était pas sûr qu'il soit bien sage de s'autoriser ne serait-ce qu'à l'envisager. Toutefois, depuis le tout premier jour où il lui avait parlé derrière le mur des pleurs, l'essence même de cette femme lui avait insufflé une force de vie... indéniable. Avant elle, prendre des inspirations à pleins poumons avait été presque inimaginable.

Il passa une main sur la peau rugueuse et irrégulière de son visage, traçant du bout du doigt le contour d'une cicatrice particulièrement vilaine et boursoufflée qui courait depuis son œil endommagé jusque sur la courbe de sa pommette et soulignait la forme de l'os.

Peut-être effectivement pourrait-elle apprendre à l'accepter. Myrtle et Cecil l'avaient bien fait. Oui, enfin, Myrtle était à moitié aveugle sans ses lunettes et Cecil avait été éleveur de cochons une partie de sa vie, il était donc habitué à regarder dans les yeux des créatures tout sauf attrayantes. N'empêche, ni l'un ni l'autre ne cillaient plus à sa vue.

Osait-il seulement s'autoriser cette pensée ?

Son doigt passa sur sa lèvre inférieure, le côté fendu qu'elle avait touché avec sa langue. Ça n'avait pas eu l'air de la dégoûter, elle avait même essayé de recommencer, avant qu'il ne l'en détourne. Sauf que tâter quelque chose de la pointe de la langue, ça n'avait rien en commun, en tant qu'expérience, avec la vision en face et dans la lumière impitoyable du jour de la totalité d'une blessure.

Jonah se remémora le journaliste qui les avait suivis, Myrtle et lui, le jour de sa sortie de l'hôpital. Son bandage s'était détaché lors de leur course folle jusqu'à la voiture pour échapper aux hurlements et aux crachats de la foule, et une partie de son visage avait été révélée : la chair rouge, à vif, de sa blessure. Le journaliste avait d'abord paru choqué, puis son expression s'était transformée sous l'effet de l'horreur, tandis qu'il reculait brusquement. *Le dégoût.* Et Jonah avait été content de sa réaction sur le moment, parce que la vue de son visage mutilé l'avait débarrassé du type. Ou du moins, c'était ce dont il s'était persuadé.

La musique prit fin et le silence, à sa suite, avait un relent de tristesse.

De solitude.

De normalité.

Il ne voulait pas que cette illusion se termine. Mais c'était fatal, non ? Il se sentait changer, émerger, sauf qu'il n'y aurait pas de transformation de la chenille en papillon, pour lui. À jamais il ressemblerait à l'insecte laid. Ça ne changerait pas.

Il repensa à la semaine précédente, quand il avait arpenté la pénombre avec Clara, qu'il l'avait goûtée, s'était collé contre elle. Dieu ce qu'il avait envie de la goûter encore. Et pas seulement ses lèvres, mais sa gorge, ses épaules, l'endroit doux et chaud entre ses cuisses.

Il ne lui avait parlé qu'au téléphone, après cette soirée magique. Elle était occupée avec ses répétitions et lui était sorti presque tous les soirs, en patrouille aux côtés des Angels, une heure par-ci par-là.

Ces missions lui donnaient le sentiment d'utilité qu'il convoitait désormais. En plus, il se sentait responsable d'Eddy. De toute évidence, le gamin se débattait encore avec ses doutes, pourtant il ne manquait à aucun appel, tout comme lui, et il y voyait un signe positif.

À quelques reprises, il l'avait vu marcher aux côtés d'Augustus, discuter, rire. Il connaissait cette sensation, l'effet que cela faisait de se lier avec autrui après s'être senti déconnecté de tout pendant très longtemps, de trouver enfin une oreille compréhensive. Et les observer lui procurait un soulagement, celui d'avoir pris la bonne décision, ce fameux jour où il avait reçu le vœu d'Eddy, son appel à l'aide silencieux, en s'adressant à Augustus plutôt qu'à la police.

Il avait entendu Augustus dire quelque chose à Eddy la semaine précédente, concernant la quête du pardon auprès de ceux à qui il avait causé du tort, comme quoi cela faisait partie du processus de guérison. Plus tard, Jonah avait repensé à ces propos. Il devait s'excuser. Oh, il ne nourrissait aucune illusion, ses excuses ne seraient pas acceptées – il ne pensait même pas lui-même qu'elles devaient l'être –, mais il avait besoin d'en passer par là. Besoin. Il ne s'adresserait pas à tous ceux qui le haïssaient à cause de ce qui s'était produit, ces gens-là, il ne leur devait rien, en revanche, il devait des excuses au minimum à une personne. Il ignorait s'il y avait le moindre espoir d'échapper à la vie qu'il vivait maintenant, mais si c'était le cas, bon sang, s'il y avait ne serait-ce qu'une once de probabilité, il avait besoin de faire cette chose-là afin d'aller de l'avant.

Et même si ça ne marchait pas, dans tous les cas il le lui devait. Depuis bien longtemps, d'ailleurs.

Il attendit que la lune se lève et que les étoiles constellent le ciel, juste un croissant de jaune nacré sur l'indigo velouté de la nuit.

Quand il se gara devant le bungalow décrépit de Lower Ninth Ward, son cœur battait follement dans sa poitrine couverte de cuir. Son moteur rugit un instant dans le silence de la nuit, avant que les criquets ne reprennent leurs chants.

Jonah balaya la rue du regard. Apparemment, la plupart des maisons du voisinage restaient inoccupées. Que des fantômes s'attardent à Windisle ou pas, en tout cas, il était évident que le fantôme de Katrina hantait encore ce quartier dévasté.

Sans quitter son casque, Jonah grimpa les trois marches branlantes qui conduisaient à la porte de Lucille Kershaw. Avant de se laisser le temps de changer d'avis, il leva la main et frappa contre le chambranle de la moustiquaire, qui branla si fort qu'il eut l'impression qu'elle allait tomber en morceaux à tout instant.

— Qui est là ? entendit-il appeler juste derrière la porte.

— Euh, je cherche Lucille Kershaw, m'dame, répondit Jonah, mal à l'aise.

— Vous l'avez trouvée. Maintenant, qui êtes-vous, bon sang ?

Jonah marqua une hésitation. Il n'avait d'autre choix que de dire son nom à cette femme, seulement après, elle allait l'envoyer promener et il n'aurait pas l'occasion de lui présenter les excuses qu'il avait préparées.

— Jonah Chamberlain, m'dame, débita-t-il à toute allure. Avant que vous me disiez de m'en aller…

Le loquet fut débloqué et la porte entrouverte.

— Jonah Chamberlain ? L'avocat ?

Jonah était si étonné que, l'espace d'un instant, il n'enregistra pas la question.

— Ah oui, finit-il par admettre. Oui, j'étais avocat. Je travaillais sur l'affaire… euh…

— Oui, je sais qui vous êtes.

Et elle ouvrit un peu plus la porte pour le dévisager, le visage dénué d'expression.

Il était bien conscient de l'air menaçant qu'il devait afficher, avec son casque de moto noir, alors il leva la main vers sa visière rabattue, sans parvenir toutefois à la relever.

— Qu'est-ce que vous voulez ?

— J'aimerais vous parler, si vous pouvez m'accorder quelques minutes. Je ne vous prendrai pas beaucoup de temps.

Elle ouvrit plus grand la porte et recula, ce qui surprit Jonah.

— Ouais, je reconnais votre voix, Jonah Chamberlain. Eh bien, entrez alors.

Elle pivota et Jonah la suivit dans une petite pièce de vie, où une télévision encastrée passait *Jeopardy!*

Les meubles étaient dépareillés et vieux, mais propres, avec des couvertures soigneusement pliées sur le dossier de l'horrible canapé marron et du fauteuil déchiré.

Lucille Kershaw prit place dans le fauteuil inclinable, saisit une télécommande et coupa le son de la télévision, tandis que Jonah s'asseyait au bord du canapé. Elle reposa les yeux sur lui. Alors, prenant une profonde inspiration, il passa le casque par-dessus sa tête et le plaça sur le coussin, près de lui. Puis il leva les yeux sur elle, lentement, prêt à affronter sa réaction. Il sentait son pouls affolé et essuya ses paumes moites sur son jean, tout en soutenant enfin le regard de la femme.

Son expression ne changea pas d'un iota, elle continua de le dévisager sans le moindre tressaillement de muscle.

Jonah resta un moment sans bouger, avant de comprendre.

Elle est aveugle.

Oh putain ! Il faillit éclater d'un rire sonore. Son plus grand moment de courage et il tombait sur des yeux aveugles. Au sens littéral.

— Bon ? fit-elle. Si vous avez quelque chose à dire, eh bien, dites-le.

— Madame Kershaw, je suis venu pour... venu pour... (Sa voix se brisa et il se ressaisit, se redressa sur son siège et s'éclaircit la gorge.) Pour vous présenter mes excuses. Je sais que ce que j'ai fait n'est pas pardonnable. Je le sais, mais il fallait que je vous dise combien je regrette. Et je sais aussi que j'ai attendu bien trop longtemps pour l'admettre. Oui, ça aussi je le sais. C'est juste... Vous n'avez pas idée de l'ampleur de mes regrets.

Sa voix s'éteignit, étranglée par le chagrin et son profond regret.

Lucille Kershaw, la femme dont il avait éviscéré la fille à la barre ce jour-là, la femme dont l'enfant était morte à cause de lui, restait le regard droit devant elle, le front plissé.

— Je ne vous en ai jamais rendu responsable, jeune homme.

— Pardon ?

Le mot était sorti dans un souffle. Rauque et rugueux, il égratigna la gorge de Jonah aussi fort que s'il avait été enveloppé de fil de fer barbelé.

Lucille Kershaw secoua la tête, les yeux toujours fixés sur Jonah, des yeux sans vie plantés dans lui, d'une certaine façon.

— Je ne vous en ai jamais rendu responsable, répéta-t-elle. (En soupirant, elle se redressa dans son fauteuil, les mains croisées sur les genoux.) Si c'est à la manière dont vous l'avez interrogée au tribunal que vous faites allusion, dont vous l'avez fait pleurer...

Jonah opina du chef, la gorge à nouveau nouée au point qu'il ne se pensait pas capable de parler. Pourtant, il finit par croasser :

— Oui, j'ai eu tort.

— Vous n'avez pas eu tort. Pfff, le Seigneur m'est témoin que j'ai assez pesté contre cette gamine moi-même. Et dit bien, bien pire que vous. Je l'ai traitée de droguée et de paumée. De bonne à rien. J'ai essayé ce qu'ils appellent l'amour vache. Oh, elle pleurait, elle craquait, parfois elle faisait des promesses. Seulement, au bout du compte, ça n'y changeait jamais rien.

Une profonde tristesse transparaissait dans l'expression de madame Kershaw alors qu'elle parlait et Jonah sentit son cœur se serrer. Néanmoins, l'absence de reproches à son égard continuait de lui causer un choc, un bourdonnement qui se réverbérait à travers sa poitrine. L'émerveillement. Il ne pensait pas mériter une chose pareille.

— N'empêche, vous êtes sa mère, madame Kershaw, reprit-il, donnant voix à ses pensées. Ce que j'ai fait, moi, je ne l'ai pas fait par amour.

— C'est peut-être pour cette raison que ça aurait fonctionné... (Elle marqua une pause, poussa un bruyant soupir qui souleva ses épaules.) Si ce fichu taré ne lui avait pas tiré une balle en plein cœur. (De nouveau, elle secoua la tête.) Non, je sais que c'est le cas de certains, mais moi ? Non, je ne vous en ai jamais voulu. Ce n'est pas vous qui l'avez tuée. (Il ne savait comment, son regard vint retrouver le sien.) Et puis, d'après ce que j'ai entendu, vous avez payé aussi.

Machinalement, il porta une main au côté de son visage qui portait la trace des brûlures, des cicatrices, et la rabaissa avant de pouvoir passer la pulpe des doigts sur les dégâts, le geste perturbant du souvenir.

— Oui, dit-il en réponse à sa dernière phrase.

Qu'il mérite ou pas ce qu'il avait reçu – et le fait qu'il se pose seulement la question le rendit à la fois perplexe et le bouleversa –, il avait bel et bien payé un prix, oui, certainement. Une dette qu'il traînerait jusqu'à la fin de ses jours.

Madame Kershaw hocha la tête avec solennité.

— J'en suis désolée, jeune homme.

Et ce qui transperça Jonah en plein ventre, ce qui lui fit incliner la tête alors qu'une larme s'échappait de son œil et coulait sur la partie dévastée de son visage, ce fut de voir qu'elle était sincère. Cette femme, à qui il pensait avoir fait tant de tort, aussi cruellement, lui offrait son absolution et sa compassion pour la douleur qu'il avait éprouvée, lui.

Il ne savait plus quoi ressentir, quoi penser. C'était comme si un ballon géant gonflait lentement à l'intérieur de sa poitrine.

— Un autre homme, un avocat, comme vous, est venu ici un jour, vous savez. Pour me présenter ses condoléances. Mais j'ai perçu au son de sa voix que c'était un tissu de mensonges. Oh, il était bien mielleux, il a dit tout ce qu'il fallait, mais j'ai élevé une menteuse, je sais comment les repérer.

— Quoi ? lâcha Jonah dans un souffle qui soulagea un peu la pression montante. Qui était-ce ?

Madame Kershaw haussa les épaules.

— Je ne me souviens pas de son nom. Je n'étais pas au mieux. Un entrepreneur que j'avais embauché pour réparer les dégâts causés par les eaux sur la maison venait de ficher le camp avec mon argent. Tout était sens dessus dessous... une aveugle ne peut pas vivre dans le chaos.

Elle soupira et Jonah balaya de nouveau la pièce du regard, remarquant la disposition précise des meubles, le sentier clair matérialisé autour de chaque objet. Il restait encore une trace légère au mur, à l'endroit où l'inondation était montée, et il flottait dans l'air une odeur de moisi, encore plus légère. La moquette était manifestement neuve et les meubles, forcément de deuxième main, étaient intacts.

Cette femme avait fait de son mieux, mais plus d'une décennie après, elle ne s'était toujours pas complètement reconstruite, à l'image du quartier où elle résidait.

— En tout cas, il était très vieux, ça, je l'ai entendu à sa voix. Vieille mais mielleuse à souhait. Presque... (Elle hésita, comme pour chercher le mot juste.) Presque huileuse, sa voix. Il m'a demandé le téléphone d'Amanda, sous un prétexte ridicule. Je lui ai répondu que je ne savais rien sur son téléphone, ni où il était, mais j'ai menti.

Si Jonah avait été sidéré par la capacité de pardon de madame Kershaw, il le fut encore plus par cette information aussi inattendue qu'intrigante.

— Est-ce que son nom était Applegate ?

Les deux associés d'origine pour lesquels il travaillait à l'époque, Applegate et Knowles, étaient tous les deux vieux, mais Palmer Applegate avait la voix d'un charmeur de serpents. Ajoutez cela à ses longues dents trop blanches et à son visage osseux, et vous obteniez un physique carrément flippant.

Bon, enfin sur le sujet, Jonah n'avait rien à envier à personne. Du moins plus maintenant.

Madame Kershaw hocha la tête en claquant des doigts.

— C'est ça, je me le rappelle, maintenant ! Applegate. Je me souviens d'avoir trouvé que son nom ne lui allait pas.

Non, effectivement, Jonah était d'accord. Les pommes étaient des fruits sucrés et frais. Palmer Applegate était plus vieux que la poussière et il sentait la naphtaline et le dentifrice.

— Mais pourquoi voulait-il le téléphone d'Amanda, alors que le procès était déjà terminé ? s'enquit-il.

Alors qu'elle était morte.

La vieille femme haussa les épaules.

— J'sais pas. En plus, ce n'est pas comme si je pouvais le chercher, ce maudit appareil. Je ne pense même pas qu'Amanda ait su qu'il était ici. Elle l'avait oublié un jour où elle était passée pour quémander de l'argent. Droguée comme pas deux. (Soupir.) Je n'avais aucun moyen de la contacter pour lui dire que je l'avais trouvé, alors je l'ai mis de côté en pensant qu'elle reviendrait le chercher à un moment où un autre.

Madame Kershaw tourna son regard vide sur le côté, sans doute pour plonger dans un passé qui resurgissait à son esprit.

— Plus tard, après la visite d'Applegate, je me suis dit qu'il était sans doute préférable pour moi d'ignorer ce qu'il y avait dans le téléphone d'Amanda. Les chemins que ma fille choisissait d'emprunter n'étaient jamais bien bons. Si je n'ai pas réussi à la mettre à l'abri dans cette vie, je peux au moins lui offrir le repos dans la prochaine.

Jonah acquiesça.

— Je comprends, madame Kershaw. Je ne parlerai de ce téléphone à personne.

Pourtant, les questions sur Palmer Applegate, sur ce qui pouvait bien l'intéresser dans le téléphone d'Amanda – *Pourquoi après le procès ? Qu'est-ce qui pouvait bien être si important ?* –, tourbillonnaient à son esprit et il faisait son possible pour les écraser. Jamais il ne saurait. Il était là pour demander pardon. Seulement ça.

— Je veux que vous l'ayez.

Jonah eut un mouvement de tête, sous le choc.

— Quoi ?

— Parce que je n'ai personne d'autre à qui le confier. Et peut-être que laisser reposer Amanda en paix passe par la vérité, quelle qu'elle soit, contenue dans ce téléphone. Je sais que vous ferez ce qu'il faut avec ce que vous y trouverez.

— Je... je ne sais pas quoi dire, bredouilla-t-il.

Et c'était vrai. Il était submergé. Soulagé. Confus. Profondément reconnaissant. Renversé.

En même temps, un frisson de peur le parcourut. Non seulement il ne se sentait pas digne de recevoir la responsabilité de fouiller le téléphone d'Amanda Kershaw à la place de sa mère, mais il avait peur, aussi, de replonger dans cette affaire qui avait causé sa chute et la mort de tant d'innocents. Sauf que madame Kershaw lui avait généreusement accordé son pardon, sa compréhension et maintenant sa confiance. Comment diable pourrait-il refuser ?

Madame Kershaw se leva et contourna lentement mais sûrement la table basse pour s'engager dans un couloir. Il entendit une porte s'ouvrir et ce qui ressemblait à un meuble que l'on déplaçait, quelques mouvements encore, puis une minute plus tard elle revint, pour lui tendre un vieux portable à clapet.

Jonah contempla la relique et ne fut pas surpris, en ouvrant le clapet, de le trouver éteint.

— Vous avez le chargeur ?

— Non. Vous allez devoir vous en procurer un par vos propres moyens.

Il se demandait si l'on fabriquait encore des chargeurs pour ce type de modèle.

— Je vais m'en occuper, Madame. (Sur quoi, il fourra l'appareil dans sa poche et se leva.) Je vous tiendrai au courant de ce que je découvrirai, annonça-t-il, avant d'ajouter après une pause : Je ne sais pas comment vous remercier d'avoir pris le temps de me parler. De... de votre gentillesse. Je ferais n'importe quoi, si je pouvais la ramener. Si je pouvais remonter le temps...

Madame Kershaw sourit, même si c'était avec beaucoup de tristesse.

— C'est peut-être mieux d'aller de l'avant.

Elle tendit la main et Jonah la prit entre les deux siennes, la serra fort en lâchant un petit rire étranglé.

— Oui, dit-il. Oui.

Le sourire de son hôtesse s'élargit.

— Je vais devoir vous laisser retrouver la sortie tout seul, j'ai déjà raté la moitié de *Jeopardy!*

Il émit de nouveau un petit rire et ramassa son casque sur le canapé. Madame Kershaw se rassit dans son fauteuil relax et remit le son de la télévision : la voix d'Alex

Trebek remplit la pièce avec une question sur la Rome antique.

Jonah jeta un dernier regard dans la pièce décrépite. Cette femme avait connu le pire, et pourtant, elle s'était reconstruite, avait gardé son cœur assez ouvert pour offrir son pardon à un coupable. Et encore, elle trouvait le courage de mettre un pied devant l'autre jour après jour. Une profonde admiration l'envahit, si entièrement qu'il manqua de trébucher en pivotant pour gagner la porte.

— Marcus Brutus, l'entendit-il répondre à la télé.

Puis il tourna la poignée du fragile battant, qu'il referma derrière lui. Un instant, il resta sur le seuil, le casque de moto au bout de son bras. Il tourna le visage vers le ciel, ferma les yeux et autorisa une poignée d'étoiles à contempler ses failles pour la première fois depuis huit ans.

Au bout d'un moment, il baissa la tête, enfila son casque et rejoignit sa moto. Il roula vers Windisle, le sourire aux lèvres.

*
* *

Lucille Kershaw tira les rideaux, laissant entrer le soleil matinal. Non qu'elle soit en mesure de le voir, mais elle n'avait pas toujours été aveugle et c'était une habitude qu'elle avait conservée : fermer et ouvrir les voilages jour après jour. Ou alors faire ce qu'elle faisait jadis pour accueillir le lever du soleil lui procurait une lueur d'espoir, celui que chaque aube nouvelle offrait une promesse à condition de faire sa part, aveugle ou pas. Un peu comme pour la foi.

À l'instant où la machine à café émettait trois longs « bips » pour lui annoncer qu'il avait fini de passer, elle entendit frapper à sa porte d'entrée. *Eh bien, ça alors !* Elle n'avait pas eu de visiteurs en trois ans et voilà qu'elle en recevait deux en l'espace de vingt-quatre heures ?

— Qui est là ?

— Je m'appelle Neal McMurray, m'dame. Je suis entrepreneur, venu jeter un coup d'œil à votre maison.

— Vous devez vous tromper, je n'ai pas appelé d'entrepreneur.

Elle aurait pu si elle en avait eu les moyens, ou si elle faisait suffisamment confiance à l'un d'eux après les entourloupes de cet escroc, il y avait des années. Elle se rappelait encore la duperie de cet homme avec une pointe de douleur qui la faisait grimacer. Après la dévastation provoquée par Katrina, après tout ce qu'avait perdu sa communauté, cette arnaque lui avait fait l'effet de la pire des trahisons.

— Non, m'dame. C'est Jonah Chamberlain qui m'envoie. Il a dit que vous connaissez son nom.

Lucille hésita une brève seconde avant d'entrouvrir la porte. L'air frais lui chatouilla le nez. Ça sentait la pluie. D'ici une heure, il tomberait des cordes. Les orages lui causaient encore un frisson de peur, malgré tout le temps écoulé. Comment pourrait-il en aller autrement ?

— Pourquoi vous enverrait-il ? Je n'ai pas les moyens de faire des travaux.

Elle avait quelques amis dans le voisinage qui l'avaient aidée au fil des années, quand elle pouvait leur donner quelques sous. Ils avaient repeint, changé la moquette, réparé les endroits où les dégâts des eaux avaient été les pires. Oh, il restait encore beaucoup à faire, elle en était bien consciente, mais c'était vivable et elle ferait ce qu'elle pourrait petit à petit.

— C'est lui qui va financer les travaux, m'dame. Il m'a déjà versé une avance et m'a dit de vous prévenir que le reste était à sa charge. Je suis ici aujourd'hui pour établir une liste de ce qu'il y a à faire, avec votre consentement, bien sûr. Mon équipe peut se mettre à l'ouvrage dès après-demain.

Lucille n'en revenait pas. Elle avait affirmé à Jonah Chamberlain qu'elle ne le tenait pas pour responsable de ce qui était arrivé à Amanda, de rien du tout d'ailleurs, et c'était la vérité vraie, devant Dieu. Il n'avait pas à se sentir en dette envers elle. Cependant, elle avait entendu l'intense chagrin dans sa voix et aussi sa sincérité. Chose qu'elle avait tant prié d'entendre dans la voix de sa fille, sans être jamais exaucée.

Elle avait l'impression qu'accepter ce cadeau ferait beaucoup pour aider ce jeune homme à dépasser ce qu'il continuait à se reprocher. Et Seigneur, elle ne pouvait pas non plus nier l'étincelle d'impatience qui venait de s'allumer en elle.

— Il va tout payer ? La facture en entier ?

— Oui, m'dame. Jusqu'au dernier centime. Il m'a prévenu que les travaux risquaient d'être importants.

— Eh bien... c'est possible, oui.

En vérité, elle n'en avait pas la moindre idée. Elle n'avait eu les moyens de financer que des réparations cosmétiques, mais elle sentait bien l'odeur de moisi qui couvait quelque part. Elle la sentait mieux que quiconque.

— Dans ce cas, autant se mettre au travail tout de suite.

Lucille ouvrit sa porte en grand, un rayon de soleil trouva son visage, qui avait dû transpercer l'atmosphère grise qu'elle avait perçue dans l'air de ce début de matinée.

— Il vous a parlé de mon handicap ?

— Oui, m'dame. Je ne déplacerai rien. Je vous dirai où je me trouve à tout moment et je vous expliquerai ce que j'aurai trouvé, une fois que j'aurai fait l'état des lieux.

— C'est bien. Autrement, je serais obligée de vous passer une clochette autour du cou comme un chat. (Il pouffa et elle marqua un temps de pause, avant d'ajouter :) J'ai embauché un entrepreneur à l'époque où j'en avais les moyens. Je lui ai donné tout ce que j'avais afin qu'il rende cet endroit vivable à nouveau. Il m'a tout volé.

— J'en suis navré, madame Kershaw. Je ne comprends pas qu'on puisse agir comme ça. Qu'on puisse frapper une personne qui est déjà à terre, ça me dépasse.

La sincérité était évidente dans sa voix, la même sincérité qu'elle avait clairement entendue dans celle de Jonah Chamberlain, la veille au soir, mais sans la touche de douleur.

Lucille opina brièvement du chef et tourna la tête afin que l'entrepreneur ne voie pas les larmes qui lui brûlaient soudain les yeux.

— Très bien, alors je vous laisse passer devant.

25

Août 1861

Homer grimaça pendant que la *mama* d'Angelina appliquait l'onguent sur ses paumes écorchées, puis son visage prit quasi instantanément une expression de soulagement.

— C'est mieux comme ça ? demanda Mama Loreaux, qui continuait de faire pénétrer la pommade aux herbes dans la peau ensanglantée de Homer.

— Oui, m'dame.

Et Homer enfila les gants de coton qu'Angelina avait cousus elle-même.

— Dors avec ça ce soir, et demain matin, tu seras guéri.

— T'es une perle, Mama, dit Homer avec son doux sourire édenté, celui qui ne manquait jamais d'allumer un sourire à son tour sur le visage d'Angelina. (Il lui adressa un regard timide, tête inclinée.) Mamzelle Angelina, dors bien.

— Toi aussi, Homer. Et reviens nous voir si tu as encore besoin d'un traitement.

— J'y manquerai pas.

Et sur une autre inclinaison de la tête, il quitta leur case. La moustiquaire se referma doucement derrière lui. Espérant un souffle de brise, même léger, Angelina alla se poster devant, pour le regarder jusqu'à ce qu'il entre dans la pénombre. Mais la nuit était immobile et étouffante et

Angelina se sentait à nouveau envahie par la désolation qu'elle avait mise de côté pendant la visite de Homer.

Nuit après nuit, il venait voir sa *mama*, afin de se procurer quelque remède pour soulager la douleur des lacérations, de ses muscles froissés ou autres. Enfin, ça, c'étaient les visites faciles. Les souffrances qui pouvaient être apaisées avec des onguents ou des herbes, avec les huiles spéciales de *mama* ou ses liqueurs à l'odeur puissante.

La douleur qui ne pouvait pas être soignée transperçait l'âme d'Angelina, en revanche : la perte, les peines du cœur, les chagrins profonds.

Quelque part, au loin, sous la même lune qui filtrait faiblement à travers les arbres au-dessus de sa tête, John faisait la guerre. Il se battait contre le camp qui permettrait la fin de toutes les injustices dont elle était témoin chaque jour de sa vie, la fin du malheur et des souffrances, la fin des menaces incarnées par des femmes telles que Delphia Chamberlain, qui ruinaient des vies.

Elle l'aimait, cependant, et ne le considérait pas coupable d'une situation qui échappait à son contrôle, mais plus elle se sentait seule, plus elle avait peur et perdait espoir, plus grandissait son ressentiment.

Tout en rangeant le sachet d'herbes dans la valise en cuir où elle les entreposait, sa *mama* jeta un coup d'œil dans sa direction.

— Tu réfléchis trop, tu vas te donner la migraine.

Angelina éclata d'un petit rire sans joie.

— J'aimerais pouvoir arrêter, *mama*. Si tu as une pommade pour ça, s'il te plaît, applique-m'en tout de suite.

Sa *mama* lui adressa un regard acéré et pinça les lèvres.

— Oblige-toi à arrêter, ma fille. Toutes ces pensées, ces rêveries, ça te vaudra rien de bien.

Elle avait raison, bien sûr. Angelina en avait déjà eu la preuve. Elle était tombée amoureuse d'un homme qui avait rendu sa vie dangereuse et incertaine. Delphia Chamberlain était un poids écrasant sur ses épaules, avec ses menaces qui ne la visaient pas seulement elle, mais aussi sa chère *mama*.

Elle avait fait profil bas, depuis la scène horrible dans le petit salon. Elle traversait ses journées dans un tel désespoir qu'elle perdait toute force, abrutie par la peur. Elle n'avait pas la moindre idée de la manière dont tout allait pouvoir s'arranger.

Elle posa les yeux sur la valise de sa mère.

— *Mama,* comment est-ce qu'on maudit quelqu'un ?

Sa mère lui avait appris à mélanger des herbes pour fabriquer des médicaments, à concocter des liqueurs et des huiles qui apaisaient et purifiaient, à appliquer des onguents qui rafraîchissaient et guérissaient, des rituels dont la jeune femme savait qu'ils lui avaient été transmis par sa grand-mère et son arrière-grand-mère avant que sa propre mère ne soit envoyée par bateau en Louisiane, à travers un vaste océan.

— Je sens l'odeur de la fumée, parfois, quand je reviens à la case. Je sais que tu continues de pratiquer l'ancienne religion.

Les mains toujours occupées à ranger les objets dans sa valise, sa mère ne leva pas les yeux pour lui répondre :

— Tu n'as pas besoin de savoir tout ça. On me traite de sorcière, on dit que ce que je fais, c'est des diableries. Je n'ai jamais voulu de ce sort pour toi. Je ne peux pas oublier ce que je sais déjà, mais ce qui est certain, c'est que je peux t'empêcher de l'apprendre. C'est plus sûr comme ça.

Plus sûr.

Mais rien dans leur vie n'était sûr. C'était censé faire cet effet-là, de se sentir en sécurité ? Sa *mama* se sentait-elle en sécurité ? Un seul des esclaves sur la plantation se sentait-il en sécurité, quel que soit son comportement, si dur qu'il travaille, si assidûment qu'il suive les règles ? Non, Angelina ne le pensait pas.

— Et de toute façon, reprit sa mère, les malédictions, elles sont nourries que par les âmes en feu. Il suffit pas de le souhaiter pour qu'elles agissent.

— J'ai une âme en feu pour nourrir mon vœu, insista Angelina.

Son vœu, c'était que Delphia Chamberlain souffre mille morts terribles. Elle mériterait jusqu'à la dernière.

— Et pour chaque once de haine qui nourrit une malédiction, il faut une quantité égale d'amour.

Angelina dévisagea sa mère, soudain envahie par une immense lassitude. Tout ça avait l'air confus et compliqué, très difficile à faire fonctionner.

Peut-être détestait-elle Delphia Chamberlain aussi fort qu'elle aimait John, seulement elle n'avait pas idée de la manière de mesurer les deux sentiments. Enfin, il ne pouvait pas uniquement s'agir d'amour et de haine. Sûrement y avait-il des mots, dans l'affaire, les incantations qu'elle entendait sa mère psalmodier parfois quand elle passait devant la fenêtre de leur case, les vapeurs et les effluves de ce qu'elle brûlait, qui s'envolaient par l'ouverture.

Mais sa mère n'en avait jamais rien partagé avec elle et elle doutait de sa capacité à la convaincre de commencer maintenant. Et puis, elle n'était même pas certaine de croire dans tout ça. Si sa mère savait comment jeter une malédiction sur les gens, pourquoi n'avait-elle pas maudit son père avant qu'il la mette enceinte du bébé qu'elle n'avait jamais désiré, sur le sol en terre battu de la cave ? Pourquoi n'avait-elle pas maudit les hommes qui lui avaient passé les chaînes et l'avaient envoyée dans la cale empestant le vomi d'un navire négrier ? Pourquoi n'avait-elle pas maudit le groupe qui avait pendu Elijah et l'avait laissé pourrir au soleil ?

Pour chaque once de haine qui nourrit une malédiction, il faut une quantité égale d'amour.

Si ça voulait dire quelque chose, ça... Angelina s'assit lourdement sur le lit.

— C'est cet homme qui a commencé tout ça, déclara sa mère, en posant sur sa fille désespérée un regard à la fois dur et empli d'inquiétude. S'il t'aimait vraiment, il mettrait pas ta vie en danger.

Comment pourrait-il l'aimer sans mettre sa vie en danger, au contraire ? Cette guerre allait-elle vraiment émanciper les esclaves ? L'idée paraissait tellement peu réaliste qu'elle en devenait inconcevable. Absurde. Le monde pourrait-il jamais changer à ce point ?

Le doute fit dresser les poils sur sa peau. Elle voulait insister, affirmer que John l'aimait, que ses promesses étaient réelles et sincères. Mais elle le revit en pensée, elle revit la façon dont il avait détourné le regard quand ils avaient évoqué le fait qu'il combattait pour le camp qui ne la libérerait jamais. Il y avait eu quelque chose qu'il avait refusé de lui dire, ce jour-là, et ce souvenir ne fit qu'augmenter les doutes qu'elle entretenait déjà sur la capacité de leur amour à finir par l'emporter.

— Ouais, murmura sa *mama*, une lueur féroce dans les prunelles. Il apporte que du danger et rien d'autre. Que du danger.

26

Clara resserra sa veste légère autour d'elle et inspira l'odeur pure et fraîche d'une soirée lavée par une journée de pluie.

Le son familier de la voix de madame Guillot lui parvenait, porté par la brise, et elle sourit de plaisir aux intonations douces qui s'élevaient jusqu'à elle.

« *Long my imprisoned spirit lay,*
Fast bound in sin and nature's night;
Thine eye diffused a quick'ning ray
I woke, the dungeon flamed with light. [4] »

Clara poussa le portail, dépassa le gros matou occupé à se laver sur le chemin pavé. Dès qu'elle la remarqua, madame Guillot s'arrêta de chanter et son visage se fendit d'un sourire chaleureux.

— Ah, Clara, ma chère enfant, comment vas-tu ? Cela fait bien trop longtemps que je ne t'avais pas vue.

— Je vais bien. Je vous ai cherchée, mais vous n'étiez pas sur votre perron, ces derniers temps, quand je passais. Comment allez-vous ?

---

4. Quatrième couplet d'un cantique de Charles Wesley (1701-1788), « And Can It Be » : « Longtemps mon esprit est resté prisonnier, le jeûne lié au péché et à la nuit de la nature ; ton œil a diffusé un rayon qui m'a éclairé. Je me suis réveillé, le donjon flamboyait de lumière. »

— Merveilleusement bien. J'ai eu la compagnie de Harry, ajouta-t-elle, et Clara aurait juré avoir vu les joues de la vieille dame rosir un peu. Et bien sûr, maintenant que les températures se sont rafraîchies, je passe plus de temps à l'intérieur, le soir venu.

— Oui, acquiesça Clara, ça fait vraiment du bien que la météo soit moins étouffante.

— N'est-ce pas ? J'allais justement me préparer une tasse de café. Tu te joins à moi ? J'ai pris du *Fall creamer*, c'est une recette spéciale pour l'automne. Et puis, j'ai aussi goût *Pumpkin spice*, c'est-à-dire citrouille et épices, menthe poivrée et... voyons... (Elle porta un doigt à son menton tout en se levant de son siège.) Ah oui, *crème brûlée*[5].

Clara souriait de toutes ses dents.

— Comment saviez-vous que j'étais une fan absolue des cafés *Fall creamer* ?

Madame Guillot ouvrit sa porte en riant, la tint à Clara pour qu'elle entre à sa suite.

— Qui ne l'est pas, mon petit ?

— Personne que je souhaite connaître en tout cas.

Clara referma la porte au son du rire redoublé de son hôtesse et se retrouva dans une pièce accueillante. Les meubles étaient vieux, mais manifestement bien entretenus, avec des plaids chauds sur le dossier des fauteuils et des coussins moelleux aux extrémités des deux canapés placés l'un en face de l'autre. Dans le coin, la télévision était allumée, mais le son si bas qu'on l'entendait à peine.

— Assieds-toi, moi je vais mettre le café à chauffer. Je vois que tu es allée rendre visite à monsieur Baptiste.

Clara acquiesça et posa son cabas rempli de courgettes et de courges jaunes sur la table basse de madame Guillot.

— Oui. Il va fermer pour la saison d'ici une semaine ou deux. J'y passe aussi souvent que possible, il est tellement gentil qu'il va me manquer quand il ne sera plus là.

5. En français dans le texte.

— Oh, ça oui, il est gentil. À moi aussi, ça va me manquer de ne plus le voir. Fais comme chez toi, je reviens dans quelques minutes. Quel arôme est-ce que tu veux dans ton café, alors ?

— *Pumpkin spice,* s'il vous plaît.

Clara s'assit sur le canapé et regarda autour d'elle les différentes babioles que madame Guillot avait disposées çà et là. Elle aperçut les photos sur les tablettes et la console qui soutenait la télévision, toutes les personnes que sa voisine avait aimées et perdues.

Elle entendit madame Guillot recommencer à fredonner le morceau qu'elle chantait à son arrivée.

— Quelle jolie chanson, madame Guillot ! lui cria-t-elle.

— Oui, en effet, mon petit, répondit l'intéressée depuis la cuisine adjacente au salon. Elle s'appelle *And Can It Be.* Ma *mama,* paix à son âme, ne savait pas lire, mais oh, comme elle savait chanter ! Comme un ange. Elle m'a appris tous les cantiques qu'elle connaissait.

— Vous les chantez admirablement.

— Merci, mon enfant. Oh, j'ai oublié de te dire : j'ai acheté un billet pour ta soirée d'ouverture. J'avais vérifié en amont, et dès que les places ont été en précommande, j'ai réservé la mienne illico.

— Ah bon ? s'étonna Clara, sans cacher sa joie.

Quelle adorable femme que cette madame Guillot ! Et comme c'était merveilleux de savoir que, même si son père n'était pas présent pour sa première – la toute première à laquelle il ne pourrait assister et, oh oui, ça faisait mal –, au moins une personne dans le public serait venue juste pour elle.

— Merci, madame Guillot. Ça signifie énormément pour moi.

— J'ai vraiment hâte.

Le vrombissement d'un moulin à café retentit et Clara se cala au fond du canapé, tandis que sa voisine se remettait à fredonner. Sans regarder vraiment, elle tourna les yeux vers la télévision, où un bulletin d'information commençait.

Au bout d'une minute, elle se redressa et cligna des yeux devant une vidéo à l'écran. Elle attrapa la télécommande sur la table basse et monta le son, d'un doigt rendu maladroit par sa hâte.

« J'adore cette histoire, Genevieve, disait le présentateur à la présentatrice des informations. On dirait bien que cet homme masqué fait le tour de La Nouvelle-Orléans et répand le bien parmi les personnes dans le besoin. On a déjà une poignée d'histoires que nous rapportent des gens. Selon les témoins, il appartiendrait aux Brass Angels : comme vous le savez, il s'agit d'un groupe bénévole de combattants du crime qui s'est formé après le passage de l'ouragan Katrina. »

— Un homme masqué ? chuchota Clara, sous le choc.

Choquée, oui, par ce qu'elle avait cru voir sur la vidéo qui avait lancé la séquence. Un homme portant un masque étrangement semblable à celui qu'elle avait vu sur Jonah en deux occasions. Son pouls s'emballa.

« Oui, Brennan, répondit Genevieve, la présentatrice. C'est vraiment intéressant. Mais le plus intrigant, c'est qu'apparemment il ne se contente pas de venir en aide aux gens en tant que membre des Brass Angels : dans certains cas, il fait don de sommes d'argent. De grosses sommes d'argent. »

Clara vit apparaître une jeune femme, en larmes, assise auprès d'un petit garçon de toute évidence malade, sur un lit d'hôpital, qui raconta comment un homme l'avait abordée dans la cour de l'établissement. Au courant, elle ne savait comment, du traitement dont avait besoin son fils, l'homme lui avait tendu un chèque à encaisser pour une somme de cinquante mille dollars. Un chèque qui ne comportait aucune information personnelle, hormis celle de la banque d'où il était émis.

« Je voulais juste le remercier, disait la femme, une larme roulant sur sa joue. Mon fils va bénéficier demain de l'opération qui va peut-être lui sauver la vie et... (Elle renifla, prit la main de l'enfant qui la contemplait avec des yeux pleins d'amour et un petit sourire aux lèvres.) Et vraiment, je voudrais remercier l'homme qui a rendu ça possible. »

« *News Eight* s'est procuré l'enregistrement vidéo du parking de l'hôpital et, si vous regardez très attentivement, vous verrez cet homme masqué tourner au coin. Hélas, la caméra opposée était en panne le jour en question, mais nous avons figé l'image où cet homme mystère regarde l'objectif. Si vous êtes en mesure de l'identifier, merci de nous joindre afin que cette mère reconnaissante, et d'autres personnes avec elle, puissent le remercier pour sa gentillesse et sa générosité. »

L'écran afficha alors la photo neigeuse d'un homme au visage levé vers la caméra au-dessus de lui, la tête légèrement inclinée, comme s'il regardait d'un œil qui aurait été plus vaillant que l'autre.

Le cœur de Clara bondit dans sa poitrine et elle porta une main à sa bouche.

— Un homme masqué qui aide les désespérés, commenta madame Guillot derrière elle, avant de venir poser deux tasses sur la table basse. (L'odeur délicieuse du café et de la citrouille aux épices flotta jusqu'aux narines de Clara, la tirant enfin de sa transe.) Eh bien, voilà qui bat tout le reste. Je suis la seule dans cette pièce à trouver ça très... séduisant ?

Clara ne put réprimer un rire surpris alors qu'elle se tournait vers madame Guillot. *Séduisant.* Non, non, madame Guillot n'était absolument pas la seule.

— Madame Guillot, je... je le connais.

La vieille femme inclina la tête, les yeux emplis de surprise.

— Ah oui ? Qui est-ce ?

Clara secoua la tête.

— Je ne peux pas le dire. Enfin, je ne le savais pas non plus, jusqu'à maintenant. Juste là. De toute évidence, il ne veut pas que ça se sache.

Madame Guillot posa une main sur celle de Clara.

— À tout hasard, s'agirait-il de l'homme à qui tu voulais accorder ton pardon, sans savoir si ce serait de près ou bien de loin ?

— Oui.

Madame Guillot hocha la tête.

— Et alors, tu as choisi, mon enfant ?

— De près. De très près.

Les lèvres de sa voisine se retroussèrent et elle lui adressa un regard entendu.

— Je vois. Apparemment, c'était un choix judicieux, ajouta-t-elle avec un coup d'œil à la télévision, où l'on était passé à une autre histoire. Un homme qui agit de cette façon prend la rédemption très, très au sérieux. (De nouveau, elle tapota la main de Clara.) Allez, bois donc ton café, ma petite. Et ensuite, va rejoindre ce jeune homme et offre-lui un peu plus de ta grâce. Et cette fois, envisage même d'y aller encore un peu plus près.

Clara écarquilla les yeux, puis elle éclata de rire et jeta les bras autour du cou de madame Guillot.

27

— Coucou ? Jonah, tu es là ?

Il se figea en entendant la voix de Clara. Elle était au portail du côté de la propriété et y frappait à petits coups réguliers, brisant le silence de Windisle. Le cœur de Jonah bondit, l'excitation enfla en lui, avec aussi une pointe de panique.

Que fais-tu ici Clara ? Il hésita une fraction de seconde, laissa une profonde inspiration le traverser. Oserait-il répondre ? Myrtle et Cecil étaient sortis, l'une de leurs rares expéditions hors de la plantation, pour dîner dans le Vieux Quartier avant d'aller voir un spectacle. Il était donc seul.

Machinalement, il porta les mains à son visage, passa les doigts le long des cicatrices et sa peur grimpa d'un cran. Non. Non. Il n'était pas prêt. Pas encore.

Peut-être ne répondrait-il pas du tout, bien que cette seule pensée ne fasse qu'augmenter sa panique. L'idée que Clara s'en aille était plus horrible encore que celle de la voir rester. Son ventre se contracta. *Merde.*

Elle cria son nom à nouveau, d'une voix qui résonna à travers la propriété, à travers lui. Et si elle avait un problème ? Si elle avait besoin de lui ?

Il laissa échapper un soupir frustré et éteignit les quelques lampes allumées à l'intérieur de la maison puis descendit au rez-de-chaussée, où il actionna l'interrupteur pour couper aussi l'ampoule censée éclairer la porte de derrière.

La pénombre se referma, enroulant ses doigts sécurisants autour de Jonah, calmant les battements de son cœur. Les coups sur le portail cessèrent. Manifestement, Clara avait vu les lumières s'éteindre et savait qu'il venait à sa rencontre.

— Il arrive dans le noir, chuchota-t-elle quand il déverrouilla le portail.

Tendant le bras vers elle, il l'attira rapidement à son côté, avant de refermer le battant d'un coup de pied.

La porte latérale de la maison ouvrait sur un couloir court qui conduisait directement à la cuisine. Jonah la referma et colla Clara contre le mur en deux mouvements pressés.

— Qu'est-ce que tu fais ici ? demanda-t-il, tout près de son visage.

Elle prit une inspiration et il eut l'impression qu'elle inhalait son odeur, ce qui fit courir un frisson d'excitation à travers son corps.

— C'est toi, souffla-t-elle.

— Oui, c'est moi. Qui croyais-tu que ce soit ?

— Non, je veux dire, c'était toi, aux infos.

Un malaise picota la peau de Jonah.

— Les infos ? (Ces deux mots, « les infos », suffisaient à l'emplir de peur, ils ne lui rappelaient que des souvenirs négatifs. Contrairement à une époque, où « les infos » l'emplissaient de vie.) Je ne suis pas passé aux infos.

— Si, si, insista-t-elle, et il perçut quelque chose dans sa voix : de l'émerveillement ? Tu parcours La Nouvelle-Orléans pour aider les gens dans le besoin.

Sa voix contenait une note d'incrédulité et, toujours, cet émerveillement qu'il y avait entendu plus tôt.

— Non.

Il recula d'un pas et tourna légèrement le visage dans la pénombre qui n'était pas totale à cause d'un croissant de lune brillant par la fenêtre de la cuisine. Comme il ne discernait que la silhouette de Clara, pas les détails, il espérait qu'il en allait de même pour elle.

— Non, répéta-t-il, mais même lui entendit, quand le mot sortit, qu'il sonnait plus comme une question que comme une affirmation. Qu'est-ce qu'ils ont dit ?

— Ta façon de détourner le visage, comme ça, murmura-t-elle comme si elle parlait pour elle-même. J'ai reconnu ce geste à la minute où ils ont passé la vidéo.

— Clara, de quoi tu parles, bon sang ? demanda-t-il, de plus en plus mal à l'aise.

Il crut la voir secouer légèrement la tête, adossée là contre le mur, un mouvement qui se mêla à l'obscurité environnante.

Sans réfléchir, il avança vers elle, en quête. *Je suis toujours en quête de cette femme.*

— Ils ont fait un reportage complet sur ce type masqué qui aide les gens de façon anonyme à La Nouvelle-Orléans. Avec l'interview d'une femme dont le petit garçon malade vient d'être accepté dans un programme médical. Ils l'opèrent demain.

Jonah enregistra cette information et son cœur s'emplit d'une joie soudaine, celle de savoir Matthew sur le point de profiter de la chance qu'il méritait.

— Elle a expliqué que cet homme avait payé la somme requise, qu'il l'avait abordée en pleine journée, le visage caché, et qu'il lui avait tendu un chèque, reprenait déjà Clara à toute vitesse, d'une voix basse et essoufflée. Et d'autres personnes aussi ont assuré l'avoir vu patrouiller avec ce gang contre le crime, les... les Silver Angels, dont tu m'as parlé l'autre nuit. Les gars que j'avais pris pour des agresseurs.

— Les Brass Angels, corrigea-t-il.

Bon Dieu. Comment diable les médias avaient-ils eu vent de ça ? Et voilà qu'il était devenu un sujet de reportage ? *Merde.* Jamais il n'avait eu cette intention. Ce n'était pas une bonne nouvelle.

— C'est toi, répéta Clara. Ils avaient une vidéo de toi, des caméras du parking de l'hôpital. J'ai reconnu le dessin de ce masque, je t'ai vu avec et puis... tu as incliné la tête. (Elle leva la main et, à l'aveugle, passa les doigts sur sa mâchoire à vif.) J'ai su que c'était toi.

— Clara...

— Ne me mens pas, Jonah. Dis-moi la vérité.

Il lâcha un soupir. Quelle importance après tout ? Il lui faisait confiance. Elle ne le trahirait pas en révélant son identité. Il ne pourrait plus patrouiller dans les rues, de toute façon. On le rechercherait. Pour faire à nouveau une histoire médiatique à son sujet. Ça, il ne le permettrait pas. Alors sa brève notoriété au sein des Brass Angels était terminée.

— Ouais, ouais, c'était moi.

Elle resta silencieuse un instant et il pensa qu'elle était peut-être bouche bée face à lui. Il se déplaça, mal à l'aise.

— Pourquoi tu fais ça ? souffla-t-elle, avec encore cet émerveillement dans la voix.

— Pourquoi ?

— Oui. Je veux dire, c'est merveilleux, mais... Pourquoi as-tu décidé d'aider les gens ? De devenir un héros pour les autres ?

— Oh, nom de Dieu, Clara... lança-t-il dans un rire sans joie. Tu ne cesses d'essayer de me transformer en héros. Je n'en suis pas un.

— À mes yeux, si. Et tu ne peux rien y faire, Jonah Chamberlain. Tu ne changerais pas cet état de fait, même si tu le voulais. À mes yeux tu es un héros et c'est tout.

C'est tout ? Il soupira de nouveau, feignant la frustration, mais en réalité, un accès de plaisir l'avait saisi, qui lui donna l'impression d'être... vivant. Non qu'il se considère comme un héros aux yeux de quiconque, mais parce qu'il voulait en être un à ses yeux, à elle. Bon Dieu, oui. Et elle venait de lui dire qu'il en était un. Et pas seulement avec des mots. En cet instant précis, il sentait irradier cette conviction dans l'espace qui les entourait, ce sentiment d'avoir bien agi à ses yeux et la fierté qu'il lui inspirait, comme une femme peut éprouver de la fierté pour l'homme qu'elle considère comme le sien. Ce constat était comme une lumière allumée à l'intérieur de lui. De son âme. Lui qui vivait dans le noir. Mais Clara, elle, était sa lumière.

Il chuchota son prénom et elle approcha son visage du sien, pour trouver ses lèvres dans la pénombre.

— Salut, chuchota-t-elle juste avant de presser la bouche sur la sienne.

Il sourit contre ses lèvres, puis il prit le baiser en charge, arrachant un petit gémissement à Clara qui envoya un courant électrique directement dans son bas-ventre. *Salut.*

Ils continuèrent de s'embrasser et Jonah se perdit dans les sensations : le pouls décuplé, l'afflux de chaleur dans ses veines, l'excitation qui emplissait chaque cellule de son corps.

— Ta bouche m'a manqué, avoua-t-il entre deux baisers.

Il la sentit sourire.

— Ce qu'elle dit ou ce qu'elle fait ?

— Les deux.

Il avala son rire, l'embrassa encore, incapable de se rassasier. Il passa une main sous le col de sa veste, dans le creux de son cou, à la jonction avec son épaule, et son doigt s'accrocha au justaucorps qu'elle portait en dessous.

— Tu es venue directement après ta répétition, constata-t-il.

Sa bouche glissa dans sa gorge et elle bascula la tête en arrière pour la lui offrir.

— Oui. Je rentrais à la maison et je me suis arrêtée chez ma voisine. C'est là que j'ai vu les infos.

— Humm.

Il la sentit frissonner. Une réaction qui lui serra le ventre de désir. Il adorait la façon dont elle réagissait à ses caresses. Il adorait absolument tout chez elle, d'ailleurs. Il l'aimait, elle.

— Et du coup, tu es venue directement ici.

— Bien sûr.

— Bien sûr.

Il sourit. Évidemment. Clara était attentionnée. Elle réfléchissait à ses actes, mais une fois qu'elle avait pris la décision de se confronter à quelque chose ou à quelqu'un, elle fonçait sans hésiter.

— J'ai adoré la boîte à musique, au fait, reprit-il entre deux caresses.

— Ça ne faisait pas trop égocentrique de t'offrir un cadeau dans l'espoir qu'il te fasse penser à moi tous les jours ?

Il émit un petit rire et, à nouveau, elle frissonna.

— Non. Mais ce n'était pas nécessaire. Je pense déjà à toi tous les jours, Clara. Tous les matins. Tous les soirs. À chaque seconde.

Elle noua les mains autour de son cou et attira sa bouche sur la sienne.

— Jonah. Danse encore avec moi, comme tu l'as fait au bal masqué.

— Oh ça ? Ce n'était pas vraiment de la danse. Toi, tu danses. Ça, c'était juste quelques balancements, la taquina-t-il.

— Alors quoi ? Tu veux que je t'enseigne deux ou trois mouvements de ballet, que je fasse de toi un vrai danseur ?

Jonah s'esclaffa.

— Mon Dieu, non. Je serais nul pour la danse classique. Tu ne peux pas le savoir, mais j'étais assez bon danseur de salon, à mon époque. Tu n'imagines pas le nombre de galas et autres bals de charité auxquels j'ai assisté en tant que membre estimé d'un prestigieux cabinet d'avocats, ici à La Nouvelle-Orléans. J'étais la coqueluche de la ville.

Clara lâcha un rire et déposa un baiser au creux de sa gorge qui lui tira un grognement.

— Montre-moi.

Il se crispa et elle secoua la tête, frottant le nez contre la base de sa gorge.

— Avec ton corps, précisa-t-elle. Que je le sente.

Il éclata de rire, puis la prit par la main et l'entraîna rapidement à travers la cuisine vers un autre couloir sombre.

— Reste là, chuchota-t-il.

Leurs doigts se frôlèrent quand il s'éloigna, pour se rendre à la bibliothèque où il alluma le vieux tourne-disque, avant de poser le saphir à tâtons au bord du disque déjà en place. C'était le morceau qu'il avait mis après avoir reçu le cadeau de Clara et qu'il souhaitait entendre. Non seulement la musique, mais aussi les paroles de la chanson qu'elle avait choisie pour lui.

Les premières notes de *All I Ask of You* emplirent la pièce et il monta le volume au maximum, puis il retourna vers Clara qui l'attendait dans le couloir sombre.

Elle hoqueta quand il la prit dans ses bras sans crier gare, car elle ne l'avait pas entendu approcher à cause de la musique.

— Tu connaissais le morceau, dit-elle, un sourire dans la voix.

Et lorsqu'il la fit tournoyer une fois, ce sourire se transforma en rire joyeux.

— Tu l'as choisi exprès ?

Il la serra plus fort contre lui pour l'entraîner dans le couloir en la soulevant légèrement quand il atteignit l'endroit où une marche montait au vestibule.

La douce lueur de la lune pénétrait par une fenêtre haute et Clara posa la tête contre son épaule, se laissant guider.

— Oui, admit-elle d'une voix mélancolique et rêveuse.

Il la fit tourner à nouveau, une fois, deux fois, et de nouveau elle rit tandis qu'il l'entraînait à travers les pièces plongées dans l'obscurité. Les pas qu'il connaissait si bien lui revenaient comme s'il ne s'était pas écoulé toutes ces années de solitude depuis qu'il avait tenu ainsi une femme dans ses bras.

Et ce n'était pas n'importe quelle femme, pas n'importe quelle cavalière avec qui il pourrait danser une fois et qu'il oublierait à la fin de la chanson. C'était Clara et elle était dans ses bras. Il ne voulait plus jamais danser avec personne d'autre. Rien qu'avec elle.

Jonah souriait à chaque éclat de rire surpris qui montait d'elle, il la faisait tournoyer plus vite, la soulevait pour franchir les marches, montant, descendant dans les différentes pièces de la maison qu'il connaissait comme sa poche.

Les pièces qu'il avait arpentées dans le noir nuit après nuit.

Il guidait et elle suivait ; dans cette pénombre, avec elle tout contre lui, qui lui faisait confiance pour l'empêcher de tomber, il pouvait presque se croire revenu en arrière... Il était juste lui, juste Jonah, sans cicatrices, un homme doté de la liberté qu'il avait considérée comme acquise, jadis.

Mais non. Il n'était rien de tout ça. Il avait ses cicatrices, il était abîmé et tellement mal qu'il ne pouvait faire semblant du contraire. C'était ça, son nouvel univers, mais un miracle s'était produit, Clara y avait plongé de sa propre volonté et elle le serrait aussi fort dans ses bras qu'il l'étreignait, lui.

Il la fit virevolter devant les fenêtres par lesquelles filtrait à peine la lune, une douce lueur nacrée à travers les lourdes draperies, juste assez pour décider s'il s'arrêtait de tournoyer pour les ramener vers la pénombre.

Elle rit et l'attira plus près.

— Tu danses entre les rayons de lune, n'est-ce pas, Jonah Chamberlain ?

Son rire s'était tu et sa voix avait pris une nuance plus rauque qu'à l'accoutumée. Pourtant, bizarrement, ses mots lui parurent familiers, comme s'il les avait déjà entendus quelque part, ou bien qu'il les avait pensés, sans se les rappeler.

— Nous dansons entre les rayons de lune, corrigea-t-il en la faisant encore virevolter.

— Nous, répéta-t-elle. Oui.

La musique baissa et puis se tut, l'électricité statique du frottement du saphir remplaçant les notes. Jonah s'immobilisa et tous deux restèrent haletants. Il sentait battre son propre cœur, celui de Clara aussi, le sang qui pulsait entre eux, la gravité dont l'air était soudain empreint.

— Embrasse-moi encore, Jonah. Mais cette fois, ne t'arrête pas.

Son cœur manqua un battement, avant de reprendre sa cadence rapide.

— Quoi ?

Elle saisit sa chemise, les poings serrés, pour l'attirer à elle, si proche que c'en était insupportable.

— N'arrête pas de m'embrasser. Emmène-moi dans ta chambre.

— Ma chambre ?

Le sang pompait furieusement dans ses veines, il sentait les courbes sensuelles de son corps pressé contre le sien et son cœur battait si férocement qu'il n'arrivait plus à réfléchir.

— Tu sais, l'endroit où tu dors ? le taquina-t-elle. (Elle lâcha sa chemise d'une main, qu'elle posa sur son cœur qui cognait de plus belle.) L'endroit où *je* vais dormir.

Il l'entendit se passer la langue sur les lèvres, ce qui envoya un afflux de sang brûlant vers son entrejambe déjà palpitant.

— Sous toi. Et sur toi et...

Elle lâcha un hoquet surpris quand il la souleva dans ses bras pour prendre la direction de sa chambre. Il fit un bref arrêt à la bibliothèque, où il éteignit le tourne-disque qui avait entamé un morceau du *Fantôme de l'Opéra* dont il ignorait le titre.

Le silence les enveloppa tandis qu'il parcourait le reste du trajet jusqu'à sa chambre, dont il referma la porte d'un coup de pied. Il posa Clara, laissant glisser son corps contre le sien jusqu'à ce que ses pieds touchent le sol.

Alors il l'embrassa et de nouveau elle le saisit par la chemise pour se coller à lui si fort que son dos heurta la porte. Il perdait toute capacité à réfléchir, à raisonner, pourtant, avant de s'autoriser à tomber dans l'oubli procuré par le plaisir, il devait s'assurer qu'elle ne le regretterait pas.

— Tu es sûre ? Tu ne m'as pas vu. Je suis...

— Je m'en fous, l'interrompit-elle entre deux baisers. Tu ne l'as pas encore compris ?

Il grogna. Son sexe était dur au point d'en être douloureux, désespéré, et elle passait les mains partout sur lui, de son torse jusqu'à ses abdominaux que ses doigts dessinaient à travers le tee-shirt. *Doucement. Ralentis. Accélère. Ne t'arrête pas. Encore.* Dieu, il voulait tout à la fois.

Il ne connaissait pas cette version de lui, ce Jonah si fou de désir qu'il partait en vrille au moindre contact. Il avait toujours été celui qui contrôlait la situation, celui qui donnait le rythme et fixait les règles en matière de relations physiques avec les femmes.

Mais Clara... oh, bon Dieu, Clara... Elle émettait de petits sons doux et essoufflés qui le rendaient dingue. *Bon Dieu.* Il allait exploser. Cela faisait si longtemps. Ça n'allait pas bien se passer. Si elle plaquait encore une fois son bassin contre lui, il allait jouir dans son pantalon, merde.

— Clara...

Il avait parlé d'une voix urgente. Il s'efforça d'y ajouter une touche de légèreté, comme s'il trouvait la situation vaguement amusante, quand, en réalité, c'était tout le contraire. Peut-être pourraient-ils en rire ensemble. *Pas grave. Tu m'as touché une fois et paf ! J'ai perdu les pédales.*

— Je ne vais pas tenir.

Son aveu sortit dans un grognement alors qu'elle déboutonnait le premier bouton de son pantalon et que le bruit de la fermeture Éclair ne lui parvenait qu'à peine dans le brouillard de désir qui l'entourait.

— Qu-qu'est-ce que tu fais ?

— Je te donne un coup de main.

Ses petits doigts s'enroulèrent autour de son sexe et il poussa un grognement, le dos plaqué à la porte derrière lui.

— Bon Dieu, haleta-t-il quand elle l'empoigna plus fermement, pour le caresser de haut en bas.

Merde, merde... C'était si bon. Il fallait l'arrêter... peut-être. Seulement, il n'arrivait plus à se rappeler pourquoi.

Clara s'approcha et déposa un baiser dans son cou, qu'elle mordilla tout doucement alors que sa main continuait son tour de magie. Il durcit encore et son ventre se contracta sous l'effet du plaisir, puis il jouit en criant son nom, haletant, la tête renversée contre la porte.

— Ça va mieux ? demanda-t-elle dans un chuchotement, quand elle le libéra.

Jonah peinait à reprendre son souffle.

— Oh oui !

Et aussitôt, le léger malaise revint, même si le bien-être qui courait dans ses veines l'engourdissait. Après tout, il aurait le temps d'avoir honte plus tard. Ou pas. Parce que pour le moment, le bonheur qui animait son corps paraissait trop beau pour être vrai.

— Bien, fit-elle en l'embrassant de nouveau. J'ai besoin de prendre une petite douche. Je peux ? Je suis venue directement de l'entraînement et...

— Laisse-moi faire, murmura-t-il en la prenant par le bras.

Il l'entraîna à sa suite avant qu'elle ait pu protester. Il la guida jusqu'à la salle de bains, la relâchant juste le temps de tourner le robinet. Le son de l'eau éclaboussant la baignoire emplit la pièce.

Une vapeur chaude, invisible dans le noir, s'éleva et, pendant qu'il testait la température de l'eau, Jonah suivait les mouvements de Clara : le bruit très léger de ses vêtements qui tombaient à terre lui enflamma de nouveau les veines.

Il l'aida à entrer dans sa baignoire et elle lâcha un gémissement de plaisir en s'asseyant dans l'eau qui montait, puis appuya la nuque contre le rebord de porcelaine.

Jonah se percha sur un tabouret derrière elle et releva ses cheveux, passant les doigts entre les mèches soyeuses.

— C'est le paradis, chuchota-t-elle.

Le dernier mot était sorti dans un soupir d'aise. Si elle savait à quel point. Mais comment le saurait-elle ? Elle n'avait pas été en enfer, comme lui.

Il lui lava les cheveux dans l'eau de plus en plus haute. Bientôt la fragrance de son shampoing embauma la salle de bains et se mêla à la buée.

— Désolé, je n'ai rien de plus... floral, dit-il avec un sourire, tout en lui massant le crâne. Il faut dire que je n'attendais pas de compagnie féminine.

Clara éclata d'un rire qui sonnait comme si elle était si détendue qu'elle le contrôlait à peine.

— J'adore, lui confia-t-elle. C'est comme si je t'avais tout autour de moi. Derrière moi. Dans l'air. En moi.

Il n'en fallut pas plus. Bon sang, il était à nouveau excité, prêt. Le corps parcouru d'un frisson, il versa de l'eau sur ses cheveux à l'aide de ses mains en coupe, pour rincer le shampoing.

— Un jour... chuchota-t-elle avec une note d'impatience dans la voix. J'adorerais faire ça à la lumière des chandelles.

Jonah marqua une pause, il attendit la peur. Mais elle ne vint pas. Il visualisa la pièce embuée, baignée par la lueur des bougies, il vit Clara tournant la tête et son regard passer, léger comme une plume, sur son visage abîmé. Et au lieu de la terreur, ce fut l'espoir qui fleurit en lui, l'idée que peut-être, oui, peut-être, Clara pourrait le regarder tel qu'il était, pas avec horreur mais avec... amour.

Il repenserait à cette chimère plus tard, mais pas maintenant, pas alors qu'il n'arrivait pas à réfléchir correctement.

— Peut-être un jour, répéta-t-il. Mais pas ce soir.

— D'accord, murmura-t-elle.

Toutefois, elle n'avait pas l'air déçue. Non, plutôt contente. Et il se rendit compte que c'était la première fois qu'il lui donnait une raison de croire qu'il trouverait un jour la résolution, la force de se révéler à elle. En fait, il s'était surpris lui-même.

Peut-être.

Peut-être.

Une simple expression et pourtant tellement pleine de sens.

Clara lui tendit le savon qu'elle avait dû trouver à tâtons dans le porte-savon encastré sur le côté de la baignoire et, un instant, Jonah le tint simplement dans sa main, le cerveau vide. S'il y avait eu assez de lumière pour y voir, il serait resté là à fixer des yeux le morceau de savon lisse dans sa paume, sans comprendre.

Clara semblait attendre, cependant, et quand il comprit enfin qu'elle lui suggérait de la savonner, de passer les mains partout sur son corps mouillé, sur sa peau nue, il faillit pousser un grognement bestial.

Comment en était-il arrivé là ? Comment était-ce arrivé ? *Est-ce bien réel, seulement ?* Il ne parvenait pas à comprendre. Mais il n'allait pas gâcher ces précieux instants de paradis, qu'ils soient rêve ou réalité, qu'ils soient destinés à durer longtemps ou pas.

Il passa le savon sur ses courbes, l'allongea dans la pénombre chaude et mouillée, ses mains voyant ce que ses yeux ne percevaient pas. Elle lui avait demandé la même chose à la lueur des bougies et il avait répondu : « Un jour. » Peut-être. Mais lui aussi, il en brûlait. Il brûlait de la voir, de lire son expression quand il la toucherait, découvrirait les détails de son corps.

Pour le moment, néanmoins, il pouvait commencer par la vénérer avec ses mains.

Il frotta le savon entre ses mains et puis les passa sur ses épaules, descendant dans son dos, remontant, massant ses muscles avec délicatesse. De la pulpe des doigts, il dessina le contour de sa clavicule et la sentit arquer le cou tandis qu'il passait lentement sur ses os délicats. Tels des fantômes, ses mains parcoururent sa cage thoracique et puis remontèrent, par-dessus les monts délicats de ses seins. Il perçut la façon dont ses tétons pointaient à son contact, en même temps qu'un gémissement s'envolait de sa bouche lorsque, des doigts, il traça un cercle sur sa chair durcie. Son nom monta dans l'air, si léger qu'il aurait pu passer pour une volute de vapeur. Il aurait voulu se pencher sur elle, prendre ces pointes dans sa bouche, la goûter, au lieu de quoi il s'obligea à continuer, reprenant péniblement son souffle.

Il savonna à nouveau ses mains et les reposa sur son corps, s'attardant dans le creux de sa taille, avant de descendre lentement sur ses hanches fermes et menues.

— Jonah, souffla-t-elle, se cambrant si bien que l'eau monta puis baissa de nouveau.

De sa propre main, elle guidait la sienne entre ses jambes ; il laissa échapper un souffle tremblant, tellement il devait se faire violence pour lui résister.

Plein de crainte, il explora cet endroit secret et vulnérable. D'une certaine façon, elle ne savait pas vraiment à qui appartenait la main qui la caressait là. Si les lumières s'allumaient tout à coup, ses yeux s'écarquilleraient-ils d'horreur en découvrant à qui elle avait autorisé de telles libertés ?

Elle allait à la rencontre de ses caresses, haletait son nom, le distrayant de ses sombres pensées comme si elle avait deviné quelle direction elles prenaient. Et avant qu'il puisse y retourner, elle se souleva de l'eau, l'attira à elle : il était désormais debout à côté de la baignoire et elle l'enlaçait, mouillant sa chemise de son corps trempé.

— Je te veux, dit-elle. Toi.

Alors elle savait. Apparemment, il s'était trahi. Un tic, peut-être, qu'il ne se connaissait pas mais qu'elle avait lu aussi aisément que s'il avait exprimé ses doutes par des mots. Il était transparent à ce point pour elle, même dans le noir. Ce constat le terrifia. Et le ravit aussi.

Leurs bouches se trouvèrent alors qu'il la sortait de l'eau, attrapait une serviette et commençait à la sécher d'une main.

Elle s'agrippa à ses épaules et, ensemble, ils titubèrent jusqu'au lit. Elle rit, un son clair qui accompagna le choc de ses mollets contre le lit, puis elle atterrit sur le matelas dans un son mat.

Il ôta ses chaussures d'un coup de pied, se déshabilla sans presque s'en rendre compte tant il était pressé de retourner à la chaleur de ses bras.

Enfin, sa peau nue retrouva la sienne et ils s'immobilisèrent tous les deux un instant, avant qu'il ne pose la bouche sur ses seins. Il l'avait apprise avec ses mains et maintenant il avait l'intention de l'apprendre avec sa bouche.

Il goûta, suça, mordilla son corps en chemin vers son but, lui arrachant encore ces sons gutturaux et primitifs ; ils auraient dû devenir des mots, des encouragements, mais elle oubliait ce qu'elle voulait dire avant de les prononcer.

Du bout des doigts, elle effleura une cicatrice sur son crâne. Il se raidit, tourna la tête pour qu'elle ne le touche pas. Elle ne protesta pas, se contenta de baisser la main vers sa nuque, qu'elle attira légèrement à elle pour qu'il l'embrasse.

Il prenait garde que son sexe érigé ne la touche pas, de crainte que cela n'ait les mêmes conséquences que tout à l'heure. À sa grande surprise, il y parvenait. Combien de fois faudrait-il qu'il la prenne avant de n'être plus sur le fil, au bord du précipice, et qu'il recouvre ce contrôle dont il s'était toujours enorgueilli ? Ou bien cet état était-il lié à Clara, au fait qu'il n'avait jamais ressenti ces sentiments pour aucune femme ?

Il caressa la peau tendre de sa cuisse, puis l'embrassa, et elle s'ouvrit à lui, comme pour l'inviter. Dès que sa langue trouva sa petite perle, elle se plaqua contre lui dans un cri, alors il la lécha sans relâche, attentif à ses gémissements de plaisir. Des doigts, il trouva sa fente et s'insinua en elle, lui arrachant de nouveaux petits cris. Dieu ce qu'elle était mouillée. Elle était...

— Jonah !

Dans un brouillard, il se rendit compte qu'elle répétait son nom et agrippait ses épaules, comme pour lui demander de continuer, d'accélérer.

Un petit rire émerveillé échappa à Jonah juste avant qu'il ne remonte le long de son corps, la couvrant de baisers avant de la prendre.

Oh bon Dieu, oh punaise, ce que c'est bon d'être en toi.

— Oui ! Oh oui, soupira-t-elle en se détachant de sa bouche pour basculer la tête contre l'oreiller. Pour cette première fois, je veux jouir avec toi en moi, chuchota-t-elle en lui nouant les jambes autour des hanches.

Pour cette première fois. Oh, bon Dieu, il était au paradis.

Il s'enfonça. Au loin, un feu d'artifice explosa dans sa tête. Il lâcha un grognement guttural à son tour, en se fichant à nouveau en elle, et elle planta les ongles dans les muscles de son dos.

Elle répétait son nom, d'une voix saturée de plaisir alors qu'il ondulait en elle, relevant sa cuisse pour s'enfoncer encore plus loin, pour la posséder complètement, pour sentir tout ce qu'il pouvait de cette femme si belle allongée sous lui.

Il la désirait tellement. Tellement. Le désir pulsait dans son corps abîmé. Il l'aimait, en fait, et cet amour sonnait en lui comme les cloches d'une église un jour sacré.

Je t'aime. Je t'aime. Je t'aime.

Elle se crispa autour de lui, serrant plus fort encore les cuisses qu'elle avait nouées autour de lui ; son corps se cambra et elle lâcha un cri.

Il jouit l'instant d'après, un orgasme qui le frappa en même temps que l'un de ces feux d'artifice au loin explosait juste sous lui, envoyant sa lumière scintillante à travers chaque cellule de son corps.

— Waouh, soupira-t-elle, mi-émerveillée, mi-taquine.

Il sourit, le nez enfoui dans le creux de son cou. Il prit un moment pour l'inhaler, avant de se retirer d'elle en roulant sur le flanc. Elle passa les bras autour de sa taille et posa la tête sur son épaule pleine de cicatrices. Elle embrassa son torse, frotta le nez sur sa peau jusqu'à ce qu'il l'attire plus près.

— Waouh, répéta-t-elle, et il sentit son large sourire contre sa peau.

— Exactement ce que je pensais, fit-il en enroulant une mèche de ses cheveux humides autour d'un doigt.

Il la porta à ses narines et huma l'odeur de Clara mêlée à celle de son propre shampoing.

Ils restèrent allongés ainsi plusieurs minutes, baignant dans le bonheur absolu d'après l'amour. La pénombre tranquille autour d'eux donnait l'impression d'un cocon élaboré juste pour deux. Oh Dieu, il voulait ça ! Il la voulait, elle. Pour toujours.

— Depuis combien de temps tu patrouilles avec les Brass Angels ? demanda Clara, dont il sentit le souffle chaud contre sa peau.

— Pas longtemps. J'ai commencé quelques jours après ta chute.

Cet instant, la voir tomber aussi rudement, avait été atroce. Le temps s'était suspendu, entre son besoin de bondir vers elle et celui de savoir si Ruben et Augustus étaient des menaces ou des alliés. Attendre qu'elle rouvre les yeux avait été une torture.

— Dis-m'en plus sur ce que tu fais.

Ils parlèrent ainsi dans la nuit, Jonah lui raconta les gens qu'ils aidaient, les vœux qu'il exauçait et comment il avait trouvé le courage d'aller voir la mère d'Amanda Kershaw.

Il ne mentionna pas le téléphone, parce qu'il n'en voyait pas l'utilité. Ignorant si l'appareil contenait quoi que ce soit de notable, il le considérait pour le moment comme sans importance. Il avait trouvé un chargeur correspondant à ce vieux modèle sur eBay et l'avait commandé, mais il ne le recevrait pas avant quelques jours. À ce moment-là, il vérifierait et verrait bien de quoi il retournait. En attendant, il n'y avait que Clara, que des mots chuchotés et des caresses qui commencèrent paresseusement et se précisèrent peu à peu, devenant plus ciblées jusqu'à ce que les paroles s'estompent pour se changer en soupirs.

Il n'avait pas imaginé pouvoir ressentir un tel plaisir à nouveau. La satisfaction d'avoir fait l'amour. D'être enlacé. Après tout, les monstres ne méritaient pas le plaisir.

Mais quelque chose se transformait en lui.

Je ne vous ai jamais rendu responsable. Vous ne l'avez pas tuée.

Ces mots...

C'est comme si je t'avais tout autour de moi. Derrière moi. Dans l'air. En moi. Le désir de Clara. Les caresses de Clara. Son contact. Ses baisers. Et, à moins qu'il ne soit complètement à côté de la vérité, le cadeau de son cœur.

Il se leva avant le soleil, s'extirpa de la chaleur du lit et enfila ses vêtements à la hâte dans la pièce encore sombre juste avant l'aube.

Clara balbutia quelque chose dans son sommeil, son nom pensait-il, et le mot déferla sur lui comme si le soleil s'était soudain levé dans un afflux de lumière radieuse.

Elle bougea, un peu, sa silhouette n'était plus qu'un contour dans la chambre sombre, et il brûla de la rejoindre sous les draps. De l'étreindre tandis qu'elle s'éveillerait.

Encore une heure et la chambre serait baignée des lueurs laiteuses du jour. Si elle se tournait, elle le verrait et...

Non.

Il avait perdu le contrôle de son corps, de son cœur, mais ça, il ne pouvait pas.

Il se dirigea vers la porte, se planta devant, une fois dehors, submergé par les images de la nuit passée, empli de joie et d'espoir. Peut-être ne s'enfuirait-il pas toujours des bras de Clara avant que le soleil n'éclaire le monde et ne révèle son visage abîmé. Peut-être... *Peut-être.*

28

Clara inhala le parfum subtil et doux de la rose blanche, dont les pétales veloutés lui chatouillaient le nez. Les lèvres incurvées sur un sourire rêveur, elle prit son téléphone en remettant la fleur dans le vase rempli de onze autres roses blanches, entourées de branches d'eucalyptus frais qui retombaient sur les côtés.

Les fleurs avaient été livrées pendant la répétition, suscitant chuchotements et sourires de la part des autres ballerines.

Clara : Les roses sont magnifiques, merci. Tu savais que les roses blanches symbolisent la pureté ? Tu me considères toujours comme pure, après la nuit dernière ? ;)

Jonah : La fleuriste m'a affirmé qu'elles symbolisaient l'honneur et la vénération. Mais oui, je te considère toujours comme pure... ou presque ;)

Clara éclata de rire et son cœur accomplit un saut périlleux à l'intérieur de sa poitrine en apprenant qu'elle était vénérée. Sans l'ombre d'un doute, il le lui avait fait sentir la nuit passée. Elle s'était sentie précieuse entre ses bras.

Clara : Bon, il faut que je m'améliore la prochaine fois alors.

Jonah : Mieux que la nuit dernière, ça n'existe pas.

Elle aperçut le reflet de son sourire niais dans le miroir de la loge et se mordit la lèvre, réalisant qu'elle ressemblait à une adolescente éperdue d'amour. Elle relâcha sa lèvre pour permettre à son sourire de s'élargir encore. *Après tout, on s'en fiche ! Je suis éperdue d'amour,* pensa-t-elle avec une pointe de vertige. En plus, elle était seule, alors qu'est-ce que ça pouvait bien faire si elle arborait un sourire niais ?

D'ailleurs, en parlant d'être seule, elle ferait bien de se mettre en route. Il restait probablement encore quelques danseurs dans le bâtiment, mais elle n'en était pas certaine. Elle était restée sur scène après tout le monde, désireuse d'utiliser l'espace pour s'entraîner sur un mouvement auquel elle devait encore réfléchir chaque fois qu'elle l'effectuait au lieu de le ressentir comme une seconde nature, sensation qu'elle recherchait car elle seule lui permettait de se perdre dans l'émotion de l'histoire.

Clara : Je sors tout juste de répétition. Je t'appelle dès que j'arrive à la maison.

Jonah : À tout de suite.

Clara délaça rapidement une pointe, l'enleva et prit un moment pour se masser la voûte plantaire avec un petit soupir. Mon Dieu, c'était toujours si bon de les ôter. Alors que sa main faisait travailler les muscles trop sollicités, elle se remémora les mains de Jonas sur son corps la veille, la façon dont elles l'avaient caressé et...

Au bord du gémissement, elle chassa ces doux souvenirs, même si elle n'en avait aucune envie. Il ne lui servirait à rien de s'exciter dans une loge publique, même si les autres filles étaient déjà changées et parties.

Non, elle ne s'attarderait pas sur les détails de sa nuit avec Jonah pour l'instant, mais, bon sang, ça avait été magique. La nuit la plus magique de sa vie. Et son corps était une merveille. Solide, musclé et parfaitement masculin. Tout cela, elle l'avait senti, chaque creux et chaque courbe, chaque... renflement.

Elle avait même senti ses cicatrices, la peau boursouflée dans son dos et sur son épaule, où il n'avait même pas remarqué qu'elle passait la main. Elle ne l'avait désiré que davantage, à chaque partie imparfaite qu'elle découvrait de lui.

Et puis, son collectionneur de vœux savait ce qu'il faisait, en matière de sexe. Il connaissait manifestement le corps d'une femme.

Clara éprouva une pique de jalousie envers toutes les femmes avec qui il avait été par le passé, qui l'avaient eu dans la lumière, peut-être sous un rayon de soleil ruisselant par une fenêtre et qui, en se brisant, le plongeait dans des nuances d'or.

Là encore, elle choisit de repousser toute envie loin dans son esprit. Il était à elle, maintenant, et elle était à lui. Quelques notes de *All I Ask of You* sur les lèvres, elle se remémora le moment où il l'avait fait tournoyer dans le manoir de Windisle plongé dans la pénombre.

Elle avait eu l'impression qu'ils dansaient ensemble, à l'intérieur d'un corps céleste, alors qu'il la guidait de pièce en pièce, sautant les marches, les utilisant comme des tremplins pour la faire tournoyer sous le ciel de minuit.

Votre véritable amour danse entre les rayons de lune.

Et oui, c'était le cas, pas vrai ? Son collectionneur de vœux... Son danseur des ténèbres. Son bien-aimé.

Elle n'avait toujours pas vu son visage, à quoi il ressemblait maintenant, si abîmé, du moins le pensait-il, au point de vouloir disparaître avec la lumière du matin, ne lui laissant que des souvenirs et son odeur encore perceptible sur la peau.

Clara enfila ses vêtements, accrocha son costume au crochet de son vestiaire et attrapa son sac pour quitter la pièce.

Elle fut surprise de constater qu'on avait éteint les lumières. Elle était donc vraiment la toute dernière à partir ? Il lui était déjà arrivé de rester sur scène après les répétitions, pour reprendre un mouvement ou deux, et il y avait toujours au moins quelques autres danseurs qui s'attardaient pour une raison ou pour une autre. Ou au moins du personnel d'entretien. Bref, quelqu'un...

Elle se dirigea dans le couloir plongé dans la pénombre, un petit sourire lui taquinant les lèvres : tout à coup, l'obscurité revêtait un nouvel attrait.

Le noir, c'était où vivait Jonah.

— Tu m'évites.

Clara fit volte-face sur un hoquet de surprise, mais porta la main à sa poitrine en découvrant Marco.

— Bon sang, tu m'as fait peur !

Sans sourire, il s'approcha d'elle. Aussitôt, un petit frisson désagréable lui descendit le long de l'échine.

— Ce vieux truc de jouer la fille inaccessible, ça a vécu.

Il s'avançait encore, jusqu'à s'immobiliser à un bon mètre d'elle. Clara se campa sur ses pieds et l'observa, soudain mal à l'aise à cause de cette distance à laquelle il ne l'avait pas habituée et de sa remarque, qui hérissa les petits cheveux dans sa nuque. Elle ne parvenait pas à déchiffrer son expression, dans le couloir peu éclairé, toutefois elle avait perçu l'agacement dans sa voix... ainsi qu'autre chose qu'elle n'arrivait pas à identifier. Quelque chose qui ne ressemblait pas au Marco qu'elle connaissait. Et voilà qu'elle se retrouvait seule avec lui.

Méfiez-vous de l'homme aux deux visages. Il vous fera du mal si vous le laissez faire.

Était-il en colère ? Pourquoi l'attaquait-il ainsi ? Dans un bâtiment où il n'y avait qu'eux deux ? Elle recula. Il avança.

— Ne me fuis pas, Clara. Tu passes ton temps à me fuir.

— Marco, écoute...

Elle plaqua une main contre le mur, en quête de l'interrupteur qu'elle était sûre d'y trouver. Elle l'actionna et la lumière baigna le couloir. Marco sursauta et fourra les mains dans les poches, les yeux rivés sur elle. Clara soutint son regard, qu'elle découvrit... triste.

— Je sais que tu hésites à m'accorder ma chance, parce que tu me prends pour une sorte de coureur, fit-il avec une ébauche de sourire contrit. Et la vérité, c'est que j'en ai été un. Mais je... j'aimerais beaucoup gagner ta confiance.

Clara baissa les épaules.

— Merde, Marco, un couloir sombre, ce n'est pas l'endroit idéal pour ça.

L'espace d'une seconde, il eut l'air confus.

— Quoi ? Enfin, tu me connais, je ne croyais pas te faire peur. (Il appuya une hanche contre le mur.) Chaque fois que j'essaie de te parler, tu files avant que j'aie le temps de te dire trois mots.

Clara l'étudia, vit la vulnérabilité dans son expression. Il avait tenté le ton taquin, mais ça avait sonné faux parce que c'était faux. Il était vraiment blessé par la manière dont elle l'avait traité.

Elle prit une profonde inspiration, se détendit et ressentit même une pointe de culpabilité. Il avait raison. Elle savait qu'il voulait lui parler et elle n'avait fait que se cacher chaque fois qu'elle l'avait vu approcher. Marco était peut-être plein de choses, mais jamais il n'avait été désagréable avec elle. Ne serait-ce que pour cette raison, il méritait la vérité.

— Pardon, Marco. C'est vrai. Tu vois, le truc, c'est... (Elle détourna les yeux. Merde, comment allait-elle lui expliquer ?) J'avais une relation avec un homme et elle a évolué en quelque chose de plus, c'était inattendu et, enfin, je ne suis...

— Plus célibataire ?

Elle fronça les sourcils. Jonah ne lui avait fait aucune promesse sur ce point. Elle en était encore à espérer qu'il lui révèle un jour son visage, son cœur suspendu à cet espoir.

— C'est compliqué. Mais je n'ai plus envie de sortir avec quelqu'un d'autre.

Marco enfonça encore les mains dans ses poches, hocha la tête, mais son expression était marquée par la déception.

— C'est un sacré veinard. Il le sait, ça ?

Clara doutait que Jonah se décrirait comme « veinard », pourtant elle espérait contre toute raison qu'il éprouvait la même joie qu'elle dans leur relation, quelle que soit la définition qu'on puisse lui donner.

Au lieu d'aborder un sujet qu'elle n'avait même pas encore résolu, elle acquiesça.

— Merci, Marco.

Avec un soupir, il se repoussa du mur.

— D'accord, bon, maintenant que tu m'as brisé le cœur, le moins que tu puisses faire, c'est de m'autoriser à te raccompagner chez toi, lança-t-il en s'avançant vers elle pour lui offrir son bras.

Elle sourit. Marco avait beau être déçu qu'elle refuse de sortir avec lui, elle doutait que son cœur soit brisé.

— Tu es sûr ?

— Certain. Viens.

Sur le trajet, tous deux discutèrent du spectacle à venir, avec la fluidité d'un échange soudain redevenu naturel. C'était un gars sympa et elle culpabilisait de l'avoir jugé plus durement qu'il ne le méritait. Certes, c'était un dragueur, mais il avait aussi un côté sensible et, un jour, il trouverait la femme qui lui donnerait envie de se consacrer à elle seule si c'était ce à quoi il aspirait vraiment.

Quoi qu'il en soit, sa vie amoureuse ne la regardait pas. Elle ne ressentait pas envers lui un dixième du magnétisme qu'exerçait Jonah sur elle, même à travers un mur de pierre. Toutefois, la situation avec Marco l'amena à envisager les façons dont, peut-être comme avec lui, elle avait mal jugé les autres danseurs de la troupe. Elle avait été prompte à juger les autres, parce qu'elle avait été souvent jugée elle-même par le passé. Les filles pouvaient être médisantes, mais peut-être était-ce elle qui n'avait pas tenté de se rapprocher des autres, elle qui était toujours partie trop vite, qui avait évité les activités de groupe dont elle avait entendu parler.

Peut-être pouvait-elle s'attribuer une partie des torts dans son isolement au sein de la troupe. Elle se promit de s'améliorer dans ce domaine.

Quand Marco la déposa devant son immeuble, elle le remercia encore une fois et agita la main tandis qu'il redémarrait, le regardant s'éloigner.

Comment avait-elle pu croire, ne serait-ce qu'un instant, que la diseuse de bonne aventure faisait référence à Marco ? Si l'on pouvait accorder un peu de foi aux paroles de madame Catoire, le seul homme qui détenait le pouvoir de lui faire vraiment du mal était Jonah. Un léger frisson lui parcourut le bas du dos. *Oh non,* songea-t-elle, dépitée. *S'il vous plaît, faites que je me trompe.*

Son téléphone se mit à sonner et elle le sortit de sa poche. Le numéro qui s'affichait à l'écran accéléra les battements de son cœur, soudain inquiet.

— Allô ?

— Chère Clara, c'est Jan Lovett à l'appareil.

— Bonsoir, madame Lovett. Tout va bien ?

Clara avait parlé avec son père brièvement quelques jours plus tôt, mais il n'avait pas reconnu son nom. C'était toujours très dur, la joie d'entendre sa voix dans son oreille, mêlée à la tristesse de devoir lui expliquer, encore et encore, qui elle était.

— Oui, ma chère, très bien. Votre père est ici et il souhaiterait vous parler.

Clara s'était introduite dans l'appartement tout en téléphonant et, maintenant, elle s'immobilisa sur le pas de la porte qu'elle venait de refermer. Son cœur rugissait.

— C'est vrai ?

Mme Lovett s'esclaffa.

— C'est vrai.

Clara entendit un bruit de tissu et puis la voix de son père en fond sonore.

— Je vous ai dit que j'étais capable de passer un coup de fil tout seul. Je ne suis pas impotent.

— Oh, arrêtez de faire le pénible. Votre fille attend au bout du fil.

— Clara ?

Les larmes lui gonflèrent les yeux.

— Bonsoir, papa.

— Eh, coucou Petite Danseuse. Comment ça va, ma fille ?

Un tel afflux d'émotions inonda la poitrine de Clara, et de façon si soudaine, qu'elle hoqueta.

— Je vais bien, papa. C'est tellement merveilleux d'entendre ta voix.

Elle fit un gros effort pour se ressaisir. La dernière chose qu'elle voulait, c'était rendre son père triste en l'une des rares occasions où il était lucide. *Mais l'entendre prononcer mon nom...* Savoir qu'il la reconnaissait, c'était un cadeau immense.

— J'ai tellement de choses à te dire.

Il pouffa au bout du fil.

— Commence par les plus importantes. Tu sais que j'aime bien commencer par le meilleur.

Clara eut un petit rire étranglé.

— Bon, d'accord. (Elle inspira une grande goulée d'air et la relâcha lentement.) Je suis amoureuse.

Il y eut un très bref silence, puis son père demanda :

— C'est un homme bien ?

— Oui, répondit-elle sans hésiter. Un homme très bien, papa. Comme toi. Il est gentil, courageux et attentif aux autres.

Elle marqua une pause, désireuse de lui résumer la situation entre Jonah et elle d'une façon qui aille droit au but, mais sans évoquer tous les détails de leur histoire.

Car elle était très consciente du temps, pendant ses conversations avec son père. Il disait vrai en affirmant avoir toujours aimé aller au cœur des choses, mais maintenant, c'était devenu une nécessité. Leur temps était limité et elle voulait profiter de chaque seconde.

— Mais il ne croit pas en lui aussi fort que j'y crois, moi. Et je crains qu'il ne me laisse pas l'aimer comme il mérite de l'être, papa.

Au grand jour. À la lumière. Devant le reste du monde. Sans culpabilité.

— Hum, voilà qui est un défi. S'il n'a pas foi en lui, il va avoir du mal à avoir foi en toi. Il te fera du mal, si tu le laisses faire.

— Je... Je sais, papa. C'est justement ça qui me tracasse.

— Eh bien, ne le laisse pas faire.

Elle lâcha un rire larmoyant. Son papa, si gentil et si doux, si confiant en elle, il la croyait capable de tout réaliser, de convaincre n'importe qui, de diriger le monde.

— Je t'aime, papa.

— Je t'aime aussi. Tu es extraordinaire, Petite Danseuse. Et ton jeune homme, là, il doit être extraordinaire de bien des façons s'il a conquis ton cœur.

— Il l'est. Il l'est vraiment. J'aimerais tellement que tu puisses le rencontrer.

— Moi aussi. Tu me manques, ma chérie. (Bref silence.) Tu veux aller au zoo demain ? Je sais à quel point tu adores les girafes, Petite Danseuse.

Le cœur de Clara se serra.

— Oui, papa, répondit-elle dans un souffle. Je veux bien.

Elle entendit des bruits derrière et puis ce fut la voix de madame Lovett qui reprit.

— Désolée, mon petit. J'espérais qu'il reste avec vous plus longtemps.

Une larme coula sur la joue de Clara, qu'elle essuya en souriant. Le bonheur se mêlait à la tristesse d'une manière qui était presque insupportable.

— Pas de souci, madame Lovett. Je suis déjà très heureuse de ces quelques minutes. Merci de m'avoir appelée.

— C'est normal, mon petit. Portez-vous bien.

Clara raccrocha et resta assise sur son canapé quelques minutes de plus, un sourire aux lèvres, les joues baignées de larmes.

— Tu vas me manquer, dit-elle pour elle-même.

Sa voix lui revint comme un boomerang dans le petit espace du rez-de-chaussée. Combien d'instants comme celui de ce soir aurait-elle encore ? Combien de temps avant qu'il ne se souvienne plus du tout d'elle ?

Au bout d'une minute, elle se leva et sortit, mue par le besoin de sentir la brise sur son visage, de contempler le ciel et de se rappeler qu'il y avait de la beauté, de la joie, de la magie et du mystère dans ce vaste monde et que jamais elle ne l'oublierait, même quand elle avait mal. Surtout dans ces cas-là.

La nuit était belle, claire et calme, avec un million d'éclats de diamant éparpillées dans le ciel.

Clara regarda en bas de la rue, vers chez madame Guillot, mais la lumière de son porche était éteinte et la pièce de devant n'était pas éclairée non plus.

Elle se remémora, quelques jours auparavant, quand elle avait vu Jonah à la télé alors qu'elle était assise chez madame Guillot et un sourire vint jouer sur ses lèvres. *Jonah.*

Elle s'appuya contre le mur de brique à côté de sa porte.

Il doit être extraordinaire de bien des façons s'il a conquis ton cœur.

Oh que oui !

Alors qu'elle continuait à regarder le pas de porte de madame Guillot, l'endroit où elle avait entendu parler pour la première fois de la plantation Windisle, d'Angelina Loreaux, son esprit fatigué et émotionnellement éprouvé commença à dériver. Il était bon de laisser ses pensées s'envoler, tourbillonner, en apesanteur. Ses expériences, les histoires intrigantes et les bribes d'informations qu'elle avait recueillies au cours des derniers mois se mélangèrent et elle les laissa faire, sans les interrompre pour réfléchir à quoi que ce soit, juste que les mots et les souvenirs errent sans but à l'intérieur de son cerveau... Angelina et John, Jonah et elle, le mystère, la malédiction, l'énigme...

Amazing Grace, how sweet the sound.

Je regrette, voilà. J'en ai fait ma carrière, ici, derrière ce mur.

Si Angelina reste à errer, c'est pour lui. Pour ce soldat.

Une idée, vague, flottait là, hors de sa portée, aussi nébuleuse que le brouillard du matin. Elle la laissa filer, sans chercher à l'attraper...

Le message. La trahison de John.

Amazing Grace, how sweet the sound.

Ma mama *ne savait pas lire, mais oh comme elle savait chanter !*

Clara écarquilla soudain les yeux et se redressa, clignant des paupières face à la rue silencieuse devant elle. Elle ne savait pas lire. La mère de madame Guillot ne savait pas lire...

Clara sortit son téléphone et composa le numéro de Jonah.

— Clara.

— Jonah, salut.

— Eh, qu'est-ce qui se passe ? Tu as l'air bouleversée.

Elle secoua la tête.

— Non, non. Enfin, j'ai parlé à mon père, mais c'était merveilleux. Ça m'a rendue triste aussi, sauf que non, si je t'appelle, c'est pour te demander : à ton avis, est-ce qu'il était habituel parmi les esclaves de savoir lire ?

— Lire ? Je... J'imagine que c'était très rare. Pourquoi ?

Clara faisait les cent pas, quelque chose prenait forme dans sa tête, les informations se répétaient, s'agençaient.

— C'est la famille de John qui a transmis le message qu'il avait écrit à Angelina, d'accord ?

— D'après ce que j'en sais, oui.

— Sa famille aurait-elle approuvé la liaison entre Angelina et lui ? Une riche famille sudiste ?

— Je... (Il hésita longuement, de toute évidence pour réfléchir.) Non.

— Tu penses aussi, hein ? Et quelle probabilité y avait-il pour qu'Angelina sache lire ?

De nouveau, il ne répondit pas tout de suite.

— Sans doute très faible.

— Mais imagine... Oh, mon Dieu, Jonah. Et s'ils lui avaient menti quant au contenu de cette lettre ? Elle n'en aurait rien su, pas vrai ?

L'enthousiasme faisait battre le cœur de Clara plus vite. Elle le sentait dans son ventre : elle avait vu juste.

— Tu pourrais avoir raison, mais comment le prouver ?

— Le message. Il nous faut le message.

— Le message a disparu depuis longtemps, Clara. Personne ne l'a jamais trouvé. Si la famille de John a menti au sujet de son contenu, ils l'auront probablement gardé avec eux.

Son enthousiasme douché, les épaules de Clara s'affaissèrent.

— Mais il se peut qu'ils l'aient laissé, en pensant que ça n'avait pas d'importance, vu qu'elle ne pourrait pas le lire et que personne parmi ses proches n'en était capable non plus...

— Possible, oui, mais s'ils l'ont laissé, Angelina elle-même s'en sera probablement débarrassée. Crois-moi, si ce truc existait, il se serait trouvé dans le dossier de mon frère.

Merde. Clara lâcha un soupir déçu.

— Tu as sans doute raison.

N'empêche, l'idée qu'elle ait assemblé plusieurs des pièces de ce puzzle ne la quittait pas. Cela pourrait même finir par être prouvé, mais Clara croyait bien avoir raison et cette possibilité était à la fois excitante et horriblement tragique. Ces gens avaient menti à Angelina en lui volant sa dernière lueur d'espoir. Avaient-ils prévu de faire chanter John, de l'obliger à épouser Astrid à son retour de la guerre en mettant dans la balance la sécurité d'Angelina s'il refusait ? Sa vie même ? *Oh, comme ça aurait été facile.* Une pointe acérée déchira le cœur de Clara.

— Tu sais quoi ? Je vais creuser un peu plus dans le grenier demain, d'accord ? Histoire de voir ce que je peux dénicher.

— Tu ferais ça pour moi ?

— Je ferais à peu près n'importe quoi pour toi, admit-il, d'une voix soudain rocailleuse et sur un ton si sérieux qu'elle en eut le souffle coupé.

À peu près. Elle prit bonne note de la nuance, mais son bonheur lui gonfla tout de même la poitrine. Elle avait reçu de lui un « peut-être » la nuit précédente, quand elle lui avait parlé des chandelles. *Peut-être.*

Quelle belle expression, quand auparavant elle n'avait eu droit qu'à des « non » ou des « jamais ».

— Tu pourrais venir demain soir. Je n'ai pas besoin de me lever tôt le lendemain matin.

Même si Jonah valait bien qu'elle perde un peu de sommeil, sa répétition était très tôt le lendemain et la saison des spectacles approchait à grands pas. Bref, elle avait besoin d'être au top de sa forme.

— Je... Je laisserai les lumières éteintes, ajouta-t-elle.

Jonah n'hésita qu'un instant.

— Non, Clara. Je ne pense pas. Pas encore.

La déception ne fut que légère et passagère. En vérité, elle voulait juste le voir. Oui, enfin, le sentir aussi. Au fond, elle voulait juste être avec lui et, si cela signifiait qu'elle soit la seule à aller à lui pendant quelque temps, eh bien, soit.

— Je comprends, Jonah.

Elle perçut le sourire dans sa voix quand il la questionna sur sa journée et qu'ils se mirent à parler de choses et d'autres. Ce dont parlent les couples. Les détails de leur vie qu'ils ne partageaient qu'ensemble.

Elle lui raconta sa conversation avec son père et il eut l'air à la fois heureux et triste pour elle.

Les yeux levés vers le ciel obscur, elle baissa les paupières tandis que la voix de velours de son collectionneur de vœux emplissait son oreille et son cœur. Cependant, dans un coin de sa tête, le « tic-tac » devenait plus audible, plus insistant.

29

— Tu as commandé quelque chose ? s'enquit Myrtle. J'ai trouvé ça dans ta boîte aux lettres.

Debout devant l'évier, occupé à rincer sa vaisselle du déjeuner, Jonah pivota vers elle. Myrtle déposa un petit colis sur le plan de travail tandis qu'il s'essuyait les mains. Il observa l'étiquette : l'objet provenait de quelque part au Kansas. Ah, le chargeur qu'il avait commandé sur eBay.

— Oui, oui, merci. (Myrtle le contemplait d'un œil soupçonneux.) Quoi ?

— J'ai vu Clara s'en aller, l'autre matin.

Jonah lui adressa un sourire épanoui. Il ne put s'en empêcher, ses lèvres s'étirèrent comme un rayon de soleil à la seule mention de ce nom et parce que, le matin en question, elle sortait justement de son lit.

Il essaya, en vain, de l'effacer, s'éclaircit la gorge et fixa le plafond en s'efforçant de détourner son attention d'elle.

— Elle était... euh... venue me rendre visite. Il était tard. Elle était fatiguée.

— Hum. Je ne suis pas née de la dernière pluie, Jonah Chamberlain, le sermonna Myrtle, dont le front ridé se plissait encore plus sous l'effet de l'inquiétude. (S'approchant de lui, elle rajusta ses lunettes.) Je t'ai entendu quitter ta chambre des heures avant elle.

— Oui, et alors ?

Myrtle tendit une main timide et, instinctivement, Jonah recula en tournant le côté abîmé de son visage hors de sa portée. Il se repliait en lui-même.

Myrtle interrompit son geste, puis elle approcha lentement les doigts, comme on pourrait le faire pour réconforter un animal blessé.

Jonah l'observait, immobile désormais, tandis qu'elle effleurait la surface de sa joue meurtrie. Il lâcha le souffle qu'il retenait, ferma les yeux au contact d'une autre personne touchant cette partie détruite de lui pour la première fois depuis qu'il avait quitté l'hôpital.

— Tu vas devoir lui permettre de t'aimer tout entier.

Il cilla et se détourna, laissant les doigts de Myrtle retomber dans l'espace vide qu'il venait de créer.

— Et si elle n'y arrive pas ?

— Et si elle y arrive ?

— Je... Je ne sais pas, Myrtle. Et si elle y arrive, mais que moi je reste incapable de lui donner la vie qu'elle mérite ?

Il détourna les yeux, pour les poser, par la fenêtre, sur la clarté du jour.

— J'ai foi en toi, mon garçon. Mais ça, tu le sais déjà. Tu dois trouver la foi en toi-même.

Il reporta son attention sur elle et le bonheur qui l'avait envahi l'instant d'avant s'effondra sous l'effet du doute.

— Peut-être que tout ne dépend pas de moi, Myrtle. Cette ville, merde, le monde entier, ne va pas m'accepter juste parce que j'ai décidé de reprendre le cours de ma vie.

— Tout dépend toujours de toi, Jonah. Depuis le début. Le monde réagira comme il réagira. Ça n'est pas ton problème. Aie d'abord foi en ta propre valeur et le monde ne t'importera plus autant.

— Je ne pense pas en être capable, murmura-t-il.

— Mais si, mon adorable garçon. Et si tu as besoin d'une main à tenir, tu as ta bonne vieille Myrtle. Je risque de te conduire droit dans un arbre avant de te guider dans le monde, mais je serai à tes côtés.

Jonah éclata de rire en même temps que l'amour lui gonflait le cœur.

— Merci, Myrtle.

La vieille femme hocha la tête, tout sourire, puis elle ramassa les sacs de courses qu'elle avait apportés avec le courrier et entreprit de les vider.

Jonah prit son colis, déballa le chargeur et alla dans sa chambre, où il brancha le téléphone d'Amanda Kershaw, avant de se changer pour son jogging.

Alors qu'il courait parmi les arbres, effectuant son circuit habituel parmi les cases, il se sentit inondé de paix, une sorte de... félicité inconnue qui afflua dans ses veines.

Il se mit à réciter les noms des victimes qui étaient mortes ce fameux jour sur les marches du palais de justice, ces vies qu'il se reprochait depuis si longtemps d'avoir prises, mais qui ne cessaient de dériver toujours plus loin de lui.

Au début, il tenta de les rattraper, de recommencer du début, par le premier nom de la liste qu'il avait cru tatoué dans son cerveau, mais il le perdit de vue une fois encore, il s'éloigna, une certaine... sérénité tentant de s'immiscer à sa place, d'entrer de force à mesure que les noms s'envolaient.

C'était presque comme si ces noms étaient dotés de vie, des entités propres et qui demandaient à être libérées, qui voulaient disparaître parmi les nuages au-dessus de sa tête, comme si, peut-être, le fait qu'il les retienne avait été un enfermement pour eux comme pour lui.

Pourtant, ce sentier, il l'avait parcouru tant d'années pendant son footing, en récitant les mêmes syllabes dans sa tête, et maintenant... Maintenant il y avait soudain la place pour... autre chose. Il y avait soudain tant de place qu'il ne savait pas trop qu'en faire.

Ce qu'il savait, en revanche, c'était qu'il était amoureux. Désespérément, irrévocablement amoureux. *Clara, Clara, Clara.* Son prénom se répétait à travers lui comme un écho et il leva le visage vers le soleil, trouvant les rayons filtrés par les brèches entre les branches.

Clara. Si belle, si attentionnée. Clara. Bon Dieu, Justin l'aurait adorée. Elle était si généreuse, si déterminée à redresser un tort qui, pourtant, n'avait aucun lien avec sa propre vie.

Tout avait commencé avec elle. Tout le bien qui était arrivé dans sa vie au cours des derniers mois, c'était parce qu'elle était venue au pied du mur des pleurs ce jour-là.

Oui, il était tombé amoureux d'elle, mais bien plus que ça, il avait cherché et reçu le pardon, fait le bien pour quelques personnes dans le besoin, trouvé des amis parmi les membres des Brass Angels.

Il était déçu de ne plus pouvoir patrouiller avec eux, maintenant que les médias tentaient de faire de lui une vedette. À moins que... Jonah porta la main sur la peau nue de son visage, passa une paume sur ses cicatrices... À moins qu'il ne trouve le courage d'enlever le masque. *Peut-être.*

Encore ce mot, minuscule et pourtant immense.

Il s'immobilisa, rabattit en arrière ses cheveux trempés de sueur et, en un cercle lent, il regagna l'entrée principale du manoir. Il braqua les yeux sur le perron, s'imagina un rocking-chair et un homme assis dessus, qui faisait sauter une petite fille sur ses genoux. *Angelina.* Robert Chamberlain lui avait-il appris à lire ? Ou l'avait-il préférée illettrée ? Ne l'avait-il considérée que comme une esclave de plus, qui partageait juste son ADN ?

Jonah avait promis à Clara d'inspecter le grenier. Il doutait fort d'y retrouver une lettre remontant à 1861, mais il irait tout de même fouiller. Pour elle.

De retour dans sa chambre, il vit une lumière verte allumée en haut du téléphone à clapet. *Hum.* Il tenait donc encore la charge. Il ouvrit l'appareil et, faisant les cent pas devant sa fenêtre, attendit que l'écran s'allume. Pas de mot de passe. Voilà qui facilitait l'exploration. Avaient-ils seulement des mots de passe, ces vieux appareils à l'époque ? Il ne se le rappelait pas.

Amanda avait quelques conversations en cours, qu'il ouvrit l'une après l'autre. Une avec sa mère. Il s'imagina la femme aveugle utilisant un convertisseur de parole en texte dans l'espoir de joindre sa rebelle de fille. Jonah avait été content de recevoir un compte rendu de Neal McMurray, l'entrepreneur qu'il avait envoyé chez madame Kershaw, l'informant que sa maison était en bonne voie de réparation, avec livraison de nouveaux meubles et d'appareils qu'un décorateur d'intérieur recommandé par Neal devait venir installer aussi. Madame Kershaw méritait un peu de confort.

Une autre conversation était simplement enregistrée sous le nom de « K ». Il l'ouvrit, fit défiler les messages. De nombreux « Retrouve-moi » ou « On est jeudi. À quelle heure tu y seras ? » Quand il atteignit la fin de la série, il découvrit une adresse. S'agissait-il d'un échange de drogue ? Ou peut-être de services de prostitution ?

Il savait qu'Amanda Kershaw s'était adonnée à des tas d'activités peu recommandables pour payer ses doses. Il les avait décrites lui-même dans tous leurs détails les plus glauques dans un prétoire plein de témoins. Il avait vu sa honte, ses regrets. Il avait exposé chacun de ses faux pas, surtout les plus vils, afin de créer le doute raisonnable.

Je sais que c'est le cas de certains, mais moi ? Non, je ne vous en ai jamais voulu. Ce n'est pas vous qui l'avez tuée. Et puis, quoi qu'il en soit, d'après ce que j'ai entendu, vous avez payé aussi.

Les propos de madame Kershaw lui revinrent comme un torrent, qui coulèrent sur son âme comme un baume. *Le pardon.*

Jonah prit une profonde inspiration et ouvrit une autre discussion, avant de reculer l'appareil, sous le choc, en découvrant le numéro de téléphone de son frère. Aucun nom n'y était attribué, mais ce numéro, il le connaissait bien. C'était celui qu'il avait évité les derniers jours, appuyant sur « refuser » chaque fois que son téléphone sonnait, encore et encore. Justin. *Putain, c'est quoi ce bordel ?*

La conversation était brève. Justin demandait à plusieurs reprises à la rencontrer et à ce qu'au moins elle le rappelle.

Jamais elle n'avait répondu par SMS. L'avait-elle rappelé, et pour quelle raison, Jonah n'en avait pas la moindre idée, car l'historique d'appels ne remontait qu'à la semaine précédant la mort d'Amanda.

Les nerfs en pelote, avec la sensation que quelque chose clochait, qu'il avait été laissé dans le noir et que ce qu'il pourrait découvrir allait faire mal, il se sermonna tout haut :

— Ressaisis-toi.

Et s'efforça d'entrer dans cet état de détachement qu'il avait adopté tant de fois quand il s'occupait d'une affaire délicate.

— Détends-toi et concentre-toi en priorité sur les informations à ta disposition.

Ayant fini de passer en revue le reste de ses conversations, il ouvrit le dossier « photos » et écarquilla les yeux.

L'espace d'un instant, il cilla et cilla encore, le temps que son cerveau comprenne ce que ses yeux regardaient. Du sexe. Beaucoup.

Assis sur son lit, il faisait glisser son doigt sur le petit écran en observant une femme qui était manifestement Amanda Kershaw, en compagnie d'une ribambelle d'hommes différents et dans une impressionnante quantité de positions sexuelles. Apparemment, les clichés avaient été pris discrètement pendant que les hommes étaient soit dans les affres de la passion – faute de mot plus approprié –, soit dans une posture d'où ils ne pouvaient pas voir le téléphone qu'elle devait tenir.

Bon sang, mais c'était quoi ce bordel ?

Il arrêta de faire défiler les images en tombant sur un visage qu'il reconnaissait. *Putain.* Était-ce bien... Il plissa les paupières, approcha l'appareil. On aurait dit... Il n'en était pas certain, la photo était floue et prise selon un angle bizarre, mais il aurait juré que ça ressemblait au juge Rowland, l'homme qui avait présidé l'affaire Murray Ridgley. Les doigts passés dans les cheveux, Jonah se prit un moment la tête entre les mains, tandis que son cerveau s'emballait.

En ouvrant individuellement l'une des images, il vit qu'Amanda l'avait intitulée des initiales du prénom et du nom de famille de son partenaire. Toutes les photos étaient nommées de la même manière, même celles des hommes qu'il ne connaissait pas.

Elle avait gardé la preuve de chacune des relations sexuelles avec ces hommes, tous ses clichés étant enregistrés sous un nom et une date. *Qu'est-ce que c'est que ce truc ?* Amanda Kershaw prévoyait-elle de les faire chanter ?

Complètement déboussolé, le ventre noué par l'angoisse, il fit défiler les dernières photos et s'arrêta immédiatement en reconnaissant un autre visage. Le choc le frappa comme un coup au visage. L'odeur âcre de sa propre sueur lui emplit les narines. *Putain de merde.*

C'était Murray Ridgley, l'homme qui avait été accusé de viol sur Amanda et de tentative de meurtre. Sauf que ces images racontaient une tout autre histoire. Ces photos montraient en des termes clairs qu'elle avait été avec lui de façon consentante... du moins jusqu'à un certain point. Elle avait donc menti à la barre des témoins. Pourquoi ?

Jonah rouvrit les messages, retourna à l'adresse au début du fil de discussion avec le « K » inconnu. Il ne connaissait pas le nom de la rue ni ne savait pourquoi le mot « Vortex » était inscrit en dessous, mais il prit son propre téléphone et entra la localisation dans son GPS.

L'endroit semblait être une zone industrielle de La Nouvelle-Orléans, à seulement une vingtaine de minutes de Windisle. Ce SMS remontait à presque neuf ans et il y avait toutes les chances pour que l'adresse ne le mène à rien, surtout s'il s'agissait d'un hangar vide où elle retrouvait un dealer quelconque. Mais on était jeudi, alors il allait s'y rendre.

*

* *

Jonah prit un moment pour regarder autour de lui avant de passer lentement la jambe par-dessus la selle de sa moto, d'ôter son casque et d'enfiler le masque.

La nuit était froide et calme, une odeur métallique flottait dans l'air. L'immense bâtiment devant lui, sorte de hangar à bateaux, était sombre et désert, du moins le crut-il avant de voir une lumière passer devant l'une des fenêtres, comme venue d'un couloir au-delà, et dont le rayon illumina un bref instant le dessous de la porte.

Jonah s'approcha du bâtiment et observa les alentours. Il n'y avait pas d'autres voitures sur le parking, pourtant, s'il tendait l'oreille, il aurait juré entendre de la musique provenant d'un endroit plutôt proche ; le cognement sourd et régulier des basses pulsa en lui au rythme de son pouls.

Quand il atteignit l'entrée, il frappa à la lourde porte métallique, trois coups forts qui résonnèrent dans le vide. Comme il ne s'attendait pas vraiment à ce qu'on vienne lui ouvrir, il sursauta lorsqu'on tira la porte un instant plus tard et il recula d'un pas face à un homme aux longs cheveux noirs retenus en queue-de-cheval. Le type détailla Jonah, hocha une fois la tête en remarquant son masque.

— Mot de passe ?

Merde. Et puis il se rappela le mot incompréhensible qui avait été noté sous l'adresse.

— La dernière fois que je suis venu, c'était « vortex ».

L'homme haussa un sourcil.

— Ouh là, c'était y a des années. Les gens ne portaient même pas de masque à l'époque. Qui vous a invité ? ajouta-t-il en désignant du menton le masque de Jonah.

— Rowland.

L'autre plissa les paupières rapidement, puis il opina du chef et ouvrit le battant en grand pour le laisser entrer.

— Amusez-vous bien.

Quelque chose dans le ton du videur fit hésiter Jonah, mais il hocha la tête et pénétra dans l'intérieur sombre du bâtiment.

— Et, au fait, le rappela le type, qui regardait en direction du parking, si c'est votre moto, garez-la à l'arrière la prochaine fois.

Jonah ne prit pas la peine de répondre et s'engagea dans le couloir uniquement éclairé par de faibles lumières au niveau des plinthes.

Les basses augmentaient en volume, la musique cognait à un rythme régulier en même temps que des lumières pulsaient dans une pièce au bout. Jonah avait la sensation d'entrer dans un rêve, ou peut-être un cauchemar, un endroit sombre et inconnu qui déjà lui apparaissait comme déconnecté de la réalité.

— Les bons trucs, ça se passe par là-bas, ce soir, lança un homme, qui surprit Jonah au moment où il le croisait.

Il portait lui aussi un masque, un visage noir et blanc et tordu que Jonah n'eut pas le temps de bien regarder pour l'identifier, car déjà l'homme s'éloignait. Jonah prit la direction indiquée, cependant, et poussa la porte de la pièce d'où sortaient les lumières.

Il discerna quatre groupes différents, avec chacun une femme nue ou à moitié habillée en son centre sur qui les hommes pratiquaient divers actes sexuels, parfois un à la fois, parfois en tandem. Jonah resta d'abord sidéré, le regard courant partout pour digérer la scène. Une orgie masquée ? Une sorte de club libertin sélect ?

À mesure que ses yeux s'habituaient au faible éclairage, il remarqua que les filles avaient l'air très jeunes, peut-être pas mineures mais pas loin. Et toutes semblaient plus ou moins droguées, qui ne trouvaient pas nécessairement du plaisir à ce qui leur arrivait, mais qui ne protestaient pas non plus.

Il en éprouva un mélange de confusion et d'écœurement. Cet endroit, ces lumières tamisées, les murs rouge vif, c'était le décor des photos qu'il avait découvertes dans le téléphone d'Amanda Kershaw. Elle avait été l'une de ces filles. Elle avait pris des photos, manifestement avant que les hommes ne commencent à venir masqués, comme maintenant. Il voyait combien il avait dû être facile de sortir discrètement un portable de la poche d'un peignoir tel que celui de soie noire que portait la rousse dans le coin.

Pour prendre un instantané, conserver en mémoire ce qui se passait.

— Joins-toi à nous.

Une main se faufila autour de la taille de Jonah, plongeant vers son entrejambe. Une blonde passait devant lui, les yeux brumeux et à moitié fermés, trois types masqués sur les talons. Jonah attendit qu'ils l'aient dépassé, puis il pivota et quitta la salle pour prendre la direction opposée à celle par où il était arrivé.

Il passa devant les pièces en enfilade, d'où émergeaient des sons de musique et de sexe, de plaisir et de ce qu'il devinait être de la douleur. Il entendit aussi des bruits qu'il ne sut pas identifier, le sifflement d'un fouet, peut-être, le cliquetis d'une chaîne raclant un sol de béton.

Pressant le pas, il continua sa progression à travers le labyrinthe obscur, jusqu'à repérer enfin une double porte métallique, qu'il poussa pour émerger sur un parking à l'arrière, le souffle court. Il expulsa l'air de ses poumons, juste avant d'inspirer une nouvelle goulée.

Putain, c'est quoi ce truc ? Et quel rapport avec Murray Ridgley ? Avec le juge Rowland ? Peut-être même son propre frère ? Le cerveau de Jonah tournoyait dans un million de directions et il voulait des réponses, des réponses dont il savait qu'elles devaient se trouver dans le téléphone d'Amanda, si seulement il parvenait à comprendre comment les indices s'assemblaient.

Il contourna le bâtiment et regagna sa moto en sortant le téléphone à clapet. Il fit défiler les SMS identifiés uniquement sous la lettre « K » et composa le numéro tout en marchant d'un bon pas.

Une femme répondit à la seconde sonnerie.

— Résidence Knowles, comment puis-je vous aider ?

Putain de merde.

Knowles.

Ce nom, il le connaissait bien, parce qu'à une époque cet homme avait été son employeur, il l'avait accueilli au sein de son entreprise.

30

Novembre 1861

Angelina entra dans le petit salon où on l'avait convoquée, un torchon encore à la main. Le parfum sucré de la levure du pain en train de cuire la suivait depuis la cuisine.

— Oui, madame Chamberlain ?

Madame Chamberlain se leva du siège où elle était assise, un homme se mettant debout en même temps qu'elle. Il pivota et Angelina cilla. Il ressemblait à John, mais en plus maigre, l'arête de son nez plus fine, les yeux plus enfoncés... Pourtant, la ressemblance fit bondir le cœur dans la poitrine d'Angelina et elle resserra son étreinte sur son torchon.

— Angelina, voici monsieur Lawrence Whitfield. Il t'apporte une lettre.

— Une... lettre ? chuchota Angelina, parcourue par un frisson d'espoir et de peur.

Était-ce de John ? Et si oui, pourquoi irait-il révéler leur relation en lui écrivant directement ? C'était dangereux.

Monsieur Whitfield lui adressa un sourire pincé et traversa la pièce jusqu'à l'endroit où elle se tenait en sortant une lettre de sa poche.

— Mon frère, John, m'a demandé de vous remettre ceci. Elle est arrivée avec une liasse de courrier adressé à notre famille.

Angelina tendit la main, mais Lawrence écarta la lettre.

— John m'a expliqué que vous ne saviez pas lire. Il m'a demandé de le faire pour vous.

Son regard croisa celui de cet homme et le cœur d'Angelina se mit à battre follement. Elle ne savait pas non plus lire l'expression de cet étranger et l'angoisse la rendait faible, au point que l'espace d'un instant, elle ne put que le regarder fixement.

— D'a... D'accord. Merci, Monsieur.

Monsieur Whitfield déplia la feuille et Angelina ressentit une bouffée de joie à la vue de cette écriture. Elle la chassa, cependant, péniblement, et regarda monsieur Whitfield chausser une paire de lunettes.

Cette écriture... les lettres minuscules et précises mêlées à celles plus larges et courbées. Elle l'avait vue au hangar à bateaux où ils s'étaient rencontrés. John avait apporté avec lui de la correspondance pour y travailler pendant qu'il l'attendait, parfois des heures, selon le moment où elle parvenait à s'éclipser, et elle avait jeté un coup d'œil sur les papiers posés sur les vieux cageots qu'il utilisait comme bureau.

À la vue de son écriture, un sentiment de nostalgie la balaya, en même temps qu'un profond soulagement : il était en vie. Oh, comme il lui manquait ! Combien de fois elle avait prié pour sa sécurité ! Souhaité avec ferveur apprendre qu'il rentrait à la maison. À elle.

« Angelina, commença à lire monsieur Whitfield. Je t'écris cette lettre avec regret et en sachant que mes mots vont te blesser. Mais je dois suivre mon cœur. Le temps que j'ai passé loin de toi a rendu la situation très claire. Nos rendez-vous galants étaient plaisants, mais sans avenir. À mon retour à la maison, je vais épouser Astrid. Je ne doute pas que tu comprennes que toute autre décision est impossible. Tu dois accepter la place qui est la tienne, Angelina. C'est le seul moyen pour toi de vivre une vie satisfaisante. Bien à toi, John. »

Monsieur Whitfield s'éclaircit la gorge et replia lentement la lettre. Le cœur d'Angelina s'était brisé pendant sa lecture et il lui pesait désormais au creux du ventre.

Elle leva lentement les yeux vers madame Chamberlain qui soutint son regard, les lèvres retroussées sur un petit sourire. La nouvelle lui faisait plaisir, à elle. Évidemment.

La maîtresse de maison se frotta les mains, comme pour signifier que cette vilaine affaire entre John et Angelina était désormais terminée et qu'elle pouvait enfin aller de l'avant dans sa vie.

La vie d'Angelina, en revanche, venait de prendre fin. Juste quelques lignes, brèves, qui avaient détruit son cœur.

Nos rendez-vous galants étaient plaisants. Plaisants !

Comment était-ce possible ? La guerre l'avait-elle convaincu, d'une manière ou d'une autre, qu'elle ne valait pas qu'il se batte pour elle ? Il lui avait pourtant dit qu'il l'aimait.

Apprends à qui faire confiance. Et à qui ne pas faire confiance.

Monsieur Whitfield tendit la lettre à madame Chamberlain qui la prit et la jeta dans la cheminée, mais elle s'écarta vivement quand une étincelle vola vers la manche de sa robe et qu'elle s'enflamma. Elle poussa un cri et se mit à taper sur le tissu tandis que monsieur Whitfield se précipitait pour l'aider.

Angelina baissa les yeux vers la lettre tombée à côté de l'âtre et elle agit vite, profitant de l'agitation pour la ramasser. Elle la glissa sous le torchon qu'elle avait toujours à la main, au moment où madame Chamberlain se retournait, le feu de sa manche éteint.

— Eh bien, laisse-nous, lança madame Chamberlain avec un coup d'œil vers le feu ronflant. Tu peux disposer.

Angelina obéit sans un mot de plus. Elle gagna la porte sur des jambes flageolantes, suivie jusque dans le couloir par les paroles chuchotées de monsieur Whitfield à madame Chamberlain :

— Vous voyez, Madame, la conduite imprudente de mon frère sera sans conséquence. J'ai hâte de boire à la santé de John et d'Astrid lors de leur mariage.

La pression s'accentua sous son crâne, les larmes qu'elle avait retenues dans le salon dégoulinaient sur son visage.

Elle serrait la lettre de toutes ses forces, une petite, une infime lueur d'espoir brûlant encore dans son ventre. Elle essuya ses joues et résolut de garder cette petite lueur d'espoir en vie dans un coin de sa tête.

Je t'aime. Et je te reviendrai, tu m'entends ?

Du danger et rien d'autre.

— Lina ? appela sa mère en la voyant passer devant la cuisine et en apercevant l'expression de sa fille, dont les joues s'étaient vidées de toute couleur. Lina ? répéta-t-elle, plus faiblement cette fois.

Angelina ne répondit pas, elle continua son chemin, grimpa l'escalier qui montait à l'étage et alla frapper à la porte d'Astrid, avant d'entrer sans même attendre de réponse.

Astrid était assise sur son siège près de la fenêtre, en train de lire, et elle eut l'air étonnée de la voir surgir.

— Angelina, qu'est-ce qui se passe ?

Angelina lui fourra la lettre sous le nez, le papier tremblant dans sa main.

— Tu veux bien me lire cette lettre, Astrid ? Le frère de John vient de me la lire et affirme que l'affection que John me portait a cessé.

Astrid la dévisagea un instant et plusieurs expressions passèrent sur son visage. Des expressions qu'Angelina était trop bouleversée pour déchiffrer.

Astrid se leva, s'avança vers elle et lui prit la lettre des mains. Elle la déplia lentement, sans quitter Angelina des yeux, mais le front barré d'un pli.

Puis elle baissa les yeux vers les lignes qu'elle lut et Angelina retint son souffle, une boule se formant au creux de sa gorge. *S'il te plaît, s'il te plaît, dis-moi qu'ils ont menti*, pensait-elle, au désespoir. *Je te fais confiance, John.*

— Je suis navrée, Angelina, finit par annoncer Astrid tout bas. La lettre dit ce que t'a lu Lawrence.

Sur quoi, elle lui rendit la lettre, s'approcha encore et prit sa demi-sœur dans ses bras. Angelina s'effondra dans cette étreinte, la petite lueur en elle s'éteignit, tout espoir se tarit. Elle se sentait vide, démunie, un gémissement montait dans sa gorge mais il ne produisit bizarrement aucun son.

— C'est mieux pour toi, dit Astrid en la relâchant pour lui prendre les avant-bras et plonger dans le sien son regard intense. Plus sûr. Ma mère... tu n'as pas idée de quoi elle est capable, Angelina, la profondeur de la haine qui s'est creusée en elle. Si elle te voit... espérer des choses, prévoir des choses, elle te fera du mal, à toi, à ta *mama*, peut-être à vous deux. Crois-moi, c'est mieux ainsi, répéta-t-elle.

Et Angelina eut la vague impression qu'Astrid essayait de s'en convaincre autant qu'elle voulait la persuader. Mais elle était trop malade de chagrin pour réfléchir à tout cela.

Plus rien n'avait d'importance, plus rien du tout, surtout pas elle. Surtout pas elle, qui n'était rien qu'une chose à jeter. Une chose à utiliser, à abîmer et à jeter. Sa *mama* avait raison, il n'y avait pas de place pour l'amour dans la vie d'Angelina. Il n'y en aurait jamais.

Or elle ne pouvait pas vivre une vie sans amour.

Elle hocha la tête, se détourna lentement et quitta la chambre d'Astrid. Sa demi-sœur n'essaya pas de la retenir.

Elle hésita devant la porte de la chambre de son père, juste quelques secondes, avant d'y entrer. Elle ne ressentait rien. Elle voulait ne rien ressentir.

Son père apparut, figure menaçante, en face d'elle.

— Qu'est-ce que tu fais ?

Elle leva vers lui un regard implorant, prise de l'espoir fou de retrouver la tendresse qu'il y avait jadis dans les yeux de son père, quand elle était petite et qu'il la faisait sauter sur ses genoux.

— Rien, monsieur Chamberlain.

Il plissa les paupières, tourna les yeux vers sa porte close, puis de nouveau sur elle.

— Eh bien alors retourne à la cuisine, jeune fille.

Jeune fille.

Elle avait tellement essayé de l'imiter, lui et les autres Chamberlain qui vivaient et commandaient sous ce toit. Elle s'était assise sur les genoux de son père, avait écouté les histoires qu'il lui lisait. Elle avait appris à parler comme eux, avait même adopté certaines de leurs manières dans l'espoir qu'ils l'aiment un jour.

Mais sa mère avait raison. Ses efforts étaient vains. Peu importait ce qu'elle tentait d'être... elle ne le serait jamais. Il l'avait trouvée charmante, à une époque, peut-être l'attrait de la nouveauté, mais désormais elle était une femme et... à ses yeux à lui, elle n'avait même pas de nom.

Jeune fille.

Elle contourna l'homme qui lui avait donné la vie contre la volonté de sa *mama,* sur le sol sale d'une cave, et descendit les marches d'un pas lent.

Dehors, la brise était froide sur sa peau. Elle porta le regard au-delà des champs de cannes à sucre, vers les têtes qui montaient et descendaient, et son cœur se serra. Plus fort.

Si le monde était différent, peut-être ne ressentirait-elle pas ce chagrin dévastateur, ce désespoir infini. Si le monde était différent, elle se mettrait à marcher, elle continuerait à marcher, sans s'arrêter. Plus loin que le haut mur de pierre qui ceignait Windisle, peut-être même plus loin que La Nouvelle-Orléans. Elle irait là où elle serait libre de faire ses propres choix et de vivre sa propre vie. Seulement ça n'arriverait pas.

Le temps que j'ai passé loin de toi a rendu la situation très claire... À mon retour à la maison, je vais épouser Astrid. Je ne doute pas que tu comprennes que toute autre décision est inacceptable. Tu dois accepter la place qui est la tienne, Angelina.

La place qui était la sienne, dans ce monde perdu qui jamais ne changerait, c'était la poussière.

31

La chambre de l'étage était spacieuse et luxueuse, les pieds de Jonah s'enfonçaient dans une épaisse moquette alors qu'il s'avançait vers le lit où le mourant était étendu. Chandler Knowles.

Jonah retira son casque, qu'il avait gardé quand la gouvernante lui avait ouvert la porte d'entrée. Il avait appelé pour l'avertir de sa venue et fut surpris de se voir admis à l'intérieur immédiatement ; la femme lui avait annoncé que monsieur Knowles l'attendait.

Les yeux vitreux du vieil homme passèrent sur le visage abîmé de Jonah et, malgré son état de santé, même cloué à son lit, il parvint à produire une grimace dure. Jonah se dit que sa réaction lui importait peu. Car il ne se souciait plus que cet homme le respecte ou pas. Il se fichait qu'il pose sur lui un regard horrifié.

— Je me demandais à quel point vous étiez défiguré, dit monsieur Knowles d'une voix grinçante et rauque.

Il se racla la gorge et désigna la carafe sur la table de chevet, où se trouvaient aussi plusieurs flacons de médicaments. Jonah lui versa un verre d'eau et le lui tendit, le vieil homme but quelques gorgées du liquide.

— Maintenant vous savez, répondit Jonah en reposant le verre sur le chevet.

Bien sûr, cet enfoiré aurait pu savoir bien plus tôt, s'il avait pris la peine de lui rendre visite, même à l'hôpital après les événements. Mais non. Silence radio de son entreprise. Pas un mot. Pas même une corbeille de fruits. Et de toute façon, qu'aurait-on inscrit sur la carte ? « Coucou, désolés que ton visage ait explosé. Bon appétit avec cette jolie banane. »

— J'ai trouvé le téléphone d'Amanda Kershaw, annonça-t-il. Je l'ai consulté.

Il y avait une chaise près du lit, Jonah l'approcha et s'y assit, le temps que Knowles digère l'information.

— Et vous attendez la vérité, je suppose, fit le vieil homme avec une toux grasse. Quant à moi, il est normal que je veuille apaiser ma conscience puisque je m'apprête à rencontrer mon Créateur.

— Je me soucie assez peu de vos raisons, mais oui, je mérite la vérité.

Monsieur Knowles grogna, un son peu audible qui semblait toutefois acquiescer.

— Dites-moi ce que vous savez, que j'économise le peu de souffle qu'il me reste.

— Je suis allé au hangar. Au club, ou quel que soit le nom que vous lui donnez.

— Ah. Oui, bon. Je croyais qu'ils l'auraient fermé après tout ce bazar. (Il soupira.) De toute évidence, ils ne m'écoutent pas. Le risque d'être pris leur procure une sorte d'excitation supplémentaire, je suppose.

— Qu'est-ce que c'est exactement ? Qui étaient les filles ? Les hommes ?

— Les filles sont des droguées et des fugueuses trop contentes de gagner un peu de fric. (Pause.) Saviez-vous que des gens sont prêts à tout pour une dose ? N'importe quoi. Des femmes peuvent abandonner leurs enfants. Ou tout ce qu'elles ont. La drogue vole l'âme des personnes.

Comme si cet homme, allongé devant Jonah, savait quoi que ce soit sur l'âme. La nausée rampante de Jonah grimpa d'un cran.

— Les membres sont des messieurs qui ont un travail stressant, très prenant, et qui souhaitent relâcher la pression en participant à des activités que leurs épouses seraient fort peu ravies de connaître. Applegate a lancé le club il y a bien des années. Il choisissait lui-même les membres et voilà, cela leur permettait de passer de temps en temps une très agréable soirée en dehors du travail.

Jonah l'observait en digérant les informations, de plus en plus écœuré.

— Donc, en gros, un groupe de vieux pervers profitent de la vulnérabilité de jeunes filles qui ont suivi le mauvais chemin.

Chandler Knowles rit et, l'espace d'un instant, il parut plus jeune. Avant que son visage ne s'affaisse à nouveau sur une autre grimace et qu'il ne reparte dans une quinte de toux en se tapotant la poitrine.

— Toujours à juger les autres, grommela-t-il. D'où le besoin de secret. L'exclusivité.

— Murray Ridgley était membre ?

Knowles émit un son dégoûté.

— Je n'ai jamais aimé ce gamin. Ce rat aux yeux de fouine. Je leur avais dit de refuser sa candidature, mais son père était un gros bonnet du système bancaire. Certains membres avaient obtenu des prêts grâce à lui...

Il agita la main, comme si cela suffisait pour que Jonah comprenne l'idée. Ce qui était le cas. *Bon Dieu.*

Ils le connaissaient. Il était l'un d'eux, membre de leur sale petit club dégueulasse. Ils l'avaient accepté parce que son père était précieux.

— Bref, ils ne m'ont pas écouté, poursuivit Knowles.

Ses phrases étaient saccadées, les mots entrecoupés d'une manière qui en disait long sur la fatigue qu'il éprouvait à parler autant. *Vas-y, vieux salopard, finissons-en. Et que j'en finisse aussi, d'une certaine façon.*

Il se sentait déjà malade, perturbé, submergé. Pourtant, il s'obligea à s'extraire de son propre esprit, en quelque sorte, afin de pouvoir assimiler les informations sans en manquer une seule et qu'il puisse comprendre les liens avec lui. Il reviendrait là-dessus plus tard. Il avait été avocat. Il savait compartimenter comme personne.

Le regard de Knowles s'était assombri.

— Et puis, tout est allé de travers. Entre autres règles, il était interdit de sympathiser avec une des filles en dehors du club. Mais ce rat n'écoutait rien. Il les ramenait chez lui. Il est devenu trop brutal, il n'en a pas étranglé une, mais deux. (Il agita une main noueuse.) Rien que des fugueuses, des droguées, mais on a dû le couvrir.

Rien que des fugueuses, des droguées. Jonah sentit ses poils se hérisser. Une vague montait en lui, qu'il s'efforçait désespérément de contenir.

— Murray a été exclu. Mais un soir, il a attendu qu'une des filles parte et lui a proposé de la déposer. Il n'avait pas besoin d'être membre du club pour bénéficier de ses services, vous voyez ? (*Une des filles : Amanda Kershaw.*) Mais elle a dessoûlé, lui a échappé avant qu'il ne puisse lui faire vraiment du mal et les choses ont dérapé.

Jonah resta sans voix. Incapable de formuler des mots. Knowles fut secoué par une autre quinte de toux, puis il se radossa contre ses oreillers.

— L'un des membres du club était un ancien procureur. On l'a envoyé parler à la fille. Elle menaçait de tous nous dénoncer, arguant qu'elle avait une preuve, mais on a réussi à la calmer en lui promettant des choses. Ces putes, elles aiment toutes les « choses », pas vrai ? Elle a cédé. Accepté de paraître instable à la barre.

Jonah se sentait soudain vidé de l'intérieur. *Un coup monté.* Tout avait été organisé.

— Et puis le cabinet s'est proposé de défendre Ridgley. Il fallait bien, sans quoi il nous aurait dénoncés aussi.

Quelque chose qui ressemblait à de la colère alluma les yeux de Knowles.

— S'ils m'avaient écouté et avaient refusé l'entrée à ce sale rat d'emblée, rien de tout ça ne serait arrivé. Je ne suis coupable de rien. Je suis juste intervenu pour aider après coup.

Et pourtant, tu n'étais pas censé assumer la responsabilité de tes péchés ?

Jonah se le demandait. *N'est-ce pas une tentative de laver ton âme, qu'elle soit le plus propre possible, espèce de vieux salopard ?*

Knowles soupira et son regard se fixa quelque part derrière Jonah, comme s'il contemplait le passé.

— On lui a dit qu'on le tirerait d'affaire s'il coopérait. Qu'on avait un atout dans notre manche, un jeune loup hargneux et malin comme un singe dans le prétoire, qu'il ferait passer tout ça pour des faits légitimes.

Moi. La poitrine de Jonah se contracta douloureusement. Il avait été utilisé. On lui avait menti. Il n'avait été qu'un pion et il avait joué exactement leur jeu. Bon Dieu, lui qui se croyait tellement malin, il n'avait en réalité été qu'un pigeon imbécile. Aveuglé par son ego et son arrogance. Il avait envie de rire, de pleurer, de crier, mais il n'en fit rien. Il avait bien bossé à faire passer Amanda Kershaw pour une fille instable, il avait convaincu le jury, mais elle aussi, elle avait joué un rôle. Toutes ces années où il avait porté cette culpabilité... alors même qu'elle savait exactement ce qu'elle faisait.

— Que s'est-il passé ensuite ? lança-t-il d'une voix morne.

Une expression proche de la culpabilité passa dans les yeux de Knowles. Mais très franchement, il s'en contrefichait. Le regard du vieux voleta sur le visage détruit de Jonah, puis s'en détourna.

— Il avait toujours été un électron libre. On aurait dû s'en souvenir. Vous voyez, notre erreur, ça a été d'agir comme si on avait affaire à un type sain d'esprit. Or Ridgley ne l'était pas.

Donc Ridgley avait gardé de la rancœur contre Amanda Kershaw, la femme qui lui avait échappé, et il s'était pointé, ce fameux jour, pour exercer sa vengeance. Et Jonah avait plongé.

— Qu'est-ce que mon frère fait dans cette affaire ?

L'espace d'un instant, Knowles parut perplexe, puis il pinça les lèvres.

— Votre frère travaillait dans les quartiers où l'on avait trouvé certaines filles pour notre club. Il a entendu des rumeurs, a commencé à poser des questions. Amanda nous a dit qu'il l'avait appelée et on lui a interdit de lui parler. Ça n'a pas été plus loin, conclut-il en haussant une épaule.

Évidemment que ça n'est pas allé plus loin. Amanda avait été tuée, Justin aussi et Murray Ridgley s'était fait sauter le caisson. Quel coup de chance pour les huiles du club ! Ils ont continué à faire la fête comme si des vies n'avaient pas été détruites ce jour-là. Comme si ces victimes n'avaient tout simplement pas existé.

Le visage de Jonah, détruit au point d'être méconnaissable, sa vie gâchée, tout cela n'était que des dommages collatéraux.

— Il y a autre chose ?

— Je vous traiterai de menteur si vous allez raconter ce que je vous ai dit. À supposer que je ne sois pas mort d'ici là.

Knowles l'observait de sous ses sourcils blancs broussailleux. Il semblait soudain petit, ratatiné, allongé là sur son lit de mort. Jonah aussi se sentait petit et ratatiné, vidé.

Il songea aux preuves qu'il avait en sa possession, aux photos floues qui pourraient bien être de n'importe qui, dans le téléphone d'une femme qui avait perdu toute crédibilité. En partie grâce à lui. Bon sang, la situation serait drôle, si elle n'était pas aussi atrocement triste.

— Pour ce que ça vaut, je suis désolé de ce qui vous est arrivé.

Jonah dévisagea le mourant.

— Ça ne vaut rien.

Sur ces mots, il tourna les talons et partit, sans s'arrêter devant la gouvernante qui se précipitait pour aller lui ouvrir la porte. Il le fit lui-même tandis qu'elle bredouillait un au revoir, écarquillant les yeux en découvrant son visage balafré avant qu'il n'enfile son casque et ne sorte dans la nuit.

*
* *

— Myrtle ! Myrtle !

La voix de Jonah tonnait à travers les couloirs silencieux de Windisle.

— Pour l'amour de Dieu, je suis là. Pourquoi tout ce tintamarre ? s'exclama la vieille femme en se ruant dans la cuisine où il se tenait.

Elle avait la moitié des cheveux tressés, mais l'autre moitié restait, énorme boule touffue d'un côté de sa tête. De toute évidence, il l'avait interrompue en pleine séance de nattage.

— Où as-tu mis les trucs que la police t'a donnés après l'enquête ? Mes affaires et celles de Justin ? Il avait une serviette, ce jour-là. Marron.

Myrtle parut surprise, un instant, louchant encore plus qu'à son habitude derrière ses verres épais, puis ce fut l'inquiétude qui lui plissa les traits.

— Je... J'ai tout mis dans un carton. Dans le placard de l'étage. Attends...

Jonah était déjà sorti de la cuisine en trombe, pour grimper les marches quatre à quatre et ouvrir en grand la porte du placard en question. Il jeta les manteaux qui lui cachaient la vue et tira plusieurs cartons contenant des décorations de Noël ou d'autres bêtises de ce genre, avant de trouver ce qu'il cherchait.

Le porte-documents de Justin était posé là, par-dessus le reste, et Jonah le souleva avec précaution, submergé par le chagrin. Il passa une main sur le cuir doux et usé. Il était taché de grosses marques rouille. *Du sang.* Le sang de son frère. Jonah ravala son angoisse et actionna le fermoir.

À l'intérieur, il y avait une liasse de papiers, des choses liées à une affaire sur laquelle travaillait Justin. Rien d'intéressant. Sous les papiers, il tira un bloc-notes jaune, de type juridique, avec quelques notes griffonnées dessus. Il gribouillait là-dessus au tribunal, se rappela Jonah. Il avait posé les yeux sur lui, à une ou deux reprises, en se demandant ce qu'il pouvait bien écrire. Des notes pour lui-même, apparemment. Des pensées au hasard et de petits dessins.

Les yeux de Jonah tombèrent sur un encart en bas de la page. D'une écriture petite et concise, son frère avait noté :

« Amanda Kershaw. Pas de preuves. » À côté, une liste de noms, dont certains que Jonah connaissait pour les avoir entendus au tribunal, notamment celui du juge Rowland. Des hommes que son frère soupçonnait de faire partie du club ?

En dessous, écrit encore plus petit, il vit le nom du cabinet d'avocats pour lequel Jonah travaillait, suivi de plusieurs points d'interrogation.

Et puis, soulignés de deux traits, les mots qui transpercèrent son cœur déjà brisé.

« Pas confiance en Jonah. »

Il lâcha le bloc, l'abandonna là avec le reste du bazar qu'il avait sorti dans le couloir. Et se dirigea d'un pas raide vers sa chambre.

— Qu'est-ce qu'il y a ? demanda Myrtle, d'une voix pleine d'inquiétude maternelle.

Mais il ne répondit pas. Impossible. Son frère était venu le voir ce jour-là parce qu'il savait que quelque chose de plus glauque se jouait en coulisses – ou que c'était très probable –, mais au lieu de lui faire confiance, il en avait appelé au sens de la morale de Jonah, et puis il avait renoncé. Il avait renoncé, oui, et laissé Jonah s'embarquer sur son chemin, la fleur au fusil. Il ne lui avait pas donné la chance de faire quelque chose qui puisse modifier l'issue de l'affaire.

J'ai l'impression... que tu choisis une voie, sur ce coup, Jonah.

Une *impression.* Jonah lâcha un rire, dont le son était vide toutefois. Non, en fait, Justin avait bien plus qu'une impression. Beaucoup plus. Il avait rassemblé des preuves. Et puis, il les avait gardées pour lui. *Pas confiance en Jonah.* Jonah referma la porte au nez de Myrtle, étouffant ses bavardages derrière le bois qui les séparait. Resté seul dans sa chambre vide, il sentit sa poitrine bourdonner de chagrin, après l'énormité de ce qu'il venait de découvrir. *Pourquoi, pourquoi, pourquoi ?*

Il tomba à genoux et, la tête entre les mains, il pleura.

32

— Où es-tu, Jonah ? murmura Clara pour elle-même en rangeant son téléphone dans sa poche.

Encore un appel sans réponse. Bon sang, que se passait-il ?

Au début, le fait qu'il ne la rappelle pas l'avait mise en insécurité : est-ce qu'il l'évitait ? Mais à présent, après deux jours de silence absolu de sa part, elle commençait à s'inquiéter.

Et s'il lui était arrivé quelque chose pendant qu'il patrouillait avec les Brass Angels ? Et s'il était blessé ? Myrtle saurait-elle comment la joindre ? Elle avait beau se répéter que c'était bête, elle n'en avait pas moins du mal à se convaincre qu'il était juste occupé : elle savait bien que ce n'était pas du tout le cas.

Avec la première du spectacle dans trois semaines, ils avaient répété non-stop, mais aujourd'hui, c'était son jour de repos et elle brûlait de voir Jonah.

Elle avait passé le début de la journée à faire le ménage, sa lessive, enfin, et elle avait rendu visite à monsieur Baptiste, à qui elle avait acheté un panier de courges et même un petit potiron à poser près de la plante devant sa porte. Maintenant, le soleil s'était couché et elle faisait les cent pas dans son appartement, trop agitée pour rester assise sans bouger.

Ayant décidé qu'il lui fallait sortir sans quoi elle deviendrait folle, elle appela un Uber : elle allait passer le temps jusqu'à que Jonah réagisse à son énième message, en essayant de répondre à une question qui lui trottait dans la tête depuis qu'elle avait discuté avec Jonah du fait qu'Angelina ne savait pas lire.

Vingt minutes plus tard, le taxi la déposait devant la boutique de Fabienne, où elle avait l'impression que sa première visite remontait à un million d'années. Clara soupçonnait la jeune femme de n'avoir guère de talent pour lire dans l'avenir, en revanche elle lui avait fait l'effet d'une experte en ce qui concernait les sorts, les malédictions et les règles qui géraient toutes ces choses-là. Elle pouvait bien tenter sa chance et puis, ça aurait au moins l'intérêt de détourner quelques minutes son attention de Jonah.

S'il ne l'avait toujours pas rappelée après, elle se rendrait à Windisle et irait le débusquer, comme elle l'avait déjà fait, même si elle avait espéré qu'ils avaient dépassé ce stade.

En entrant dans la boutique, elle trouva Fabienne installée sur le canapé où elle était assise lors de sa première visite, à la différence que cette fois le bébé qu'elle avait entendu quelque part dormait dans ses bras. Fabienne haussa les sourcils.

— Je ne rembourse pas.

Clara referma la porte et se tourna face à la jeune femme.

— Quoi ? fit-elle en secouant la tête. Je ne viens pas demander un remboursement. En fait, ajouta-t-elle en sortant sa carte de crédit pour la tendre à Fabienne, j'aimerais une autre... séance.

— Une séance ?

— Oui. Comme la dernière fois.

— Hmm.

Fabienne détourna les yeux quand un homme arriva, torse nu, des dreadlocks lui tombant jusque dans le dos. Il posa un regard ensommeillé sur Clara, puis revint sur Fabienne.

— I' dort ? fit-il en désignant le bébé du menton.

— Ouais.

Fabienne se leva et se dirigea vers l'homme, à qui elle tendit le nourrisson emmailloté. Il baissa les yeux vers l'enfant en souriant, puis tourna les talons et disparut dans la pièce du fond. Clara l'entendit monter l'escalier.

Fabienne reporta son attention vers elle.

— Deux pour le prix d'une.

— Quoi ?

Fabienne désigna le fauteuil en face du canapé.

— Je faisais une promo, le jour où vous êtes venue : deux séances pour le prix d'une. Celle d'aujourd'hui est offerte par la maison.

Clara accepta le siège proposé et Fabienne s'installa face à elle.

— C'est gentil de votre part, merci. J'ai une question au sujet de... euh... la vie après la mort.

Fabienne se cala contre la banquette, les yeux rivés sur Clara.

— OK.

Clara inclina la tête en réfléchissant à la meilleure formulation pour sa question.

— Admettons qu'une personne soit morte en croyant quelque chose de faux. Quand la personne passe dans l'au-delà, est-ce que la vérité lui est révélée d'une façon ou d'une autre ?

— Vous êtes au courant que je ne suis jamais morte ?

Clara gloussa.

— Je me doute. Mais j'ai eu l'impression que vous êtes calée sur le sujet, alors vous seriez peut-être d'accord pour me donner votre avis éclairé ?

Fabienne tripotait le bord du canapé, passant les doigts le long des têtes de clous, comme pour s'assurer qu'ils étaient bien tous là.

— Ma mère disait que, quand une personne décède, tous les voiles sont levés.

— Donc... il se peut qu'un mort puisse voir la vérité dans l'au-delà, alors qu'il en était incapable de son vivant.

Fabienne haussa les épaules.

— C'est ce que croyaient ma mère et ma grand-mère. (Elle se pencha en avant.) Vous voyez, l'au-delà, c'est le pardon, or on ne peut pas pardonner si l'on ne voit pas la vérité au grand jour.

Au grand jour.

Quelque chose murmura aux confins de l'esprit de Clara mais repartit, trop vague pour qu'elle puisse le retenir.

Elle opina lentement du chef, en réfléchissant à ce que Fabienne lui avait dit la dernière fois qu'elle était venue. *Si Angelina reste à errer, c'est pour lui. Pour le soldat.*

Clara n'avait pas réussi à comprendre pourquoi Angelina s'attarderait pour un homme qui lui avait brisé le cœur, un homme qui lui avait fait du mal au point qu'elle en était venue à mettre fin à ses jours.

Mais en imaginant que l'affirmation de Fabienne était vraie, si, dans l'au-delà, le voile avait été levé, la vérité exposée, Angelina avait alors compris que John ne lui avait pas menti, qu'elle avait été dupée.

Sur quoi, une malédiction avait été jetée sur lui, qui l'avait empêché de la rejoindre dans l'au-delà, et ils erraient alors sans but, sans se trouver.

Pourtant, peut-être parvenaient-ils à se sentir l'un l'autre, comme Clara avait senti Jonah à travers l'épais mur de pierre : séparés pour toujours, John par une malédiction, Angelina parce qu'elle refusait de laisser son bien-aimé errer seul.

Tout cela était tellement... fantastique. Pure conjecture, des choses qui jamais ne seraient avérées. Cependant, une immense tristesse envahit Clara. Même si rien ne pouvait être prouvé, cette seule idée l'emplissait d'un chagrin douloureux. Et si elle avait raison ? Quelle tragédie, encore plus terrible !

Clara jeta un coup d'œil vers Fabienne.

— Merci, merci beaucoup. Je ne peux vous dire à quel point j'apprécie.

L'autre femme hocha la tête.

— Si vous revenez dans un mois ou deux, ce sera un salon de thé, ici. Le quartier s'améliore, grâce aux Brass Angels. Les crimes et les délits diminuent. Les gens se sentent plus en sécurité. Les commerces rouvrent. (Elle haussa les épaules.) Je n'ai jamais été très douée pour la voyance, pour vous dire la vérité. Par contre, je fais un café et des gâteaux merveilleux. Ça me paraît être ma voie.

Clara sourit de toutes ses dents.

— Alors je reviendrai, promis. Encore merci.

Elle allait tourner les talons puis se rappela quelque chose et revint vers Fabienne.

— Le théâtre où je danse cherche à embaucher un fournisseur en café et en pâtisseries sucrées ou salées, pour le prochain spectacle, dit-elle, avant d'ajouter, en haussant les épaules : Si vous faisiez passer votre carte professionnelle, ça pourrait être un bon moyen de vous faire de la publicité et de l'argent en même temps. Si vous êtes intéressée.

Fabienne ne répondit rien dans un premier temps, mais une lueur s'était allumée dans ses prunelles.

— Ce serait super. Qui dois-je appeler ?

Clara piocha aussitôt dans son sac à main, en tira un vieux ticket de caisse et un stylo, où elle griffonna le numéro de portable de madame Fournier, ainsi que son propre nom.

— Dites-lui que vous appelez de ma part. Elle vous dirigera vers les bonnes personnes.

— Je le ferai. Merci beaucoup, conclut Fabienne après une hésitation.

Clara hocha la tête, souriante, puis elle sortit de la boutique. Un coup d'œil à son téléphone lui tira un soupir : pas d'appel en absence. Le chauffeur Uber qu'elle avait payé pour l'attendre était de l'autre côté de la rue. Elle courut vers la voiture et sauta à l'intérieur sur un « merci » essoufflé, avant de lui donner l'adresse de Jonah.

Ça suffit, Jonah Chamberlain.

Clara frappait au portail de bois sur le côté de la propriété depuis dix bonnes minutes. Pas de réponse. Elle recula, le front plissé, et observa la barrière. Haute, certes, mais elle était agile. Si elle s'accrochait avec les bras, elle pouvait se hisser en haut et sauter par-dessus. D'autant qu'elle avait ses preuves à faire, en matière de clôture, songea-t-elle en grimaçant au souvenir de sa dernière tentative en date pour en franchir une.

Quelques minutes plus tard, elle se tenait de l'autre côté. En s'époussetant les mains, elle s'autorisa un instant de triomphe avant de se diriger vers la maison. Elle toqua à la porte d'entrée, mais encore une fois, en vain. *Merde.*

L'espace d'un moment, elle hésita sous la lumière basse du porche. Puis elle contourna la maison et fouilla des yeux l'obscurité alentour.

Peut-être que tu aimes les monstres. C'est ça, Clara ?

Elle quitta la lumière pour entrer dans les ténèbres et s'y enfoncer en appelant le nom de Jonah.

Elle sentait l'odeur du pin, entendait le crissement des feuilles sous ses pieds, comme si chaque pas provoquait une explosion de sons, et elle comprit qu'elle se trouvait au milieu des arbres. Mais elle ne tarda pas à être désorientée, envahie par la peur. Il n'était pas là et elle ne saurait pas comment retourner à son point de départ.

Fouillant dans sa poche, elle sortit son portable et alluma la torche au niveau d'éclairage minimal.

Les battements de son cœur ralentirent, le calme revint en même temps que la sécurité apportée par la lumière. Elle s'enfonça plus avant au cœur du bois, en gardant la lampe dirigée vers le bas, mais elle commençait à distinguer le sentier entre les cases, maintenant, celui que Jonah avait dû tracer lui-même à force de courir chaque jour, comme il le lui avait expliqué.

— Éteins la lumière.

Clara lâcha un hoquet, mais elle baissa la lampe et l'éteignit.

L'obscurité reprit ses droits autour d'elle. Elle l'entendit s'avancer et son pouls s'emballa.

— Je m'inquiétais pour toi, dit-elle lorsque sa main la frôla. Personne n'a répondu au portail.

— Myrtle est partie donner un coup de main à sa nièce à l'autre bout de la ville et Cecil dort comme une souche. Comment es-tu entrée ?

Cette voix. Bon Dieu, elle agissait comme un aphrodisiaque. Il l'entraîna et elle le suivit.

— Je... Je...

— Tu as escaladé ma clôture ?

— Oui.

— Évidemment.

Il n'avait pas l'air agacé, juste... méfiant, on aurait dit, et Clara en fut perturbée, mise mal à l'aise par son étrange humeur. La dernière fois qu'ils s'étaient parlé, sa voix, les choses qu'il avait dites, avaient été empreintes de chaleur. Chargées d'amour.

— Jonah, qu'est-ce qui ne va pas ?

Elle entendit une porte s'ouvrir et il lui dit de monter la marche. Elle obtempéra, trébuchant un peu, mais reconnaissant l'odeur de vieux bois de la case où ils étaient déjà venus, cette lumière, ce rayon tamisé qui filtrait par la petite fenêtre crasseuse.

Elle tendit la main vers le mur et s'y adossa, désireuse de recouvrer ses repères grâce à quelque chose de solide. Elle entendit Jonah arpenter le petit espace devant elle, puis relâcher un souffle.

— Tout n'était qu'un coup monté.

— Quoi ? Qu'est-ce qui était un coup monté ?

— L'affaire. Mon rôle. Tout. Et le pire de tout, c'est que mon frère était au courant. Du moins... en partie. Il savait et il ne m'a rien dit.

Elle percevait le désespoir dans sa voix et voulut le toucher, mais elle eut peur qu'il ne se dérobe. Alors elle resta là, debout, à l'écouter lui raconter le téléphone d'Amanda Kershaw, le club libertin, Chandler Knowles et les propos griffonnés sur le bloc-notes de Justin Chamberlain, des mots qui avaient transpercé le cœur de Jonah, si elle ne se trompait pas sur ce qu'elle distinguait dans sa voix.

— Je suis vraiment désolée, dit-elle, la voix étranglée par l'émotion.

De l'émotion pour lui, pour ce coup qui, de toute évidence, l'avait tant abasourdi. Ce qui n'avait rien de surprenant.

Toutes ces années, il s'était torturé et tout n'avait été en réalité qu'un mensonge. Un sale mensonge tordu censé couvrir les actes malfaisants des autres.

— Jonah, ce n'est pas ta faute.

Il rit, mais cela sonna plus comme un étranglement.

— Et pourtant, si. N'est-ce pas ma faute si j'étais trop imbu de ma personne pour voir qu'ils m'utilisaient ? Quel putain de pigeon ! Ils ont dû bien rigoler de moi. Bon sang, ils devaient me considérer comme le plus crétin des crétins. N'était-ce pas ma faute si mon propre frère n'avait pas assez confiance en moi pour partager ses soupçons ?

Clara prit le temps d'organiser ses pensées. Tout cela sortait si brutalement et elle n'avait pas eu un instant pour réfléchir. Jonah, si. Là, dans le noir, où il avait souffert, pleuré et s'était caché de nouveau, sous le poids de péchés qu'il n'avait pas à porter.

— Qu'est-ce que tu vas faire ?

Il avait des preuves – le téléphone, le club –, même si ces filles y allaient apparemment de leur plein gré... enfin, on savait les convaincre, exploiter leurs faiblesses. Tous ceux qui auraient pu corroborer ses dires étaient morts, désormais, ou pas loin de l'être.

— Je ne sais pas. Je n'ai pas encore décidé. Peut-être rien.

Elle ignorait quoi ajouter pour le soulager. Alors elle s'écarta du mur et tendit les bras vers lui, mais il s'éloigna vers le centre de la case, du moins apparemment. De nouveau, elle était désorientée, émotionnellement submergée par le besoin de le réconforter, de l'apaiser.

— Jonah ?

— Tu ferais mieux de partir, Clara.

— Partir ? Jonah, tu n'es pas obligé de traverser cette épreuve tout seul. Je suis là pour t'aider. Je sais que tu dois être dévasté. Je le sais. Mais on peut… on peut s'en sortir ensemble. Si tu me laisses faire.

— Il n'y a pas d'avenir pour nous.

— Quoi ? Pourquoi ? Jonah, je sais que tu as mal, mais tu as déjà tellement avancé. Cette découverte ne doit pas remettre en cause les progrès que tu as effectués jusqu'à…

Clara fit volte-face, surprise par un son derrière elle et ne sachant soudain plus où il était, ni même si c'était lui ou pas qu'elle venait d'entendre. Était-il parti ? L'avait-il abandonnée là dans le noir ? Son cœur bondit, un voile de sueur perla sur sa peau. Elle était seule au milieu d'une pièce plongée dans l'obscurité.

Elle appela son nom à nouveau, se déplaça de quelques pas, les bras tendus vers un mur, quelque chose, ne touchant que le vide.

— Jonah, implora-t-elle encore.

Elle attrapa sa torche, juste pour viser le sol, pour retrouver son orientation, mais quand la lumière s'alluma, une main se referma sur son épaule et elle lâcha un petit cri, avant de monter instinctivement la lampe vers son visage. Démasqué.

Il avait répondu à son appel, il était venu à elle quand elle l'avait cherché dans le noir, et maintenant, ils se tenaient là, à cligner des paupières, face à face dans la lumière inattendue.

Oh, bon Dieu qu'avait-elle fait ? Elle grimaça, accablée par son erreur qu'il allait considérer comme un acte de trahison. Jonah se ressaisit en même temps qu'elle, il ouvrit les yeux sur son expression horrifiée. Son regard passa rapidement en revue le visage de Clara, et sur le sien, elle détecta un profond désespoir. Elle aurait juré voir le cœur de Jonah se briser là, devant elle, et l'extrême douleur qu'elle vit dans ses yeux lui fit l'effet d'une lame en plein cœur.

— Tu avais promis, dit-il d'une voix rauque.

— Jonah… chuchota-t-elle.

Elle tendit les mains vers lui, prit ce visage qu'elle brûlait de voir depuis toujours. L'espace d'un instant immobile, elle le dévisagea, oui, mais pas parce qu'elle était horrifiée. Elle le dévisagea comme n'importe qui le ferait en découvrant quelque chose de différent chez quelqu'un et que l'on cherche à comprendre, pour ensuite ne plus y penser. D'autant qu'il ne s'agissait pas là de n'importe qui. C'était Jonah, son amour.

En ce bref moment, elle constata les dégâts sur le côté gauche de son visage et vit qu'en réalité ils soulignaient plus sa beauté qu'autre chose. Les os de ce côté-là étaient plus visibles, avec la peau tendue dessus, ses traits tirés vers le bas dans une grimace mécontente permanente. Et cette particularité faisait ressortir la structure forte de son visage, l'élégance masculine de sa composition.

Et puis les cicatrices et les altérations d'un côté ne servaient qu'à souligner la nature sublime de l'autre.

Il était la beauté et la douleur, la gloire et la souffrance, la vengeance et la grâce, et toutes ces choses étaient décuplées dans leur force et leur signification, justement parce qu'elles avaient leur opposé.

Jonah lâcha un gémissement d'animal blessé, dévasté, il se détourna de la lumière, de l'expression qu'il dut voir chez Clara et que, sans doute, il interprétait de travers.

— Va-t'en ! aboya-t-il.

— Jonah, s'il te plaît. Je ne l'ai pas fait exprès. Tu dois savoir...

— Va-t'en ! hurla-t-il plus fort, faisant sursauter Clara qui poussa un petit gémissement malgré elle. Je ne veux plus jamais te voir.

— S'il te plaît, je suis désolée, Jonah. C'était une erreur.

— C'était nous, l'erreur.

Il lui tournait le dos à présent, la tête baissée, le visage toujours caché, même si elle venait de le voir et de l'accepter. Ce qui n'avait pris qu'un instant.

— On était... Non, tu sais que ce n'est pas vrai. On était magiques.

Elle tendit les mains vers lui, mais il recula. Et lâcha un rire, un son laid, empli de douleur et du désir d'infliger la souffrance que lui-même éprouvait.

— Il n'y a pas de magie, Clara, lança-t-il en se retournant vers elle, relevant le visage, comme une preuve de son affirmation. Il n'y a pas de fantômes dans le jardin. Le mur ne pleure pas. La pierre absorbe l'eau quand il pleut et puis la libère en séchant. Bon Dieu. Ça n'a rien de magique, c'est juste de la science, conclut-il sèchement.

Et sur ces mots, il pivota et s'en alla.

La porte claqua tandis qu'il la laissait là, en pleurs et dans le noir.

33

— Clara, mon petit, qu'est-ce qui ne va pas ?

Clara s'arrêta pour se tourner vers le portail de chez madame Guillot. Elle n'avait pas vu la vieille femme, parce qu'elle était courbée, occupée à arranger plusieurs chrysanthèmes en pots devant son entrée.

— Oh, madame Guillot, pardon. J'étais perdue dans mes pensées.

— Je vois ça. Et apparemment, elles ne sont pas très plaisantes, ces pensées.

— Non, madame Guillot. J'ai bien peur que non.

Le front ridé de sa voisine se plissa davantage.

— Ça ne se passe pas bien avec votre gentleman masqué ?

Malgré elle, Clara sourit. *Gentleman masqué.* Et puis son sourire s'effaça quand lui revint en mémoire la façon dont elle l'avait éclairé par maladresse, ainsi que les derniers mots qu'il lui avait hurlés avant qu'elle ne détale, qu'elle quitte la propriété et continue de courir même une fois le portail franchi.

Elle lui avait encore envoyé ses excuses par SMS, un long message exprimant son profond regret pour la manière dont elle avait projeté le rayon lumineux vers lui sans son consentement. Seulement il n'avait pas répondu, et le silence qui lui sifflait dans les oreilles, le fait qu'il l'ignore, devenait plus sonore chaque jour. Elle avait de plus en plus de mal à prendre des inspirations normales.

— J'ai commis une erreur, madame Guillot.

Clara hésita, partagée entre son envie de tout raconter à la vieille femme, à son amie, sur qui était Jonah en vérité, sur ses cicatrices, sur les raisons pour lesquelles il portait un masque... mais elle ne put s'y résoudre.

Elle ne voulait pas l'exposer plus encore qu'elle ne l'avait déjà fait, sans sa permission, de quelque manière que ce soit, même infime.

— Je... Je l'ai blessé. Profondément, je crois. Et il souffrait déjà. (Une larme coula sur sa joue avant qu'elle n'ait le temps de la retenir.) C'était un accident, mais il ne peut pas me le pardonner.

— Sornettes.

— Quoi ?

Madame Guillot émit un son proche du gloussement.

— Il peut vous pardonner. Vous êtes une gentille jeune fille qui a commis une erreur qu'elle regrette. Votre cœur souffre autant que le sien. Il peut vous pardonner, répéta-t-elle. Il vous suffit de l'en convaincre.

Clara réprima un petit rire.

— Ça risque d'être compliqué, justement. Il a été avocat, par le passé. Un excellent avocat. C'est lui qui convainc les gens. Pas moi.

— Encore mieux. Il réagira forcément à un bon argument. Mais ma douce, vous n'avez pas besoin des plus grands talents du monde en matière de plaidoirie pour lui donner à voir la lumière. La vérité. Contentez-vous de mettre derrière vos paroles l'amour que je vois dans vos yeux. Donnez-lui envie de vous écouter. Et s'il continue à vous repousser, vous saurez au moins que vous aurez fait de votre mieux, avec chaque once de votre cœur. Et c'est là que vous trouverez votre paix. Lui, il devra trouver la sienne de son côté, à sa manière.

Clara se redressa, soudain gonflée de la passion contenue dans les propos de madame Guillot. Elle avait raison.

Et elle venait de lui rappeler qu'elle n'avait jamais été du genre à renoncer. Pour quoi que ce soit.

Méfiez-vous de l'homme aux deux visages, avait dit la diseuse de bonne aventure. *Il vous fera du mal si vous le laissez faire.*

Oui. Oui ! Évidemment qu'il la blesserait. Parce que les gens brisés avaient cette tendance à briser les choses, pas vrai ?

Le père de Clara lui avait répété cette partie de la prédiction de la voyante, mais ensuite il avait ajouté : « Alors ne le laisse pas faire », parce qu'il croyait en elle aussi fort que ça. Toujours, toujours il avait cru en elle et, grâce à cette foi – cet amour paternel, profond et généreux –, Clara avait réussi à réaliser ses rêves, en dépit des obstacles.

Elle prit une inspiration tremblante. Elle ne le laisserait pas. Elle se battrait pour Jonah et lui donnerait toutes les raisons de se battre pour lui-même, pour eux.

Clara se pencha et, malgré le petit portail qui les séparait, elle jeta les bras autour du cou de madame Guillot.

— J'ai une chance folle de vous connaître, murmura-t-elle en embrassant sa joue douce, avant de s'écarter.

Madame Guillot s'esclaffa.

— Moi aussi, j'ai de la chance, mon petit. Et je suis là pour vous, si besoin, n'importe quand.

Clara la remercia encore, puis elle se dirigea vers son appartement, le pas tout à coup plus sautillant et plus déterminé.

Oui, Jonah avait été avocat. La plaidoirie avait été son gagne-pain, à une époque. *Il faut donc que je fasse mieux*, décida-t-elle avec conviction. Elle devait le persuader. Elle devait l'amener à comprendre qu'elle n'avait pas cherché à le blesser et que ses cicatrices n'avaient pas d'importance à ses yeux.

Depuis quatre jours, elle avait son image à l'esprit, à quoi il ressemblait illuminé par sa torche, son visage entier révélé à elle.

Il lui avait fallu un moment pour faire le lien entre la photo de l'homme qu'il avait été et la réalité de son visage abîmé par les cicatrices. Juste un moment. À ses yeux, il était beau et le voir tel qu'il était n'avait en rien diminué l'amour qu'elle éprouvait pour lui, pas le moins du monde.

Elle déverrouilla la porte de son appartement, jeta son sac de danse sur le canapé et fila directement à la salle de bains.

Même s'il lui pardonnait ce qu'elle avait fait, Jonah était tellement convaincu qu'il serait rejeté s'il apparaissait aux yeux du monde qu'il resterait campé sur sa position. Bonne tactique, pour un avocat qui devait exhiber passion et détermination dans le prétoire. Mais vilain défaut chez un homme qui avait tort et devait être de bonne foi pour écouter le raisonnement logique d'autrui.

Après avoir pris une douche rapide et s'être séché les cheveux, Clara appela un taxi et sortit faire les cent pas dehors en l'attendant, tout en repassant en boucle les points qu'elle voulait souligner.

Elle s'essuya les mains sur les flancs, nerveuse. Il allait lui falloir de l'audace pour se pointer chez lui, après qu'il l'avait jetée dehors.

Quinze minutes plus tard, elle se tenait devant la clôture, alors que les dernières lueurs du jour fondaient dans la pénombre, cette heure où il était facile de laisser le courage se dissoudre dans la peur. Clara hésita, prit une profonde inspiration. Même les herbes hautes semblèrent s'immobiliser et se taire, comme impatientes de voir ce qui se passerait quand le collectionneur de vœux se rendrait compte que l'audacieuse était de retour. Du moins... c'était ainsi que Clara s'envisageait... même si on pouvait lui opposer qu'elle était moins intrépide qu'insistante et imprudente.

Ne le laisse pas faire.

D'accord, songea-t-elle en redressant les épaules. *Je peux y arriver.*

Elle frappa et, quelques minutes plus tard, entendit une porte se fermer, puis des pas avancer vers elle, traînants. Myrtle ouvrit le portail, sans paraître le moins du monde surprise de la voir.

— Bonjour, Clara.

— Bonsoir, Myrtle. Je suis venue voir Jonah. Cependant... il ne m'attend pas. (Elle regarda de côté, hésitante.) En fait, il sera sans doute tout sauf ravi de me savoir ici.

— Bon, fit la vieille dame, les yeux emplis de tristesse. Je ne vois pas comment il peut être encore moins content qu'il ne l'a été cette semaine, donc ça ne devrait pas poser de problème. Il est toujours dehors, derrière la maison. À croire qu'il vit là-bas, ces temps-ci. Ou bien qu'il longe les murs de Windisle comme un animal blessé. Bon courage, mon petit.

Elle avait tenté la légèreté, mais Clara voyait la souffrance derrière les traits tendus de Myrtle, la fatigue autour de ses yeux, sans doute causées par l'inquiétude qu'elle se faisait pour Jonah.

Clara se sentit emplie de gratitude, pour la seconde fois en moins d'une heure, et elle noua les bras autour de Myrtle. La vieille femme lui rendit son étreinte chaleureuse, puis elle la poussa, sourire triste aux lèvres, vers l'endroit où devait se trouver Jonah.

Clara n'avait jamais pris le sentier entre les cases des esclaves à la lumière du jour et, même si sa présence avait un autre but, elle ne put s'empêcher, en voyant cet endroit tel qu'il avait peut-être été cent cinquante ans plus tôt tandis que les esclaves allaient et venaient, foulaient ce même chemin de terre pour aller aux champs ou rentrer à la fin d'une journée de travail harassante, d'être submergée par la tristesse. Un désir désespéré de changer des choses qu'elle ne pouvait pas changer pour des gens qu'elle ne connaissait pas. Des choses passées depuis longtemps, des gens partis depuis longtemps. À l'exception d'Angelina, prisonnière à perpétuité et espérant dans la mort la liberté à laquelle elle n'avait pas eu droit dans la vie.

— Qu'est-ce que tu fais ici ?

Clara pivota vers sa voix en poussant un petit cri. Il se tenait appuyé contre un arbre noueux près d'un tapis de violettes sauvages, l'allure en apparence désinvolte, mais elle vit ses poings serrés contre ses flancs, les phalanges blanchies. Et puis son visage, son visage démasqué dans les derniers rayons du soleil qui se faufilaient entre les branches.

Elle s'autorisa un instant pour le regarder en entier. Dévoilé. Nu face à elle. *Enfin.* Il n'avait pas idée de sa beauté, et au diable les cicatrices. Il était sien et son amour pour lui gonfla dans sa poitrine, à tel point qu'elle dut prendre une profonde inspiration pour s'empêcher de se ruer vers lui.

Une brume fine montait du sol et la mousse enroulée autour des troncs d'arbre comme de la dentelle se soulevait doucement dans la brise pour créer une atmosphère onirique autour d'eux. *Sa tanière, en effet,* songea-t-elle en même temps que son cœur manquait un battement. Elle espérait tellement être autorisée à rester.

Elle se redressa de toute sa hauteur.

— Je suis revenue te présenter mes excuses, pas par message interposé mais en face. Tu n'es pas obligé de les accepter, mais au moins comme ça, tu ne pourras pas m'ignorer.

Il haussa le sourcil du côté intact de son visage.

— En effet, tu t'arranges pour qu'il soit difficile de t'ignorer, même quand je le voudrais.

La pique faisait mal, pourtant elle garda la tête haute.

— Je n'aurais pas été obligée de venir sans y être invitée, si tu avais répondu à mes messages ou à mes appels.

— Je ne voulais pas être forcé, Clara.

— Jonah... (Elle alla vers lui, tendit le bras et, réaction instinctive apparemment, il recula le visage. Elle laissa retomber sa main.) S'il te plaît, accepte mes excuses. S'il te plaît, sache que je ne ferais jamais rien pour te blesser volontairement, pas plus que je ne briserais une promesse.

Il la contempla un instant, avant de s'approcher.

— J'ai vu la façon dont tu m'as regardé. L'instant où tu m'as vu pour la première fois m'a dit tout ce que j'avais besoin de savoir. (Sa voix était morne, morte, pourtant un muscle tressautait dans sa mâchoire de temps à autre.) Tu m'as dit un jour que tu me visualisais tel que j'étais jadis, faute d'avoir autre chose à disposition, ajouta-t-il en inclinant la tête. Que ressens-tu maintenant que tu sais que c'était ce visage-là qui se trouvait au-dessus de toi pendant que je te baisais dans le noir ?

Il se montrait grossier pour la choquer, pour la pousser à partir. Eh bien d'accord, elle allait répondre franchement.

— Bien sûr que je te visualisais tel que tu étais autrefois. Bien sûr, puisque je n'avais rien vu d'autre. Maintenant, je t'ai vu. Et j'aime ce que j'ai vu, jusqu'à la moindre cicatrice. Et encore plus parce que c'est toi. Pas tel que tu étais avant, mais tel que tu es aujourd'hui. Il m'a juste fallu un instant pour faire coïncider les deux. Chose que toi tu n'as pas été capable de faire en huit années.

Il éclata d'un rire qui recelait à la fois une touche de cruauté et une note de désespoir, comme s'il s'obligeait à cette froideur mais qu'elle lui coûtait.

— Ça... (Il désigna son visage.) C'est vraiment ça que tu veux ? Tu veux voir ce visage penché au-dessus de toi ?

Bon Dieu, pourquoi était-ce aussi impossible à croire ? Ses cicatrices étaient envahissantes, d'accord. Les brûlures dont il avait souffert lui serraient le cœur, mais pas parce qu'elles étaient laides, parce qu'elle pleurait à l'intérieur de penser à la souffrance qu'il avait endurée.

— Mais oui. Et je ne t'ai jamais donné aucune raison de croire le contraire. Tu as mal interprété ma réaction, Jonah. Je te l'ai dit. Et je pense qu'au fond de toi, tu le sais, autrement tu te ficherais que je te pousse à quoi que ce soit. Je suis là, pas vrai ? Je suis revenue, au risque de passer pour une idiote. C'est toi qui me repousses. Peut-être qu'en fait tu aimes imaginer quelqu'un d'autre dans tes bras. Peut-être que tu l'aimes, cette obscurité, Jonah, car ce que tu vois quand tu me regardes au grand jour ne te plaît pas.

Il la dévisageait, le corps figé, l'air soudain médusé.

— Tu penses ça ?

— Et pourquoi je ne le penserais pas ? Je suis là, à m'offrir à toi, et tu me rejettes. Qu'est-ce que je suis censée penser d'autre ?

Elle bluffait. Elle n'avait jamais douté qu'il la trouve belle. Mais peut-être que retourner la situation ainsi l'aiderait à se rendre compte de l'ampleur de son ridicule.

— Si ça se trouve, tu ne m'aurais même pas regardée, dans ta vie d'avant. Si ça se trouve, tu te contentes de moi parce que tu penses que tu ne peux pas avoir mieux, seulement tu préfères garder la lumière éteinte quand tu es avec moi.

— C'est stupide.

— Ah oui ?

— Oui, gronda-t-il.

— Vraiment ? Il y a donc eu tant de filles qui se sont arrêtées devant ton portail ? Tu as eu l'embarras du choix ?

— Clara, arrête. Je comprends ce que tu essaies de faire.

— Ah bon ? Et je fais quoi ? Je dis la vérité ?

— Tu sais que ce n'est pas vrai. Tu sais que je te désire.

Ses mots étaient sortis avec dureté et ce muscle, dans sa mâchoire, continuait de tressauter.

— Tu me désires ? Tu n'étais pas prêt à montrer ton visage, d'accord, mais avec la lumière éteinte, qui est-ce que tu voyais, toi ? L'une de ces filles parfaites de la haute société avec qui tu avais l'habitude de sortir ? Celles que tu fréquentais quand j'ai fait mes recherches sur toi ? Ce sont elles que tu imaginais, Jonah ? La rousse pulpeuse, peut-être, ou...

— Arrête. Je te désire, toi, bien plus que j'ai jamais voulu aucune d'elles.

Il a parlé au présent, songea-t-elle. C'était bien. Mais pas assez.

— Prouve-le.

L'espace d'un instant figé, ils restèrent à se jauger, puis le suivant, le cœur de Clara se serra dans sa poitrine. Des bruits retentissaient autour d'eux, elle en était sûre, pourtant, tout ce qu'elle entendait, c'était l'afflux de son propre sang à ses oreilles. Elle avait jeté la balle dans son camp, et maintenant, s'il ne la renvoyait pas, elle allait devoir partir. Jonah continuait à la dévisager, immobile et tendu. Silencieux.

Elle baissa les épaules mais releva le menton.

— Pour un homme qui usait des mots dans sa vie professionnelle, ton silence en dit des tonnes, *maître*, lança-t-elle dans ce qui était à peine plus qu'un souffle triste.

Cependant, il l'avait entendue, elle le sut à la façon dont il contracta la mâchoire. Elle marqua une autre pause et puis, le cœur douloureux, elle pivota et repartit sur le sentier qui sortait de la zone boisée.

Elle perçut une expiration bruyante et un soudain mouvement derrière elle puis, avant qu'elle ait pu se retourner, la main de Jonah sur son bras. Il la fit pivoter vers lui pour écraser la bouche sur la sienne. *Oui, oui, oui !* Son cœur bondit de joie, se gonfla de bonheur. Il n'allait pas la laisser partir. Elle leva les bras et les noua autour de lui pour l'agripper, le plaquer à elle. Son espoir se réalisait, elle avait réussi à le pousser à la toucher, à l'embrasser, car elle savait qu'il se serait détourné si elle avait pris l'initiative. Il n'avait pas seulement besoin qu'on le lui dise, mais de faire lui-même l'expérience de la vérité : qu'elle le désirait tout autant, maintenant que rien ne les séparait.

Elle le voulait tout entier et elle voulait le lui montrer. Toutefois, elle ne s'était pas attendue à une telle... faim. Il la poussa en arrière, jusqu'à ce que quelque chose heurte ses mollets et qu'elle laisse échapper un petit grognement de peur en tombant dans l'inconnu.

Mais les mains de Jonah étaient là, qui la guidèrent dans sa chute, et son dos atterrit sur quelque chose de doux et de solide à la fois. Un banc. Oui, elle croyait bien se rappeler avoir vu un banc sur le côté.

Jonah était au-dessus d'elle désormais, sa bouche continuait de dévorer la sienne, un genou près de ses hanches pour se retenir, la main dans sa nuque. Et elle lui rendait ses baisers avec la même férocité.

Il s'allongea sur elle qui l'accueillait en poussant un soupir entre supplique et soulagement. Ce baiser était né du désespoir, du chagrin, peut-être d'une touche de colère aussi, et elle s'en fichait. Tout ce qui lui importait, c'étaient ses lèvres sur les siennes et qu'il n'y ait plus rien entre eux. Elle regrettait de l'avoir blessé, regrettait qu'il se soit senti trahi. En revanche, elle ne regrettait pas que ces erreurs aient conduit là. *À ça. À nous. Toi et moi. Face à face, peau à peau, cœur à cœur.*

— Tu aimes ça, Clara ? gronda-t-il, relevant le visage afin qu'elle puisse l'observer de près, tout en plaquant son corps dur contre le sien.

Elle leva un doigt et le passa sur sa pommette, sur la peau boursoufflée de sa mâchoire, sur la fente dans sa lèvre inférieure.

— Oui, chuchota-t-elle en se cambrant.

L'espace d'un instant, il ne l'embrassa plus et puis, soudain, sa langue plongea dans sa bouche et il poussa un grognement torturé en enfouissant les doigts dans ses cheveux pour l'attirer plus près encore, comme s'il voulait fondre leurs deux corps.

Clara l'agrippait tout aussi fort, nouant les jambes autour de sa taille pour s'offrir à lui dans une supplique silencieuse. Il gémit et pressa son sexe contre elle, la clouant sur place.

Il mordilla la peau de son cou et elle tira ses cheveux. Ils pantelaient tous les deux quand leurs bouches se retrouvèrent, avant de repartir explorer la peau affamée de l'autre : l'oreille de Jonah, la base du cou de Clara, les doigts de Jonah dans la bouche brûlante de Clara, lui arrachant un grondement de pur désir qui enfonça une flèche dans son bas-ventre et provoqua un afflux de moiteur chaude.

Il aspira un téton dans sa bouche, tirant dessus à travers le tissu de la robe qu'elle portait et elle renversa la tête en arrière dans un hoquet de plaisir.

Elle était ivre, de lui, lorsqu'il reporta la bouche sur la sienne et l'embrassa tout en soulevant sa robe et en baissant sa culotte. Puis elle entendit le bruit d'un bouton et celui d'une fermeture Éclair que l'on ouvre et, quelques secondes après, il s'enfonçait en elle, d'autant plus facilement qu'elle était trempée de désir.

— Oh, putain, Clara, murmura-t-il.

Elle passa les doigts dans ses cheveux et embrassa la partie abîmée de son front. Il marqua un temps d'arrêt, poussa un brusque soupir contre sa gorge, avant de se remettre en mouvement.

— Oui, répéta-t-elle. J'aime ça. Toi.

L'humeur changea entre eux, s'adoucit, et les mouvements de Jonah se firent moins frénétiques, ses baisers plus lents, ses va-et-vient réguliers, dedans et puis dehors, en une série d'assauts contrôlés qui l'enflammaient et décuplaient son plaisir... encore plus haut, encore plus haut, jusqu'à ce qu'elle bascule en hurlant son nom, juste avant que lui-même ne se déverse en elle dans un frisson.

Il se retira alors, se dégagea, refermant son pantalon, évitant son regard, avant de rajuster sa culotte et la robe qu'elle portait. Il la fixa enfin et elle perçut quelque chose dans ses yeux... de la possession, peut-être ? Mais mêlé à une sorte de chagrin.

— Jonah.

Elle se redressa sur le banc et il s'assit à ses côtés. Pendant un instant, tous les deux regardèrent droit devant, dans les arbres où les ombres du crépuscule se formaient.

Elle contempla son profil ; elle ne voyait que le côté endommagé de son visage, et pourtant elle le trouvait beau. Aussi beau que sur la première photo qu'elle avait vue de lui sur l'écran de l'ordinateur à la bibliothèque, mille ans plus tôt lui semblait-il. Plus beau peut-être, même, parce que les cicatrices parlaient de la façon dont il avait sauté sur un homme armé, avec une bombe accrochée autour de la poitrine, alors que tout le monde s'enfuyait en courant. Elles racontaient ses souffrances, mais aussi et surtout son héroïsme, son souci des autres, son âme. Et bon Dieu, elle espérait qu'un jour ces cicatrices raconteraient son triomphe.

— Je t'aurais regardée, dit-il. À l'époque. Maintenant. Dans n'importe quelle vie et en pleine lumière. (Sa voix était basse, douce, triste. Elle prit sa main et il baissa la tête pour regarder leurs doigts entremêlés.) Je te demande pardon pour les choses que je t'ai dites, pour ma cruauté, ajouta-t-il, avant de pousser un long soupir. Et je te pardonne. Seulement, je ne peux pas vivre la vie que tu veux me voir vivre. Ou celle que tu mérites. Surtout… (Il laissa la phrase en suspens, comme s'il avait finalement décidé de ne pas continuer. Et puis :) Surtout, tu n'as pas idée de ce que ce serait, Clara.

Il tourna la tête pour lui montrer les deux côtés de son visage, l'homme qu'il avait jadis été et celui qu'il était maintenant.

— Tu veux que les gens frémissent chaque fois qu'on entrera ensemble dans un restaurant ? Les regards horrifiés ? Les chuchotements ? Les mots méchants ?

— C'est toi qui ne les supporterais pas, Jonah. Pas moi. Tu accordes trop d'importance à ces étrangers et pas assez à ceux qui comptent.

Elle lâcha sa main et passa les doigts sur ses cicatrices. Il baissa les yeux, si visiblement honteux alors qu'il se soustrayait à son toucher qu'elle eut envie de pleurer pour lui, de le secouer jusqu'à ce qu'il comprenne.

Et tout à coup, elle vit clairement pourquoi son visage abîmé lui inspirait encore autant de souffrance. À plusieurs reprises, il avait mentionné le regard direct que les gens posaient sur lui depuis l'explosion, l'horreur dans leurs yeux. Il avait éludé en arguant qu'il le méritait bien, mais Clara réalisait maintenant que ces regards, le rejet qui venait avec alors qu'il avait tant besoin d'amour et de compréhension, l'avaient profondément blessé, dans son cœur et dans son âme.

Les cicatrices qu'il portait n'apparaissaient que sur sa peau. C'étaient celles de l'intérieur qui le faisaient le plus souffrir. Elles n'avaient pas guéri depuis toutes ces années. Et non content de ça, il s'était construit une vie, se racontant une histoire à son propre sujet, fondée sur tous les rejets qu'il avait ressentis depuis lors.

— Jonah, murmura-t-elle sans le quitter des yeux. C'est toi qui ne comprends pas que tu devrais marcher la tête haute et porter ces cicatrices comme les blessures de guerre, les signes de ta bravoure qu'elles sont. Moi, j'entrerais fièrement dans n'importe quel restaurant à ton bras. Et tu garderais les yeux rivés sur moi, sur personne d'autre. Sur moi, Jonah. Qui se soucie du regard des gens ? Ces cicatrices dont tu as tellement honte, elles sont la preuve que tu t'es jeté sur un fou pendant que tout le monde prenait ses jambes à son cou.

— Je te l'ai dit, je ne l'ai pas fait exprès.

Il se mentait, mais d'accord, elle n'argumenterait pas davantage sur ce point, s'il tenait à affirmer que se précipiter sur un dingue portant une arme à feu n'était qu'une réaction instinctive, un acte que n'importe qui aurait fait en de telles circonstances, alors qu'en réalité il avait été le seul. Elle lui concéderait ce point pour en aborder de plus importants.

— Est-ce par hasard que tu t'es mis à patrouiller les rues pour permettre aux gens d'être en sécurité ? Et ces dizaines d'autres bonnes actions dont ils ont parlé à la télé, tu les as faites simplement parce que tu es tombé dessus par hasard ? Tu as aidé une femme à payer l'opération de son fils alors qu'elle n'en avait pas les moyens. Ça non plus, tu ne l'as pas fait exprès ?

— Si. Mais j'étais sous couverture. Et donner de l'argent aux gens, ça n'a rien de courageux.

Clara lâcha un soupir frustré. Dieu que cet homme était borné. Et il allait obstinément se raccrocher aux mensonges ridicules qu'il se racontait depuis des lustres. Peut-être même, d'une façon assez tordue, qu'ils lui apportaient une forme de réconfort. Un prétexte. Les rejeter signifierait pour lui franchir ce mur qui l'entourait et ressortir dans le grand monde.

— Non, répondit-elle, décidant de passer outre son affirmation pour répondre elle-même à la question qu'elle avait posée. Tu l'as fait parce que ces cicatrices dont tu as tellement honte t'ont fait souffrir, oui, mais aussi pour apprendre à grandir et à utiliser ta douleur à bon escient.

Il tourna les yeux vers les derniers rayons du soleil à l'horizon, insensible à ses propos.

— Tu devrais y aller. Il va faire nuit.

Le cœur de Clara se contracta, la peine gonfla en elle, mais elle repoussa ce sentiment de désespoir. Madame Guillot avait raison : elle trouverait la paix en sachant qu'elle avait fait tout son possible, qu'elle avait fait de son mieux pour convaincre Jonah qu'elle n'avait pas honte de lui et qu'il devait trouver le moyen de redresser la tête. Mais si, au bout du compte, il continuait à la repousser, ce serait son problème à lui, à lui de trouver sa paix. Sans elle. Parce qu'il n'accepterait jamais son visage s'il n'acceptait pas son âme.

Elle pinça les lèvres et, l'espace d'un instant, s'abîma dans la vue qu'il contemplait, lui aussi, avec l'impression que son cœur se partageait en deux.

— Tu as décidé ce que tu allais faire des aveux de Knowles ? Le téléphone...

Il resta silencieux un moment, avant de répondre enfin :

— Non. Et je n'ai pas envie d'en parler.

Sa réaction, peut-être plus que tout le reste, blessa profondément Clara. Ils avaient été intimes, oui. Il lui avait fait l'amour il y avait à peine quelques minutes. Pourtant, depuis leur rencontre, il avait été son ami, son confident, la personne avec qui elle parlait de tout. Et elle avait eu l'impression de représenter la même chose pour lui. Alors se retrouver enfermée dehors, là, maintenant, hors de ses pensées, de son monde, c'était comme une lame enfoncée dans son cœur. Il avait dit qu'il lui pardonnait, mais peut-être n'était-ce pas tout à fait vrai.

— Tu peux me faire confiance, Jonah.

Il lâcha un son qui mêlait le rire et le gémissement.

— C'est peut-être toi qui ne devrais pas me faire confiance, Clara. Mon frère, lui, ne me faisait pas confiance.

Elle l'observa un long moment. Oui, ce constat devait profondément le blesser. Il refusait peut-être de lui parler, mais elle réfléchissait à la situation dans son ensemble depuis plusieurs jours et elle avait quelque chose à dire à propos de Justin.

— Ton frère...

— Clara.

— Non, Jonah. Je vais partir, puisque c'est ce que tu veux, mais avant je vais te dire une dernière chose : j'ai parcouru le dossier que ton frère a constitué sur l'histoire familiale des Chamberlain, chaque note qu'il a prise, chaque pensée jetée sur le papier, et j'ai l'impression de m'être forgé un bon aperçu du genre d'homme qu'il était. Juste un peu, mais assez pour te dire ça... (Elle prit une profonde inspiration.) Ton frère aurait dû partager avec toi ce qu'il savait, au lieu de rester vague. Seulement il ne l'a pas fait, parce qu'il croyait que tu l'enverrais balader à moins qu'il ne te présente des preuves concrètes. Se trompait-il ?

Jonah fixait les arbres des yeux et resta muet si longtemps qu'elle crut qu'il ne lui répondrait pas.

— Je ne sais pas, admit-il enfin.

— Tu te sens trahi par tout le monde et c'est justifié, plus encore, même. Mais ton frère, Jonah, il avait tes intérêts à cœur. Il était un homme, comme toi, qui s'efforçait de faire les bons choix, de bien agir envers les gens qu'il aimait, bref, il essayait d'être tout le contraire de ton père, qui lui avait fait du mal tout comme il t'en a fait à toi. Ses choix n'étaient pas toujours les bons, mais ce qui est arrivé de mal à cause de ses décisions n'était pas intentionnel. Il n'était pas parfait et je pense que, toutes ces années, tu as fait semblant de croire le contraire. Tu l'as placé sur un piédestal, dans ta tête tu as créé une sorte de saint. Il n'en était pas un. C'était juste un homme. Juste ton frère. En revanche, je crois de tout mon cœur qu'il t'aimait et qu'il voudrait le meilleur pour toi maintenant.

Sur ces mots, elle se leva et regarda la main tremblante de Jonah se déplacer du banc où il l'avait posée. Il allait la tendre vers elle... L'espoir enfla et puis éclata quand il la reposa sur le bois. Et que ses yeux restèrent baissés.

— Je suis désolé, finit-il par lâcher. (Elle entendit le regret dans son ton, le chagrin, et cela ne fit qu'augmenter les siens, parce que leur histoire n'était pas obligée de se terminer ainsi, si seulement il voulait bien le voir.) Je suis désolé de t'avoir volé la magie que recélait cet endroit.

Elle le dévisagea et se remémora ses paroles : « Il n'y a pas de fantômes dans le jardin. Le mur ne pleure pas. La pierre absorbe l'eau quand il pleut et puis la libère en séchant. Bon Dieu. Ça n'a rien de magique, c'est juste de la science. »

— Tu ne m'as rien volé, parce que tu te trompes.

Et elle fut surprise d'entendre l'assurance, la certitude dans sa voix, alors qu'elle se sentait encore vide à l'intérieur, au désespoir de le convaincre.

Jonah parut hésiter, il inclina la tête de cette façon qu'il avait pour l'observer plus attentivement de son bon œil. Il cilla, l'air confus, comme s'il s'était attendu à ce qu'elle soit blessée et ne savait trop comment comprendre son absence de réaction.

Mais elle comprit à cet instant que ses paroles, destinées à la blesser, n'avaient fait que la conforter dans sa conviction.

— Il y en a, de la magie. Nous. C'est nous, la magie. Deux personnes solitaires qui se trouvent en dépit du mur qui les sépare. J'ai senti ton cœur, Jonah, malgré une enceinte de pierre. Nous sommes magiques, mais tu es trop aveugle pour le voir. Choisis de continuer à te cacher derrière ce mur si tu veux, mais ne viens jamais me dire qu'il n'y a pas de magie. C'est toi qui as décidé de ne pas la voir.

Elle reporta les yeux sur les cases devant elle, dans la lumière tombante. À nouveau, elle eut la sensation que tout autour d'eux s'était immobilisé... et tu. Dans l'attente de quelque chose qui allait ou pas se produire.

Elle les imagina encore, ces hommes et ces femmes, ces enfants qui avaient appelé cet endroit leur chez eux, autrefois.

Elle s'imagina Angelina elle-même, qui allait et venait, sur ces chemins de terre, de la beauté de la grande maison à la misère des minuscules cabanes. Elle se demanda si John l'avait jamais vu, cet endroit, si peut-être c'était là qu'ils se retrouvaient en secret et qu'ils étaient tombés amoureux. Et son cœur saigna.

— Ils auraient fait n'importe quoi pour avoir la possibilité de quitter cette plantation ensemble, réfléchit-elle tout bas, pour elle-même autant qu'à l'intention de l'homme assis sur le banc, prêt à la laisser s'en aller. De marcher dans la rue main dans la main, de clamer leur liberté. (Elle posa les yeux sur lui.) Et toi, tu les déshonores, eux et toi, en restant enfermé ici par choix.

Jonah ne répondit pas, mais elle vit dans sa posture, à la façon dont il courba les épaules, qu'il souffrait aussi. Cependant, s'il refusait d'y faire quoi que ce soit, elle ne pouvait pas l'y obliger. Elle ne pouvait que l'aimer. Et lui offrir le pardon. Mais de loin, cette fois.

— Que te diraient-ils ? demanda-t-elle.

Sur quoi, elle tourna les talons et s'éloigna. Elle en avait terminé de sa plaidoirie. Elle le laissa répondre tout seul à ses questions.

34

Le bar-restaurant était éclairé et bondé, pourtant les bavardages bruyants parvenaient à peine aux oreilles de Jonah, adossé au bâtiment de l'autre côté de la rue.

Il l'observait, éperdument, qui riait de quelque chose que venait de lui dire le danseur avec qui il l'avait vue au bal masqué. D'où il se tenait, Jonah n'entendait pas ce doux son, mais son souvenir demeurait en lui, il vivait dans son âme et se répercuta à travers lui en cet instant, provoquant une souffrance aiguë. Oui, il avait craqué.

La jalousie zébra son échine. Pourquoi ce type la touchait-il ? Qu'est-ce qu'il croyait ? Que sous prétexte qu'il était son partenaire de danse, il avait le droit de la toucher quand ça lui chantait ? Comme s'il s'octroyait un droit sur son corps ?

Jonah serra les poings contre ses flancs. L'enfoiré, il ne savait donc pas que Clara lui appartenait, à lui ?

Sauf que non. Il desserra les poings. Clara n'appartenait pas à Jonah, parce qu'il l'avait repoussée. Il lui avait dit de partir, avait exigé qu'elle ne revienne pas. Et puis, comme si ça ne suffisait pas, il avait tenté de voler la magie qui lui procurait tant de joie. Mais elle ne l'avait pas laissé faire, et ça, justement, est-ce que ça n'était pas typiquement Clara ? Cette façon de s'accrocher à quelque chose qui n'avait aucune base solide dans la réalité ? *C'est nous la magie. Nous.*

Dieu savait qu'il avait l'habitude de souffrir, du moins le pensait-il, mais là, son tourment atteignait un sommet dont il n'avait même pas soupçonné l'existence. Un grognement rauque monta dans sa gorge et il ferma les yeux.

Pourquoi s'infligeait-il cette torture ? Pour prouver qu'il avait eu raison, que jamais il ne pourrait lui offrir la vie qu'elle méritait ? Celle qu'elle vivait justement là, au grand jour, sous les lumières crues d'un restaurant en compagnie d'un groupe d'amis, dans un lieu très public.

Elle semblait apprécier les activités plus sociales, ces temps-ci. Normal. Comme la jeune femme belle et pleine de vie qu'elle était.

Elle s'éloigna du groupe pour regarder par la grande fenêtre et, pendant une fraction de seconde, il crut que leurs yeux se croisaient. Elle l'avait vu, il le sentit, ou, même si elle ne le voyait pas, elle savait qu'il était là. Mais elle ne viendrait pas vers lui. Ça, il le savait avec une totale certitude. Elle était déjà venue le débusquer par deux fois – deux fois de plus qu'il ne le méritait – et il n'aurait pas droit à une autre chance.

Clara détourna les yeux et sourit à une fille qui s'approchait d'elle, avant de lui tourner le dos.

Elle s'était battue pour lui, vraiment battue. Il l'admettait et son cœur se gonflait d'amour pour elle ; il était pris d'un désir féroce.

Elle croyait savoir comment ce serait entre eux, mais en fait, non. Tous les yeux braqués sur lui, les chuchotements malveillants, les photos qu'on leur réclamerait, les insinuations, la publication du premier cliché de ce qu'était devenu Jonah Chamberlain. Il savait. Il ne lui ferait pas subir ça. *Tu garderais les yeux rivés sur moi, sur personne d'autre,* lui avait-elle dit, mais ils rendraient cela impossible. Oui, il savait. Il se le rappelait bien.

Il était encore en train de digérer le fait d'avoir été utilisé, manipulé, qu'on lui avait menti. Le constat lui faisait l'effet d'une épée douloureusement enfoncée dans son cœur. Il avait cru... eh bien, il avait cru qu'il était possible qu'il revienne à une vie plus ou moins normale. Clara l'avait aidé à y croire. Mais merde, il ne voulait peut-être même pas faire partie d'un monde qui fonctionnait ainsi.

Même si c'est là que vit Clara ?

« Garde les yeux rivés sur moi. »

Il aurait pu lui demander de continuer à venir à Windisle. Il n'aurait plus eu à porter de masque, maintenant qu'elle l'avait vu et accepté tel qu'il était. Peut-être aurait-il même pu l'accompagner, parfois, au cœur de la nuit. Mais quel genre de vie était-ce là ? Et quel genre de salaud serait-il s'il lui demandait de l'accepter ?

Clara méritait les feux de la rampe, les dîners aux chandelles, les restaurants bien éclairés et les journées baignées de soleil.

Il se détourna, remonta son écharpe et enfonça son chapeau, tête baissée, en se promettant de ne plus la suivre. À quoi bon ?

Et pourtant, il ne pouvait s'en empêcher.

Il la suivait aux répétitions le matin, chez elle le soir, mâchoire crispée tandis qu'elle se déplaçait dans ce fichu bus. Depuis combien de mois cela durait-il ? N'avait-elle pas encore économisé assez pour s'acheter une voiture, pour l'amour de Dieu ? Quel salaire ridicule le New Orleans Ballet payait-il ses danseurs, d'ailleurs ?

Alors oui, il la laisserait tranquille, du moins était-ce ce qu'il se répétait, s'il n'avait plus à se soucier de sa fichue sécurité tous les jours de la semaine.

Il lui aurait acheté une voiture, mais il savait bien qu'elle refuserait. Et ne lui avait-il pas affirmé lui-même qu'il n'y avait rien de courageux dans le fait d'utiliser son argent ?

Jonah remonta la boîte à musique qu'elle lui avait offerte pour son anniversaire et contempla tristement la minuscule danseuse qui tournoyait. Il avait résisté à l'envie pourtant grande de s'introduire dans le théâtre pour la regarder danser. Il était capable de s'infliger beaucoup, mais cette somme de souffrance, il avait l'impression qu'il n'y survivrait pas. Il ne pourrait pas la voir danser et puis s'en aller, retourner chez lui, à son univers solitaire derrière les murs de Windisle. Non, impossible.

La nuit, il se rêvait à cheval, les sabots de l'animal frappant la terre tandis qu'ils volaient à travers l'obscurité. *Vite, vite. Avant qu'il ne soit trop tard.* Une rivière coulait au loin, dont le cours sombre mais scintillant l'attirait, son cœur rugissait. *J'y suis presque.* Et soudain, un hurlement déchirait la nuit, son cheval se cabrait sous lui et Jonah criait à son tour en tombant sur le sol dur. Il se relevait, les poumons remplis de poussière, et il trébuchait à l'aveuglette, puis l'acier d'un portail brillait au clair de lune alors que la plainte se prolongeait.

Oh non, mon Dieu, non. Non...

Il se réveillait nuit après nuit, un hurlement aux lèvres, tremblant de la puissance du rêve.

Il ne dormait quasiment plus.

Au creux de sa paume, la musique se tut, le silence s'abattit lourdement sur Jonah, juste avant qu'il n'entende ce qui ressemblait à une série de pas traînants au rez-de-chaussée de la maison. *Qu'est-ce que...*

On frappa à la porte de Jonah, puis Myrtle passa la tête par l'entrebâillement.

— Il y a des hommes ici pour te voir, annonça-t-elle. Ils ont deux chiens avec eux, qu'ils ont attachés dehors. L'un d'eux a un tatouage sur le visage.

Myrtle n'avait pas l'air surprise, ce qui signifiait qu'elle ne l'était pas. Ce qui signifiait donc que soit elle, soit Cecil étaient à l'initiative de tout ça.

Bon Dieu.

— Dis-leur que je descends dans une minute.

Elle quitta la chambre et Jonah jeta un coup d'œil vers le masque posé sur sa commode. Les hommes qui se trouvaient chez lui en cet instant n'avaient jamais vu son visage à découvert. Pourtant, il ne le mit pas.

Il n'était pas obligé de sortir dans le monde et de braver les regards, les chuchotements, le jugement de ceux qu'il ne connaissait pas. Mais merde, il en avait marre de se cacher. Oui, il était même épuisé. Alors peut-être pourrait-il être assez courageux pour se promener démasqué ici, derrière ses propres murs, devant des hommes qui avaient leurs propres cicatrices, à l'intérieur comme à l'extérieur.

Il se rendit lentement au salon, où il les entendait parler. Myrtle leur avait offert à boire avant de s'éloigner.

Il entra, se planta dans l'encadrement, le cœur cognant dans sa poitrine, à attendre qu'ils tournent la tête et le voient. Augustus fut le premier à pivoter ; il haussa un sourcil.

— C'est censé être une entrée théâtrale ?

— Qui vous a fait venir ?

— Le vieil homme.

Cecil. C'était quoi, ça ? Un appel en renfort ? Une intervention ?

Jonah plissa les paupières et se tourna vers Ruben.

— Salut, lâcha ce dernier, sans réagir le moins du monde au visage scarifié de Jonah.

Ruben s'assit sur le canapé, rebondissant un peu dessus, comme s'il en testait les ressorts. Mais Ruben avait des tatouages de gang sur le visage, donc pas étonnant qu'il ne soit pas déconcerté par sa gueule cassée.

Jonah posa alors le regard sur Eddy, qui le dévisageait, pas avec un air horrifié, plutôt avec intérêt.

— C'est donc à ça que tu ressembles, finit-il par commenter.

— Ouais. C'est à ça que je ressemble.

Eddy opina du chef.

— C'est mieux que le masque.

Jonah lâcha un rire sans joie.

— Plutôt dur à cuire, même, ajouta Ruben.

Encore une fois, ce type avait le visage tatoué – des tatouages d'amateur – donc...

— Tu sais, reprit Eddy, mes copains, ceux qui ne sont pas revenus parce qu'une bombe a explosé sous eux...

(Un immense chagrin passa sur ses jeunes traits, que Jonah reconnut aussitôt pour ce qu'il était et qui lui contracta le cœur, par compassion pour ce qu'il avait perdu, le poids évident qui lui pesait sur les épaules.) Si seulement ils étaient rentrés à la maison avec quelques brûlures. Si seulement...

Ses deux derniers mots furent prononcés sur un ton bourru, comme si Eddy avait dû les sortir de force. *Si seulement.* Jonah avait plus que « quelques brûlures », toutefois il comprenait son point de vue. Oui, il avait des cicatrices, mais il n'était pas mort.

Il finit d'entrer dans la pièce, pour aller s'adosser contre le mur près de la cheminée.

— Pourquoi vous êtes là ?

Augustus fit un pas en avant.

— Eh bien, hormis le fait que ta famille se fait du souci pour toi, figure-toi que nous aussi, on s'inquiétait. Ça fait des semaines qu'on ne t'a pas vu et, d'après le vieil homme, tu prévois de continuer comme ça.

Ta famille. Jonah ne prit pas la peine de corriger Augustus, non qu'il y ait grand-chose à corriger d'ailleurs. Cecil et Myrtle étaient sa famille, peut-être pas de sang, mais le lien était plus fort encore. De la loyauté. De l'amour. Cela dit, Jonah n'appréciait guère que le vieux se mêle de ses affaires en ce moment. Il allait très bien, caché derrière les murs de sa propre maison, à y errer toutes les nuits, merci beaucoup.

— Qu'est-ce qu'il a dit d'autre, le vieil homme ?

— Qu'on t'avait trahi, menti, utilisé. Que tu as honte de tes cicatrices, parce que tu penses qu'elles racontent l'histoire de ton personnage.

Jonah lâcha un soupir rauque. C'était un résumé succinct. Apparemment, quelqu'un avait tout compris et il ne pouvait rien nier concernant tout cela. En y songeant, il n'avait guère essayé de nier les arguments que Clara lui avait opposés non plus. Et il était censé être un avocat de talent ?

Peut-être parce que tes arguments sur ce sujet sont faiblards, le gronda une voix intérieure.

— Tu ne savais rien de ce qui se passait, c'est ça ?

Jonah secoua la tête lentement, comprenant qu'Augustus évoquait la corruption qui avait eu cours au sein du cabinet d'avocats.

— Non, lâcha-t-il, d'une voix rauque. J'étais aveugle.

— Mais maintenant, tu vois.

Jonah rit de nouveau, cependant il y avait de la douleur dans son rire.

— Ouais, maintenant je vois. Du moins en partie. Cet œil, là, ne fonctionne plus trop bien.

Il leur servit un demi-sourire ironique, tourna légèrement la tête pour indiquer son œil gauche endommagé, avec la peau tirée vers le bas à la commissure.

Augustus sourit.

— C'est toujours mieux que d'être aveugle.

— Sans doute.

— C'est sûr. (Augustus marqua une pause, puis :) Tu n'as aucune raison d'avoir honte, mec. Tu devrais raconter ton histoire, quelle qu'elle soit. La sortir au grand jour.

— Je ne pense pas. Ça ne m'intéresse pas du tout d'être traîné dans la boue. Je préfère les laisser spéculer.

— Une fois que tu auras raconté ton point de vue, ouais, peut-être. Une fois que ce sera sorti, laisse-les dire ce qu'ils voudront, Jonah. De toute façon, ils vont le faire. Mais ce que je sais, moi, c'est que tu as aidé des tas de gens qui ont maintenant une opportunité de prendre un chemin meilleur, grâce à toi.

Quelque chose gonfla dans la poitrine de Jonah. Dont il ne savait pas s'il s'agissait de douleur ou de fierté. Peut-être un mélange des deux. Clara lui avait dit grosso modo la même chose. *Tu accordes trop d'importance à ces étrangers et pas assez à ceux qui comptent.* Il lâcha un soupir. C'était vrai, il le savait bien. Seulement, il ne savait pas comment se débarrasser de la honte.

Garde les yeux rivés sur moi.

— Qu'est-ce que tu penses de ma tronche ? lui demanda Ruben.

— Il se croit moche comme un cul, comme nous tous, indiqua Augustus.

Ruben lui lança un regard noir, avant de sourire.

— Ta maman n'a pas eu l'air de s'en plaindre, la nuit dernière.

— Mec, tu sais quel âge j'ai au moins ? Ma maman, comme tu dis, elle est morte depuis quinze ans, sale nécrophile.

Malgré lui, Jonah éclata de rire.

Le sourire de Ruben s'estompa, son expression redevint bientôt sérieuse.

— Ce n'est pas facile, reprit-il en se redressant sur le canapé et en désignant son propre visage marqué. De porter ses erreurs et ses regrets en bandoulière, où les autres peuvent les juger. Mais mec, le problème n'est pas que les autres te jugent durement, c'est que tu croies ce qu'ils disent.

Jonah soupira. Tous ses plans bien établis commençaient à s'effondrer. Il le sentait, comme un tremblement à l'intérieur. D'abord Clara qui créait tant de fissures qu'il avait toutes les peines du monde à tenir debout, et maintenant ces gars – ces amis, lui qui n'en avait pas eus depuis si longtemps – venaient renverser les derniers morceaux de stabilité qu'il avait réussi à maintenir en place.

Bon, peut-être que ses plans n'étaient pas aussi bien établis qu'il le croyait, tout compte fait.

Il observa Ruben une minute, fit courir ses yeux sur les dessins frustes et mal faits qui devaient raconter une histoire, même s'il ignorait laquelle.

— Tu n'as jamais envisagé de te les faire enlever ? lui demanda-t-il. J'ai l'argent, si tu en as besoin, et il se trouve que j'aime bien exaucer les vœux.

Il tenta un sourire, mais il était tremblotant. Ruben pouffa.

— Nan. Ces tatouages, ils me rappellent qui j'étais et qui je suis devenu en me battant. Ils sont peut-être pas jolis, mais j'en suis fier. Si tu veux exaucer un vœu, exauce celui de ta femme, ajouta-t-il au bout d'un moment. Ou mieux, putain, exauces-en un des tiens.

Les hommes se levèrent. Augustus lui donna une tape sur l'épaule en passant et se pencha pour lui dire :

— Tu as plus d'amis que tu le crois, mec. Penses-y.

Jonah se contenta de hocher la tête, trop ému pour parler, trop assailli de pensées et de questions pour qu'il puisse commencer à les mettre en ordre.

Ruben lui cogna le poing et Eddy s'arrêta avant de sortir.

— S'il y a bien quelqu'un qui comprend l'envie d'en finir avec la vie, c'est moi. On s'est rencontrés au bord d'un pont, tu t'en souviens ? Tu m'as aidé à croire à nouveau que la vie valait d'être vécue.

— Ne te tracasse pas pour ça, Eddy. Je n'ai pas prévu de mettre fin à mes jours.

— Ah non ? fit l'autre, les yeux plantés dans ceux de Jonah. En t'enfermant ici, ce n'est pas justement ce que tu fais ?

Et sur un ultime regard entendu, Eddy suivit Augustus. Les hommes sortirent en file indienne, le laissant seul. Jonah s'affala sur le canapé. Bon Dieu, Eddy avait raison. Il était bel et bien venu à Windisle pour y finir sa vie. Pas de la manière radicale qu'avait employée Angelina, mais pour les mêmes raisons : mû par une complète perte d'espoir.

Angelina n'avait pas eu la possibilité de prendre une autre décision. Les raisons de son désespoir à elle étaient profondes et puissantes, dévorantes. Irréversibles. Solidement maintenues en place par beaucoup d'autres.

Que te diraient-ils ? lui avait demandé Clara. Et soudain, il sut. Assis là, dans le silence de Windisle où Angelina elle-même s'était jadis tenue, il sut. Elle lui dirait de trouver le moyen de continuer à vivre.

Dans le couloir, un bruit lui fit lever les yeux : Cecil se tenait sur le seuil de la pièce et l'observait en silence, une expression désapprobatrice sur le visage, la même qu'il y avait vue ces deux dernières semaines.

— Je suppose que tu as ton petit conseil à me donner toi aussi, vieux bonhomme ?

— Ouais. Secoue-toi un peu, merde, blanc-bec.

35

Savannah Hammond relut la dernière ligne de l'article qu'elle venait de terminer, enregistra le fichier et se dépêcha de rédiger un mail à son patron, avant de le lui envoyer.

Elle poussa un soupir. Un match de qualification entre des équipes du championnat pour enfants. Bon Dieu, le sujet était si ennuyeux qu'elle avait failli s'endormir en écrivant son papier. Alors, au lieu de se concentrer sur les équipes, si mignons que soient les joueurs, elle avait orienté son article de façon à souligner le comportement incroyable qu'elle avait pu observer chez les parents.

Dire qu'ils étaient animés par l'esprit de compétition aurait été un doux euphémisme. Leurs manœuvres étaient carrément écœurantes. Et tout ça pour une équipe de gamins ? Ils étaient censés être les adultes autour du terrain et ils se comportaient comme des psychopathes en colère. Leurs enfants seraient sous anti-dépresseurs d'ici à ce qu'ils atteignent les douze ans.

À tous les coups, son article allait lui revenir accompagné d'une injonction de réécriture, mais qu'importe. Au moins sa rédaction ne l'avait pas endormie, pour cette fois.

C'était frustrant. Elle travaillait pour ce journal en ligne depuis presque neuf ans maintenant et on continuait de ne lui confier que des sujets de merde qui ne changeaient en rien la vie de personne.

Presque une décennie et elle n'était guère mieux traitée qu'une journaliste stagiaire. Parfois elle avait des envies de démissionner. Peut-être n'était-elle pas taillée pour ce job. Sauf que... si. Elle le sentait dans ses tripes, comme une brûlure. Si seulement on lui offrait la bonne opportunité.

Elle tripotait le papier imprimé posé au sommet d'une pile sur son bureau, la photo neigeuse d'un garage attirant son regard. Le bienfaiteur masqué. *En parlant de changer des vies pour le meilleur.*

Elle avait essayé de convaincre son patron de la mettre sur l'histoire de cet inconnu qui faisait des vagues à La Nouvelle-Orléans depuis quelque temps, mais il avait refusé. Et Savannah savait bien pourquoi. Il la jugeait trop gentille. Il donnait les exclusivités à ses reporters les plus teigneux, ceux qui n'hésitaient pas à se pointer chez la mère d'un gosse assassiné, à fourrer leur micro sous le nez d'un mari choqué d'avoir perdu sa femme, une heure plus tôt, dans l'incendie de leur maison. Savannah était volontaire pour se lancer dans un reportage avec tout ce qu'elle avait, en revanche, elle refusait de se servir du malheur des gens pour en faire les gros titres. Cela allait à l'encontre de toutes ses valeurs morales.

Son téléphone sonna.

— Savannah, ligne une, annonça la réceptionniste quand elle décrocha.

— Merci, Shannon, répondit-elle, avant de se connecter à la ligne une. Savannah Hammond.

— Mademoiselle Hammond ?

Oui, c'est ce que je viens de dire...

— Oui. En quoi puis-je vous aider ?

— Auriez-vous une minute pour me rencontrer ?

— Qui est à l'appareil ?

— Jonah Chamberlain.

Savannah marqua un temps d'hésitation. Le stylo qu'elle tapotait sur son bureau s'immobilisa brusquement. *Jonah Chamberlain.* Bon Dieu, cela faisait des années qu'elle n'avait pas entendu ce nom !

Comme un flash, tout lui revint. Le procès Murray Ridgley. Elle s'en souvenait bien. Elle était toute jeune reporter, quand il s'était tenu. On lui avait intimé de faire le planton devant l'hôpital, avec pour consigne d'attendre qu'en sorte le jeune et bel avocat. On lui avait quasiment conseillé de lui sauter dessus afin d'obtenir la photo la plus macabre possible de son visage cousu de cicatrices. Sauf qu'apparemment tous les médias d'informations avaient donné les mêmes directives à leurs équipes, car il y avait eu foule devant l'établissement pendant des jours.

Pour dire la vérité, elle avait eu mal au cœur pour lui. Il avait essayé de mettre ce dingue à terre et, en guise de remerciement, il s'était pris une bombe en pleine face. Mais ça, personne n'en parlait. On préférait se focaliser sur le fait qu'il avait été l'avocat de Murray Ridgley et l'avait fait relaxer, avant que l'autre fou ne sème la pagaille sur les marches du tribunal. Comme s'il l'avait fait exprès.

Seulement voilà, les statistiques étaient toujours meilleures s'il y avait un méchant dans l'histoire, alors on avait assigné ce rôle à Jonah Chamberlain.

Savannah n'avait pas attendu que l'on sorte Jonah sur son fauteuil roulant. À la place, elle lui avait envoyé une carte exprimant sa sympathie, ainsi qu'une lettre pour lui dire combien elle était désolée de ce qui lui était arrivé. Il ne la lirait sans doute jamais, du moins le pensait-elle, mais elle l'avait envoyée tout de même. Comme une promesse faite à elle-même de ne jamais vendre son âme au diable pour un scoop, si tentant qu'il puisse être.

— Oui, je... je sais qui vous êtes.

S'ensuivit un bref silence, puis :

— Je suis dans une voiture derrière l'immeuble.

Il lui expliqua où il se trouvait et elle répondit qu'elle descendait immédiatement, avant de raccrocher et de se lever sur-le-champ. *Jonah Chamberlain.* Que pouvait-il lui vouloir ? Et à quoi ressemblait-il après ce qui lui était arrivé ? Personne, jamais, n'avait réussi à l'obtenir, cette photo tant recherchée.

Elle repéra tout de suite la voiture, une vieille Cadillac comme n'en conduisaient plus que les vieilles personnes. Elle était garée dans une impasse, derrière un conteneur à poubelles et sous la lumière faiblarde de l'immeuble voisin.

Savannah ralentit le pas en songeant soudain que ce n'était pas forcément la situation la plus sûre qui soit pour une femme seule. Mais elle rassembla son courage. Elle avait toujours fait confiance à son instinct, or celui-ci lui soufflait, lui et la voix hésitante de Jonah au téléphone, que sa sécurité n'était pas en danger.

Elle s'avança jusqu'à la portière du côté passager, tira sur la poignée. La portière s'ouvrit dans un cliquetis qui retentit à travers l'allée déserte et Savannah se pencha pour passer la tête à l'intérieur.

L'homme était assis sur le siège conducteur, seul son profil était visible, mais elle le reconnut. Oui, c'était bien Jonah Chamberlain. Sa beauté était presque choquante dans sa perfection classique. Mais quand il tourna la tête vers elle, Savannah cilla. *Oh, mon Dieu !* Le côté gauche de son visage, le côté qui avait pris de plein fouet l'effet de l'explosion, n'était que cicatrices et peau étirée sur les os, comme si elle avait fondu.

Son cœur bondit de compassion pour lui, pour la douleur insupportable qu'il avait manifestement subie. Elle se glissa dans la voiture et pivota de manière à lui faire face.

— Bonjour.

— Bonjour.

La main qu'il avait posée sur le volant parut se détendre tandis qu'il tournait aussi son corps vers elle. Il y avait quelque chose... Bon sang, elle utilisait les mots dans son quotidien, pourtant aucun de ceux qui lui étaient devenus familiers ne fonctionnait pour cet homme. Non. Il y avait quelque chose de férocement beau chez lui. Quelque chose qui évoquait les batailles anciennes et les guerriers qui traversaient le feu. Un dieu qui serait tombé sur terre et se serait brûlé au contact de la pointe d'une étoile. Seigneur, elles venaient d'où, ces descriptions ? Elle aurait peut-être dû se lancer dans une carrière d'auteure de romance, plutôt que de journaliste. Merde, tout ce qui lui venait à l'esprit, c'était qu'elle était mariée et heureuse. Si elle ne l'avait pas été...

Elle s'éclaircit la gorge, mal à l'aise et un peu gênée de ses pensées ridicules.

— C'est une surprise.

Il pouffa, un son empli de quelque chose que Savannah ne sut déchiffrer.

— Ouais. (Il marqua une pause, son expression devint sérieuse.) Je souhaite vous remercier pour la lettre que vous m'avez envoyée quand j'étais à l'hôpital. Elle m'a beaucoup touchée.

Elle cligna des paupières. Il l'avait donc reçue. Il se la rappelait. Elle hocha la tête mais, avant qu'elle puisse répondre quoi que ce soit, il prit une enveloppe sur ses genoux et la lui tendit. Elle sentit une forme dure et rectangulaire au fond.

— C'est un téléphone.

— Un téléphone ? Celui de qui ?

— De quoi vous souvenez-vous à propos du procès Murray Ridgley ?

— De pas mal de choses.

Il opina du chef.

— Bien. (L'espace d'un instant pesant, il hésita, le regard braqué sur le pare-brise.) Je veux retrouver ma vie.

Jonah Chamberlain grimaça légèrement, l'ombre de ce qui ressemblait à de la douleur passa brièvement sur son visage double, sembla se poser sur son côté abîmé, comme si c'était là qu'il portait la douleur, et ce pour toujours.

Et puis, il lui détailla ce qu'il savait. L'information qui la frappa de plein fouet était si énorme qu'elle n'en crut pas ses oreilles.

Quand il en eut fini de lui raconter l'histoire de la décennie, pleine de corruption aux plus hauts niveaux, il la regarda. Ses prunelles marron explorèrent son visage, comme pour déterminer si elle était vraiment digne de confiance.

— J'ai besoin de quelqu'un qui ait des contacts... qui connaîtra le meilleur moyen pour révéler ce que je viens de vous raconter. (Il se tut et l'air dans la voiture devint lourd.) Vous voulez bien m'aider ?

Savannah se mordilla la lèvre. Son cerveau en ébullition était déjà en train de réfléchir au meilleur moyen de gérer cette information, la liste des gens en qui elle avait appris à avoir confiance au cours de sa carrière terne et qui seraient peut-être en mesure de l'aider.

Elle contempla l'homme assis face à elle et, peu à peu, le tourbillon de ses pensées s'apaisa. Cet homme, de toute évidence, avait vécu longtemps avec un poids trop lourd sur les épaules. Elle se demanda si, avant aujourd'hui, il avait jamais eu quelqu'un pour l'aider à porter les fardeaux qu'il avait endossés. Que ce soit le cas ou pas, et quelles que soient ses raisons, il l'avait choisie, elle, et son cœur se serra devant l'honneur qui lui était fait.

— Oui, Jonah. Je vais vous aider.

36

Il avait réussi. Il avait mis sa machine en marche. *Je veux récupérer ma vie.* Maintenant, restait à voir ce qui se passerait. Car c'était du ressort de Savannah Hammond. Néanmoins, il se sentait habité par une paix nouvelle, identique à celle qu'il avait ressentie en repartant de cette allée où il avait eu rendez-vous avec elle.

Tu as plus d'amis que tu le crois, lui avait dit Augustus, et Jonah avait choisi de le croire. Il s'était enfin mis à penser à ceux qui lui avaient offert de petites preuves de gentillesse, de compréhension.

En fait, il avait fait ce dont Clara l'avait accusé : il avait accordé trop d'importance aux jugements de ceux qui ne comptaient pas, et pas assez à ceux qui importaient.

Clara.

Dieu, tout ce qu'il lui devait. Sa vie, peut-être. Elle avait déjà son cœur.

Si tu veux exaucer un vœu, exauce celui de ta femme, lui avait conseillé Ruben. *Ou mieux, putain, exauces-en un des tiens.* Or la seule chose dont il avait envie, lui, c'était Clara. Et oui, aussi de trouver le courage, la paix que Ruben avait manifestement trouvés en montrant au grand jour, voire en affichant ses cicatrices pour ce qu'elles étaient et ce qu'elles représentaient. Des regrets, oui, la honte, certainement. Mais peut-être aussi le fait qu'il s'efforçait de faire mieux, d'être meilleur. Toutefois, le seul capable d'exaucer ce vœu, c'était Jonah lui-même.

Clara avait raison. Il devait trouver sa valeur, croire qu'il en avait encore une. Eddy aussi avait raison, parce qu'il avait bel et bien renoncé à sa vie.

Jonah avait passé les deux derniers jours à repasser en boucle les propos de Clara quand elle était venue à Windisle dans le but de se battre pour lui, de le faire changer d'avis, de leur donner une chance, à eux.

Danse de tout ton cœur, avait-il conseillé un jour à Clara. *Pour ton père. Il n'aurait rien souhaité davantage que ça.*

Mais il s'était montré hypocrite, car, au lieu de s'efforcer de vivre une vie qui aurait fait la fierté de son frère, il s'était caché derrière ce fichu mur. Son frère ne lui faisait pas confiance, parce qu'il l'avait considéré comme une réplique de leur père et, bon Dieu, n'était-ce pas exactement ce qu'il essayait de devenir ? Alors, d'accord, Jonah non plus n'avait pas eu confiance en son frère. Tous les deux étaient si occupés à essayer de ne pas être leur père, pour l'un, et à essayer d'être leur père, pour l'autre, qu'aucun des deux n'avait réussi à voir qui ils étaient en tant qu'individus. La tristesse de ce constat, les regrets sincères, le temps perdu, tout cela faisait à Jonah l'effet d'un couteau planté dans le cœur. Mais peut-être n'était-il pas trop tard.

Il n'était pas parfait et je pense que, toutes ces années, tu as fait semblant de croire le contraire. Tu l'as placé sur un piédestal, dans ta tête tu as créé une sorte de saint. Il n'en était pas un. C'était juste un homme. Juste ton frère. En revanche, je crois de tout mon cœur qu'il t'aimait et qu'il voudrait le meilleur pour toi maintenant.

D'une certaine façon, les paroles de Clara avaient rapproché Justin de lui. Jonah le ressentait dans son cœur, comme s'il y était plus réel, au lieu du portrait stéréotypé en une seule dimension qu'il s'était peint de lui pendant si longtemps, à cause de sa propre culpabilité.

Ces derniers jours, il s'était remémoré le vrai Justin, ses propos, son esprit, sa curiosité innée et le son de son rire. Et oui, ses imperfections aussi. Dieu ce qu'il lui manquait !

— OK, crétin, on a tous les deux perdu beaucoup de temps. Maintenant, aide-moi à sortir de là, se murmura-t-il à lui-même.

Il voulait bien croire maintenant à la magie en laquelle Clara croyait avec tellement de ferveur qu'elle avait été prête à se battre pour lui quand lui-même avait renoncé à le faire.

La magie.

Les vœux.

Si tu veux exaucer un vœu, exauce celui de ta femme.

Clara souhaitait qu'il sorte de derrière son mur, mais pas seulement pour elle : pour lui. Car la vérité, c'était qu'elle était de ces femmes qui souhaitent rarement des choses pour elles. Clara était une femme qui faisait des vœux pour les autres.

Comme ce vœu généreux qui l'avait conduite à lui la première fois. *Aide-moi à t'aider, Angelina.*

Il faillit éclater de rire. Ça aussi, c'était tout Clara : demander LA chose qu'il ne pouvait lui accorder.

Tu pourrais essayer. L'idée se murmura à son esprit. Et encore une fois : *Tu pourrais essayer.*

Par la fenêtre ouverte du salon, il contempla le soleil de cette fin d'après-midi, les lourds rideaux de fleurs qui ondulaient dans la brise. Ce premier novembre était une journée fraîche et claire, qui apportait avec elle l'odeur de l'automne : terre riche, feuilles craquantes, et cette légère touche de fumé dans l'air, ce sursis fort apprécié après l'été étouffant de La Nouvelle-Orléans. Jonah sentit la paix venir en lui. Inexplicable. Réconfortante. Il la laissa s'installer, ne la repoussa pas comme il l'avait fait par le passé, au motif qu'il ne méritait pas cette sensation. Il l'autorisa à entrer, se laissa envahir. Il accepta ce cadeau avec un soupir reconnaissant.

Jonah ferma les yeux, s'adossa contre son siège et emplit ses poumons d'air frais.

Aide-moi à t'aider, Angelina.

Clara était venue à Windisle pour résoudre un mystère concernant deux personnes mortes et qu'elle pensait piégées. Jonah n'était pas certain de croire aux fantômes, mais s'il y avait un moyen d'apporter cette magie à Clara d'une manière bien réelle ? De lui accorder son vœu ? Et s'il y avait un moyen de la trouver, cette missive ?

Après tout, Jonah vivait à l'endroit où Angelina avait vécu et était morte. On lui avait lu cette lettre à l'intérieur du manoir de Windisle, peut-être même dans la pièce où il se tenait en ce moment.

Une soudaine image, très claire, se fit jour en lui : Angelina serrant fort le morceau de papier dans son poing, en pleurant. Peut-être qu'il n'avait pas été détruit, à l'époque. Peut-être qu'elle l'avait caché quelque part. Peut-être avait-il été remisé au grenier, dans l'un des cartons ou des malles poussiéreux qui encombraient cet espace.

Il avait promis à Clara de chercher, il avait prévu de le faire seulement pour l'apaiser, et puis ensuite il était resté les mains dans les poches. Il avait des choses à se faire pardonner auprès de Clara et rechercher cette lettre était un commencement aussi valable qu'un autre. Ce mot était peut-être même sous une latte de plancher dans cette même pièce. *Bon Dieu, par où je commence ?*

Il se leva. Au moins, il allait essayer. Pour Clara. Si ça ne donnait rien, tant pis. Au moins, il aurait un effort à lui donner, quand il quitterait cette maison pour aller la trouver, elle. Une sorte de cadeau à lui offrir, même petit, minuscule, en compensation de tout ce qu'elle lui avait accordé. Mais il ne voulait pas penser à sa sortie pour le moment. C'était une partie du projet sur laquelle il travaillait encore.

OK, je commence par où ?

Il concentra ses pensées sur l'énigme d'Angelina et John. La première question était pourquoi ils hantaient la propriété ? Que voulaient-ils ? Était-ce la malédiction qui, d'une manière ou d'une autre, les retenait ici ? *Une goutte du sang d'Angelina révélée à la lumière.* Telles étaient les paroles de la vieille prêtresse sur la façon de briser cette malédiction. Mais que signifiaient-elles ?

— OK, Justin, tu veux me prouver que tu étais bien le fouineur que j'ai connu ? Tu l'as toujours adorée, l'histoire d'Angelina et John. Tu adorais les mystères. Alors aide-moi...

Un souffle de brise souleva le rideau et le rabattit contre le bord de la cheminée, sur le manteau duquel était posé un bibelot représentant un lapin. Il tomba par terre dans un bruit sonore, mais ne se brisa pas.

Jonah poussa un soupir, se pencha pour le ramasser et le remettre sur le manteau. En se redressant, il rencontra son regard dans le miroir au-dessus de l'âtre, à quelques centimètres de son visage. Pour la première fois depuis très longtemps, il s'observa mais, cette fois, il mit toutes ses forces à se voir, pas à travers la haine qu'il s'inspirait, pas non plus à travers les regards de ceux qui s'étaient détournés, mais du point de vue de Clara. De celui de Myrtle et Cecil aussi, et même, bon sang, de celui des hommes qui étaient venus le voir à Windisle quelques jours plus tôt, ces hommes qui étaient devenus ses amis, ses frères, même, et qui l'acceptaient tranquillement, sans le juger.

Tu accordes trop d'importance à ces étrangers et pas assez à ceux qui comptent.

Jonah tourna le visage vers la gauche, vers la droite, puis il se regarda droit dans les yeux. C'était lui maintenant, il devait l'accepter. Il ne serait plus jamais l'homme qu'il avait été mais, au fond, voudrait-il le redevenir ? Oui et non, or être les deux, ça n'était pas en option.

Avec un soupir, il passa les doigts sur ses cicatrices en se rappelant l'expression de Clara et l'amour avec lequel elle l'avait touché. *L'amour.* Il laissa son souffle s'échapper. Elle lui manquait à un point tel qu'il en avait la chair de poule. Il plongea une main dans son épaisse chevelure brune, se fixant des yeux dans la glace, le gauche étiré, d'une couleur plus voilée que l'autre.

— Bon Dieu, je suis presque trop beau, chuchota-t-il, répétant ses propos à son frère quand ils se préparaient pour le lycée le matin.

Il savait que son attitude agaçait Justin, or, en tant que petit frère, il était de son devoir d'agacer continuellement son aîné.

Et modeste, avec ça.

Jonah sourit en entendant dans sa tête l'échange qui ne manquait pas d'avoir lieu. Une sorte de blague entre eux.

Il tourna le visage pour observer ses deux profils, peut-être pour se réapprendre. Chose qu'il avait refusé de faire depuis toutes ces années. À la place, il se servait des réactions de certaines personnes comme miroir, la chose qui mesurait sa valeur. Ou plus précisément, sa non-valeur.

Depuis le jour de la mort de son frère, qui avait aussi marqué la fin de la vie de Jonah, il n'avait plus voulu se regarder dans les yeux, s'était mis à éviter les miroirs. Sauf que maintenant... se contempler n'était plus douloureux. En fait, non content de se voir dans le miroir, cicatrices et tout, il voyait aussi son frère. Ils se ressemblaient tant.

« Vous avez tous les deux la beauté des Chamberlain », disait toujours leur mère. Et tout à coup, Jonah trouva que c'était un trésor à chérir, de voir un morceau de son frère en lui, même si ce n'était que d'un côté, chaque fois qu'il se regarderait dans une glace.

Alors les choses... changèrent. Il le sentit à l'intérieur, quelque chose qui se remit en place dans un petit « clic » et qui dégagea une voie bloquée jusqu'à maintenant.

Il porta les doigts à sa mâchoire, à sa pommette, rabattit ses cheveux en arrière, vit la fameuse implantation en « V » des Chamberlain.

Les Chamberlain.

Chamberlain.

Une goutte de son sang...

Jonah se figea. Non, ça ne pouvait pas... Putain de merde. Il était une goutte de son sang. Du sang d'Angelina.

Le père de la jeune femme, Robert Chamberlain, était son aïeul en remontant de six générations. Ils l'appelaient Loreaux mais, en réalité, elle était une Chamberlain. Ses veines et celles d'Angelina véhiculaient un sang apparenté. En fait, il était le dernier à en avoir encore. Son père était mort, son frère aussi, sa tante Lynette n'avait pas eu d'enfants. Il était le dernier de la lignée des Chamberlain.

C'est moi, la réponse, songea-t-il, frappé par un mélange de choc et d'émerveillement. *Du moins, en partie.*

Ce déclic encore vague qu'il avait éprouvé avec Clara s'intensifia en lui, mais non, ce n'était pas un déclic. C'était un coup sonore. Pareil au claquement des sabots dans ce cauchemar dont il n'arrivait pas à se débarrasser. *Vite, vite, avant qu'il ne soit trop tard.* Il fit volte-face, les mains enfoncées dans les cheveux, la tête entre ses mains.

Une goutte de son sang révélée à la lumière. La rengaine se répétait dans la tête de Jonah, en même temps que le claquement des sabots sur un sol en terre battue et rebattue, de plus en plus fort au point de le submerger, des voix comme un écho depuis les profondeurs de son esprit.

Une goutte de son sang révélée à la lumière.

Une goutte de son sang révélée à la lumière.

La lumière. Quelle lumière ? Il se l'était toujours figurée comme une sorte de lueur cosmique... une description de la vie après la mort. Mais et si... et si Clara avait raison ? Et si la lumière, c'était... la vérité ? Et si la famille de Jonah avait menti à Angelina, comme Clara l'avait supposé ? Et si révéler cette vérité en trouvant la lettre était justement ce qui briserait la malédiction ?

Une goutte de son sang révélée à la lumière.

Moi qui trouve la vérité.

Oh, bon Dieu, c'était donc pour cela qu'ils étaient restés, tous les deux. John, empêché par la malédiction de jamais retrouver l'amour véritable, Angelina, à moins que ne soit levée la malédiction. Or elle pouvait être levée ici, à Windisle. Et Angelina, en apprenant la vérité une fois morte, avait attendu John jusqu'à ce qu'ils puissent être réunis à nouveau.

Seigneur, est-ce qu'il y croyait, à la légende d'Angelina et John ? Il n'en savait rien. Il n'en était pas sûr. En revanche, tout à coup, il était incapable de lâcher cette idée. Elle le retenait, elle l'agrippait, il était désespéré de la découvrir. Il était soulevé par une énergie qui ne semblait pas lui appartenir et qui pourtant coulait dans ses veines, une urgence qui l'éperonnait.

C'est nous la magie. Nous.

Continue, oui. La lumière... la lumière. La vérité.

Le vent s'était levé et fouettait les rideaux autour de la fenêtre, les carillons chantaient joyeusement, pas si loin que ça. *La lumière, la vérité, la lumière, la vérité.*

Le même bibelot, le lapin, tomba encore du manteau de la cheminée mais, cette fois, il se brisa en mille morceaux et Jonah se rua hors de la chambre.

Elle était allée au jardin et ce fut là que ses pieds à lui le portèrent : il franchit la porte d'entrée, contourna la maison et prit le sentier vers la fontaine, depuis longtemps hors d'usage. Il en fit le tour, la contempla de tous les côtés, frustré et stupide, soudain. Il s'assit au pied. Une brume tourbillonnait dans l'air, qui peignait l'environnement mal entretenu d'un pinceau rêveur. Qu'est-ce qui l'avait submergé ? Qu'est-ce que c'était ?

Il ferma les yeux et leva le visage vers le ciel. C'était... non, c'était pour Clara. Il s'était emballé, parce qu'il brûlait de lui complaire, d'implorer son pardon. *Aide-moi à t'aider.*

Le vent qui s'était calmé lui ébouriffait les cheveux, comme une douce caresse. Un silence s'installa et il sentit un doux contact, léger comme une plume sur sa main, qui lui fit ouvrir les yeux. Un pétale perdu effleura ses phalanges, avant que le vent ne l'emporte et qu'il ne se pose sur une rosace de pierre à côté de la fontaine. Jonah y fixa les yeux, le pétale écarlate lui rappela une goutte de sang sur la pierre délavée par le soleil.

Il inclina la tête pour observer la rosace sur laquelle le pétale avait atterri. Quelque chose lui parut... de travers. Il tendit lentement la main pour aller appuyer les doigts sur la fleur sculptée. *C'est descellé.*

Le cœur de Jonah se mit à battre furieusement tandis qu'il pivotait pour lui faire face et, des deux mains, il essaya de la desceller complètement. La pierre céda dans un grincement et il lâcha un hoquet surpris. Il y avait un morceau de papier à l'intérieur, plié assez petit pour être coincé derrière la sculpture décorative.

Les mains tremblantes, Jonah l'en sortit, déplia le papier en lambeaux, en tâchant de contrôler les battements de son cœur. Son corps tout entier vibrait d'excitation.

La lumière, la vérité, la lumière, la vérité.

Aussi délicatement que possible, il le défroissa sur sa cuisse et remarqua que le bord avait l'air brûlé, comme si on l'avait tiré d'un feu.

L'écriture inclinée, petites lettres sérieuses mêlées à d'autres, plus rondes et plus grosses, était sombre et riche, parfaitement préservée. Son émerveillement était tel qu'il avait du mal à l'appréhender.

La lettre. Oh, grand Dieu, c'est la lettre !

Il la lut, chaque ligne, et la relut, le souffle court. *Oh, là, là.* Non seulement John avait aimé Angelina, mais il l'avait aimée au point de vouloir tout sacrifier pour elle. *Oh, bon Dieu !*

Jonah connaissait enfin la vérité. Il la tenait entre ses mains.

Le vent recommença à le fouetter, tandis qu'une joie immense le submergeait, une joie si pure et si forte qu'elle en était presque douloureuse. Elle explosait, le laissant à bout de souffle et émerveillé, comme si l'amour lui-même venait de traverser son corps.

Un vol de colibris passa à toute vitesse devant lui, leurs ailes iridescentes frôlant le côté abîmé de son visage, et il ferma les yeux, reculant en hoquetant de surprise. Quand il les rouvrit, les oiseaux avaient disparu et la brume montant du sol commença à se dissiper en même temps que le soleil sortait de derrière un nuage.

— Tu as vu ça ? retentit la voix de Myrtle. Oh, Seigneur, Seigneur ! Tu les as vus ?

Jonah se remit maladroitement debout et se tourna vers elle.

— Qui ?

Il se sentait étourdi, presque drogué, il baissa les yeux sur le morceau de papier entre ses mains, émerveillé de ce qu'il avait trouvé.

— Il l'a soulevée. Ils riaient et ils pleuraient et il l'a fait tourbillonner et puis ils ont disparu ensemble dans la brume. Oh, gloire à Dieu, faut que je m'assoie. (Elle porta une main à son visage et, sourcils froncés, rabaissa la main.) Où sont mes lunettes ? Oh, Seigneur, je ne les ai pas.

Elle se retourna brièvement vers l'endroit d'où elle venait, plissant les paupières dans la brume qui se dissipait, et reporta sur Jonah un regard perplexe.

Jonah agita la feuille qu'il avait à la main à l'attention de Myrtle.

— Il faut que j'y aille, Myr...

Il s'interrompit tout à coup. Le premier novembre. C'était le soir de la première de Clara. Merde, comment avait-il pu oublier ? Parce qu'il s'était arrangé pour. Il n'avait pas envie de l'imaginer en train de danser, si belle sous ces lumières vives, sachant qu'il ne pourrait pas l'y rejoindre.

— Il faut que je le lui dise. Maintenant. Tout de suite. Tu veux bien me conduire au théâtre en ville ? Je ne veux pas perdre de temps à chercher une place où me garer.

Je ne veux pas arriver trop tard.

Myrtle avait l'air sous le choc.

— Cette journée ne cessera pas de m'émerveiller.

Elle attrapa la main de Jonah et le traîna pour ainsi dire hors du jardin, comme si elle s'inquiétait de le voir changer d'avis.

Mais non, il ne changerait pas d'avis. Il n'arriverait pas trop tard.

37

— Fichue circulation, marmonna Myrtle.

Elle jeta vers Jonah un regard inquiet à travers ses lunettes en cul de bouteille, qu'elle avait heureusement consenti à chausser avant de prendre le volant de la voiture.

Jonah avait passé les quinze premières minutes du trajet à essayer de réguler sa respiration. Il frotta ses paumes moites sur ses cuisses, s'obligea à avaler de longues goulées d'air. Les événements de la journée lui faisaient l'effet d'un rêve, ou de quelque chose qui se serait produit dans une histoire, pas dans sa vraie vie, à lui. Et pourtant, si.

Dans une rue perpendiculaire, une parade passa non loin de la voiture. Ils n'étaient plus qu'à environ dix minutes du théâtre, mais il était déjà en retard et le spectacle devait en être à la moitié au moins.

Les rues étaient bloquées à cause de la parade, justement, et faute de s'en être souvenus, ils se retrouvaient coincés.

— Le jour des morts, grommela Myrtle.

— Quoi ?

— La parade. Ils célèbrent le jour des morts.

— Ah.

Jonah observa le défilé un moment, plein de l'énergie anxieuse qui pulsait dans ses veines. Le jour des morts. Évidemment.

Sortant le masque de sa poche, il prit une décision impromptue.

— Je sors, annonça-t-il. J'irai plus vite à pied, je pense.

Myrtle jeta un coup d'œil à son masque.

— Oh non, Jonah ! dit-elle avec une immense peine dans la voix. Pas cette vieille chose.

— Ne te tracasse pas, Myrtle. Tout va bien.

Sur quoi, il actionna la poignée et ouvrit la portière. Il allait pour sortir, puis il se retourna vers elle et la serra dans une étreinte féroce avant de s'écarter.

— Merci, dit-il d'une voix rendue rauque par la reconnaissance. De m'avoir conduit. De m'aimer. De ne jamais m'avoir abandonné. Pour un millier de petites choses. Merci.

Myrtle hocha la tête, les yeux brillants de larmes.

— Vas-y, mon grand.

Jonah lui adressa un large sourire, puis il enfila son masque et sortit du véhicule. Il courut vers la rue du théâtre, se mêlant au défilé.

Il tenta de rester sur le trottoir mais se retrouva embarqué par la foule et, avant qu'il ait eu le temps de s'en rendre compte, il était poussé, secoué, déplacé comme s'ils n'étaient tous qu'une créature géante se mouvant en symbiose.

Le ciel était sombre désormais, les étoiles cachées par les nuages. Les lumières et les rubans montaient en tourbillonnant dans les airs.

— Par ici, Jonah. Prends ma main.

Surpris, il tourna vivement la tête dans un effort pour repérer Justin, car c'était sa voix qu'il avait entendue. Il sentit qu'on le tirait par la main, à travers un espace dans la foule, il essaya de voir au-devant de lui, mais il y avait trop de corps, trop de mouvements.

— Dépêche, traînard. Elle t'attend.

— Justin, ralentis. Que je te voie.

Jonah entendit son rire, sentit sa main tirée à nouveau tandis qu'il se mettait à courir plus vite, zigzaguant à travers la foule. Il y avait tellement de monde.

Les Klaxons lui explosaient aux oreilles, les rires et les cris de joie montaient, retombaient, et lui, il progressait comme une flèche. Quelque part, non loin, de la musique jouait et des visages passaient à toute vitesse dans son champ de vision pour disparaître aussitôt. Certains étaient maquillés pour ressembler à des squelettes, les uns tristes, tout en noir et blanc, d'autres plus criards et colorés, avec des fleurs grimpantes et des tourbillons de magenta, de bleu, de jaune et de rouge.

— Je t'aime, petit frère. Vis pour moi. Rends-moi fier.

La voix de Justin n'était plus qu'un murmure, comme s'il prenait de plus en plus d'avance sur lui. Très brutalement, Jonah se retrouva expulsé de la foule, le souffle court, et il tourna aussitôt sur lui-même. *Personne.* Pourtant, sa paume était encore chaude.

Il s'immobilisa, les larmes coincées dans la gorge, à se demander s'il avait imaginé ce qui venait de se passer. Derrière lui, la parade poursuivait son chemin. Une petite fille lui tendit une rose rouge au passage, avant de s'éloigner en lui adressant un sourire par-dessus son épaule.

Jonah se tourna vers la rue. Le théâtre était juste devant lui. Il s'y dirigea, avant que son attention ne soit soudain détournée par une femme noire et un homme blanc sous un porche, qui riaient et s'embrassaient. Quand il les dépassa, la femme le vit qui les observait et lui sourit timidement, tout en repoussant son petit ami d'un geste taquin. L'homme rit et lui prit la main, puis ils se tournèrent dans une autre direction.

Un sourire épanoui aux lèvres, Jonah sentit son cœur s'emplir d'une joie soudaine tandis qu'il traversait la rue en courant, la rose serrée dans sa paume.

— Monsieur, souhaitez-vous un ticket ?

Il tourna la tête et découvrit un autre monsieur. Les yeux de l'homme s'écarquillèrent quand il vit que Jonah portait un masque, mais il jeta ensuite un coup d'œil à la parade et sa surprise se mua en compréhension.

— Pardon, je pensais que vous veniez assister au spectacle. C'est à moitié fini, tout est complet, mais ma femme ne se sent pas bien et nous avons deux places près de la scène, si vous avez envie de profiter de la seconde moitié. C'est merveilleux.

Merde, Jonah n'avait pas pensé au ticket.

— En fait, si, je suis là pour le spectacle. Combien est-ce que je vous dois ?

— Rien, je suis content qu'ils ne soient pas gâchés.

Et sur un autre coup d'œil au masque de Jonah – peut-être se demandait-il pourquoi il ne l'avait pas encore enlevé –, l'homme lui tendit les billets. Son épouse le tira par le bras et ils s'éloignèrent dans la rue.

Jonah montra un des billets à une ouvreuse qui s'ennuyait et ne lui accorda pas même un regard, puis il entra dans le théâtre dont le grand hall était vide, à l'exception d'une très belle femme dont les cheveux bruns bouclés lui descendaient jusqu'à la taille. Elle se tenait derrière un bar où l'on proposait du café. Voyant un vase de roses blanches devant elle, Jonah hésita, mais il s'approcha finalement.

Bien qu'ayant remarqué son masque, elle ne fit aucun commentaire, se contentant de lui demander :

— Nous avons vendu tous les biscuits pendant l'entracte, mais il me reste une ou deux tasses de café, si vous en désirez une.

Malgré son air las, il perçut la fierté évidente qui brillait dans ses yeux. Il secoua la tête.

— Puis-je vous acheter l'une de ces roses ?

Elle eut d'abord l'air un peu perplexe, mais elle sortit une fleur du vase et la lui tendit. Jonah tira un billet de vingt dollars de sa poche, qu'il jeta sur le comptoir.

— Merci.

En entendant la musique derrière les portes closes, il sentit son cœur se mettre à cogner dans sa poitrine, comme pour l'inciter à avancer. Vers Clara.

Il poussa les portes et la musique enfla quand il entra dans le théâtre plongé dans la pénombre. Tous les yeux étaient rivés sur la scène tandis qu'il prenait place et il ne reçut que quelques brefs regards en passant, de la part des personnes assises juste autour de lui. Mais elles reportèrent bien vite leur attention sur le spectacle et Jonah en fit autant.

Il se perdit dans l'histoire, dans la beauté à serrer le cœur de Clara et de sa danse, dans la fierté qu'il éprouvait pour elle, qui résonnait en lui en même temps que les notes de musique.

En cet instant, il ne l'aimait pas pour ce qu'elle lui faisait ressentir, ni pour la manière dont elle l'avait inspiré, ni pour quoi que ce soit qui ait à voir avec lui. Car en cet instant précis, il l'aimait juste pour elle. Jonah aimait Clara, la femme qui avait passé des heures et des heures à répéter, avec assez de volonté pour danser maintenant comme un ange. Il l'aimait pour son cœur, pour son esprit, pour toutes les façons dont elle faisait du monde un endroit meilleur par sa simple présence. Il l'aimait purement, profondément et de chaque fibre de son être.

Garde les yeux rivés sur moi.

Le spectacle arriva à son terme et l'anxiété de Jonah revint ; elle se déversa dans son corps et fit cogner son cœur contre ses côtes.

Les lumières se rallumèrent et le public se leva, lançant des « bravo », sifflant par-dessus la foule. Jonah se concentrait sur sa respiration, sans jamais quitter des yeux le cygne qui émergea avec les autres danseurs, et ce sourire qu'il espérait lui voir tout le temps jusqu'à la fin de ses jours. *S'il vous plaît. S'il vous plaît.*

Le public commença à se rasseoir, les voisins de Jonah reprirent leur siège et entreprirent de ramasser leurs affaires. Mais Jonah resta debout alors même que les danseurs quittaient la scène, que les lumières se tamisaient.

On se mit à murmurer autour de lui, puis à chuchoter de le voir encore debout, là, seul et avec son masque.

Le cygne, Clara, hésita et puis se retourna, son regard vint se nouer au sien. Ses yeux s'écarquillèrent, sa bouche s'entrouvrit et elle revint au centre de la scène, malgré les autres danseurs qui s'étaient arrêtés et la regardaient faire.

Jonah se tenait debout au milieu du public ; il la regardait, le souffle court sous le caoutchouc de son masque. Et Clara se tenait sur scène, une unique lumière projetée sur elle qui soutenait son regard. Et attendait.

Garde les yeux rivés sur moi.

Et soudain, il entendit les chuchotements. Qui s'insinuaient à travers sa peur, son incertitude.

« Oh, mon Dieu, c'est le bienfaiteur. » « Vous avez entendu parler de lui ? Cet homme qui aide les gens un peu partout ? » « Qu'est-ce qu'il fait là ? » « Je pense qu'il est là pour elle. La danseuse. »

Bon sang, qu'allaient-ils penser quand il se dévoilerait ?

Garde les yeux rivés sur moi.

Jonah leva le bras et tout l'auditorium sembla se figer tandis qu'il ôtait le masque, le laissant tomber au sol à côté de lui, haletant.

Clara porta les mains à sa bouche et il la vit sourire à travers ses larmes.

Un hoquet collectif monta dans le théâtre quand les gens découvrirent son visage abîmé, mais il ne détourna pas les yeux. Il les garda braqués sur elle encore un moment suspendu, la regarda s'avancer au bord de la scène, aussi proche de lui que possible.

« Qui... qui est-ce ? » « Il me dit quelque chose, j'ai l'impression. » « Comment penses-tu qu'il se soit fait ces cicatrices ? » « Aucune idée, mais il faut que j'entende cette histoire. »

Il vit les flashs du coin de l'œil. Des gens qui prenaient des photos, enregistraient cet instant, le capturaient pour l'éternité. *Garde les yeux rivés sur moi.*

— Montez sur moi ! cria une personne dans le public.

Perplexe, Jonah finit par rompre le contact visuel avec Clara pour reporter son attention sur le type qui proposait son dos à Clara afin qu'elle puisse descendre de scène.

Elle rit à travers ses larmes en voyant plusieurs autres hommes imiter le premier et lui faire signe d'avancer. Elle effectua le premier pas, le public tendit les mains pour l'aider à garder l'équilibre alors que la foule se mouvait vers Jonah. Il rit aussi, osa un coup d'œil vers une femme près de lui et découvrit, au lieu de l'horreur, une expression émerveillée sur son visage.

Clara approchait et il tendit les bras vers elle, puis l'attrapa et la fit glisser le long de son corps jusqu'au sol, les larmes baignaient toujours ses joues, se mêlant à l'épais maquillage qu'elle portait : plusieurs grosses traces noires sillonnaient son visage. Elle était défigurée et il l'aimait si fort que ça faisait mal.

Il lui offrit les roses, la blanche et la rouge, et elle battit des paupières, son visage se plissa une fraction de seconde, avant qu'elle n'éclate d'un rire joyeux.

Puis elle prit son visage entre ses paumes, le serra, et il vint poser son front contre le sien.

— Je t'aime.

Elle renifla, rit, une autre trace noire chemina le long de ses joues.

— Je t'aime aussi. Mon collectionneur de vœux.

— J'ai tant de choses à te dire, Clara. Tu ne vas pas le croire...

Elle lui passa un pouce sur les lèvres.

— Si, je le croirai.

Il sourit contre son doigt. Bien sûr qu'elle le croirait. Elle avait toujours cru. En Angelina. En la justice. En lui.

Jonah l'embrassa sous les flashs qui crépitaient sans relâche autour d'eux, le public à nouveau debout, et les applaudissements commencèrent lentement pour enfler jusqu'à une ovation qui, cette fois, s'adressait à eux.

À l'amour.

À la magie.

Aux vœux impossibles qui étaient quand même exaucés.

38

Chère Angelina,

Je confie cette lettre à mon ami et camarade, Timothy Mansfield, avec la foi absolue qu'il te la lira et que toi, mon amour, tu entendras ma voix et écarteras tous les doutes que mon absence aura pu engendrer.

Je t'aime, Angelina Loreaux. Je t'aime de tout mon cœur et de toute mon âme. Ni le temps, ni la distance, ni le million de champs de bataille enfumés qui s'étirent devant moi ne m'empêcheront de revenir vers toi et de t'aimer jusqu'à ce que la toute dernière étoile tombe du ciel.

Je risque beaucoup dans la bataille pour ta liberté et pour la mienne, car si tu n'es pas libre de m'aimer, ma vie perd tout son sens. Cette bataille, je ne peux pas encore en parler. Mais garde la foi, mon amour. Crois que le monde peut changer et qu'il va effectivement changer.

Ton amour pour l'éternité,

John

Épilogue

Les lumignons scintillaient autour d'eux, baignant la roseraie dans une lueur romantique.

Jonah prit la main de Clara dans la sienne et l'entraîna sur le sentier de galets, au milieu du parfum entêtant des roses qui tourbillonnait dans l'air du soir.

Depuis les balcons ouverts, des voix et des rires leur parvenaient et les lèvres de Jonah s'étirèrent en un sourire alors qu'il jetait un regard vers l'endroit qui avait jadis été sa prison auto-proclamée et était désormais l'une de ses plus grandes fiertés.

Il s'immobilisa et se tourna vers sa femme, qu'il attira à lui, heureux de regarder son joli visage.

— Tu es plus belle chaque jour, dit-il.

Relâchant sa taille, il la prit par les mains pour pouvoir reculer et l'admirer tout son soûl. Elle rit, se mit à onduler de droite à gauche pour que sa robe de dentelle noire se balance autour de ses jambes. Elle avait l'air de se sentir belle, oui. Et aimée. Et elle avait bien raison, car elle était les deux.

Elle avança et porta la main à la joue balafrée de Jonah.

— Toi aussi, murmura-t-elle en l'embrassant tendrement.

Puis elle sourit, de ce sourire qui illuminait son univers tout entier. À l'intérieur de Windisle, la soirée organisée par la Société pour la Préservation du patrimoine venait tout juste de débuter. Clara et Jonah avaient souhaité prendre quelques instants pour eux avant le dîner, alors ils s'étaient échappés dans le jardin.

Cela faisait cinq ans que Jonah avait légué Windisle à la Société. Clara et lui étaient tombés d'accord : c'était le meilleur choix pour préserver son histoire et tout ce qui s'était passé derrière le mur des pleurs.

Enchantée du cadeau, la Société avait œuvré sans relâche pour redonner à Windisle sa gloire d'antan. Ils avaient effectué les réparations nécessaires sur la maison, sans oublier les cases d'esclaves en train de pourrir, en faisant intervenir des artisans dédiés à la préservation et à la présentation de l'histoire de Windisle, témoin majeur de l'histoire du Sud américain.

Non contents de préserver la plantation, ils tenaient également à mettre en exergue l'histoire de ceux qui y avaient vécu. La boutique flambant neuve du rez-de-chaussée – elle n'avait ouvert que l'année précédente – vendait des livres sur la famille Chamberlain et aussi sur l'histoire d'Angelina Loreaux et de John Whitfield, un ouvrage déjà devenu un best-seller à la boutique et souvent en rupture de stock. Il recelait le véritable récit des amours entre John et Angelina et de la tragédie qui lui avait succédé, avec notamment une reproduction de la lettre qu'avait trouvée Jonah, dont l'original était désormais soigneusement protégé derrière une vitrine dans une chambre à l'étage de la maison restaurée. Leur lumière, leur vérité, brillerait à jamais aux yeux du monde.

La Société avait fait des recherches sur Timothy Mansfield, l'homme mentionné dans la lettre de John, et découvert qu'il s'agissait d'un soldat nordiste, bien connu pour avoir été un espion qui avait transmis des renseignements obtenus auprès de soldats sudistes travaillant en secret pour le Nord.

Ayant trouvé de nombreux documents en sa possession qui comportaient les initiales « JW », les spécialistes pensaient désormais qu'elles désignaient John Whitfield, un soldat du Sud ayant beaucoup œuvré et qui avait pris d'énormes risques pour fournir des informations secrètes au Nord, afin d'augmenter les chances pour l'armée de l'Union de remporter la guerre et de libérer la femme qu'il aimait.

Si seulement elle avait su. Si seulement...

Timothy Mansfield avait été tué plusieurs semaines avant qu'Angelina se suicide. On présumait qu'entre autres documents il portait sur lui le courrier de John et que la lettre à Angelina avait par erreur été incluse dans la correspondance à sa famille. Qu'avait fait John en apprenant que son ami avait été tué ? En découvrant que sa propre famille l'avait trahi et avait menti à Angelina ? Avait-il deviné que c'était ainsi que les choses s'étaient passées ? Il n'y avait pas moyen de le savoir, car les espions conservaient peu de traces de leurs missions ou de leurs détours par chez eux. En tout cas, Jonah n'arrivait pas à s'enlever de la tête le tonnerre des sabots de cheval – ceux de son rêve – chaque fois qu'il y réfléchissait. *Vite, vite, avant qu'il ne soit trop tard.*

Étant amoureux lui-même, il comprenait mieux que personne pourquoi John avait refusé tout traitement médical lorsque sa vie avait été menacée, préférant se hâter de rejoindre Angelina et d'avoir la chance de l'aimer encore.

Le tragique de toute cette histoire – la manière dont les choix, les autres possibilités auraient pu en changer l'issue – lui coupait presque le souffle.

Le jardin où se tenaient Clara et Jonah, celui-là même où la légende disait qu'Angelina et John s'étaient rencontrés, avait lui aussi été remis à neuf : nouvelles allées élégantes, magnifiques rosiers et autres fleurs qui attiraient oiseaux et papillons, ainsi qu'une fontaine réparée dont le gargouillis de l'eau l'enchantait.

Jonah se figurait que l'endroit avait exactement la même apparence qu'il y avait longtemps, à l'époque où Angelina et John s'y promenaient, l'amour se déployant dans leurs deux cœurs trop en avance pour leur époque. Le mur des pleurs aussi avait été réparé, des morceaux remplacés où c'était nécessaire. Il ne pleurait plus. Peut-être à cause des travaux qu'il avait connus, peut-être parce qu'il n'avait plus de raison de pleurer. Peut-être l'explication était-elle scientifique ou peut-être, comme son épouse aimait à le penser, était-ce juste de la magie.

Pour ce qui était de l'histoire personnelle de Jonah, le scandale de corruption que Savannah Hammond avait brillamment révélé, en faisant appel à ses contacts à la fois dans les milieux journalistique et juridique pour dénicher les preuves et déterrer la vérité, avait complètement chamboulé La Nouvelle-Orléans.

En dépit des années écoulées, Jonah restait sidéré par le cancer qu'était cette affaire, par le nombre d'avocats, de procureurs, de juges et d'hommes d'affaires impliqués, issus de presque tous les coins de la communauté.

Tous avaient fait partie du « club » que Jonah avait visité, réseau prêt à garder les secrets des uns et des autres, via un système de faveurs et de pots-de-vin.

Savannah Hammond, qui s'était montrée aimable avec lui jadis, à une époque de sa vie où il en avait désespérément besoin, avait produit un très bon travail avec ce qu'il lui avait fourni, en conséquence de quoi elle avait décroché récompense sur récompense pour son excellente enquête journalistique.

Mais, pendant que tous les médias jacassaient sur l'affaire Murray Ridgley et ce qui avait été découvert dans le téléphone de sa victime, Jonah avait choisi de ne pas écouter.

Son histoire, il l'avait racontée à Savannah, il avait discuté de son rôle dans la tragédie et de la trahison de tous ceux qui l'avaient entouré. Son récit avait été enregistré et il n'avait pas besoin d'autre chose.

Certains pouvaient critiquer son aveuglement devant ce qui se passait autour de lui, d'autres pouvaient le hisser sur un piédestal, lui ne se souciait plus de ce que disaient les étrangers. La vérité avait été révélée et il gardait le regard braqué uniquement sur sa femme, sur les autres personnes qu'il aimait et qui connaissaient le fond de son cœur.

Il continuait de patrouiller avec les Brass Angels à l'occasion, mais il avait repris son activité d'avocat, prenant parfois les affaires *pro bono* de victimes de crimes que les gars lui présentaient. Il le faisait pour son frère. Il le faisait pour lui-même. C'était sa petite contribution à la justice.

Et de temps en temps... il exauçait un vœu. Ou deux.

— Jonah, lui dit Clara, qui s'arrêta pour s'asseoir sur la margelle de la fontaine.

Jonah eut un flash-back d'elle, assise de la même façon un jour où il l'observait avec envie depuis l'ombre des arbres, non loin de là.

Il s'installa à ses côtés, avec les lumières de la fontaine qui luisaient doucement derrière eux. Il inclina la tête en la voyant se mordiller la lèvre, l'air hésitante.

— Qu'est-ce qu'il y a ?

— J'ai réfléchi... (Elle marqua une pause, dessinant du bout du doigt un sentier sur la pierre où ils étaient assis. Puis elle rencontra son regard.) Que penserais-tu si j'ouvrais un studio de danse classique ?

Il fronça les sourcils, pris au dépourvu. Elle avait vaguement mentionné cette idée un jour, mais... pas pour tout de suite. À vingt-sept ans, il lui restait encore de belles années en tant que danseuse devant elle.

— Ça ne va pas te faire beaucoup ? Entre le planning de tes entraînements et...

— Je quitterais le ballet.

Elle haussa les épaules et lui adressa un petit sourire.

Quitter le ballet ? Cela représentait une si grande partie de sa vie. Elle avait rapidement grimpé les échelons jusqu'à devenir première danseuse et Jonah adorait la regarder danser. Il continuait de lui apporter une rose rouge et une blanche à chaque représentation donnée à La Nouvelle-Orléans, sinon il les lui faisait livrer quand elle voyageait. Il s'était préparé à le faire pendant des années encore.

— Mais c'est ton rêve.

— C'était. Et je l'ai vécu. À fond. Pourtant, la vérité, c'est que j'ai un rêve plus grand encore.

Elle posa la main sur son ventre plat. Jonah fronça les sourcils, perplexe, et puis... *Oh.* Il lâcha un soupir.

— Tu veux un bébé ?

Elle gloussa doucement et haussa de nouveau les épaules.

— Oui. Beaucoup. Et ça tombe bien, parce qu'on l'a fait.

— On a fait quoi ?

— Un bébé.

Jonah cilla et son regard passa du visage de Clara à sa main, qui jouait encore sur son ventre. À mesure qu'il assimilait l'information, un frisson de joie s'élevait sous sa cage thoracique.

— Comment... ?

— Tu te souviens de l'orage ?

Oui, l'orage. Le courant avait été coupé pendant quatre jours et il y avait eu des inondations partout. Clara n'avait pas pu sortir racheter sa pilule et... eh bien... il faisait sombre et c'était la tempête et ils s'étaient perdus l'un dans l'autre, n'avaient plus quitté leur petite mais jolie maison du centre historique de La Nouvelle-Orléans pendant des jours. Jonah n'avait pas pu se retenir.

Il se passa une main dans les cheveux.

— C'est ma faute.

Clara s'esclaffa.

— Absolument, oui.

Large sourire aux lèvres, elle était manifestement heureuse de la nouvelle. Jonah rit avec elle, puis il se leva et la souleva dans ses bras, pour la faire tourbillonner en l'embrassant.

Il appuya son front contre le sien et, l'espace d'un instant, ils se contentèrent de respirer ensemble pendant que Jonah digérait la nouvelle.

Tant de bonheur bouillonnait en lui, tant d'espoir... Pourtant, une pointe d'inquiétude vint aussi le tarauder.

— Est-ce qu'il ou elle...

— Oui, souffla Clara en posant une main sur sa joue abîmée, à croire qu'elle avait lu son inquiétude avant même qu'il ne l'exprime à haute voix. Ce bébé sera fier de t'avoir comme papa. Chanceux et fier.

Il relâcha son souffle et prit un moment pour se repaître de son contact, de la pensée qu'ensemble ils avaient créé une vie. Un miracle. Bon Dieu, il allait s'efforcer d'être le meilleur père possible. Un père comme celui de Clara, l'homme que Jonah avait brièvement rencontré lors d'un voyage dans l'Ohio avec elle, pour les fêtes de Noël qui avaient suivi la découverte de la lettre de John. L'homme qui était décédé seulement quelques mois après, mais qui avait légué au monde une femme magnifique et aimante qui rendait cet endroit meilleur. Au bout du compte, que pouvait-on espérer de mieux ?

— Il faut qu'on y retourne, chuchota Clara qui s'écarta de lui après un dernier baiser. Le dîner et la présentation ne vont pas tarder à commencer. Et Myrtle va chausser ses lunettes pour venir nous chercher.

Jonah acquiesça, souriant, mais s'attarda encore un instant avec la femme qu'il aimait dans cet endroit qui, toujours, semblait enchanté.

Puis il prit sa main et ils retournèrent à la maison où les nombreuses personnes qu'ils avaient fini par appeler leur famille les attendaient. Myrtle et Cecil, bien sûr, ses frères des Brass Angels, Fabienne, avec qui Clara s'était étroitement liée d'amitié, et son mari, Alphonse, des collègues danseuses, Belinda et Roxanne, madame Guillot et son « bon ami », Harry Rochefort.

Ce soir, ils seraient les premiers à découvrir une pièce récemment donnée à la Société, après qu'elle avait été retrouvée dans le vieux grenier d'un lointain parent de John Whitfield. Signée d'Abraham Lincoln lui-même. Une lettre où John était applaudi pour son travail d'émancipation, sa détermination à mettre un terme à l'esclavage. Il était enfin rétabli dans son statut de héros. *À juste titre.*

Clara leva les yeux et Jonah suivit son regard : deux étoiles filèrent à travers le ciel, dansant l'une avec l'autre et laissant une traînée scintillante de lumière dans leur sillage. Leur lueur disparut lentement, dans quelque espace lointain, bien loin de là.

— Tu penses qu'ils sont là-haut ? murmura Clara.

Jonah lui jeta un coup d'œil et son cœur se gonfla d'amour pour la femme dont il était tombé amoureux derrière un mur de pierre et à côté de qui il marchait désormais partout dans le monde.

Il avait été son collectionneur de vœux, à l'époque, mais c'était elle qui lui avait donné toutes les choses dont il n'osait même pas rêver. *Le bonheur. La paix. La fierté. Une âme sœur.*

— Oui, chuchota-t-il en serrant sa main.

Cette nuit, il était facile de croire en la magie. Cette nuit, la magie était partout autour d'eux.

Cher John,

Recevez ma plus sincère gratitude pour vos services envers la République, pour lesquels vous avez bravé de grands dangers, en dépit d'une perte personnelle tragique. Les informations que vous avez obtenues ont conduit à des avancées majeures dans cette guerre, permettant de nombreuses victoires pour l'Union et donnant espoir à tous les hommes, aux femmes et aux enfants qui ont ainsi gagné leur liberté.

Je crois profondément que la voie que vous avez choisie est celle que l'histoire retiendra comme étant celle de la justice.

Avec tout mon respect, votre ami,

Abraham Lincoln

Remerciements

Tant de gens merveilleux, pétris de talent, m'ont aidée à raconter cette histoire que mon cœur déborde de reconnaissance à l'idée de les appeler mes amis.

À mon équipe d'éditrices, Angela Smith, Marion Archer et Karen Lawson : toutes les trois, vous m'avez aidée à creuser davantage, à améliorer, à couper, à resserrer, à polir tant et si bien que mon histoire est devenue brillante. Que ferais-je sans vous ? (Réponse : je pataugerais... beaucoup.)

Renita McKinney, les mots ne suffisent pas à exprimer à quel point votre avis compte pour moi. Merci pour votre adoubement, votre approbation, ce livre n'aurait pas été publié sans ça.

Ma gratitude la plus profonde à ma géniale équipe de bêta-lectrices : Stephanie Hockersmith, Korrie Kelley, Cat Bracht et Stacey Hert. Merci pour vos encouragements, vos suggestions, vos réponses à un million de questions et pour les heures passées à m'aider à perfectionner mes personnages et mon histoire.

À Elena Eckmeyer : je t'aime plus que les produits Stouffer.

Merci à Kimberly Brower, mon agente super héroïne.

À vous, cher lecteur, merci d'avoir entrepris ce voyage avec moi. Sans vous, je ne pourrais pas faire de ma carrière mon boulot et, pour cette raison, je vous dois le monde.

Merci à la mafia de Mia pour votre amour et votre soutien constants, pour être toujours là.

À toutes les bloggeuses littéraires qui passent un temps précieux à promouvoir les histoires qu'elles aiment et à truffer les réseaux sociaux de beauté et de positivité. Vous êtes mes héroïnes !

Ce livre a commencé sous la forme d'une nouvelle que j'avais écrite en 2016, puis remisée sur une étagère. Depuis, mon mari me harcelait pour que j'en fasse un roman digne de ce nom. Alors voilà, mon amour. Sans toi, ces personnages seraient encore assis sur un rayonnage poussiéreux. Leur âme t'appartient. Mais bon, la mienne aussi.